诗经研究丛刊

第三十二辑

（第十三届诗经国际学术研讨会论文集）

中国诗经学会
河北师范大学 合办

學苑出版社

图书在版编目（CIP）数据

诗经研究丛刊. 第三十二辑 / 中国诗经学会，河北师范大学合办.
—北京 ：学苑出版社，2021. 6

ISBN 978 -7 -5077 -6202 -0

Ⅰ. ①诗… Ⅱ. ①中… ②河… Ⅲ. ①《诗经》 -诗歌研究 -丛刊
Ⅳ. ①I207. 222 -55

中国版本图书馆 CIP 数据核字（2021）第 128145 号

责任编辑：战葆红
出版发行：学苑出版社
社　　址：北京市丰台区南方庄 2 号院 1 号楼　100079
网　　址：www. book001. com
电子信箱：xueyuanpress@ 163. com
销售电话：010 -67601101（营销部）　010 -67603091（总编室）
印 刷 厂：北京建宏印刷有限公司
开本尺寸：880 ×1230　1/32
字　　数：260 千字
印　　张：11. 5
版　　次：2021 年 7 月北京第 1 版
印　　次：2021 年 7 月北京第 1 次印刷
定　　价：100. 00 元

编委会

目　录

学术史研究

研究述评

语言文字研究

文化学与文学研究

学术史研究

从"诗亡隐志"章看孔门《诗》学的特点①

胡 宁

自2001年上博简《孔子诗论》公布以来,学界对这篇反映孔子《诗》学思想和孔门诗教情况的珍贵文献给予了极大关注,相关论文论著不断出现。篇中既有对单篇诗的评论,也有提纲挈领式的总括论断,而作为全篇总纲的"诗亡隐志"章特别受到学者们的重视,研究者甚夥。本文拟在释读此章文字的基础上,注重《孔子诗论》的内证,结合其他文献中的相关内容,深入发掘孔子论《诗》的特点。

一、"诗亡隐志"章释读

此章原文为:

> 孔子曰:"诗亡(无)隱志,乐亡(无)隱情,文亡(无)隱意。"

释读上争议的焦点是"隱"字,最后一字因为残缺也有释"言"

① 国家社科基金后期资助项目"楚简《诗》类文献与《诗经》学要论丛考"(16FZS047)。

“音”或“意”的分歧。以“隱”字的训释来看,代表性意见有如下几种:

马承源先生考释认为:“按辞义应可读为《离骚》之‘离’……志、性情、心(包括骚)等状态的称述皆可谓离或不离。”三句译为:“诗不离志,乐不离情,文不离言。”①黄人二先生从之,认为:“‘诗’之实质,志意也,藏于内而不可见,故简文云‘诗无离志’;诗之形式,乐声与文字也,乐音与文字为歌之组织,歌咏之,是藏内之志发于外,故简文云‘乐无离情,文无离言’。”②

饶宗颐先生读为“吝”,他对读为“隐”的意见表示反对:“‘隐’是完全隐蔽而不显露,‘吝’是有所吝惜而保留。吝有所惜,故又训为啬。《老子》说:‘治人事天莫若啬。’亡吝则无所惜,尽情尽意而为之,比‘隐’更进一层。‘诗亡吝志’者,谓诗在明人之志;‘乐亡吝情’者,谓乐在尽人之情;‘文亡吝言’者,谓为文言要尽意,无所吝惜。”③王志平先生从之,并训为“贪”。④

李学勤先生释为“隐”,⑤裘锡圭先生也释为“隐”:“诗言志,乐表情,文达意。但诗文之志意不见得一目了然,乐之情意不是人人都能听出来的。孔子之意当谓如能细心体察,诗之志、乐之情、文

① 马承源主编:《上海博物馆藏战国楚竹书(一)》,上海:上海古籍出版社,2001 年版,第 121 页。

② 黄人二:《孔子曰“诗无离志,乐无离情,文无离言”句跋》,朱渊清、廖名春主编:《上博馆藏战国楚竹书研究》,上海:上海书店出版社,2002 年版,第 328 页。

③ 饶宗颐:《竹书〈诗论〉小笺(二)》,朱渊清、廖名春主编:《上博馆藏战国楚竹书研究》,第 231 页。

④ 王志平:《〈诗论〉笺疏》,朱渊清、廖名春主编:《上博馆藏战国楚竹书研究》,第 210 页。

⑤ 李学勤:《谈〈诗论〉“诗亡隐志”章》,《清华简帛研究》第 2 辑,清华大学思想文化研究所,2002 年 3 月。

之意都是可知的。所以说：‘诗无隐志，乐无隐情，文无隐意。’‘隐’有不可知之意。孔子说诗，也就是要明诗之志。”①魏启鹏先生从之，但依原考释将最后一字释为“言”，认为“诗亡隐志”是指“《诗》三百篇，全都是坦白真诚正直的倾诉，没有必要遮掩和隐匿心中愿望和追求”，并引《吕氏春秋·音初》“贤不肖、君子小人皆其形自见不可隐匿”诠释“乐亡隐情”，认为“文无隐言”指“告诫弟子应对言谈引《诗》的时候，引譬取喻应当畅达明确，没有遮隐含糊之言。”②

何琳仪先生读为“陵”，认为是“驰骋超越”之意。三句译为：“诗歌不可使心志陵越，音乐不可使感情陵越，文章不可使言辞陵越。”③

廖名春先生释为“泯”，训尽、灭，并引《路史》卷八以证之：“中声失则律无当，律无当则乐不比，乐不比则情文泯，情文既泯则旋宫之制、迎气之律其能独正乎？”他认为：“‘诗无泯志’即‘诗言志’之否定之否定。”④邱德修先生同之，又把“亡”字训为“散亡”，三句译为：“诗经如果散亡了，就会泯灭人志”，“乐章如果散亡了，就会泯灭人情”，“文词如果散亡了，就会泯灭文献”。⑤

对于已有的几种训释，黄怀信先生在探讨《孔子诗论》的专著中作了梳理，并进行了比较公允的评析，指出虽然诸家所释在文

① 裘锡圭：《关于〈孔子诗论〉》，《中国哲学》第24辑，2002年版。

② 魏启鹏：《楚简〈孔子诗论〉杂识》，谢维扬、朱渊清主编：《新出土文献与古代文明研究》，上海：上海大学出版社，2004年版。

③ 何琳仪：《沪简〈诗论〉选释》，朱渊清、廖名春主编：《上博馆藏战国楚竹书研究》，第245页。

④ 廖名春：《上海博物馆藏诗论简校释劄记》，朱渊清、廖名春主编：《上博馆藏战国楚竹书研究》，第261页。

⑤ 邱德修：《〈上博简（一）〉“诗亡志”考》，朱渊清、廖名春主编：《上博馆藏战国楚竹书研究》，第305页。

字、音韵上皆有其道理,但只有释为“隐”才能把原文讲通。“亡”读为“无”是无疑问的,而不能把“无”再释为“不”,“诗不离志”云云显然非是,“诗无离志”云云也不可通,“众所周知,‘吝’是一个带有情感色彩的词,只能用于人。诗、乐、文,皆客观的东西,怎么也能有吝?或者‘尽情尽意而为之’?那么诗不吝志,怎么吝法?乐无吝情,又怎么吝法?文无吝意,自也不可说。训‘贪’亦同。可见释‘吝’、释‘贪’是错误的。《尚书·舜典》曰:‘诗言志’,是说诗本来就是表达‘志’的,那怎么又从其反面‘泯(泯灭)’再作彻底的否定之否定呢?《诗经》散亡,怎么就会泯灭人志呢?乐章散亡,怎么会泯灭人情呢?所以,释‘泯’也不可从。言诗之‘志意’‘藏于内而不可见’,又将如何解释‘诗言志’呢?可见完全是理解反了。我们说:‘隐’,藏也。‘志’,心志、思想也。不必包括其他。”并把这三句译为:“诗歌没有隐藏思想的,乐曲没有隐藏情感的,文字没有隐藏含义的。”①

笔者基本同意李学勤、黄怀信等先生的释读,认为“隱”当释为“隐”,最后一字应为“意”字残形,仅存的上部无论是“言”还是“音”,所缺失的部分当是“心”,原字当是“意”。故此段应为:

> 孔子曰:“诗亡隐志,乐亡隐情,文亡隐意。”

不少学者在释读此章时似将“诗”“乐”“文”视为相互独立的三项,这显然脱离了语境,是错误的。有的学者将“乐”与“文”理解为从属于“诗”,但没有作充分深入的辨析。按“诗亡隐志”一段,诚如李学勤先生所指出的,可以视为《孔子诗论》的总纲,这篇文献是

① 黄怀信:《上海博物馆藏战国楚竹书〈诗论〉解义》,北京:社会科学文献出版社,2004 年版,第 269 – 270 页。

专论"诗"的,因此说"乐"说"文"应从属于"诗",指"诗"的乐曲和文辞,而"诗亡隐志"的"志",即心中所藏而要表达出来的,也正包括"情"与"意"。孔子的这几句话告诉我们,诗是乐、文一体的,情感表达主要靠的是乐曲,而意旨表达则主要靠文辞。那么,孔子论诗是不是乐、文兼顾,情、意并重的呢?我们可以辨析孔子对诗类、诗篇的诠释和评论而考察之。

二、孔子对诗类的评论

《孔子诗论》中,有两段话所论的是《诗》的大类,即风、小雅、大雅、颂,孔子的评论是从"乐"和"文"两方面着眼的。一段为:

> 《颂》,平德也,多言后;其乐安而迟,其歌绅(伸)而蒚(逖),其思深而远,至矣!《大夏(雅)》,盛德也,多言……[《小夏(雅)》,□德]也,多言难而悁(怨)退(怼)者也。衰也,少(小)矣。《邦风》其内(纳)勿(物)也専(博),观人谷(俗)焉,大佥(敛)材焉。其言文,其圣(声)善。孔子曰:"惟能夫[《诗》]……"

关于《颂》和《邦风》(《国风》),都言及音乐。

简文说《颂》"其乐安而迟,其歌绅而蒃"。"其乐安而迟"一句,原考释曰:"乐,指《讼》各篇有与之相应的乐曲或乐章。安……意为《讼》之乐音调安和。……迟,栖迟缓慢之意。辞文是说《讼》乐曲节奏安和而缓慢。"①其他学者无异议。"其歌绅而蒃"一句,

① 马承源主编:《上海博物馆藏战国楚竹书(一)》,第127-128页。

原考释读“绅”“荟”二字为“壎”和“篪”,是两种乐器,句意为“《讼》之乐曲乃以壎、篪相和”。① 李学勤先生读“绅”为“引”,释“荟”为“葛”,读为“逖”。② 何琳仪先生和廖名春先生释文从原考释,分别读为“伸而易”③和“伸而引”④。周凤五先生读为“申而寻”,⑤王志平先生读为“申而惕”,⑥范毓周先生读为“伸而荡”。⑦许全胜先生读为“申而递”,认为是“状歌之舒缓、复沓、悠扬、跌宕之貌”。⑧ 李、廖、周几位先生虽释读有异,但皆可通,皆认为是指歌声绵远悠长,于义为长。按《礼记·乐记》记师乙之言曰:“宽而静,柔而正者,宜歌《颂》。”孙希旦《集解》:“愚谓宽宏而安静,和柔而中正者,《颂》之德也,故德如此者宜歌《颂》。……皆因其德性之所近而歌以合之也。”⑨正与此文相通相应。说《邦风》“其圣(声)善”,原考释:“‘圣’借为‘声’,古诗皆有曲可以歌唱,此言《邦风》乐声的和美。”⑩

---

① 马承源主编:《上海博物馆藏战国楚竹书(一)》,第128页。

② 李学勤:《〈诗论〉简的编联与复原》,《中国哲学史》2002年第1期。

③ 何琳仪:《沪简〈诗论〉选释》,第245页。

④ 廖名春:《上海博物馆藏诗论简校释》,《中国哲学史》2002年第1期。

⑤ 周凤五:《〈孔子诗论〉新释文及注释》,朱渊清、廖名春主编:《上海博物馆藏战国楚竹书研究》,第157页。

⑥ 王志平:《〈诗论〉笺疏》,第210页。

⑦ 范毓周:《上海博物馆藏楚简〈诗论〉第2简的释读问题》,简帛研究网。

⑧ 许全胜:《〈孔子诗论〉零释》,《新出楚简与儒学思想国际学术研讨会论文集》,2002年。

⑨ (清)孙希旦:《礼记集解》卷三十八,北京:中华书局,1989年版,第1036-1037页。

⑩ 马承源主编:《上海博物馆藏战国楚竹书(一)》,第128页。

简文对《颂》音乐风格的描写相当具体,而对《邦风》的乐声则仅言“善”,究其原因应为:《颂》之乐完全是王朝乐师的制作,诗篇虽多而音乐格调一致;《邦风》则带有地域特色,格调有更丰富的类型。但无论如何,《邦风》与《颂》的乐曲是同属周代雅乐体系的。这与《左传》襄公二十九年所载吴公子季札对诗乐的评论正相符合。季札聘鲁,鲁乐工为他依次演奏诗乐的各部分,对于《小雅》《大雅》《颂》,他都作出了统一的评论,而对于不同国别的风诗之乐,则给出了不同的评论,但又都以“美哉”为始。由此可知《国风》之乐因国而异,但都是“美”的,简文之“善”实与“美”义同。

在评论《颂》《邦风》音乐特点的同时,孔子也要言不烦地评论了其思想内容。对于《颂》,指出它“多言后”,原考释:“后,是指文王、武王之后。”①颂是宗庙祭祀乐歌,“美盛德之形容,以其成功告于神明者也”。《周颂》一则曰“克昌厥后”(《雝》),再则曰“克开厥后”(《武》),但“多言后”并不仅仅是指《周颂》中所用的“后”(后人)及其相近表述,而是指《周颂》表达了后王对先王德行功业的颂美和受到先王福佑、效仿先王以延续先王所受天命的愿望,所以说“其思深而远”。

对于《邦风》,孔子说:“其内(纳)勿(物)也尃(博),观人谷(俗)焉,大佥(敛)材焉。”原考释在“也”后断句,读“尃”为“溥”,释前两句说:

> 内物,读为“纳物”,即包容各种事物。“尃”读为“溥”,“溥”与“普”同……“谷”读为“俗”。《礼记·王制》:“天子五年一巡狩……至于岱宗。柴而望祀山川,观

---

① 马承源主编:《上海博物馆藏战国楚竹书(一)》,第128页。

诸侯。问百年者,就见之,命大师陈诗,以观民风。"这是陈诗观民风。《孔丛子·巡狩》:古者天子"命史采民诗谣,以观其风。"又《汉书·艺文志》:"古有采诗之官,王者所以观风俗,知得失,自考正也。"这是采诗观民风俗。普观人俗即普观民风民俗。①

李零先生读"谷"为"欲",以"博览风物,采观民情"释此二句。② 李学勤先生的断句和释读如上引文,③廖名春先生从之,说:"纳物,采纳四方风物。人俗,即民俗。"引《汉书·艺文志》"古有采诗之官"云云,又引《汉书·食货志》和郑玄《诗谱》关于"采诗""陈诗观风"的内容。黄怀信先生也从李学勤先生断句,认为"其纳物也博"是指风诗所涉及的事物非常广博,"观人俗焉""是说可以从(邦风)中看到民俗,不必只指王者"。④

"大佥(敛)材焉"一句,原考释:"'敛材'见于《周礼·地官·大司徒》:'颁职事十有二于邦国都鄙,使以登万民:一曰稼穑,……八曰敛材……'此'敛材'为收集物质,简文'敛材'指《邦风》佳作,实为采风。"⑤庞朴先生认为"是说看重这些从事敛材的男女百姓","而这是《邦风》'纳物也尃'的表现,也是'观人俗焉'的渠

① 马承源主编:《上海博物馆藏战国楚竹书(一)》,第129－130页。
② 李零:《上博楚简校读记(之一)》,简帛研究网。
③ 李学勤:《〈诗论〉简的编联与复原》,《中国哲学史》2002年第1期。
④ 黄怀信:《上海博物馆藏战国楚竹书〈诗论〉解义》,第249页。
⑤ 马承源主编:《上海博物馆藏战国楚竹书(一)》,第130页。

道”。[①] 李零先生认为是指“汇聚人才”,[②]廖名春先生认为是“搜罗人才”,[③]王志平先生读为“大敛采焉”,指采诗。[④] 黄怀信先生则认为“是说可以从《国风》中收集到大量有用的材料”。[⑤] 以上诸说,庞朴先生所言似有可以商榷之处,“大……”的句式,表示“以……为大”的意思,典籍中习见,此处亦然,释为“看重……”并不误,但所重视的是“敛材”而不是“敛材的百姓”,“敛材”即聚物,与前“其纳物也博”相照应,“大敛材焉”即重视《邦风》的博纳众物。

《大夏(雅)》《小夏(雅)》部分,没有讲到音乐,但同样是兼及“情”“意”的。简文说《大夏(雅)》表现的是“盛德”,《小夏(雅)》所表现的是什么“德”,因简文残缺而不能确知,黄怀信先生说“据上下文似有‘小’义”,[⑥]可备一说。其他部分则是《小夏(雅)》完整而《大夏(雅)》残缺,简文说《小雅》是“多言难而怨怼者也”。原考释:“悁、怨一声之转……怼、退同部,一声之转。《说文》:‘怼,怨也。从心对声。’《孟子》‘以怼父母’,赵岐注:‘以怨怼父母。’‘难’者,系指《小雅》中《四牡》《常棣》《采薇》《杕杜》《沔水》《节南山》《正月》《十月之交》等有许多篇皆为叹忧难之诗。‘衰也少矣’,指《小夏》,可能就是《小雅》中许多反映社会衰败、为政者少德的作品而言。”[⑦]“怨怼”是“情”,“衰也少矣”是“意”。

---

① 庞朴:《上博藏简零释》,朱渊清、廖名春主编:《上博馆藏战国楚竹书研究》,第237页。

② 李零:《上博楚简三篇校读记》,中国人民大学出版社,2007年版,第21页。

③ 廖名春:《上海博物馆藏诗论简校释》,《中国哲学史》2002年第1期。

④ 王志平:《〈诗论〉笺疏》,第211页。

⑤ 黄怀信:《上海博物馆藏战国楚竹书〈诗论〉解义》,第249页。

⑥ 同上书,第242页。

⑦ 马承源主编:《上海博物馆藏战国楚竹书(一)》,第145页。

另一段是:

[孔子]曰:"《诗》,其犹平门。与戋(贱)民而(谷免)(豫)之,其用心也将何如?曰:《邦风》是也。民之有戚患也,上下之不和者,其用心也将何如?[曰:《小雅》是也]。……[者将何如?曰:《大雅》]是也。又(有)成功者何如?曰:《颂》是也。

四问"用心"(关于《大雅》的残缺),可知孔子认为《诗》所反映的是心意,既有"贱民"的心意,也有"成功者"的心意。关于《小雅》,说"民之有戚患也,上下之不和者,其用心也将何如",黄怀信先生说:"民之有戚患,正与……'多言难而怨怼者也'说相合。'上下之不和',也正是怨怼之所起。"①是从情感产生的原因来说的。

以情感论乐,原是极自然的事情,一首歌的情感基调是欢乐还是悲伤,是平静还是激越,闻曲已知,不待细查歌词。中国传统乐论多就感情色彩而发,先秦已然,如《礼记·乐记》云:"乐者,音之所由生也,其本在于人心之感于物也。是故其哀心感者,其声噍以杀;其乐心感者,其声啴以缓;其喜心感者,其声发以散;其怒心感者,其声粗以厉;其敬心感者,其声直以廉;其爱心感者,其声和以柔。"又曰:"凡音者,生人心者也。情动于中,故形于声,声成文谓之音。是故治世之音安以乐,其政和;乱世之音怨以怒,其政乖;亡国之音哀以思,其民困。"这两段话正是我们理解《孔子诗论》"其用心也将何如"的关键,论"用心"就是论情感,也就是论诗之音乐风格。"有成功"故生喜乐之情,乐曲相应的也就"安而迟"。有忧患,

① 黄怀信:《上海博物馆藏战国楚竹书〈诗论〉解义》,第259-260页。

上下不和,故生悲哀怨愤之情,乐曲相应的也就“噍以杀”,简文虽未明言《小雅》的音乐风格,但说情感其实也就包含了说音乐。

三、孔子对诗篇的评论

《孔子诗论》中论及60首诗,或着眼于情,或着眼于意,或两者兼之。如对《关雎》一诗,用“改”字总括其思想内容。这样的“意”又是通过“情”达成的,即所谓“以琴瑟之乐拟好色之愿,以钟鼓之乐[拟婚姻之]好”,把情感欲望“反纳于礼”,就是“改”。《论语·泰伯》:“师挚之始,《关雎》之乱,洋洋乎盈耳。”“《关雎》之乱”就是指《关雎》的最后一章,曰:“参差荇菜,左右采之。窈窕淑女,琴瑟友之。参差荇菜,左右芼之。窈窕淑女,钟鼓乐之。”诗乐至此达到高潮,所以孔子曰“洋洋乎盈耳”,这正与“好色之愿”的情感渲染达到极致相应。从“好色之愿”到“婚姻之好”,是情感的升华,也是意旨的揭明。前者可以用音乐表现,后者则必须借助于文辞,两者统一于诗。

再如对《甘棠》一诗,《孔子诗论》中有两处评论,一处重在“情”,一处重在“意”。前者曰:“《甘棠》[思]及其人,敬爱其树,其保(报)厚矣。甘棠之爱,以召公[之故也]。”所强调的是“爱”。此诗曰:“蔽芾甘棠,勿剪勿伐,召伯所茇。蔽芾甘棠,勿剪勿败,召伯所憩。蔽芾甘棠,勿剪勿拜,召伯所说。”说不要剪伐召伯曾憩止于下的甘棠树,孔子点出其所表达的情感是“爱”——对召伯的敬爱、爱戴,这是以情论诗。后者曰:“吾以(于)《甘棠》,得宗庙之敬。民性固然:甚贵其人,必敬其位;悦其人,必好其所为,恶其人亦然。”说“宗庙之敬”,正是对此诗意旨的进一步发挥,又《孔子家语·庙制解》:“诗云:‘蔽芾甘棠,勿剪勿败,召伯所憩。’周人之于邵公也,爱其人犹敬其所舍之树,况祖宗其功德而可以不尊奉其庙焉?"①黄怀信先生引此段以说明"宗庙之敬",说:"可见'于《甘棠》得宗庙之敬',完全出于孔子的推想。这无疑是其义理之学的又一种表现。其下又讲到民性,认为……是人的一种本性。这一方面是为了说明敬宗庙、爱甘棠,实际上是很自然的事;另一方面,无疑是为了说教。"②报恩追思,是甘棠之爱与宗庙之敬的共同之处,由此及彼,引申的跳跃性并不大。这种义理上的发挥,显然属于论"意",论"意"是以论"情"为基础的。

又如《鹿鸣》,是《小雅》首篇,据《仪礼》《礼记》等,是燕礼、乡饮酒礼之"升歌"所用,诗即描写宴飨的氛围,且自言其乐,一则曰"我有嘉宾,鼓瑟吹笙。吹笙鼓簧,承筐是将",再则曰"我有嘉宾,鼓瑟鼓琴。鼓瑟鼓琴,和乐且湛",音乐是"和乐"的,氛围是"和乐"的。《孔子诗论》所载孔子的评论很好地把握了此诗的特点,说:"《鹿鸣》以乐司(始)而会,以道交,见善而效,终乎不厌人。"所谓"以乐始",正是就《鹿鸣》作为"升歌"的礼仪用途而言,《仪礼·乡饮酒礼》《仪礼·燕礼》皆曰"工歌《鹿鸣》《四牡》《皇皇者华》",郑玄注:"《鹿鸣》,君与臣下及四方之宾燕,讲道修政之乐歌也。"《礼记·乡饮酒义》:"工入,升歌三终,主人献之。"孔颖达疏:"升堂歌《鹿鸣》《四牡》《皇皇者华》,每一篇而一终也。""升歌"是宴飨礼仪"正歌"之始,王国维先生说:"金奏既阕,献酬习礼毕,则工升歌。升歌者,所以乐宾也。升歌之诗以《雅》《颂》。大夫、士用《小

---

① 陈士珂辑:《孔子家语疏证》卷八,上海:上海书店,1987年版,第203页。

② 黄怀信:《上海博物馆藏战国楚竹书〈诗论〉解义》,第56页。

雅》，诸侯燕其臣及他国之臣，亦用《小雅》。”①用《小雅》就是指用《鹿鸣》《四牡》《皇皇者华》三首诗，《鹿鸣》又是三诗连歌之始。故孔子说“《鹿鸣》以乐始而会”，以《鹿鸣》为正歌之始的宴会正是《鹿鸣》一诗本身所描写的内容。“以乐始而会”与最后一句“终乎不厌人”是相对的，但并不是如一些学者所说的那样是指诗的首章（第一章）和末章（第三章），因为首章、末章皆言及奏乐，而是指宴会从始至终都洋溢着和乐的氛围，不令嘉宾厌倦。

“以道交”承诗中“人之好我，示我周行”而言，《毛传》：“周，至。行，善也。”“见善而效”承诗中“视民不恌，君子是则是效”而言，《毛传》：“恌，愉也。”“是则是效，言可法效也。”《郑笺》：“视，古示字也。饮酒之礼，于旅也语。嘉宾之语先王德教甚明，可以示天下民，使之不愉于礼义。”（愉，《正义》云：“定本作偷。”）“是乃君子所法效，言其贤也。”这是此诗的政教寓意，也正是宴飨礼仪（及其用乐）的精神内核，是觥筹交错、载歌载舞背后严肃的“道”与“义”，通过诗中的文辞直接提示出来。

《孔子诗论》中更多的是用一个词或一个短句揭示诗篇的“情”或“意”，言“情”者如“《扬之水》其爱妇烈。《采葛》之爱妇［切］”“《邶·柏舟》闷，《谷风》悲”等，言“意”者如“《［君子］阳阳》小人。《有兔》不逢时。《大田》之卒章，知言而有礼”“《青蝇》智（知）［谗］。《卷而（耳）》不知人”等。

---

① 王国维：《观堂集林》卷二《释乐次》，北京：中华书局，1959 年版，第 90 页。

四、结 论

通过以上考察,我们可以知道:孔子论诗,在着眼于诗类的宏观层面上,既论其“乐”又论其“文”,既论其“情”又论其“意”;在着眼于诗篇的微观层面上,所论者也无外乎“情”与“意”。而且我们有理由相信,孔子论某诗的情感表现,所依据的不仅仅是文辞,也包含着对诗乐的感受。“诗”是“乐”与“文”的统一体,“志”是“情”与“意”的交融,“诗亡隐志,乐亡隐情,文亡隐意”是孔子《诗》学观的最高概括,对我们理解孔门《诗》教乃至中国传统诗学的“言志”传统具有关键性的意义。

(胡宁,上海大学文学院副教授)

《淮南子》引《诗》说《诗》与西汉前期《诗》学思想

孙纪文

关于《淮南子》与《诗经》①的关联，当代有些学者已经做出一定程度的研究，如徐复观先生认为：《淮南子》遍引“《六经》《三传》，尤以引《诗》在二十九次以上，为最多。”②又认为，《淮南子·泰族训》说《关雎》《鹿鸣》义本毛《诗》③。又如马庆洲曾对《淮南子》征引《诗经》中的21处诗句文献进行了考实，以此说明《淮南子》对当时的《诗》作过研究④。此外，在赵逵夫、郭丹、陈良运、陈广忠、许结等先生的论著中，俱论及《淮南子》与《诗经》的密切关联。而笔者在2005年出版的《淮南子研究》之中，也曾对《淮南子》引《诗》和说《诗》的基本特征做出一些判断，以为《淮南子》“秉承了先秦儒家的《诗》学理念，只是增添了汉代《诗》学的特点。”⑤显然，这些研究成果对深入探讨《淮南子》与《诗经》的关联提供了诸多的研究思路和论说前提。当然，时至今日，有些论题依然值得再次深究，其原因不仅仅在于随着新的研究文献的问世，为某些问题的深度阐释提供了新的研究思路，也在于当我们再次进入西汉前

① 西汉前期的《诗经》自然称作《诗》，而非《诗经》。本文的称谓依据不同的语境而作区分。

② 徐复观：《两汉思想史》（第二卷），上海：华东师范大学出版社，2001年版，第123页。

③ 徐复观：《两汉思想史》（第二卷），第115页。

④ 马庆洲：《淮南子考论》，北京：北京大学出版社，2009年版，第131页。

⑤ 孙纪文：《淮南子研究》，北京：学苑出版社，2005年版，第49页。

期的《诗》学发展背景时,有些细节问题我们还有所忽视,值得我们静心参悟,以明《诗经》言说者的根本立场,并逐渐把握在五经博士未立以前的西汉前期《诗》学思想的融合面目,兼及廓清当时《诗》学的几个认知问题。

一、《淮南子》引《诗》与西汉前期《诗》学旨趣

《淮南子》与《诗经》的关联主要表现在两个层面:一是《淮南子》五经并举,并大量征引《诗经》的诗句,或者阐发《诗经》个别篇章的含义,此可称作淮南宾客们重视《诗经》的现实价值。二是《淮南子》把《诗经》看作是传统文化的再生力量,并从中拓展话语表现的言说空间,此可称作《诗经》具有不可替代的传统价值。表面看来,像《淮南子》这样的一部杂家大书,征引《诗》句以表明观点,或者论说《诗经》某一篇章的含义以阐明道理,是再寻常不过的言说行为。这种情形,正如早先的另一部杂家著作《吕氏春秋》所论《诗经》一样,是著述者自觉采取的书写行为。进一步说,正如同时期的一些论著,如陆贾的《新语》、韩婴的《韩诗外传》所论《诗经》一样,是作者采用的一种言说手段。即通过引《诗》和说《诗》,来达到论说宏大主题、信服众人的目的,从而增强话语论说的有效性和合理性。然而,当我们进入此时引《诗》论理的语境时,《淮南子》的这种言说行为愈发显现出共时性的历史效应,值得我们再次深思西汉前期的《诗》学旨趣问题。

一是引《诗》说理当是此时尊崇儒家《诗》学思想的知识界自觉采取的文化行为。诚然,《淮南子》明引、暗引《诗》近30次。在多数语境之中,其引《诗》的目的或为说理作证明,或为说事作证明。前者如《主术训》引《大雅·大明》“惟此文王,小心翼翼,昭事上帝,聿怀多福”四句,作为“圣人之心小矣”观点的证明。又如《修务

训》引《周颂·敬之》"日就月将,学有缉熙以光明"两句,作为"好学修美"说辞的证明。后者如《缪称训》引《大雅·文王》"周虽旧邦,其命维新"两句,以证周文王性善怀忧之事。又如《泰族训》引《大雅·民劳》"惠此中国,以绥四方"两句,以证圣主无为而治的晏然景象。综合起来看,说理、说事的《诗》用原则与《新语》《韩诗外传》等著作保持着话语体系的一致性,即:在一段说理、说事之后,引《诗》作权威性的论断支撑,意在引《诗》以明理明事,而不是引理引事以明《诗》。这样的例子很多,兹看下表10例的用法。

《诗》句	《诗经》出处	《淮南子》征引及用意
"执辔如组"	《郑风·大叔于田》	《缪称训》征引,文意为圣人御民有术。
"恺悌君子,求福不回。"	《大雅·旱麓》(毛传认为是赞文王之诗)	《泰族训》征引,表达以信义为准绳的道理。
"淑人君子,其仪一也。其仪一也,心如结也。"	《曹风·鸤鸠》	《诠言训》征引,文意为君子之心必须专一。
"日就月将,学有缉熙以光明。"	《周颂·敬之》	《修务训》征引,以证好学修美之道。
"不遑启处"	《小雅·四牡》	《诠言训》所征引,以赞周公日夜操劳,无暇休憩的奔忙状态。
"不识不知,顺帝之则。"	《大雅·皇矣》	《诠言训》所引以证"循天道"的道理。
"不衍不忘,率由旧章。"	《大雅·假乐》	《诠言训》所引以证"不忘故旧"的道理。
"人亦有言,无(靡)哲不愚。"	《大雅·抑》	《人间训》所引以证"无哲不愚"的道理。

续表

《诗》句	《诗经》出处	《淮南子》征引及用意
“高山仰止,景行行止。”	《小雅·车舝》	《说山训》所引乃表达“向往其人”的道理。
“神之听之,终和且平。”	《小雅·伐木》	《泰族训》所引以证鬼神“神奇”的表征。

这10例的用意与《新语》《韩诗外传》等著作征引《诗经》诗句的用意存在相通的语义学追求,即重在把握《诗经》的说服功用,而非重视《诗经》的文辞美意。如《新语·术事》中曾言:“夫进取者不可不顾难,谋事者不可不尽忠。故刑立则德散,佞用则忠亡。《诗》云:‘式讹尔心,以蓄万邦。’言一心化天下,而□□国治,此之谓也。”①此处陆贾征引《小雅·节南山》中的两个诗句,以明确“一心化天下”的道理。再如《韩诗外传》卷二第十章中所言:“无道以御之,彼虽多能,犹将无益于存亡矣。《诗》曰:‘执辔如组,两骖如舞’,贵能御也。”②此处韩婴征引《郑风·大叔于田》中的两个诗句,以证明“御民有道”的哲理。显然,这两书征引《诗经》的目的在于“用《诗》”,而非“品《诗》”。而且,根据我在《淮南子研究》中的统计,《淮南子》引《诗》说理的思路多与《韩诗外传》的说《诗》思路暗合,两者曾有14处征引相通的《诗》句来阐说道理。因此,此种情形说明,与《淮南子》同时的一部分西汉前期《诗》学研究者依然遵从先秦以来的传统:重视说《诗》言理的功用价值。

无疑,《新语》《韩诗外传》属于儒家学派的著作,它们自当征引《诗》句来强化言语的说服力。而《淮南子》征引《诗》句的学派情

① 王利器:《新语校注》,北京:中华书局,1986年版,第47–48页。

② (汉)韩婴撰,许维遹校释:《韩诗外传集释》,北京:中华书局,1980年版,第42页。

况比较复杂，儒家阵营中的学者可以引《诗》说理，比如，在融会儒家思想的《修务训》之中，曾征引《周颂·敬之》中的名句“日就月将，学有缉熙以光明”，以说明好学修美的境界。而道家阵营中的学者依然可以引《诗》说理。比如，在集聚道家思想的《俶真训》之中，曾征引《周南·卷耳》首章“采采卷耳，不盈顷筐。嗟我怀人，置彼周行”这四句诗，以证明“以言慕远世也”的思想。再如，在以道家思想为主导的《诠言训》之中，曾多次征引《诗经》中的“不识不知，顺帝之则”“不衍不忘，率由旧章”等诗句，以证明遵循天道、不忘故旧的哲理。由此说明不同的学派、不同的学者，都可以征引《诗》句来阐说道理，承袭引《诗》传统而赋予《诗》句新的语境之义。这种《诗》学选择在当时的知识界可谓自觉的文化行为，由此见出西汉前期《诗》学流派互融互通的认知倾向。

二是深受《荀子》学派的影响，而与战国时期《孔子诗论》一派的《诗》学追求不为同调。周知，孔门说《诗》的一个显著特点是强调《诗》的社会功用意义，尽管孔子曾言《诗》可以“兴观群怨”，其中也蕴含着文学审美意义的诉求，而“绘事后素”的目标还是指向《诗》句背后的人伦价值。因此，自先秦至西汉前期，在相当长的《诗》学史上，诸多古典文献都在寻觅着《诗经》的说理价值，《淮南子》引《诗》论理也可以说是孔门说《诗》用《诗》的又一次延续。当然，具体而言，《淮南子》的这种引《诗》论理的言说形式，最为直接的话语来源是《荀子》一书，即《荀子》论《诗》的范式深深影响了《淮南子》引《诗》的言说方式。

先秦时期，儒家学派讲事说理时，常常引《诗》以证。这原是他们著述的惯例，《论语》《孟子》等书中都有此种言说行为，而《荀子》之中则最多。《荀子》引《诗》，常常在一段议论之后带出几个《诗》句，以“此之谓也”作结，如此则既可以当作论断的依据，也可以当作固定的话语模式。例如,《荀子·修身篇》中说:“夫师,以身为正仪而贵自安也。《诗》云:‘不识不知,顺帝之则’此之谓也。”① 此处《荀子》引《诗》以比喻师法暗合天道的情形,如同文王虽然未知原理,但已经顺天之法则了。《淮南子》引《诗》模式亦如同《荀子》引《诗》方式一样,在相通的语境之中,完成话语言说行为。之前我在《淮南子研究》中曾以为《淮南子》引《诗》模式乃是受到《韩诗外传》引《诗》模式的影响②,今日看来,毋宁说是受到《荀子》学派的影响,因为《韩诗外传》也是《荀子》学派的说《诗》之作。显然,这样的说《诗》方式,与战国时期《孔子诗论》的言说思路并不连贯。

战国29支竹简《孔子诗论》的解诗方法被当今很多学者称为“就诗论诗”的方法,这种方法容易探寻《诗》之本意,因而《孔子诗论》被看作是战国《诗》学思想体系的代表作品。其说《诗》特色正如学者所言:“它就《诗》论诗,并从《诗》义中阐发所蕴含的诗情与人性”,“《诗论》评价每一首诗,没有任何的譬喻与感兴,也不包含某一做人做事的哲理意蕴,都是就《诗》本身而谈《诗》意、《诗》情。”③于是,《孔子诗论》的解诗方法就成为《诗》学史上重要的一个发展环节,似乎预示着接下来的西汉前期会紧承战国就《诗》论诗的余绪,而开启探寻《诗》之本意的路径。然而,自秦至汉,就《诗》论诗的光影却淹没不见了,只在个别文献中存留一点点的余光。尽管《新语》《韩诗外传》《淮南子》等书中,都曾引《诗》作为说理、说事的有效手段,但就语段含义而言,它们的言说可根据具体

① (清)王先谦:《荀子集解》,北京:中华书局,1988年版,第34页。

② 孙纪文:《淮南子研究》,第50页。

③ 葛立斌:《〈孔子诗论〉属于战国〈诗〉学思想体系》,《广东第二师范学院学报》,2013年第1期,第63页。

的表达需要，依然存在“用《诗》灵活”的语义选择。这样的语言环境，与强大的断章取义、各寻其要的言说传统息息相关，故而，在引《诗》、说《诗》的背后，依然贯通着传统说《诗》的理路：看重语境的当下使用，而不一定顾及《诗》意的整体蕴含。于是，它们可共同选择征引相通的《诗》句，尽管语义所指可存在一定的差异性，但更加呈现出西汉前期《诗》学思想的多面色彩，此情形格外有意趣。

三是多向度的语境意义映现出西汉前期采《诗》用《诗》的开放局面。仔细看来，《淮南子》与西汉前期《诗》学产生关联的历史语境有三：一是战国末期至汉代初期的知识界普遍以征引《诗》作为话语言说的理论支撑力量。于是，《淮南子》的知识界，无论是道家学派的宾客，还是儒家学派的宾客，都以征引《诗》的要义和引用《诗》句为能事，借此作为立言的选择，从而为《诗》学的继续发展承担阐释者的作用，此为“用《诗》语境”。二是《诗》中有理、《诗》中有事、《诗》中有史的深层结构，为西汉前期《淮南子》的论说功能凭添了无可置疑的辩论力量。因而，《诗经》不仅仅是文化典籍，也是再生语言环境的助推者。三是《左传》以来断章取义与“《诗》无达诂”的历史流脉影响着《淮南子》的说《诗》取向，映现出西汉前期《诗》学研究的混杂语境。这三种历史语境与多向度的《诗》学语境意义之间形成对应关系，存在《诗》义转化的可能性。

何谓“多向度”？即博采《诗》句和征用《诗》句时，用《诗》者可以依据一定的语境需要，对《诗经》中相同诗句的《诗》义进行多维的阐说与征用。我们以征用《曹风·鸤鸠》中的“淑人君子，其仪一也。其仪一也，心如结也”和《周南·卷耳》中的“采采卷耳，不盈顷筐。嗟我怀人，置彼周行”为例，略作分析。

依《毛诗正义》的解说，《曹风·鸤鸠》中的“淑人君子，其仪一也。其仪一也，心如结也”的大意是：善人君子在民上，“其执义均平,用心如一。”①而《周南·卷耳》中的“采采卷耳,不盈顷筐。嗟我怀人,置彼周行”的大意是:卷耳易采却不满筐,缘于思君子、官贤人而置之列位的嗟叹,故首句为“忧者之兴也”②。故而“用心专一”和“贤人列位”可谓理解这两处《诗》句的关键词。《淮南子·诠言训》中曾云:“贾多端则贫,工多技则穷,心不一也。故木之大者害其条,水之大者害其深。有智而无术,虽钻之不通;有百技而无一道,虽得之弗能守。故《诗》曰:‘淑人君子,其仪一也。其仪一也,心如结也,君子其结于一乎!”③而《韩诗外传》卷二中曾云:“凡治气养心之术,莫经由礼,莫优得师,莫慎一好。好一则抟,抟则精,精则神,神则化。是以君子务结心乎一也。《诗》曰:‘淑人君子,其仪一兮。其仪一兮,心如结兮。”④《淮南子·俶真训》中有:“今矰缴机而在上,网罟张而在下,虽欲翱翔,其势焉得?故《诗》云:‘采采卷耳,不盈顷筐,嗟我怀人,置彼周行’,以言慕远世也。”⑤而鲁《诗》以为《卷耳》的大意是:“思古君子官贤人,置之列位也。”⑥所以,在“用心专一”和“贤人列位”的前提之下,语义或者指向弃智得道的专一,或者指向治气养心的专一,或者指向羡慕远世的情怀,或者指向官人列位的希冀,从而构成语义的多向度意趣。

进一步说,这种多向度的语义与《荀子》说《诗》和用《诗》的情形存在一定的语义关联性。如《荀子·劝学篇》中也曾说:“是故无

① (清)阮元校刻:《十三经注疏》,北京:中华书局,1980 年版,第 85 页。

② (清)阮元校刻:《十三经注疏》,第 277 页。

③ 刘文典:《淮南鸿烈集解》,北京:中华书局,1989 年版,第 481 页。

④ (汉)韩婴撰,许维遹校释:《韩诗外传集释》,北京:中华书局,1980 年版,第 75 – 76 页。

⑤ 刘文典:《淮南鸿烈集解》,第 78 页。

⑥ (清)王先谦:《诗三家义集疏》,北京:中华书局,1987 年版,第 23 页。

冥冥之志者无昭昭之明,无惛惛之事者无赫赫之功。行衢道者不至,事两君者不容。目不能两视而明,耳不能两听而聪。螣蛇无足而飞,梧鼠五技而穷。《诗》曰:'鸤鸠在桑,其子七兮。淑人君子,其仪一兮。其仪一兮,心如结兮。'故君子结于一也。"①《荀子·解蔽篇》中也有:"故曰:心容其择也,无禁必自见,其物也杂博,其情之至也不贰。《诗》云:'采采卷耳,不盈顷筐。嗟我怀人,置彼周行。'顷筐易满也,卷耳易得也,然而不可以贰周行。故曰:心枝则无知,倾则不精,贰则疑惑。"②前者征引的目的是表明学习专一的重要性,而后者征引的目的是表明采卷耳者分心于弃置贤人于周国列位的事情。显然,西汉前期言《诗》学者的用《诗》倾向与《荀子》用《诗》的倾向保持着内在的场域联系。

当然,多向度的《诗》句采撷与征用,并不意味着说《诗》者、引《诗》者随意阐发《诗》义和漫说,而是根据《诗》句的内在蕴含自有相同的语义指向,如"执辔如组"不离"御人有术"这个大旨,"日就月将,学有缉熙以光明"不离"修身学习"这个大旨,而"不衍不忘,率由旧章"不离"不忘故旧"这个大旨等。这也是汉代四家《诗》在解说《诗经》时大同小异的重要原因之所在,也是当下我们在阅读西汉前期文献时,所见征引《诗》句的大旨存在互融情况的重要因素。

要之,《淮南子》与西汉前期《诗》学之间的语境既是一种尊重传统的语境,也是一种互融的语境,更是一种开放的语境。在这种杂糅的语境当中,引《诗》和说《诗》者的《诗》学取向自然以寻求《诗》的多层面功用为旨归,换言之,《淮南子》继续延续着孔门论《诗》说《诗》之际孔子所提倡的"兴观群怨"式的《诗》学传统,构成

① (清)王先谦:《荀子集解》,第9-10页。

② (清)王先谦:《荀子集解》,第398页。

“求义”与“求用”并存的状态。因而,《淮南子》中所蕴含的《诗》学意义不是静态的,而是动态的。

二、《淮南子》说《诗》与四家《诗》的离合问题

《淮南子》说《诗》与西汉前期齐、鲁、韩、毛四家《诗》的关系问题,间或被学者所论及,如清代王念孙认为,《泰族训》说《关雎》义本《毛诗》,他引用《毛传》中“雎鸠,挚而有别”为证,并旁引《说林训》中的“神龙不匹,猛兽不群,挚鸟不双”为据①。今人徐复观先生也认为,《泰族训》说《关雎》《鹿鸣》义本《毛诗》②。而清代王先谦在《诗三家义集疏》的《卷耳》一诗注解中,曾明确指出《淮南子》说《卷耳》之义为“鲁说”③。于是,它们之间的关系到底如何,似有再讨论的必要。

《淮南子》主要采用两种方式解说《诗》的大义,一是结合五经总义来阐说;二是选取具体的《诗》篇进行解说。前者如《淮南子·泛论训》所言:“百川异源而皆归于海,百家殊业而皆务于治。王道缺而《诗》作,周室废、礼义坏而《春秋》作。《诗》《春秋》,学之美者也。皆衰世之造也,儒者循之以教导于世,岂若三代之盛哉!”④又如《淮南子·泰族训》所言:“温惠柔良者,《诗》之风也;淳庞敦厚者,《书》之教也;清明条达者,《易》之义也;恭俭尊让者,《礼》之为也;宽裕简易者,《乐》之化也;刺讥辩义者,《春秋》之靡也。”⑤后者

① 刘文典:《淮南鸿烈集解》,第675页。
② 徐复观:《两汉思想史》(第二卷),第115页。
③ (清)王先谦:《诗三家义集疏》,第23页。
④ 刘文典:《淮南鸿烈集解》,第427页。
⑤ 刘文典:《淮南鸿烈集解》,第674页。

如《淮南子·俶真训》所说："故《诗》云：'采采卷耳，不盈顷筐，嗟我怀人，置彼周行'，以言慕远世也。"①皆是案例。又：按《史记·儒林列传》和《汉书·儒林传》的记载，至《淮南子》成书之际，齐、鲁、韩三家《诗》的传承线条已较为明晰。《毛诗》虽为古文经学，较齐、鲁、韩三家《诗》为晚出者，但《淮南子》说《诗》的时间也与《毛诗》有所交集，那么，《淮南子》的解说与四家《诗》的解说之间自然产生了关联，其离合关系就显得颇有深意。

首先，《淮南子》说《诗》与四家《诗》之间的确存在相合之处。《淮南子·泰族训》曾解释《国风·关雎》和《小雅·鹿鸣》的大义时说："《关雎》兴于鸟，而君子美之，为其雌雄之不乖居也；《鹿鸣》兴于兽，君子大之，为其见食而相呼也。"②《关雎》为《国风》之始，《鹿鸣》为《小雅》之始。此"二始"与《大雅》之始的《文王》、《颂》之始的《清庙》构成汉代著名的"四始说"。根据四家《诗》的解释，"四始"中包含着孔子的"微言大义"，故格外受到关注。此处《淮南子》特标出这连贯的两首《诗》，表述之法尽管无涉"四始"的观念，而淮南经生们的重视程度显而易见。根据语境可以得知，《淮南子》以为《关雎》和《鹿鸣》一兴于鸟，一兴于兽，皆为"美"《诗》，《关雎》美在雌雄不乖居，《鹿鸣》美在见食而相呼，由此可以延伸出"和谐"与"嘉善"的大义。此情形与《毛诗》解释《关雎》之旨确有相合的倾向，正如《毛诗序》所说："《关雎》，后妃之德也，风之始也，所以风天下而正夫妇也。故用之乡人焉。"③又说："是以《关雎》乐得淑女，以配君子，忧在进贤，不淫其色；哀窈窕，思贤才，而

① 刘文典：《淮南鸿烈集解》，第78页。

② 刘文典：《淮南鸿烈集解》，第675页。

③ （清）阮元校刻：《十三经注疏》，第269页。

无伤善之心焉，是《关雎》之义也。”①又与《毛诗》解释《鹿鸣》之旨颇多一致，如《毛诗序》所说：“燕群臣嘉宾也。既饮食之，又实币帛筐篚，以将其厚意，然后忠臣嘉宾得尽其心矣。”②而《泰族训》中多说的“今夫《雅》《颂》之声，皆发于词，本于情，故君臣以睦，父子以亲”的说法③，与《毛诗序》所言的“发乎情，止乎礼义”的思想也存在相合之处。同时，《淮南子》解说《关雎》要义的口吻与《韩诗》的说辞也无矛盾之处，正如《韩诗外传》卷五第一章诠释《关雎》时所说：“大哉《关雎》之道也，万物之所系，群生之所悬命也，河洛出书图，麟凤翔乎郊。不由《关雎》之道，则《关雎》之事将奚由至矣哉？……子夏喟然叹曰：‘大哉《关雎》，乃天地之基也。’”④由此可见当时说《诗》的审慎倾向。

其次，《淮南子》说《诗》与四家《诗》之间也存在相离之处。比如《淮南子》视《关雎》为“美”诗，与《毛诗》相合，却与齐、鲁、韩西汉前期三家《诗》将《关雎》为“刺”诗的看法相异，这三家《诗》将《关雎》的题旨或解释为“刺康王”，即讥讽周康王淫于女色；或解释为“刺时”，认为其中隐含着防微杜渐的大义，由此牵及男女婚姻关系与帝王政治的重要性，告诫人们要重视帝王后宫生活，正如清代皮锡瑞《经学通论·诗经》所说，齐、鲁、韩三家《诗》视《关雎》为“刺诗”，重视《关雎》的讽谏作用，“为刺康王晏朝，诗人作诗之义”⑤。故而陈桐生在《史记与诗经》一书中说：“《关雎》是《诗三百》之首，而它又是刺周康王淫于女色，经三家《诗》这样一解释，

① (清)阮元校刻：《十三经注疏》，第273页。
② (清)阮元校刻：《十三经注疏》，第405页。
③ 刘文典：《淮南鸿烈集解》，第693页。
④ (汉)韩婴撰，许维遹校释：《韩诗外传集释》，第164－165页。
⑤ (清)皮锡瑞：《经学通论》，北京：中华书局，1954年版，第5页。

《关雎》的意义就非同一般了。"①再如《淮南子》视《鹿鸣》为"美"诗,与《毛诗》相合,却与《鲁诗》所说的"仁义陵迟,《鹿鸣》刺焉"的"刺"诗观念不同,而且,《淮南子·诠言训》曾言:"乐之失刺。"②高诱注云:"乡饮酒之乐歌《鹿鸣》,《鹿鸣》之作,君有酒肴,不召其臣,臣怨而刺上者非也。"③意思是:《诠言训》采《鲁诗》说,可是旨意却以怨刺为不然。因而《淮南子》说《诗》与《鲁诗》在理解《鹿鸣》主旨时发生分歧。又如,《淮南子·泰族训》解释《关雎》时虽然看重"雎雄之不乖居"的和谐,却并没有上升到《毛诗》所论"后妃之德"的高度;解释《鹿鸣》时虽然看重"见食而相呼"不吃独食的友善,也并没有提及"宴乐群臣嘉宾"的场景。这表明《淮南子》说《诗》也与《毛诗》的说辞存在区别。

其三,在多数语境中,《淮南子》说《诗》与四家《诗》之间存在着杂糅的情形,即一方面大义有相通之处,另一方面各自又有独立的看法,从而构成复杂的离合关系。如《周南·卷耳》首章"采采卷耳,不盈顷筐。嗟我怀人,置彼周行"这四句诗,被《淮南子》运用到"言采采易得之菜,不满易盈之器,以言君子为国,执心不精"的语境之中,它所理解的诗义,既与四家《诗》义相通,也有其根据语义的多向度指涉而发挥"微言大义"的一面,于是被《俶真训》解释为"以言慕远世也",也就是说,《淮南子》的用《诗》者认为这四句诗是表达怀古情怀的。而《毛诗序》云:"《卷耳》,后妃之志也。又当辅佐君子,求贤审官,知臣下之勤劳,……朝夕思念,至于忧勤也。"④乃着眼妇德而释义。朱熹《诗集传》解说这四句诗时就深得

① 陈桐生:《史记与诗经》,北京:人民文学出版社,2000年版,第133页。

② 刘文典:《淮南鸿烈集解》,第485页。

③ 刘文典:《淮南鸿烈集解》,第485页。

④ (清)阮元校刻:《十三经注疏》,第277页。

《毛诗》之旨："托言方采卷耳，未满顷筐，而心适念其君子，故不能复采，而置之大道之旁也。"①可见，《淮南子》说《诗》立足《诗》句的起兴之义而"断章取义"求应用；《毛诗》则从《诗》句中寻绎出政治妇德观念，两者说《诗》各有其主旨。不仅如此，正像四家《诗》的复杂关系一样，《淮南子》的《诗》说思想必须回归到具体的篇目解说之中，才能辨析出它所秉持的观点，因为即使是今文经学的齐、鲁、韩三家《诗》之间，也存在复杂的异同关系，比如《鲁诗》以为《鹿鸣》为"刺"诗，而齐、韩两家却认为是"美"诗，此状况又与《毛诗》义合。故而，仅仅以《淮南子》中的某些说《诗》旨趣与四家《诗》有一致之处就断言两者之间存在着傍依关系，或者因存在差异之处就认为两者无甚关联，似乎存有一定的认知缺失。毕竟，时至今日，我们已经看不到完整的三家《诗》了，更何况也不能完全掌握《淮南子》经生们的学术背景和传承脉络。

总体而言，《淮南子》说《诗》与四家《诗》各家之间都有相应的语义延伸关系。而且，根据前人研究，《淮南子》的说《诗》之义多采用《鲁诗》说，如王先谦在《诗三家义集疏》中就认为如此。这也印证了在西汉前期的《诗》学传承中，《鲁诗》的影响程度之深厚，甚至连同时稍后的司马迁也采用《鲁诗》的思想书写《史记》中的儒林景观，如在《十二诸侯年表》中，史迁明确云："周道缺，诗人本之衽席，《关雎》作。仁义陵迟，《鹿鸣》刺焉。"②这与《鲁诗》的看法如出一辙。由此可见，《淮南子》说《诗》多与《鲁诗》合，也自有一定的学术渊源关系。

《淮南子》直接阐释《诗经》大旨的内容并不多，可是，透过有限的批评话语，我们依然会发现其中的两点缘由。一是《淮南子》中

① (宋)朱熹:《诗集传》，上海:上海古籍出版社，1980 年版，第 3 页。
② (汉)司马迁:《史记》，北京:中华书局，1982 年版，第 509 页。

的篇章本非一个学派所为，不同学派所作的篇章对四家《诗》自有不同的态度、体认和接受。二是《淮南子》的作者群中本有源于齐鲁之地的儒士，这些秉承《荀子》学派的齐鲁士人极易将荀学派的《诗》学观点羼杂于《淮南子》中。所以，客观地说，《淮南子》说《诗》具既有与四家《诗》义互融相合，也有独立言说的性质。因而，《淮南子》说《诗》与四家《诗》义有同有异，有离有合。仅仅凭借《淮南子》说《诗》与四家《诗》中的某一家《诗》说存在吻合的情况，就断定它属于此一家的系统，似有些仓促之感。当然，认为《淮南子》说《诗》是有别于四家《诗》的另一个说《诗》流派，似乎也陷入论据不足的困惑之中。尽管《汉书·艺文志》除了记载四家《诗》派之外，还曾言及另有后氏和孙氏两家《诗》学流派。而且，根据考古发现，汉代确有其他的《诗》学版本，如 1977 年安徽阜阳双古堆一号汉墓出土的《诗经》残简，文字内容与《毛诗》不同，据专家研究，"这是不同于汉代齐、鲁、韩、毛四家《诗》的另一种本子。"①可是，单单凭借这些文献就断定《淮南子》的说《诗》者另立宗派，或许存在假设的成分，因为诸多要素之间并不能构成必然的关联。比较理性的认识是：立足当时的《诗》学背景，《淮南子》说《诗》自有与四家《诗》义互融的情况，此情形或与缘于同一传承系统有关，或与共通的解《诗》理路有关，甚至或与《淮南子》采撷某一部书籍时恰巧遭遇相同的《诗》句有关。而《淮南子》说《诗》与四家《诗》义不同，应是西汉前期说《诗》的开放性决定了它的自由性的直观体现，这未尝不是汉武帝未立五经博士之前的《诗》学状态。

---

① 朱渊清：《中国出土文献与传统学术》，上海：华东师范大学出版社，2001 年版，第 86 页。

三、《淮南子》引《诗》说《诗》与西汉前期《诗》学思想的复合结构

立足《淮南子》引《诗》说《诗》的历史背景，结合西汉前期《诗》学的发展状态，依然有几个深度问题需要我们做出判断，以明西汉前期《诗》学思想的复合结构。

1.《诗》有本义，有引申义，而本义最难寻觅。《诗》有本义，有引申义，此种认识在《诗》学史上早有学者论及，比如朱自清先生在《诗言志辨》中就曾说："原来自从僖公二十四年以后，引风诗、赋风诗的都很不少。雅颂本多讽颂之作，断章取义与原义不致相去太远；风诗却少讽颂之作，断章取义往往与原义差得很远。"①而且，朱自清先生还以为《毛诗》的比兴说诗有时也距离《诗》的本义有差别，这些观点是值得肯定的。但是，《诗经》之中，除了少数有明确文献记载的作者作诗之意，从而可以确定为某一具体篇什的诗歌本义之外，如《小雅·节南山》的本义，诗中就有明示："家父作诵，以究王讻。式讹尔心，以蓄万邦。"而在多数情况下，怎样明确诸多《诗》篇的本义，的确是一件非常困难的事情。就《淮南子》引《诗》说《诗》的语境来看，其言说倾向多指向《诗》的引申义，偶有涉及本义的旨趣。

换言之，尽管战国时期《孔子诗论》在解《诗》说《诗》时，多立足一首诗的整体内涵或者情感所在而言说，其阐说内容为本义的探寻找到了一定的理路。可是，这一理路并没有被西汉前期的四家《诗》派所承继，也没有被《淮南子》的解《诗》说《诗》者所承继，

① 朱自清：《朱自清说诗》，上海：上海古籍出版社，1998年版，第68页。

因而可以看出,《淮南子》引《诗》说《诗》的做法,保持了自《荀子》引《诗》说《诗》以来话语系统的范式要求,而与《孔子诗论》解《诗》说《诗》时的手法运用保持了一定的距离。

所以,相对而言,立足一首诗的整体含义去理解诗篇,远比仅仅截取其中的某几句话去理解诗意,更接近于本义的指涉;立足一首诗的情感指向和历史背景去理解诗篇,远比使用者仅仅借助当下语境的需要去理解诗意和使用诗意,更接近于本义的指涉。这或许就是孟子所说的"知人论世"和"以意逆志"解《诗》方法的要领所在。于是,在一定场域之内,说《诗》者偏离了本义的指涉而又与本义存在着语义上的内在关联,便多为引申义的发挥。故而,从《诗》学史的角度看,早在西汉前期,《诗》之本义已经很难寻觅。当然,很难寻觅也未尝不是一件幸事,毕竟它为理解《诗经》的多重语义空间打开了一条条可以延伸的通道。

2.《诗》有四家义,有他家义。《诗》学史上,西汉前期的齐、鲁、韩、毛四家《诗》最为有名,前三家为今文经学,毛《诗》为古文经学,此为通识。今古文《诗》学虽有门户之争,而对于"风人之旨"的理解也多有重合,就连清代今文经学家皮锡瑞在其《经学通论·诗经》中也倡言:"风人多托意男女不可以以文害辞。"①由此看出四家《诗》虽有今古文的阵营,却存在内部之联系。此外,《汉书·艺文志》云:"《诗经》二十八卷,鲁、齐、韩三家。《鲁故》二十五卷。《鲁说》二十八卷。《齐后氏故》二十卷。《齐孙氏故》二十七卷。《齐后氏传》三十九卷。《齐孙氏传》二十八卷。《齐杂记》十八卷。《韩故》三十六卷。《韩内传》四卷。《韩外传》六卷。《韩说》四十一卷。《毛诗》二十九卷。《毛诗故训传》三十卷。凡《诗》六家,四

---

① (清)皮锡瑞:《经学通论》,第61页。

百一十六卷。"①可见,除了齐、鲁、韩、毛四家《诗》之外,至少还有后氏《诗》学和孙氏《诗》学两家别立,他们六家共同著述《诗》学训传四百一十六卷。换个视角说,依据《汉志》的记载,《诗》自有四家义,有他家义。尽管后人不清楚后氏《诗》学和孙氏《诗》学的内容要旨,可是从班固叙述的语气和排列顺序看,这两家《诗》学的影响至少可以延伸到西汉前期。由此看出,在《淮南子》成书之际,至少曾有六家《诗》学流派传经讲道,以续《诗经》大义之脉络。当然,《淮南子》的《诗》学思想究竟源自何家,又属于哪一派的阵营,我们不一定做出终结的答案,但是,至少我们可以想见当时《诗》学流派的大体走向,也进一步明了"《诗》有四家义,有他家义"的历史必然性。

3.《诗》有同义,有异义。从《淮南子》引《诗》说《诗》的宏大背景之中,我们自可看出,西汉前期之际,各家各派在解读《诗》义过程之中,既有同义的情况,也有异义的情况。比如四家《诗》在解读《雅》《颂》的要义时,多有互通的训传,此种情形正如《淮南子·泰族训》所说:"今夫《雅》《颂》之声,皆发于词,本于情,故君臣以睦,父子以亲。"②同时,各家各派也保持独立的说《诗》立场,比如《汉书·艺文志》曾说:"汉兴,鲁申公为《诗》训故,而齐辕固、燕韩生皆为之传。或取《春秋》,采杂说,咸非其本义。与不得已,鲁最为近之。"③可见,齐、鲁、韩三家说《诗》义时虽然大略相同,但也存在差异性。故而,各家说《诗》的异同必须回归特定的语境之中来搜寻。而在很多语境之中,对于《诗》义的异同必须切入深厚的底蕴之中才能把握,王先谦在《诗三家义集疏》之中,曾引大量文献以证三家

① (汉)班固:《汉书》,北京:中华书局,1962年版,第1707-1708页。
② 刘文典:《淮南鸿烈集解》,第693页。
③ (汉)班固:《汉书》,第1708页。

《诗》间或存在相异的看法，例如齐、韩两家《诗》以为《鹿鸣》为"美"诗，而《鲁诗》却认为《鹿鸣》为"刺"诗。齐、韩两家的美诗观念竟然与《毛诗》的看法相吻合。即便如此，四家《诗》在诗学大义的解读方面又存在互融的空间，都认为与"仁义、嘉善"的主题密不可分，如陆贾《新语》中所说："《鹿鸣》以仁求其群，《关雎》以义求其雄。"①此意可谓四家《诗》义在一定语言场域内并无沟壑的前提。因而在西汉前期，《诗》义或明或晦，须因时因事而作细致的分析，由此可证王先谦在《诗三家义集疏 · 序例》的几句话颇有些深意，他说："《诗》有美有刺，而刺诗各自为体：有直言以为刺者，有微词以讽者，亦有全篇皆美而实刺者。美一也，时与事不伦，则知其为刺矣。"②

正因为《淮南子》引《诗》说《诗》有上述三种多重含义，故与西汉前期《诗》学思想的复合结构产生了内在的关联。根据我的统计，仅《淮南子 · 泰族训》一篇就明引暗引《诗》达 12 处之多，涉及多个层面的《诗》学问题，有明经致用的观念，有兴寄风教的观念，有五经条贯的思想，有美在协调的思想等，可与西汉前期《诗》学思想讲求"殊途同归"的理念互相印证。比如《泰族训》总论五经大义时说道："五行异气而皆适调，六艺异科而皆同道。温惠柔良者，《诗》之风也；淳庞敦厚者，《书》之教也；清明条达者，《易》之义也；恭俭尊让者，礼之为也；宽裕简易者，乐之化也；刺讥辩义者，《春秋》之靡也。故《易》之失鬼，乐之失淫，《诗》之失愚，《书》之失拘，礼之失忮，《春秋》之失訾。六者，圣人兼用而财制之。失本则乱，得本则治。其美在调，其失在权。"③由此看出，《诗经》已经成为淮

① 王利器：《新语校注》，北京：中华书局，1986 年版，第 30 页。

② （清）王先谦：《诗三家义集疏》，第 2 页。

③ 刘文典：《淮南鸿烈集解》，第 674 – 675 页。

南经生们通经致用的思想武器,故而徐复观先生评价这段话为:"这是针对现实,使六艺成为活的思想去加以把握。"①而且,赋比兴的观念、美刺的概念并非只是《毛诗》派说《诗》时的专有名词,实际上,在《淮南子·泰族训》之中就曾说:"温惠柔良者,《诗》之风也。"②又说:"《关雎》兴于鸟,而君子美之,为其雌雄之不乖居也。"③这两处的"风"和"兴"的含义,与《毛诗序》所言的"风,教也"和"诗有六义"的思想并无二致。并且,在上述引文之中,也出现了"美""刺"等关键词,其含义与四家《诗》的训诂仍可互通。故而,在知识溯源之中,有一条可以通向西汉前期各学派互相融合的路径。

《淮南子·泰族训》可谓一篇弘扬了当时儒家《诗》学观念的大作,这样的判断不仅在于《泰族训》引《诗》说《诗》的数量,而且在于《泰族训》秉承了孔门说《诗》的传统,重视"兴观群怨",重视《诗经》的教化价值,同时又与四家《诗》的诗学旨趣大同小异,足以观照当时《诗》学思想既多元又汇通的状况,此情形正如《泰族训》所说:"夫观六艺之广崇,穷道德之渊深,达乎无上,至乎无下……其所以鉴观,岂不大哉!"④

由此表明,西汉前期《诗》学思想呈现出的复合化结构模式未尝不是当时文学思想的自在状态。如今我们仅以当代人所谓的"纯文学"的思想解读《诗经》的复杂意蕴,可能存在意义追问的被遮蔽之处。

(孙纪文,西南民族大学文学与新闻传播学院教授)

---

① 徐复观:《徐复观论经学史二种》,上海:上海书店出版社,2002 年版,第 171 页。

② 刘文典:《淮南鸿烈集解》,第 674 页。

③ 刘文典:《淮南鸿烈集解》,第 675 页。

④ 刘文典:《淮南鸿烈集解》,第 689 - 690 页。

《史记》三家注引《诗》及相关问题

李小成

《史记》三家注为南朝宋裴骃的《史记集解》、唐司马贞的《史记索隐》和唐张守节的《史记正义》,是对后世影响最为深远的《史记》研究成果,其注释中征引了大量与《诗经》有关的内容,这样引《诗》入史,不仅为《史记》增加了论据,还使其文章更为生动活泼。司马迁撰《史记》时,对《诗经》内容多有征引。今人在探讨《史记》与《诗经》关系方面涉猎很多,如陈桐生的《史记与诗经》一书,①较为全面地叙述了二者的关联以及司马迁的《诗》学观点。孙亮的《〈史记〉引〈诗〉考》一文,②叙述了《诗经》的史料价值,即司马迁在编写《史记》时汲取了《诗经》不少的史料和素材,对《诗经》进行了很大比例的征引。陈虎的《试论〈诗经〉对〈史记〉的影响》一文,③主要从《诗经》与《史记》的天人观、《诗经》与《史记》的原始察终和见盛观衰以及引《诗》入史等五个方面叙述了《诗经》对《史记》的重要影响。当代学者对《史记》三家注与《诗经》的关系也多有研究,主要成果如吕冠南所写《〈史记〉三家注的〈诗经〉文献学价值》一文,④主要叙述了三家注在保存前代经籍方面的价值,并指出其在《韩诗》文献方面的价值亦不容忽视。另如冯洁的《〈史记〉

① 陈桐生:《史记与诗经》,北京:人民文学出版社,2000 年版。

② 孙亮:《〈史记〉引〈诗〉考》,《黑龙江教育学院学报》,2008 年第 5 期。

③ 陈虎:《试论〈诗经〉对〈史记〉的影响》,《晋阳学刊》,2002 年第 3 期。

④ 吕冠南:《〈史记〉三家注的〈诗经〉文献学价值》,《渭南师范学院学报》,2017 年第 1 期。

三家注的校勘内容及特点》①、郑梅的《〈史记〉三家注的文学价值》②及应三玉所著《〈史记〉三家注研究》③等均对《史记》三家注引《诗》情况有所涉及,但并未深入探讨。因此,随着《史记》与《诗经》研究的深入和范围的扩展,三家注引《诗》及相关问题,应受到学界的重视。

一、《史记》三家注引《诗》分类

《史记》三家注三种书都征引了比例很大的《诗经》内容,所引内容除涉及《诗经》中风、雅、颂各个部分外,还涉及众多注疏的征引,如《诗注》《诗谱》《诗小序》《诗传》《毛诗》等内容,共计 20 项,130 余例,引用广泛而内容丰富。据不完全统计,涉及内容较多的为"风"23 例,"雅"42 例(大雅 16 例、小雅 26 例),"颂"13 例,其中《毛诗》15 例,其他项则涉及较少。

(一)风

> 《仲尼弟子列传》:"卜商,字子夏。少孔子四十四岁。子夏问:'巧笑倩兮,美目盼兮,素以为绚兮,何谓也?'子曰:'绘事后素。'曰:'礼后乎?'孔子曰:'商始可与言诗已矣。'"

《史记集解》:"马融曰:'倩,笑貌。盼,动目貌。绚,文貌。此

---

① 冯洁:《〈史记〉三家注的校勘内容及特点》,《渭南师范学院学报》,2016 年第 9 期。

② 郑梅:《〈史记〉三家注的文学价值》,《文教资料》,2016 年第 24 期。

③ 应三玉:《〈史记〉三家注研究》,江苏:凤凰出版社,2018 年版。

上二句在《卫风·硕人》之二章,其下一句逸诗。'"①卜商,卫国人,他对儒家经典的整理和传播起着重要作用。此处所引《诗经·卫风·硕人》篇"巧笑倩兮,美目盼兮",原意是赞叹齐庄公的女儿、卫庄公的夫人庄姜姿容娇美,卜商引《诗》发问,孔子则以素绢和绘画的先后顺序来启发学生,意在使其领悟到仁的重要性,即仁在前而礼在后。孔子有云:"人而不仁,如礼何?"他认为仁是礼的根本,如果不施行仁义那么礼制就没有用处,这也如孔子云"克己复礼为仁"。

> 《秦始皇本纪》:"缪(穆)公享国三十九年,天子致霸葬雍。缪公学著人。"

《史记索隐》:"著音宁,又音贮,著即宁也。门屏之间曰宁,谓学于宁门之人。故《诗》云:'俟我于著乎而'是也。"②此处《索隐》引《诗经·齐风·著》为爱情诗,主言周代的结婚仪式,诗写新娘到男方家看到丈夫的情形,此处的"著"通"宁",在周代家世显赫的人家中正门内有屏风,而正门和屏风之间则称为著,"缪公学著人"则指缪公曾向宫殿的侍卫学习,用法相同。

> 《孔子世家》:"孔子学鼓琴师襄子,盖师襄子鲁人,论语谓之'击磬襄'是也。十日不进。师襄子曰:'可以益矣。'孔子曰:'丘已习其曲矣,未得其数也。'有间,曰:'已习其数,可以益矣。'孔子曰:'丘未得其志也。'有间,曰:'已习其志,可以益矣。'孔子曰:'丘未得其为人也。'有

① (汉)司马迁:《史记》,北京:中华书局,1982年版,第2203页。
② 同上书,第287页。

间,有所穆然深思焉,有所怡然高望而远志焉。曰:'丘得其为人,黯然而黑,几然而长,眼如望羊,如王四国,非文王其谁能为此也!'师襄子辟席再拜,曰:'师盖云文王操也'。"

《史记集解》:"徐广曰:'《诗》云:颀而长兮。'"①孔子习琴坚持不懈,学习一首曲子,不仅仅要会弹,还要有更深层面的领悟。即使师襄子说可以继续学习新内容了,而对于孔子而言,还不算真正的掌握。对于他来说,学琴不仅仅要会弹还要有一定的技巧,从而进一步了解它的意蕴,最后还要理解曲中展现的人物。孔子领会到了曲中所颂之人为身材修长、皮肤黝黑的周文王。此处《集解》引《诗·齐风·猗嗟》,意在说明文中"几然而长"与《诗》句"颀而长兮"意思相同,即形容人身材强壮高大。

(二)雅

《五帝本纪》:"尧曰:'共工善言,其用僻,似恭漫天,不可。'尧又曰:'嗟,四岳,汤汤洪水滔天,浩浩怀山襄陵,下民其忧,有能使治者?'皆曰鲧可。尧曰:'鲧负命毁族,不可'。"

《史记正义》云:"负音佩,依字通。负,违也。族,类也。鲧性狠戾,违负教命,毁败善类,不可用也。《诗》云'贪人败类'也。"②尧认为共工空有一张巧嘴,心术不正,看似毕恭毕敬,实则欺瞒上天,不能任用;又认为鲧违反天命,毁败本族,亦不能任用。而《史

① (汉)司马迁:《史记》,第1926页。
② 同上书,第22页。

记正义》则将共工和鲧的行为用《诗·大雅·桑柔》中“贪人败类”一句概括。意为贪婪之人当政，危及国家。可见，尧和鲧并未有所作为，因此不能得到任用。

《夏本纪》：“黑水西河惟雍州，弱水既西，泾属渭汭。漆、沮既从。”

《史记正义》云：“《括地志》云：‘漆水源出岐州普润县东南岐山漆溪，东入渭。沮水一名石川水，源出雍州富平县，东入栎阳县南。汉高帝于栎阳置万年县。’《十三州志》云‘万年县南有泾、渭，北有小河，即沮水也。’《诗》云‘古公去邠渡漆、沮’，即此二水。”① 雍州位于黑水与黄河西岸间，弱水经过治理后流向西方，泾水注入了渭水，漆水、沮水跟着也汇入渭水。《绵》是周人记述其祖先的诗，“民之初生，自土沮漆”，意为周人地处杜水、沮水和漆水之间。此处《夏本纪》中提到的漆、沮二水和《诗经·大雅·绵》中所述漆、沮二水本意相同。

《天官书》：“尾为九子，曰君臣；斥绝，不和。箕为敖客，曰口舌。”

《史记索隐》云：“《诗》云：‘维南有箕，载翕其舌。’又《诗纬》云：‘箕为天口，主出气。’是箕有舌，象谗言。《诗》曰：‘哆兮侈兮，成是南箕’，谓有敖客行谒请之也。”②“南箕”最早在《诗经·小雅·巷伯》里指簸箕星，而《天官书》所写“敖客”基本意思是箕星，

① (汉)司马迁:《史记》,第65页。
② 同上书,第1298页。

箕星一词最早出现于《诗经》。《诗经·小雅·大东》中言:“维南有箕,不可以簸扬。维北有斗,不可以挹酒浆。维南有箕,载翕其舌。维北有斗,西柄之揭。”

> 《夏本纪》:“其草惟夭,其木惟乔,其土涂泥。田下下,赋下上上杂。贡金三品,瑶、琨、竹箭、齿、革、羽、旄。”

《史记正义》云:“《周礼·考工记》云:‘犀甲七属,兕甲六属。’郭云:‘犀似水牛,猪头,大腹,庳脚,椭角,好食棘也。亦有一角者。’按:西南夷常贡旄牛尾,为旌旗之饰,《书》《诗》通谓之旄。故《尚书》云‘右秉白旄’,《诗》云‘建旐设旄’,皆此牛也。”①《诗经·小雅·车攻》言周宣王于东都与诸侯狩猎之事。“旄”的原意是用牦牛尾装饰旗杆顶的旗子。而“建旐设旄”则与其意思相同,表现出了狩猎场面的壮观。

(三)颂

> 《殷本纪》:“契兴于唐、虞、大禹之际,功业著于百姓,百姓以平。契卒,子昭明立。昭明卒,子相土立。相土卒,子昌若立。昌若卒,子曹圉立,曹圉卒,子冥立。”

《史记索隐》云:“相土佐夏,功著于商,《诗·颂》曰:‘相土烈烈,海外有截’是也。《左传》曰:‘昔陶唐氏火正阏伯居商丘,相土因之’,是始封商也。”②相土是殷商始祖契之孙,昭明之子,一作乘杜。《竹书纪年》记载:“帝相十五年,商侯相土作乘马,遂迁于商

① (汉)司马迁:《史记》,第62页。

② 同上书,第93页。

丘。"《史记索隐》引用《诗经·商颂·长发》原句则是用来歌颂相土的丰功伟绩，意在说明相土的国土辽阔，疆域一直延伸到了东海一带，这也正说明了他对殷商的重要贡献即"功著于商"。

> 《殷本纪》："夏德若兹，今朕必往。尔尚及予一人致天之罚，予其大理女。女毋不信，朕不食言。女不从誓言，予则帑僇女，无有攸赦。以告令师，作《汤誓》。于是汤曰'吾甚武'，号曰武王。"

《史记集解》云："《诗》云：'武王载旆，有虔秉钺。'《毛传》曰：'武王，汤也。'"①这里的武王非周武王，而为商汤。因商汤勇敢，而封号武王。诗言夏王暴虐，不可容忍，故而决心讨伐。《史记集解》所引诗句出自《诗经·商颂·长发》篇，诗中有"武王载旆，有虔秉钺"一句，描写武王伐夏之战的激烈场面。

（四）对研究《诗》的注疏之征引

> 《三王世家》："匈奴、西域，举国奉师。舆械之费，不赋于民。虚御府之藏以赏元戎。"

《史记集解》云："《诗》云：'元戎十乘，以先启行。'韩婴《章句》曰：'元戎，大戎，谓兵车也。车有大戎十乘，谓车缦轮，马被甲，衡鸲之上尽有剑戟，名曰陷军之车，所以冒突先启敌家之行伍也。'《毛传》曰：'夏后氏曰钩车，先正也。殷曰寅车，先疾也。周曰元戎，先良也。'"②"元戎十乘，以先启行"一句写了大军出发。"元

---

① （汉）司马迁：《史记》，第67页。

② 同上书，第2106页。

戎”一词出处在《诗经·小雅·六月》篇,意为将士、士兵。《史记集解》引用的《韩诗章句》对该词进行了进一步的解释说明。

> 《高祖本纪》:“高祖,沛丰邑中阳里人,姓刘氏,字季。父曰太公,母曰刘媪。其先刘媪尝息大泽之陂,梦与神遇。是时雷电晦冥,太公往视,则见蛟龙于其上,已而有身,遂产高祖。”

《史记索隐》按:“《诗含神雾》云:‘赤龙感女媪,刘季兴’。又《广雅》云:‘有鳞曰蛟龙。’”①司马迁要把刘邦的降生神秘化,《史记索隐》则引入《诗含神雾》中“赤龙感女媪,刘季兴”一说,进一步神化之。汉自董仲舒始,儒学有神秘色彩,而后有纬书盛行,六经各有纬书,敷衍更甚。于《诗》则有《诗纬》,具体篇目为:《诗推度灾》《诗泛历枢》《诗含神雾》《诗纬图》,唐李贤《后汉书·樊英传》注中罗列有汉代纬书35篇。

> 《孟尝君列传》:“齐襄王立,而孟尝君中立于诸侯,无所属。齐襄王新立,畏孟尝君,与连和,复亲薛公。文卒,谥为孟尝君。诸子争立,而齐魏共灭薛。孟尝绝嗣无后也。”

《索隐》按:“孟尝袭父封薛,而号曰孟尝君,此云谥,非也。孟,字也;尝,邑名。《诗》云:‘居常与许’,《郑笺》云:‘常或作尝,尝邑在薛之旁’是也。”②“居常与许”出自《诗·鲁颂·閟宫》:“天锡公

① (汉)司马迁:《史记》,第342页。
② 同上书,第2359页。

纯嘏，眉寿保鲁。居常与许，复周公之宇。鲁侯燕喜，令妻寿母。宜大夫庶士，邦国是有。既多受祉，黄发儿齿。”《史记索隐》引《郑笺》以说明“尝”为邑名，而《诗经》中的“居常与许”，常是地名。可见，“尝”也通“常”，《郑笺》明之。

《魏世家》：“献公之十六年，赵夙为御，毕万为右，以伐霍、耿、魏，灭之。以耿封赵夙，以魏封毕万，为大夫。”

《史记正义》云：“魏城在陕州芮城县北五里。郑玄《诗谱》云：‘魏，姬姓之国，武王伐纣而封焉。’”①《史记正义》引《诗谱》，是对“魏”作进一步说明，并无他意。《诗谱》今已亡佚，唐孔颖达撰《毛诗正义》，将《诗谱》文字分列于书中各部分之首，之后单行本逐渐失传，但宋至清，学人多有补辑。此处言晋献公十六年，赵夙负责驱车，毕万为守卫，去征伐霍、耿、魏，并消灭了它们。献公将耿作为奖赏分给了赵夙，而毕万则得到了魏，他们两个人也因此成了大夫。

《天官书》：“前列直斗口三星，随北端兑，若见若不，曰阴德，或曰天一。紫宫左三星曰天枪，右五星曰天棓，后六星绝汉抵营室，曰阁道。”

《史记索隐》云：“棓音皮，韦昭音剖。又《诗纬》曰：‘枪三星，棓五星，在斗杓左右，主枪人棓人。’《石氏星赞》云：‘枪棓八星，备非常’也。”②紫宫的前边与斗口相对，这里有三颗星，是椭圆形，尖

① (汉)司马迁：《史记》，第1836页。
② 同上书，第1291页。

朝向北边,星光忽明忽暗,名叫阴德,或叫天一。在紫宫的左边有三颗星名叫天枪,右边的五颗星称曰天棓,后面有六颗星跨天汉直至营室,可名为阁道。《史记索隐》引用《诗纬》对枪、棓进一步解释说明。关于《石氏星经》,战国时石申所著《天文》八卷,西汉后被尊为《石氏星经》。《隋书·经籍志》载:"《石氏星占》一卷,吴袭撰。"①《新唐书·艺文志·天文类》:"《石氏星经簿赞》一卷石申、《甘氏四七法》一卷甘德"。隋前出现的《石氏星簿经赞》,唐代其名为《石氏星经簿赞》。

> 《司马相如列传》:"历吉日以齐(斋)戒,袭朝衣,乘法驾,建华旗,鸣玉鸾,游乎六艺之囿,骛乎仁义之涂,览观春秋之林,射狸首,兼驺虞,弋玄鹤,建干戚,载云䍐,悲伐檀,乐乐胥,修容乎礼园,翱翔乎书圃。"

《史记索隐》云:"《诗》云:'君子乐胥,受天之祜。'言王者乐得贤材之人,使之在位,故天与之福禄也。胥音先吕反。"②此言乐胥,出自《诗经·小雅·桑扈》:"交交桑扈,有莺其羽。君子乐胥,受天之祜。交交桑扈,有莺其领。君子乐胥,万邦之屏。"《诗》原句意为君子多快乐,因此应受到善待,此处引《毛诗》进一步对其解释说明。

《史记》引《诗》,与三家注引《诗》存在一定的联系,但有时情况还未尽相同,大体而言,三家注引用风、雅、颂、《毛诗》传中内容较为频繁,有的甚至多次重复引用。

---

① (唐)魏徵等撰:《隋书》,北京:中华书局,1973 年版,第 1020 页。

② (汉)司马迁:《史记》,第 3043 页。

二、《史记》三家注引《诗》剖析

三家注征引《诗经》相关内容累计一百三十次，这其中不仅包括直接引用《诗》中诗句，也包括对一些《诗经》注疏的征引，还有关于《诗》的理论学说，如"孔子删诗"等。不难看出，三家注对《诗》之重视以及两部著作关系之密切。《史记》三家注对《诗》的采择、征引主要有以下两种方式：

（一）直接引用

《诗经》为《史记》的编纂提供了重要的历史依据，而为其作注依然也离不开《诗经》的理论支撑。这一方法直接在文章中引用了《诗经》的诗句，一般是注者陈述自己观点或他人观点在前，引用诗句在后，用诗句印证观点，这种情况在三家注中很常见，以下举几例加以说明：

> 《夏本纪》："其草惟夭，其木惟乔，其土涂泥。田下下，赋下上上杂。贡金三品，瑶、琨、竹箭、齿、革、羽、旄。岛夷卉服，其篚织贝，其包橘、柚锡贡。均江海，通淮、泗。"

《史记集解》："孔安国曰：'织，细缯也。贝，水物也。'郑玄曰：'贝，锦名也'，《诗》云'成是贝锦'，凡织者，先染其丝，织之属百济。"①此处所引内容为《诗经·小雅·巷伯》中的诗句，原句意是用"贝锦"来说明谣言总是披着一层华丽的衣裳，不易被识破。而

① （汉）司马迁：《史记》，第61页。

此处则用来阐述“织”“贝”的物质属性和社会功用。

> 《匈奴列传》太史公曰:“世俗之言匈奴者,患其徼一时之权,而务税纳其说,以便偏指,不参彼己,将帅席中国广大,气奋,人主因以决策,是以建功不深。”

《史记集解》云:“《诗》云:‘彼己之子。’”《索隐》云:“彼己者,犹诗人讥词云:‘彼己之子’是也。”①此处虽是引其一句,但比较特殊,因为《诗经》中“彼己之子”共出现了14次,分别是在《王风·扬之水》《郑风·羔裘》《魏风·汾沮洳》《唐风·椒聊》《曹风·候人》这五首诗中,意为“那个人啊”。“彼己”,亦作“彼记”,今本作“彼其”,《左传·僖公二十四年》引作“彼己”,《礼记·表记》引为“彼记”,后以“彼其”“彼己”讥功德不称其位者,司马迁文中即用此意。

> 《周本纪》:“周后稷,名弃。其母有邰氏女,曰姜原。姜原为帝喾元妃。姜原出野,见巨人迹,心忻然说,欲践之,践之而身动如孕者。居期而生子,以为不祥,弃之隘巷,马牛过者皆辟不践;徙置之林中,适会山林多人,迁之;而弃渠中冰上,飞鸟以其翼覆荐之。姜原以为神,遂收养长之。初欲弃之,因名曰弃。”

《史记索隐》云:“已下皆《诗·大雅·生民》篇所云‘诞寘之隘巷,牛羊腓字之;诞寘之平林,会伐平林;诞寘之寒冰,鸟覆翼之’是

① (汉)司马迁:《史记》,第2920页。

其事也。”①司马迁《周本纪》开始就写了这一段周民族的历史，他不过是把《生民》篇用西汉的话重说了一遍而已，此处《索隐》则是直接征引姜原弃子的过程，意在说明周氏始祖后稷——弃这个名字的来历。

（二）虽未引用而间接言《诗》

司马迁撰《史记》，从《诗经》中汲取了大量历史材料来丰富其著，但在文章中并未直接使用《诗经》原句，三家注引《诗》也承袭了这一方法。如《伯夷列传》之《索隐》云：“按：‘《孔子世家》称古诗三千余篇，孔子删三百五篇为诗，今亡五篇。又《书纬》称孔子求得黄帝玄孙帝魁之书，迄秦穆公，凡三千三百三十篇，乃删以一百篇为《尚书》，十八篇为《中候》。今百篇之内见亡四十二篇，是《诗》《书》又有缺亡者也。’”②此处并未提及《诗经》中的具体诗句，只提到了“孔子删诗”这一行为，司马迁在《史记》中提出了“《诗》《书》虽缺”，而此处三家注《索隐》对其进行进一步解释，给人们研究《诗经》以及孔子提供了参考。

《伯夷列传》之《正义》云：“《太史公序传》云：‘先人有言，自周公卒五百岁而有孔子，孔子卒后至于今五百岁，有能绍名世，正《易传》，继《春秋》，本诗、书、礼、乐之际，意在斯乎，小子何敢让焉？’作述六经云：‘《易》著天地阴阳四时五行，故长于变；《礼》经纪人伦，故长于行；《书》记先王之事，故长于政；《诗》记山川溪谷禽兽草木牝牡雌雄，故长于风；《乐》书所以立，故长于和；《春秋》辨是非，故长于治人。是故《礼》以节人，《乐》以发和，《书》以道事，《诗》以达意，《易》以道化，《春秋》以道义。拨乱世反之正，莫近于《春

① 同上书，第 112 页。
② （汉）司马迁：《史记》，第 2121 页。

秋》。'"①此处征引内容并未直接引用《诗经》中的诗句,而是论述"六经"各有所长,而《诗》的最显著特点则为表情达意。

三、《史记》引《诗》与三家注引《诗》本身的研究价值

《史记》三家注中引《诗》很多,在一定程度上体现了司马迁的诗学观点,同时也说明《诗经》在当时传承接受的情况以及广泛影响。

首先,《诗经》文本本身的经典作用和它的彰显力。

其一,《诗经》内容丰富,用途广泛,既有修辞之美,又兼修身养德的功能,且具备韵律美和音乐美,其中的一些千古名句更是被人广为传唱。征引《诗》句可以丰富史学著作的文采,使著作更具有文学性。三家注征引《诗》,首先是为了释文,对《史记》中涉及《诗》的地方作进一步的阐释,明了其关系。其次,也是为了补充必要的材料,为《史记》研究提供某些历史依据。《史记》中的诸多观点都需要经学的内容做理论依据和材料支撑,这也在一定程度上彰显了《史记》三家注的史学价值和研究价值,如其除引用《诗经》之外,三家注中也引用了其他先秦文献材料,例如《夏本纪》中的"东至砥柱",裴骃对"砥柱"的注解即引用了孔安国的话:"砥柱,山名。河水分流,包山而过,山见水中,若柱然也。在西虢之界。"②

其二,《诗经》中的"天人感应观"对司马迁《史记》的编写有着不可忽视的影响。《诗经》中的名篇例如《生民》《玄鸟》等,在歌颂了殷、周氏族始祖的丰功伟绩时,也记叙了他们各自先人降生的传

---

① 同上书,第235页。
② (汉)司马迁:《史记》,第514页。

说，即那些“应天而生”的传说，例如《商颂 · 长发》云“浚哲维商，长发其祥。洪水芒芒，禹敷下土方。外大国是疆，幅陨既长。有娀方将，帝立子生商。”再有《大雅 · 生民》云：“厥初生民，时维姜嫄。生民如何？克禋克祀，以弗无子。履帝武敏歆，攸介攸止，载震载夙，载生载育，时维后稷。”这都直接反映了天人感应说，“感生”说对司马迁的天人宇宙观也产生了十分重要的影响，并直接表现在他的作品中，例如：司马迁在《殷本纪》《周本纪》和《三代世表》中追述了殷、周氏族的起源，就直接采用了《诗经》中有关殷、周的记载，不仅记叙了殷、周氏族早年的父系血统，又反映了圣人“应天而生”之说。司马迁当时为太史令，其职亦有浓厚的宗教色彩，而这正与他的观点相符合。另外当时汉武帝神圣武功，帝国繁荣，国家的意识形态领域开始向宗教神学转变，董仲舒力倡天人感应说，他又曾为司马迁之师，受其影响，理所当然。而早期的儒家经典《诗经》中包含的天人感应、君权神授思想，对司马迁世界观的形成也有着十分重要的影响，这一思想在《史记》的撰写中亦有体现，在《秦本纪》和《高祖本纪》中即与《诗经》中的思想相一致，如对秦人始祖诞生的传说，亦与《诗经》追述周人先祖一样，司马迁道：“秦之先，帝颛顼之苗裔，孙曰女修，女修织，玄鸟陨卵，女修吞之，生子大业……舜赐姓嬴氏。”①秦人先祖大业的降生与《诗经》中讲周人祖先的降生同样的神异。司马迁又模仿《诗经》中曾经提到过的感生传说，神化了高祖刘邦，他的降生也是其母与神龙相交而生。

其次，《史记》三家注引《诗》，对《史记》和《诗经》有着双重贡献。一是三家注各自代表着那一段历史时期《史记》研究的最高水平。南朝宋裴骃《史记集解》是在班固以后，杂采诸家之说

---

① （汉）司马迁：《史记》，第1202页。

汇集而成,故言“集解”,主要以东晋徐广的十三卷《史记音义》为基础,列其异同,兼述训解,散入百三十篇,还采集了《汉书音义》,正如裴骃所言:“以徐为本,号曰《集解》。”①它是《史记》研究的第一部著作。唐司马贞《史记索隐》,是在《史记集解》的基础上的深化研究。裴骃之后,贞观年间刘伯庄撰《史记音义》二十卷,司马贞认为其书是“虽知独善,不知旁通。”②司马贞为开元中人,官朝散大夫、弘文馆学士。司马贞之所以要注《史记》,如《四库提要》本所载其“病褚少孙补司马迁书多伤舛驳。又裴骃《集解》旧有《音义》,年远散佚。诸家《音义》延笃音隐,邹诞生、柳顾言等书亦失传,而刘伯庄、许子儒等又多疏漏。乃因裴骃《集解》,撰为此书。”其目的在于“探求异闻,采摭典故,解其所未解,申其所未申者,释文演注,又重为述赞,凡三十卷,号曰《史记索隐》。”③《索隐》三十卷,在《史记》研究上最大的贡献,是保存了丰富的历史文献,同时在文献考证方面也取得了丰硕成果。唐张守节《史记正义》,也是《史记》研究的重要著作,它的贡献主要在对历史地名的考订,张守节在《史记正义序》中说:“守节涉学三十余年,六籍九流地理苍雅锐心观采,评《史》《汉》,诠众训释而作正义,郡国城邑,委曲申明,古典幽微,窃探其美,索理允惬,次旧书之旨,兼音解注,引致旁通,凡成三十卷名曰《史记正义》。”④张守节与司马贞是同时代人,均为唐玄宗时期的学者,但在其书中均未提及对方,但各有所长,均有贡献。

二是三家注引《诗》多是与《史记》引《诗》相关联的。司马迁

① 见《史记》三家注本后所附裴骃《史记集解序》。

② 见《史记》三家注本后所附司马贞《史记索隐序》。

③ 见司马贞《史记索隐序》。

④ 见《史记正义序》。

引《诗》或为历史材料,或为一种论据,体现了对先秦典籍史料的继承和发展。三家在注解《史记》的过程中,其引《诗》较多,其中有些著作也亡佚已久,幸亏有三家注的记载才得以保存。三家注继融历史为训诂的史籍注释传统,征引了许多具有文学价值的史料,如《孟子》《尚书》《汉书》等,亦体现了一定的文学性。三家注还引用了一些如徐广、应劭、郑玄、马融、孔安国等人的注释,这些旧注有的已佚,其文字与今本有异,但有些因被三家注征引而得以保存,为后人的研究提供了珍贵的史料参考。

四、《诗经》在南北朝至唐的接受研究与三家注

两汉经学时代,立经学博士官,传授今文《诗》学的齐、鲁、韩得以繁荣。这应得益于董仲舒"罢黜百家,独尊儒术"的建议,客观上使得这一时期的儒学达到了史无前例的崇高地位。《诗》由此而始尊为"经"。而赵国毛公传授的《诗》,因文字版本不同,为战国文字书写,与时行的隶书本不同,是为《诗》古文学,一直在民间流传。西汉末,古文经学逐渐受到重视,东汉就盛誉于今文,直至汉末郑玄注《毛诗》而成《毛诗传笺》,之后今文《诗》学逐渐没落不传。如皮锡瑞所言:"经学盛于汉,汉亡而经学衰。"①从汉朝末年开始,道家思想逐渐兴起,儒学的主导地位渐渐消失,儒家思想的地位也不断下降,经学也自此慢慢衰落。

魏晋玄学虽为主流,《诗经》等经学仍然是学问核心。王肃是郑玄之后三国时期的《诗》学大家,《魏志》本传说他"善贾、马之学而不好郑学",其实王肃兼通今古文。王肃的《诗》学著作见于《隋书·经籍志》的有《毛诗注》二十卷、《毛诗义驳》八卷、《毛

① (清)皮锡瑞:《经学历史》,北京:中华书局,1959年版,第141页。

诗奏事》一卷、《毛诗问难》一卷。这些书在宋代已佚,马国翰辑有《毛诗王氏注》四卷,这就是今人研究王肃之学的依据,这些多出自《毛诗正义》。南北朝时期,经学发展为义疏之学,《毛诗》之学,于江左则主毛公,北朝则《毛传》《郑笺》兼用。在其治学风格上,如《隋书·儒林传》所说:"南学约简,得其英华。北学深芜,穷其枝叶。"南朝当时研究《诗》的有雷次宗、周续之、崔灵恩、何胤、伏曼容等,北朝治《诗》有名的学者有徐遵明、刘献之、刘芳、李铉、沈重等。① 南北朝时期社会发生巨大的变化,思想意识主流由玄学转入佛学,人们改变了对文学旧的认识,开始从文学的角度来研究《诗经》了。张启成在《〈诗经〉研究史论稿》中说:"据《世说新语·文学篇》载,谢公因亲属子弟聚集,就提问《毛诗》中哪些诗句最佳,谢玄回答说:'昔我往矣,杨柳依依;今我来思,雨雪霏霏。'"②由此可见,东晋人已认同《诗经·小雅·采薇》里的这四句诗是《诗经》中的佳句。

魏晋时期,伴随着道家思想的抬升,儒家经学的崇高地位和权威性随之削弱,它的社会地位不断被贬低,其政治功能也被人们忘却。汉代以经学为基础立博士和任免官职,而此时经学的服务功能也被弱化。两汉《诗经》成为士人生活的一部分,被频繁地引用学习,而魏晋则不见这种盛况了。熟知经学不再是魏晋人入仕的必要条件和途径,而代之以门阀制度。因此,经学的功利性被淡化,人们不再把经学与政治看作是密不可分的了。论经可以作为兴趣爱好在闲暇时消遣取乐,也可以成为有才华的标志。这一时期的经学家如王肃、郭璞等人,继承和发展两汉经学,成果颇丰,且形成了自己的特色。由此《诗经》在文学方面的价值也

① 洪湛侯:《诗经学史》,北京:中华书局,2002 年版,第 222 – 223 页。

② 张启成:《〈诗经〉研究史论稿》,贵阳:贵州人民出版社,2003 年版,第 230 页。

得到了关注，这一时期研究《诗经》著作很多，如王肃所著《毛诗义驳》《毛诗奏事》、王基的《难孙氏毛诗评》、陈统的《毛诗履》、沈重的《毛诗沈氏义》等等，数目之多超过两汉。唐代著名经学家陆德明在其所著的《经典释文·序录》中，即总括了两汉以及魏晋时期的经学研究成果。书中写到流传于后世的《诗经》著作中，除马融的《诗注》和郑玄的《诗笺》是汉人所为外，其余皆魏晋人所作，足见魏晋时期经学家们的巨大贡献。但令人惋惜的是，这些作品并没有完整地保留下来，大多数都在流传中消失殆尽，只有少数被保留了下来，但从那些少量保存下来的书目中，我们仍然可以看到，即使是在玄学兴盛的时期，人们对《诗经》的研究也并没有止步不前。

隋唐国家统一，政治稳定，经济繁荣，还有统治者开明的政策，这些都成了文化根植的丰富沃土。与汉代统治者不同，唐太宗好文而朝廷内也有很多文人雅士，所以唐王朝一开始就十分重视"文治"。魏徵常用《诗》启发唐太宗，教他如何做一代明君，更好地治国安民。据《贞观政要》卷一《君道》所载："贞观二年，太宗问魏徵曰：'何谓为明君暗君？'徵曰：'君之所以明者，兼听也；其所以暗者，偏信也。'《诗》云：'先人有言，询于刍荛'，昔唐、虞之理，辟四门，明四目，达四聪。是以圣无不照，故共、鲧之徒，不能塞也；靖言庸回，不能惑也。秦二世则隐藏其身，捐隔疏贱而偏信赵高，及天下溃叛，不得闻也。梁武帝偏信朱异，而侯景举兵向阙，竟不得知也。隋炀帝偏信虞世基，而诸贼攻城剽邑，亦不得知也。是故人君兼听纳下，则贵臣不得壅蔽，而下情必得上通也。太宗甚善其言。"①卷三《纳谏》，贞观三年，李大亮为凉州都督，发

① （唐）吴兢：《贞观政要》。其书十卷，分论君道、政体、任贤、求谏、纳谏、直谏、君臣鉴诫、择官、封建、仁义、公平、文史、礼乐、务农、安边、畋猎、灾祥、慎终等四十个方面的问题，引《诗》之处甚多。

现了一只名鹰,密献太宗,太宗下书,赞其忠诚:“有臣若此,朕复何忧! 宜守此诚,终始若一。《诗》云:‘靖恭尔位,好是正直。神之听之,介尔景福’,古人称一言之重,侔于千金,卿之所言,深足贵矣。”①太宗皇帝谙熟经典,恰切地引用《诗经》,又卷三《择官》:“贞观元年,太宗谓房玄龄等曰:‘致治之本,惟在于审。量才授职,务省官员。’……《诗》曰:‘谋夫孔多,是用不就。’又孔子曰:‘官事不摄,焉得俭?’且‘千羊之皮,不如一狐之腋。’此皆载在经典,不能具道。”②卷六《杜谗邪》引言:“《诗》云:‘恺悌君子,无信谗言。谗人罔极,交乱四国’。”③卷六《贪鄙》,太宗又引《诗》:“《诗》云:‘大风有隧,贪人败类。’固非谬言也。”卷七“太宗初即位,谓侍臣曰:准《礼》,名,终将讳之,前古帝王,亦不生讳其名,故周文王名昌,《周诗》云:‘克昌厥后。’……况《诗》云:‘哀哀父母,生我劬劳。’奈何以劬劳之辰,遂为宴乐之事!”④作为帝王,明《诗》如此,一方面说明李世民的学行修养不凡,非平常人所能比肩;一方面也说明作为儒家经典的《诗经》的继承与传扬的普及。亦可见出《诗经》对巩固统治有着重要作用,统治者亦认同《诗经》的社会价值和教化作用。

总之,唐代儒学的正统地位进一步得到巩固,在唐太宗时期,孔颖达等人奉敕编纂《五经正义》,以正经学之源,使以前南北经学的歧义归于一途。至唐高宗时期,官方钦定的《五经正义》版本发行,这一举措使得儒学的正统地位再一次达到了高峰,此时儒学蓬勃发展,《诗经》作为其中重要的一部分,其地位毫无疑问也得到了

---

① (唐)吴兢《贞观政要》,中华书局,2011 年版,第 115 页。
② 同上,第 126 页。
③ 同上,第 187 页。
④ 同上,第 219 页。

巩固和提高。《毛诗正义》是这一历史时期《诗经》研究的压卷之作,是《诗》学研究的集大成者,它汇集了汉魏以来学者们对《诗经》研究的各种成果,保存了诗学研究的各个流派的学说,疏解部分也对于一些问题提出了独到的见解,如对"孔子删诗说"的怀疑等。其内容取材广泛,影响深远,体现了唐代《诗经》研究的最高成就,也是《诗经》研究史上的一个里程碑式的著作。开元时期司马贞和张守节注《史记》无不受其影响。

除此之外,初唐研究《诗经》的本子还有著名经学家陆德明所著的《经典释文》。陈子昂在其《〈与东方史虬修竹篇〉序》中,"高举'风雅比兴'的现实主义旗帜,要求端正诗歌正确的发展方向"①,这对后世有很重要的影响。还有后来元稹和白居易领导的新乐府运动,提出了"文章合为时而著,诗歌合为事而作"的著名理论。由于唐代学校制度的完善发展和科举制度的繁荣兴盛,一些赋家也开始接受了《诗经》,他们不仅倡导《诗经》精神,而且也将其风格和精神运用到文学创作中。此时唐赋家们对其引《诗》的形式则非常多样化,有直接引用《诗经》篇名、语句作为赋名,也有引用《诗经》中篇名、语句作为赋中的语句,如唐代陈仲师所做的《鹊始巢赋》,其名就来源于《诗经·召南·鹊巢》篇。《诗经》经过了先秦和两汉的迅速发展,虽然其在魏晋南北朝时期地位有所动摇,但却并没有停止发展,南北朝时期仍有经学家对《诗经》进行接受和研究。因为唐代南北统一,经济、政治、文化的空前发展,为《诗经》研究的发展打下了基础。此时期《诗经》的被接受程度进一步增强,统治者不仅可以用《诗经》来教化民众,而且用《诗经》来反思自身行为。此外《史记》三家注中有两家都出现于唐的开元时期,虽

① 张启成:《〈诗经〉研究史论稿》,第8页。

然他们释解的角度不同,其中都不同程度地吸收了汉唐《诗经》的研究成果。

总之,三家注是《史记》研究不同阶段的重要成果,其中征引了大量的文献,它和《诗经》的联系十分紧密。虽然《诗经》和《三家注》所隔年代久远,但庆幸的是它们都能传承至今。《诗经》对司马迁撰写《史记》产生着直接而重要的影响,也能看出司马迁的《诗》学观以及天人感应观。后继者为《史记》做注时,仍然征引了很大比例的《诗经》内容,不仅在无形中保存了那个时代的《诗经》文本,也为后人研究《史记》与《诗经》开辟了一条新的路子。

(李小成,西安文理学院国学研究所教授)

自然平淡与惩戒教化

——朱子论诗要义及其对《诗经》的承接与转化

林淑贞

绪论

诺思普罗·弗莱(Northrop Frye,1912—1991)曾指出批评也是一种创造艺术,它研究艺术,其作用却是艺术自身所无法取代的,艺术是“沉默的”,而批评却是“讲话的”,是一种特殊的概念框架来论述文学。① 职是,凡是批评,我们皆应当作是一种再创造的艺术作品,而钩稽朱子诗义亦应视为再创造的一种历程。

在中国的诗学理论当中,我们可以约简擘分为两个进路,第一个进路是针对诗歌本身作研究,包括:研究主题意蕴、形构技巧、艺术风格等,而在这些范畴当中,可分析某位诗家,或以流派为研究范畴,研究焦点以讨论诗歌文本为主;第二个进路是针对诗论作阐发、演绎者,包括钩稽诗学理论、分析专用术语或是考辨本事、追索诗家源流体派,或是拈出创作理论等皆属之。统合之,皆为诗学研究之一。其中,第一进路当然以诗歌文本为主,来源有总集、选集、专著等;第二进路则来源多端,包括诗话、论诗诗、论诗书札、诗集序跋、论诗专著等。当前研究诗学的文献以“诗话”为大宗,可管窥中国人对诗学理论的建构方式。

在中国诗歌史上,宋诗风格劲峭,迥异唐诗,而在诗学论述上

① [加]诺思普罗·弗莱:《批评的剖析》,陈慧、袁宪军、吴伟仁译,天津:百花文艺出版社,2000 年版。

也开启后世“诗话”论诗的新纪元。自梁代钟嵘《诗品》派分三源，铨品高下，与唐代司空图《二十四诗品》径分二十四种风格，揭示了一条论诗蹊径，迄宋代欧阳修《六一诗话》才有以“诗话”为名者，自斯以往，诗话体例创发，遂成为中国诗话之始。

朱熹(1130—1200)，字元晦，号晦庵，别号紫阳，祖籍徽州婺源，寓居建阳。目前研究朱熹多肯定其在经籍校注的成就，或是侧重其理学心性论的阐发，偶有论及诗歌创作者①，却鲜少提及其诗学理论与《诗经》之关涉②。目前研究朱熹诗学理论或诗观者，大抵可分作二系：其一是论朱熹的理气心性与诗文之关涉者，例如有钱穆《论朱熹文学从“文道并重”》③、张静二《朱熹的理气论与诗文观》④、蔡方鹿《论朱子理学经学与文学不可分》⑤、邹永贤《从朱熹

① 例如有萧雅丹《朱熹诗歌之研究》，辅仁大学中文研究所1995年硕士学位论文。论朱熹诗歌主要在第三章论诗歌内容，将之擘分为四大主题：感事抒怀、畅意山林、交游赠答、明道为学。第四章论形式技巧，分从体裁、用韵、技巧三视域入手，第五章论朱熹诗歌风格，分平易、自然、清旷、雄浑四类型。

② 郭绍虞有《朱子之诗论及其影响》一文，辑入黄永武、张高评《宋诗论文选辑》第二辑，高雄：复文图书出版社，1988年版，第320－332页。该文从“诗论”及“诗论之影响”两部分着手，其中诗论的部分切入“风格”论，指出朱子侧重“志”，且拈出两个观点：俊健及平淡，影响部分以真德秀、魏了翁、王柏三人为代表，指出诸氏能发挥朱子之义，诗出于天地清明之气。

③ 钱穆揭示朱子论诗从“文以载道”入手，并能自为载道之文，力主平淡之风，论学诗则谓不变可学，而变则不可学。见《朱子学提纲》(素书楼基金会、兰台出版社，2001年版)，第29则，第184－188页。

④ 张静二揭示理气虽为二物，却是浑然一体，从理气关系看“文如其人”，二者应不二。见张静二：《朱熹的理气论与诗文观》，《中外文学》，1984年第4期，第88－121页。

⑤ 蔡方鹿揭示“文皆是从道中流出”“诗理结合”等为论，并以“诗情与道不相悖、以内在之理为诗学精神”拈出朱子论诗主张，见蔡方鹿：《朱熹与中国文化》，贵阳：贵州人民出版社，2000年版，第267－275页。

思想论其文学思想》①、周瑾《从生存论揭示朱熹诗论是“诗见得人”》②、杨雅妃《从主静主敬论理论与诗学互涉》③等。其二是分析朱子诗论者,有张健的《朱熹诗论》④、田恩铭《论朱熹的唐诗批评》⑤、金五德的《诗论初探》⑥等,以上诸论或能抉发理学与文学之关涉,或能深探朱子论诗的面向,却未能钩稽与《诗经》之关涉。宋代诗学是唯一可以与唐诗并驾齐驱者,是中国诗歌史上一个高峰期,诗家辈出,其中江西诗派成为宋代第一大流派,宋以后的诗学流变,终究是以分唐界宋为主要论争,此一唐宋诗之争,一直流衍到清代而未休⑦,甚至到了清末犹有同光体为江西诗派助响,可知江西诗派流衍数百年而不辍,而被视为伟大的经学家或理学家的朱熹,身处江西诗派流衍的南宋的朱熹,有无论诗之著?若有,则

① 其中有《晦庵评唐诗辨》亦置于理学观点论其诗论,揭示朱子调和俊健和平淡诗风,是源于朱子“理”范畴内“气”与“心虚”的统一。见邹永贤主编:《朱熹思想研究》,厦门:厦门大学出版社,1993 年版,第 229 – 244 页。

② 周瑾昭揭朱熹以道德标准主审美判断的倾向,见《“诗见得人”:朱熹诗论的生存论诠释》,《浙江社会科学》,2004 年第 2 期。

③ 杨雅妃揭示朱熹义理工夫主静,虚静而明,则能辨识诗歌好坏。见《试论朱熹文本书写中理学与诗学的互涉:以主静、主敬工夫为切入点》,《虎尾科技大学学报》,2009 年第 12 期。

④ 张健揭示朱熹诗论有自得、平易、浑成、法李杜、论句法等项,见《朱熹的文学批评研究》,台北:商务印书馆,1973 年版,第 29 – 50 页。

⑤ 田恩铭揭示朱子唐诗批评是以《文选》诗歌风格为标准,对江西诗人学诗态度坚持道学立场。见《论朱熹的唐诗批评》,《陕西师范大学继续教育学报》,2005 年第 2 期。

⑥ 金五德揭示朱熹诗论诗有言志抒情、虚静而明、变不失正、平淡自然、诗见得人等五种论点,见《朱熹诗论初探》,《吉安师专学报》(哲学社会版),1994 年第 2 期。

⑦ 唐宋诗之争,可参酌戴文和《唐宋诗之争研究》,台北:文史哲出版社,1998 年版。

其论诗之意见如何？其著作繁富，所涉各种典籍众多，对于文学中的诗歌有何见解？其关怀重点何在？是否与《诗经》论诗旨趣相发明呢？

在朱熹的论著当中，有一部最为人称颂的巨著——《朱子语类》，这部著作是朱子与门人弟子论学意见的辑录，后由黎靖德编纂而成，其中在第一百四十卷有残丛小语式的诗学意见，可供我们契入朱子论诗要义，以是，本文论述的文本以《朱子语类》卷第一百四十《论文下 · 诗》为主①，另参照吴文治主编之《宋诗话全编》之《朱熹诗话》的部分，该编内含三部分：《清邃阁论诗》三十九则、《晦庵诗说》四十一则及辑录诗话六十二则。其中有需说明者，查考《朱子语类》中的论诗部分，其实与吴文治所辑之《清邃阁论诗》三十九则、《晦庵诗说》四十一则多有重出，但是顺序紊乱，内容互相掺杂，不见统贯性，吴氏辑编的《清邃阁论诗》是采用《朱子文集大全类编》采芝山房藏版本，《晦庵诗说》则是以《朱子语类》为本，至于辑录诗话六十二则，是采自《四部丛刊》影印明嘉靖本之《朱文公全集》。因为前后各有出入，且吴氏所编为辑录之作，职是，本文乃以黎靖德所编之《朱子语类》为主，参校吴文治主编之诗话，冀能管窥朱子论诗进路。往下，我们分从两个面向论述朱子诗学要义，其一先从形式结构，分析朱子论诗采用的类型为何？其下再分述形构内容。其二，针对论诗内容义蕴作一厘析，讨论其对诗歌本质的论见，以及铨评朱子的视域及其文学观念，揭示朱子指引创作的蹊径及指出什么是诗歌之美？如何欣赏美？朱子的审美观点如何？文化素养及对诗歌的全幅理解如何？最后再从功能论，揭示朱子论诗所欲推导的效能与价值所在。

---

① 本文《朱子语类》采用台北文津出版社版本，1986 年版。

一、"语类式"论述:随机点拨

中国攸关诗学理论之建构,以见存于"诗话"为主,然而,诗话的表述形式有两大类型,其一是系统式结构体,以缜密的体式呈现完整的论述,可以展现评论者有架构的思考模式,例如钟嵘《诗品》是结构式的论述,派分三品,依源溯流,体制统一。其二是残丛小语式的表述、条例式的呈现,非整体的结构,又称散式结构,完全是条列式的展示,并无条理化,但是,此种形式并非代表评论无统整式的思维,亦即评论者对于所要论述的内容可能早先有定见,只是随机捻出,以随机点拨、无统贯性的方式呈现,例如欧阳修的《六一诗话》就是属于残丛小语式的论述,一条条胪列,并未呈现有机样貌。①

此种抒写方式,并非代表无统整性的观念,有时,反而能看出作者前后不一的意见或层层递进的思维。

所谓残丛小语式批评,即是指论者在讨论诗家之诗歌时无顺序,随意标举,论诗亦无章法,随意捻出。没有时代先后之别,没有诗歌先后之别,论时代风格,亦随意出之,无宏大的格局,仅就诗家所及,偶一提及。且前后条论诗意见无章法结构,随意写之。完全以条例式的方法写出自己对诗人、诗歌或时代、风格之看法,并无

① "系统式结构之诗话,是指表述方法呈现关联性、统整性或体系性质者,可分为人物结构、体裁结构、题材结构、时代结构、体源结构数型,例如钟嵘《诗品》即是体源结构,人物结构有张为《诗人主客图》、顾起纶《国雅品》等等,至若散式结构,则所在多有,例如欧阳修《六一诗话》、刘邠《中山诗话》等等。可参看林淑贞《诗话论风格》第四章表述方法论,台北:文津出版社,1999年版,第115－146页。

统整性的、有机式的论述。如前所言,中国的诗话论述方式,以形式而言,有两大体系,朱子论诗正是散式结构。

目前知见诗话仍以丛残小语式的表述方式为主,随机点拨,不见完整的理论建构,然而吾人断不可以非完整式而否定其论诗意见,这仅是一种形式表述,我们必须以筌得鱼,得鱼之后才能遗筌。

再从诗话讨论的内容而言,可概分为"论诗及辞"及"论诗及人"两大体类。① "论诗及辞"就是以讨论诗学为主,而"论诗及人"是以讨论本事或考证、辨伪为主。朱子所论,鲜少提及本事或考证辨伪等项,而纯以诗论诗,是归属于"论诗及辞"的部分。

我们检视朱熹所论,从形式内容来探勘,可以得知,朱熹论诗,亦是采用最机动的条例式,主要是因应学生问答之作,所以体例一如《朱子语类》的表述手法,以问答式、点拨式的方式呈现,其表述特色如下所述。

(一)从形构观其摘句式批评

从形式结构观之,有散式及有机式结构的论述方式,散式中又有诸多类型,其中依据表述形式观察,有所谓的"摘句式批评",即指以摘录诗歌作为批评的方式,朱子亦多以摘句批评为式,例如:

> 苏子由选诗"亭皋木叶下,陇首秋云飞",此正是子由慢底句法。某却爱"寒城一以眺,平楚正苍然",十字却有力!
>
> 《选》中刘琨诗高。东晋诗已不逮前人,齐梁益浮薄。

---

① 此二大分类乃章学诚在《文史通义》中的《诗话》中所拈出,颇能划分体类,其后学者论诗话亦大抵操此二端论述,例如蔡镇楚:《中国诗话史》,长沙:湖南文艺出版社,1988 年版;《诗话学》,长沙:湖南教育出版社,1990 年版;刘德重、张寅彭:《诗话概说》,北京:中华书局,1990 年版,等等。

鲍明远才健，其诗乃选之变体，李太白专学之。如“腰镰刈葵藿，倚仗牧鸡豚”，分明说出倔强不肯甘心之意。如“疾风冲塞起，砂砾自飘扬；马尾缩如猬，角弓不可张”，分明说出边塞之状，语又俊健。

“正尔雪峰千百众，澹然云水一孤僧。”曾文清诗。

从上列可知，虽然同是摘句式批评，有一类是有实际批评，如第一条所言苏辙之“慢底句法”，第二条之“语又俊健”等语属之；另有一类是不加批评之语者，如第三条所引，仅说“曾文清诗”而已，其余皆未发一语作诠评，端赖读者自会。

此种摘句式批评，是中国特有的一种批评方式，所示现的诗歌，用以证明论者立场，但是，曲意在此，往往易令读者不知所云，也就是说，透过诗歌之批评，可同体契会诗歌之质感与意趣，但是，如若未能兴会，便会产生“隔”的情形。证诸朱子亦多采用此法。

(二)从内容取象观其印象式批评

所谓“印象式批评”是指以抽象或具象语词对诗歌作描述，例如朱子云：

渊明诗平淡出于自然。后人学他平淡，便相去远矣。

齐梁间之诗，读之使人四肢皆懒慢不收拾。

唐明皇资禀英迈，只看他做诗出来，是什么气魄！今唐百家诗首载明皇一篇《早渡蒲津关》，多少飘逸气概！便有帝王底气焰。

如上所列，以“平淡”论陶诗、以“四肢懒慢不可收拾”论齐梁诗、以“飘逸气概”论唐明皇之诗，皆是以批评者之印象论之，何谓

"平淡"? 何谓"四肢懒慢不可收拾"? 何谓"飘逸气概"? 若览阅者不能契会,则自然不会领略朱子所言诸家诗歌风格,所以印象式批评有一种潜在的不明确感,须览阅者自行体会才能理解。①

盱衡言之,从形式内容观之,朱子论诗与传统"诗话"表述方式相合,事实上,朱子不刻意论诗,经学生弟子辑录成条,所以多呈现条例式,无一定的体系与架构,但是,在零星不整中,我们仍可管窥朱子品评诗歌的视域及其审美倾向。复次,朱子的论诗观点又当如何? 也就是他持论的基准点是什么?

二、诗歌本质论:言志以抒情

诗学论述本质论,主要是讨论诗是什么? 诗的本质是什么? 一般而言,"诗言志"与"诗缘情"是中国两大诗歌本质论述,从艺术创作而言,志与情原是一系不可分的,吾人认为情与志的关系是:

内蕴:　外发:

感性　理性

情 ——→ 志 { 抒情式 / 说明式 / 议论式 }

如上图所示,"情"指内在的情感;"志"指外发的思想,"志"的

---

① 黄维梁曾指出中国传统诗话、词话在论述作家和作品时,常采笼统概括、好用比喻、评语简约的方式来批评,此即"印象式批评",可分为:一、"初步印象",即是初见诗歌即见其要妙,而采用简洁的语词形容之,例如高妙、本色、清快、佳句、工警、三昧等等;二、继起印象,又可分为抽象、具象两种。请详参黄维梁:《中国诗学纵横论:诗话词话和印象式批评》,台北:黄范书店,1983年版。

内容包括情,“情”是内蕴的感性的情绪波动,未经过理性制约,而“志”正是“情”的理性制约,用以收束情识之蒙瞳,而“志”的表达方式有三:抒情式、说明式、议论式三种。① 此中,情中有思,思想中有情,只是成分多少而已。

朱子曾在《诗集传序》中揭示诗歌之创发,出于咨嗟咏叹:

> 或有问于余曰:诗何谓而作也? 余应之曰:“人生而静,天之性也;感于物而动,性之欲也。夫既有欲矣,则不能无思;既有思,则不能无言;既有言矣,则言之所不能尽,而发于咨嗟咏叹之余者,必有自然之音响节奏而不能已焉。此诗之所以作也。

指出诗歌之作出于自然性情之感发,是自然的感叹吟咏,是故,朱子在诗歌之中亦有相同的看法“聊成五字句,吟罢山花落。浩然与谁期? 放情遗所托。”(《朱文公文集卷一 · 杜门》)或如:“裁诗一问讯,重使心思传。”(卷一《寄黄子衡》)皆说明诗歌之发,在于放情遗托、裁诗传讯等。又云:

> 诗之作,本非有不善也;而善人之所以深惩而痛绝之者,惧其流而生患耳。……诗本言志,则宜其宣畅湮郁、优柔平中,而其流乃几至于丧志……(卷七十六《南岳游山后记》)

指出学诗可倡导人情,宣畅湮郁,但惧未流生患。复言:“凡言

① 林淑贞《中国咏物诗“托物言志”析论》第二章“托物言志”释名与释义,台北:万卷楼,2002 年版,第 38 – 39 页。

风者,皆民间歌谣,采诗者得之,而圣人因以为乐,以见风化流行,沦肌浃髓,而发于声气者如此,其谓之风,正以其自然而然,如风之动物而成声耳。”(卷五〇《答潘恭叔》“关雎疑周公所作”条)又言:“急呼我辈穿花去,未觉诗情与道妨。”(卷三《次秀野韵五首》之三)皆是力主诗歌在于抒发情性。既以言志抒情为本质,那么其论诗即以此为圭臬,往下开发出诗学要义。

三、批评论:以风格论诗

大抵而言,朱子论诗亦涉诗人、诗派、时代之批评,却以论诗人为多,次为时代,再次为流派,我们从批评论可知其审美取向。

(一)论诗人以自然浑成为佳

诗歌以抒情为主,如此推导,可知朱子以自然感发、自然浑成之作为佳,弃雕琢少故实为上,持此尺度衡量前代诗家,便可知其铨品标准何在。

朱子论诗人,以唐、宋诗家为多,尤以李杜为多,因李杜优劣论是中国一直存在的一个诗歌评价问题,朱子对于李杜,有何评骘?请参见下列引文:

> 李太白诗不专是豪放,亦有雍容和缓底,如首篇“《大雅》久不作”,多少和缓!陶渊明诗人皆说是平淡。据某看,他自豪放,但豪放得来不觉耳。其露出本相者《咏荆轲》一篇,平淡底人如何说得这样言语出来!
>
> 杜诗初年甚精细,晚年横逆不可当,只意到处便押一个韵,如自秦州入蜀诗,分明如画,乃其少作也。李太白诗非无法度,乃从容于法度之中,盖圣于诗者也。

李太白终始学《选》诗，所以好。杜子美诗好者亦多是效《选》诗，渐放手，夔州诸诗则不然也。

张以道问："太白五十篇《古风》不似他诗，如何？"曰："太白五十篇《古风》是学陈子昂《感遇》诗，其间多有全用他句处。"

"人多说杜子美夔州诗好，此不可晓。夔州诗却说得郑重烦絮，不如他中前有一节诗好。鲁直一诗固自有所见。今人只见鲁直说好，便却说好，如矮人看戏耳！"问："韩退之潮州诗，东坡海外诗如何？"曰："却好。东坡晚年诗固好。只文字也多是信笔胡说，全不看道理。"

杜子美晚年诗都不可晓。吕居仁尝言，诗字字要响。其晚年诗都哑了，不知是如何，以为好否？

……陶却是有力，但语健而意闲。隐者多是带气负性之人为之。陶欲有为而不能者也，又好名。韦则自在，其诗真有做不着处便倒塌了底。晋宋间诗多闲淡。杜工部等诗常忙了。

综上所列，可知朱子论诗以李白为高，杜甫为次，朱子称李白各体皆备，能为豪放，亦能有雍容和缓之作，而杜诗晚年"多拘谨""郑重烦絮"，故朱子不喜。由是可知，朱子欣赏的类型是以自然为主，故而对李白称誉有加。事实上叶嘉莹曾指出杜甫晚年夔州诗为其生平成就最高之诗，尤以《秋兴八首》为然，不仅内容抑或形式技巧皆臻至炉火纯青的圆融艺术境界①，而朱子论李杜反不喜杜甫晚年作品，何以如此？盖朱子论诗多主自然浑成，对于技巧妙用反

① 叶氏《杜甫秋兴八首集说》前有《论杜甫七律之演进及其承先启后之成就》梳理七律流变，并确立杜诗七律之承传地位。台北：编译馆，1978 年版。

而不欣赏。

唐代除李杜之外,尚论及数家:

> 韦苏州诗高于王维、孟浩然诸人,以其无声色臭味也。韩诗平易。孟郊吃了饱饭,思量到人不到处。联句中被他牵得,亦着如此做。李贺较怪得些字,不如太白自在。又曰:“贺诗巧。”

向来诗论者以王、孟为高,而韦应物同属自然诗派,声名并不如王、孟,然而朱子以“无声色臭味”来评骘,并以之推举韦应物为高,可知朱子论诗主平淡自然,不喜秾丽繁复之美。论李贺则以“怪”“巧”两种风格评之,不如太白自在。事实上,李贺之诗果真奇诡怪奇,穿梭时空,制造出忽人忽仙忽鬼氛围,向来即被列为奇诡怪涩派,朱子所论洵为确论。至于宋代,则以论黄庭坚为多:

> 蜚卿问山谷诗,曰:“精绝!知他是用多少工夫。今人卒乍如何及得!可谓巧好无余,自成一家矣。但只是古诗较自在,山谷则刻意为之。”又曰:“山谷诗忒好了。”
>
> 方伯谟诗不及其父钱监公豪壮。黄子厚诗却老硬,只是太枯淡。徐思远与汝谈,比诸人较好。思远乃程克俊之甥,亦是有源流。
>
> 后山雅健强似山谷,然气力不似山谷较大,但却无山谷许多较浮底意思。然若论叙事,又却不及山谷。山谷善叙事情,叙得尽,后山叙得较有疏处。

朱子对于黄山谷正反两面意见皆有,欣赏其雅健风格,又善叙事，至于缺点则是太浮、老硬。其他诸如陆游之诗，亦为朱子爱赏，例如："放翁之诗，读之爽然。近世唯见此人为有诗人风致。如此篇者，初不见其意用力处，而语意超然，自是不凡，令人三叹不能自已。"（卷五六《答徐载叔赓》）事实上，朱子以"初不见其意用力处"正是铨评的标准所在。

由上所评，可知朱子深喜平淡自然之风，至若刻苦为之，则不在爱赏之列。事实上黄山谷在诗学上的成就正在刻苦为诗之处，《后村诗话》曾云："豫章稍后出，会粹百家句律之长，究极历代体制之变，搜讨古书，穿穴异闻，作为古律，自成一家，虽只字半句不轻出，遂为本朝诗家宗祖。"正指出所长，又如《苕溪渔隐丛话》所云："王介甫以工，苏子瞻以新，黄鲁直以奇。"特别拈出的黄山谷"以奇"正是其特色之处。黄庭坚创发"换骨法"及"夺胎法"，也就是一种造奇之法，其云："诗意无穷，人才有限。以有限之才，追无穷之意，虽渊明、少陵不能尽也。然不易其意而造其语，谓之换骨法；规模其意而形容之，谓之夺胎法。"（《冷斋夜话》卷一）①直接指出人的创意有限，遂可袭前人之意，重铸新词亦是一种新的创作法则。因朱子审美标准倾向浑然天成，故而对黄山谷自有不喜之处，而朱子平淡诗风并非自己拈出，在北宋时期，梅圣俞、苏舜钦、欧阳修皆以平淡为高，迨江西流衍才刻意造奇，所以朱子是往上承接梅、苏、欧诸人之说而逆反于江西。

由上胪列朱子论各家诗歌之批评论可知，朱子喜平淡诗风，不喜拘束造作之作，对于杜甫、黄庭坚之作不甚欣赏，而对陶渊明的平淡与李白的自然豪放则大加赞赏。朱子既然对刻苦之作不甚欣赏，则对江西诗派又有何论见？

---

① 《日本五山版冷斋夜话 · 换骨夺胎法》，参见张伯伟编校：《稀见本宋人诗话四种》，南京：江苏古籍出版社，2002 年版，第 17 页。

(二)论流派以修正江西、矫正时弊为要

朱子论诗主张古风,所以对于诗社、诗派亦多存此意以论其高下,例如:“诗社中人言,诗皆原于赓歌。今观其诗,如何有此意?”则是指出诗社之作皆非出于赓歌,所以不喜之。至于论流派,以宋代最大诗派——江西诗派所论为多,朱子论江西诗派,到底拈出什么独到的见解呢?其云:

> 今江西学者有两种:有临川来者,则渐染得陆子静之学;又一种自杨、谢来者,又不好。子静门犹有所谓“学”。不知穷年穷月做得那诗,要作何用?江西之诗,自山谷一变至杨廷秀,又再变,遂至于此。本朝杨大年虽巧,然巧之中犹有混成底意思,便巧得来不觉。及至欧公早渐渐要说出来。然欧公诗自好,所以他喜梅圣俞诗,盖枯淡中有意思。

直接指出宋朝江西诗派有两条源流,一条是从王安石而来,后来逐渐学自陆九渊,一条是学自杨万里、谢逸者。若是学王、陆犹可学,若是学杨、谢者,则无可学。事实上,朱子如此拈出江西诗派,是否为确说呢?江西诗派创始人黄山谷曾云:“老杜作诗,退之作文,无一字无来处;盖后人读书少,故谓韩、杜自作此语耳。古之为文章者,真得陶冶万物,虽取古人之陈言入于翰墨,为灵丹一粒,点铁成金也。”(《答洪驹父书》)盛称杜甫、韩愈之诗文,并以“点铁成金”为说。再据吕本中所云,有一祖三宗之说,以杜甫为祖,以黄庭坚、陈师道、陈与义为三宗①。由是可知,整个江西的源流并未如

① 南宋吕本中曾有《江西诗社宗派图》,以宗派为团体的组构方式,将其宗派分为一宗二十五派,二十五派皆同出一宗。

朱子所言的脉流开展,盖宋代心性之学,陆九渊为心学,与江西诗学不挂钩,而杨万里与谢逸则显然是江西后学,而朱子之说径以王安石梯接,未知其说所自。但是,我们从朱子所喜欢的风格来看:"巧之中犹有混成底意思""巧得不觉""枯淡中有意思"等,即可知疏淡自然才是朱子所称誉者。

(三)论时代以指正诗风日沦之风尚

朱子将诗歌划分为三期,其云:

> 亦尝闻考诗之原委,因知古今之诗,凡有三变。盖自书传所记,虞、夏以来,下及魏晋,自为一等。自晋宋间颜、谢以后,下及唐初,自为一等。自沈、宋以后,定着律诗,下及今日,又为一等。然自唐初以前,其为诗者,固有高下,而法犹未变;至律诗出,而后诗之与法始皆大变,以至今日,益巧益密,而无复古人之风矣。……近世诗人,正缘不曾透得此关,而规规于近局,故其所就,皆不满人意,无足深论。(卷六四《答巩仲至》)

第一期是虞夏以迄魏晋,第二期是晋宋到唐初,第三期是初唐沈、宋创发律句之后,据此可知,朱子推崇自然吟咏之诗,对于律体发明之后,多存负面批评,主要在于技巧益高,离古人之风益远,然而我们不禁要问,古人之风又如何?为何不能随着时代日进而能有更多的创作技巧?自然的法则告诉我们,技法当是前修未密,后出转精,然而朱子非常蔑视人为的技法,反而推崇淳朴的写作技巧,风格则求平淡自然,以能抒写性灵即可。是故在论各代风格时,亦持此标准丈量之,例如:"古诗须看西晋以前,如乐府诸作皆佳",或如:"东晋诗已不逮前人,齐梁益浮薄",或如:"齐梁间之诗,读之使人四肢皆懒慢不收拾”,凡此等等,只在技巧求进,不在内容求意,遂云:“益巧益密,而无复古人之风矣”之慨叹,此皆可知朱子欣赏西晋之前的诗歌,对齐梁之诗多存鄙薄之意,主要是因为齐梁创为宫体诗,穷形写物,争价一字之奇,此等刻意在形式上求变,而不在内容上求深度与达意,遂不为朱子所喜,故而负面语辞特多。

北宋诗风诚如严沧浪所云:

> 国初之诗尚沿袭唐人;王黄州学白乐天,杨文公、刘中山学李商隐,盛文肃学韦苏州,欧阳公学韩退之古诗,梅圣俞学唐人平淡处。至东坡、山谷,始自出己意以为诗,唐人之风变矣。山谷用工尤为深刻,其后法席盛行,海内称为江西诗派。(《沧浪诗话·诗辨》)

据严羽所言,宋初诗风以模拟唐风为主,王禹偁学白居易,杨亿、刘筠学李商隐,欧阳修学韩愈等等,自苏轼、黄庭坚出,始变唐人之风,而能自出己意,尤以黄庭坚力主“以文字为诗,以议论为诗,以才学为诗”(《沧浪诗话》),才开发出宋诗规模,有别于唐诗之风华,在诗歌史上占有一席之地,而能与唐诗分庭抗礼迄清代而不辍。大抵而言,唐诗重情韵,情辞皆丰;宋诗重风骨,骨劲秀拔,对于这两种截然不同的风格,在诗歌史上各有不同的追企者。朱熹对于宋代诗歌之铨评,不着于字句中,但是其隐意从上列三期考索及反对江西诗风观之,其曲隐之意,俱在其中矣!

四、创作论:力主平淡去华辞

朱子对于创作论,先求学习对象之可学,犹如士人读经必须先读本经,本立方可求源,其云:“作诗先用看李杜,如士人治本经。本既立,次第方可看苏黄以次诸家诗。”揭示先以李、杜之诗为规模,再求苏黄以下诸家之诗,为何如此呢?因为李杜所作本乎性情,而苏黄则刻意为诗,多在穷苦处下功夫,朱子立学,先求本源再求变化。甚至对于着题之作亦不甚欣赏,又云:“古人作诗,不十分着题,却好,今人作诗,愈着题,愈不好。”正是朱子力求平易而去雕饰的主张,其具体论述如下。

(一)力主自然天成

揭示创作与人的心性相结合,要自然不费功力自能有成,犹如庖丁解牛,浑然天成,不着一力一气,便能神妙。揭示学诗路径云:

> 然余尝以为天下万事皆有一定之法,学之者须循序而渐进。如学诗,则且当以此等为法(案:指学《文选》乐府诸篇),庶几不失古人本分、体制。向后若能成就,变化固未易量。然变亦大是难事。果然变而不失其正,则纵横妙用,何所不可?不幸一失其正,却似反不若守古本旧法以终其身之为稳也。李、杜、韩、柳初亦皆学《选》诗者。然杜、韩变多,而柳、李变少。变古诗诗中有句,今人诗更无句,只是一直说将去。这般诗,一日作百首也得。如陈简斋诗:“乱云交翠壁,细雨湿青松”;“暖日熏杨柳,浓阴醉海棠”,他是什么句法!因林择之论赵昌父诗,曰:“今人不去讲义理,只去学诗文,已落第二义。况又不去学好底,却只学去做那不好底。作诗不学六朝,又不学李杜,只学那峣崎底。今便学得十分好后,把作甚么用?莫道更不好。如今时人学山谷诗,然又不学山谷好底,只学得那山谷不好处。”(卷八十四《跋病翁先生诗》)

这段议论是朱子的典型之论,要讲道理再去学诗,若专务学诗必落第二义。学诗有一定的规矩,主张学《昭明文选》中之诗歌,如果只在诗句中求变化,纵使有一百首诗亦不足为观了,更有甚之的是,朱子指出江西诗派只知学山谷崎峣之处,更有何可观呢?所以,我们透过这段文字可以明晰朱子论诗取向:一、循序渐进学习,须以“选”诗为本,二、不讲义理只讲诗文,便落于第二义。复言:

> 熹闻诗者,志之所之,在心为志,发言为诗。然则诗者,岂复有工拙哉?亦视其志之所向者高下如何耳。是以古之君子,德足以求其志,必出于高明纯一之地,其于诗固不学而能之。至于格律之精粗,用韵、属对、比事、遣辞之善否,今以魏晋以前诸贤之作考之,盖未有用意于其间者,而况于古诗之流乎?近世作者,乃始留情于此,故诗有工拙之论,而葩藻之词胜,言志之功隐矣。熹不能诗,而闻其说如此,无以报足下意,姑道一二。(卷三九《答杨宋卿》)

朱子力倡以意为主,不求工拙,魏晋以前诸作不求格律之精粗、用韵、属对、比事、遣辞等等,事实上乃意有所指,用以反驳江西诗派重形式追求。

复次,朱子认为诗乐应合为一,指出:“古乐府只是诗,中间却添许多泛声。后来人怕失了那泛声,逐一声添个实字,遂成长短句,今曲子便是。”揭示曲子词之来源,是因泛声衍为实字,而成今日的长短句,亦即是词。除此而外,我们从朱子论各代诗歌,亦可知其对于民歌、赓歌、乐府之喜爱,而对于刻意造作律句之诗,夙持反面意见,主要在于朱子认为诗歌本质在于抒发情性,如以追新务奇，反易斫丧天然之质，故而不喜。又云："自然触目成佳句，云锦无劳更剪裁。"（卷五《新喻西境》）、"觅句休教长闭户，出门聊得试扶筇。"（卷三《又和秀野二首》之一）①皆是以自然天成，不事雕饰为主。

（二）不重华藻及声色格律

朱子力主平淡之风，直欲摆落形式追求，云："余素不能作唐律，和韵尤非所长。年来追逐，殊觉牵强。"（卷九《和刘叔通怀游子蒙之韵》诗下自注）亦自标未能作唐律，此固是谦词，但是，也可窥视朱子对于作诗和律，及赓和之作多有不能亦不赏爱。所以直接揭示记诵华辞，不能探求诗歌本源，有舍本逐末之虞，其云："盖记诵华藻，非所以探渊源而出治道；虚无寂灭，非所以贯本末而立大中"。（卷十一《壬午应诏封事》）又云："儒者以词章记诵为功，而事日沦于卑近。"（卷一三《癸未垂拱奏札一》）正说明徒以记诵词章为功者，则事功必沦于卑近之列，是朱子素不喜见者，以此告诫诸生，正欲去华辞而求本源。以下更有诸条证成此说：

> 先生偶诵寒山数诗，其一云："城中娥眉女，珠佩何珊珊！鹦鹉花间弄，琵琶月下弹。长歌三日响，短舞万人看。未必长如此，芙蓉不奈寒！"云："如此类，煞有好处，诗人未易到此。公曾看否？"寿昌对："亦尝看来。"近日送

① 朱子《新喻西境》云："北岭苍茫雨欲来，南山腾踯翠成堆。稺杉绕麓千旗卷，野水涵空一鉴开。客路情怀元倥偬，今晨游眺却徘徊。自然触目成佳句，云锦无劳更剪裁。"（《晦菴集》卷五）《又和秀野二首》："愁阴一夜转和风，晓看花枝露彩浓。觅句休教长闭户，出门聊得试扶筇。物华始信如诗好，春色方知似酒浓。多谢邻翁笑相迓，为言晴暖更过从。""江皋晴日丽芳华，翠竹疎疎映白沙。路转忽逢沽酒客，眼明惟见满园花。望中景助诗人趣，物外春归释子家。向晚却寻芳草迳，夕阳流水遶村斜。"《泛舟》："昨夜江边春水生，艨艟巨舰一毛轻。向来枉费推移力，此日中流自在行。"

浩来此洒扫时,亦尝书寒山一诗送行云:"养子未经师,不及都亭鼠。何曾见好人?岂闻长者语?为染在薰莸,应须择朋侣。五月败鲜鱼,勿令他笑汝!"

"闭门觅句陈无己,对客挥毫秦少游。"无己平时出行,觉有诗思,便急归,拥被卧而思之,呻吟如病者,或累日而后成,真是"闭门觅句"。如秦少游诗甚巧,亦谓之"对客挥毫"者,想他合下得句便巧。张文潜诗只一笔写去,重意重字皆不问,然好处亦是绝好。

潘邠老有一诗,一句说一事,更成甚诗?

作诗间以数句适怀亦不妨。但不用多作,盖便是陷溺尔。当其不应事时,平淡自摄,岂不胜如思量诗句?至如真味发溢,又却与寻常好吟者不同。

揭示作诗各有才分巧拙,不可强求,力求发出真味,若一事做一句,素为朱子不喜,如何成诗乎?

(三)重义理内容,否则易沦为第二义

朱子反对当代人说诗,空有道理,却一点意味皆无,而且不晓意思何在?其云:"今人说诗,空有无限道理而无一点意味,只为不晓此意耳。"(卷五〇《答潘恭叔》"诗备六艺之旨"条),又指出:"近世诸公作诗费工夫,要何用?元祐时有无限事合理会,诸公却尽日唱和而已。今言诗不必作,且道恐分了为学工夫。然到极处,当自知作诗果无益。余事做诗人。"以上所言,揭示余事做诗人,作诗恐分了为学功夫,故而反对费工夫作诗。

总归而言,朱子论诗不强调雕饰之美,力求平和自然创作,无须强求或是刻苦为之,有云:"十年闻说信无言,草草相逢又黯然。借得新诗连夜读,要从苦淡识清妍。"(卷五《过高台携信老诗集夜读上封方丈次敬夫韵》)其中“要从苦淡识清妍”正是统贯性的主张。

(四)须能戒慎恐惧、虚静其心

为诗如为学,亦须有虚静的工夫,必须虚静其心,方能做得精细,其云:

> 今人所以事事做得不好者,缘不识之故。只如个诗,举世之人尽命去奔做,只是无一个人做得成诗。他是不识,好底将做不好底,不好底将做好底。这个只是心里闹,不虚静之故。不虚不静故不明,不明故不识。若虚静而明,便识好物事。虽百工技艺做得精者,也是他心虚理明,所以做得来精。心里闹,如何见得!心里不虚静如何可成?

但是,此中并未指出如何虚静,必须与朱子论“持敬”工夫相互照应,方能有得。复云:

> “楼台侧畔杨花过,帘幕中间燕子飞。”只是富贵者事,做沂水舞雩意思不得,亦不是躬耕陇亩、抱膝长啸底气象。……二公诗皆甚高,而正则摹写尤工,卒章致意尤笃,令人叹息。所惜不曾向顶门上下一针,犹落第二义也。(卷三六《陈同甫》)
>
> 人不可无戒慎恐惧底心。庄子说,庖丁解牛神妙,然才到那族,必心怵然为之一动,然后解去。心动便是惧处。

以上二条皆有论见,首先,应分辨为学工夫与作诗之间的分际,应以为学为主,作诗以宣畅己情而已,至于作诗门径,亦须虚静自己,使自己能心虚理明,如此作诗方能虚静明识,若不存戒慎恐惧之情,则必怵惧无成,而诗歌技法之要求,诚如上言,但求平淡,不可故作险怪之语。而学诗的对象,朱子一直看重《昭明文选》选诗的部分,以此为本,再求李杜之作,再看苏黄,才有渐进的功夫,如若无病呻吟,有何可观? 统论之,创作之论,其实与前论之本质论、批评论是环环相扣的。

综上所论,可知朱子皆直指诗歌之作:一、以意为主,方能达情;二、诗以宣情、寄情为主,非以务奇为主;三、必须稍略形式技巧,否则只落第二义。

五、鉴赏论:以文德相符开展

朱子的审美标准为何? 如何开展鉴赏论?

(一)以人品论诗品

人品论诗品是朱子之前即已存在的评价诗家的方式之一①,朱子承此,亦惯常以"人品论诗品",其云:

> 诗见得人。如曹操虽作酒令,亦说从周公上去,可见是贼。若曹丕诗,但说饮酒。乐天,人多说其清高,其实爱官职。诗中凡及富贵处,皆说得口津津地涎出。杜子美以稷、契自许,未知做得与否? 然子美却高,其救房管,

① 德性之美体现在气性,不仅是用在修身养性,也用在文德相符,取以论文学,则有诗、文与人品之相发用。

亦正。

以“人品”论诗非始于朱子，这是中国一个大的传统，朱子所论，是沿承传统以人品论诗品的路线，其实，文学之真不等同于事实之真，但是中国人一向强调道德美，文艺创作须能展现全幅的人格美方能称为真美，是故以人品论诗品虽是中国传统论诗的局限之一，但是也唯有如此，才能标示道德美与诗歌美相合、相融、相契的境域。身为理学家的朱子，以持敬涵养为修身根柢，自以充盈德性之美为佳。

(二)力主平淡诗风，反对用典

力主平淡诗风的朱子力反用典，所以云：“文字好用经语，亦一病。老杜诗：‘致思远恐泥’东坡云：‘此诗不足为法。’”用典可以凝练作者之意，丰富文本之美，而且也可触发读者联类想象，但是，过度用典，使用僻典或掉书袋，皆是负面效应，使人如堕五里雾中，不知所以，故朱子既然主张歌诗以平易平淡为主，自然对用典持反对意见，而且主张诗歌以抒发性灵为要，自然不要太多雕饰文采的工夫，此皆可以推导得知。

(三)摘句评诗

朱子论炼字，并无具实之论，仅是标举佳句以为法，其云：

> 高宗最爱简斋：“客子光阴诗卷里，杏花消息雨声中。”又问坐闲云：“简斋墨梅诗，何者最胜？”或以“皋”字韵一首对。先生曰：“不如‘相逢京洛浑依旧，惟恨缁尘染素衣！’”
>
> 刘叔通屡举简斋：“六经在天如日月，万事随时更故新。江南丞相浮云坏，洛下先生宰木春！”先生曰：“此诗

固好,然也须与他分一个是非始得。天下之理,哪有两个都是?必有一个非。”

举南轩诗云:“卧听急雨打芭蕉。”先生曰:“此句不响。”曰:“不若作‘卧听急雨到芭蕉’。又言:“南轩文字极易成。尝见其就腿上起草,顷刻便就。”

第一条未明示所指之炼字法,第二条指出诗歌固佳,但是道理扞格不通,第三条要求诗歌音声响亮,故以“到”比“打”更响亮。事实上,朱子论炼字法,常常未翔实指出可用之法,仅是以摘句式来胪列佳句,览阅者须自行体契其妙。这对初学者来说,可能颇难,但是,存在的事实就是,中国论诗常以摘句式表述,却不发一言一语导引,徒令读者自己体会,悟性高者自可体会,若参悟能力不高则不可领会矣。这就是契会式论诗的缺点。

六、功能论:劝惩教化

诗歌若以抒情言志为主,则是否有其功能作用?朱子身为理学家,以讲述心性之学为主,在论述诗歌要义时,前述本质论、批评论、创作论、鉴赏论等等,其所欲揭示的诗歌目的性或功能性何在?其云:

曰:然则其所以教者,何也?曰:“诗者,人心之感物而形于言之余也。心之所感有邪正,故言之所形有是非。惟圣人在上,则其所感者无不正,而其言皆足以为教;其或感之之杂,而所发不能无可择者,则上之人必思所以自反,而因有以劝惩之,是亦所以为教也。”(《诗集传序》)

揭示诗歌之创作有是有非，唯圣人所感皆正，以其言为教，必能达劝惩之效。至于学诗之宗旨何在？其云：

> 然则其学之也当奈何？曰："本之二《南》以求其端，参之列国以尽其变，正之于《雅》以大其规，和之于《颂》以要其止，此学《诗》之大旨也。于是乎章句以纲之，训诂以纪之，讽咏以昌之，涵濡以体之，察之情性隐微之间，审之言行枢机之始，则修身及家，平均天下之道，其亦不待他求而得之于此矣。"（《诗集传序》）

揭示学诗的进路在于以《诗经》为津筏，以《周南》《召南》求本端，其余各国风谣以求其变，续以《雅》宏大规模，以《颂》作为行止之标准，如是，则可宣畅湮郁。并且指出："《诗》之言，有善有恶，而读者足以为劝戒，非谓诗人为劝戒而作也。但其言或显或晦，或偏或全，不若此句之直截而该括无遗耳。"（《答汪长孺别纸》）可知读书善读才是读《诗》的目的，但是，读者如何可契会？恐不易得之，又揭示诗歌可抒发性情："聊成五字句，吟罢山花落。浩然与谁期？放情遗所托。"（《杜门》）职是，朱子论诗，非常重视功能性，此与中国儒家传统论诗意见相合，这些在《诗集传序》中均可窥其意。

七、朱子对《诗经》要义的承接与转化

朱子论诗是否超越时代的局限,抑或被时代所笼罩?是否顺着传统说诗,抑或能指引新的方向?我们从本质论、批评论、创作论、鉴赏论、功能论等一路观察下来,归纳统整其论诗要义如下:第一,从形式观察,《朱子语类》是朱熹与弟子随机论学的语类体,示现在诗学理论亦是属于语类体的随机点拨,表述方式之形构技巧采摘句批评,内容取象则采印象式批评。第二,从诗歌本质论观之,诗以言志抒情,可倡导人情,民间采风歌谣,以见风化流行,符应《诗经》采风之说。第三,从批评论观之,以风格论诗,论诗人之作以自然浑成为佳;论流派则以修正江西流弊为说;论时代则指正诗风日益沦丧之风尚;整体而言,技巧创发益多,离古人之风益远,朱熹所推崇者为淳朴平淡自然,不尚穷形写物。第四,从创作论而言,创作须与心性相结合,为诗如为学,须有虚静工夫才能心虚理明。至于创作则不求工拙,不重华藻、声色、格律。第五,从鉴赏论观之,以人品论诗品,"诗见得人"揭示文学作品须能全幅朗现道德美,以持敬涵养为修身根柢才能文德合一。第六,从功能论观之,学诗须以《诗经》为津筏,参诸风谣以求其变,诗虽有善有恶,读者足以为劝戒。

此一论诗要义与《诗经》之关涉如何?朱熹《诗集传》打破《毛诗序》依附政教观点解诗,从经典拉到文学的视域,特重风谣,而历代又如何以文学视角解读《诗经》呢?大抵可以钩稽出几个重要观点,作为后世论述之源:第一,本质论:揭示诗言志、温柔敦厚之诗教及思无邪等项。情志说,首先由《尚书·虞书·舜典》拈出:"诗言志,歌永言,声依永,律和声",其后《毛诗序》亦承其说揭示诗以

言志。复次,《礼记·经解》云:"孔子曰:'入其国,其教可知也。'其为人也,温柔敦厚,诗教也。"揭示诗可改变气质。第二,应用论:情信辞巧、言文行远、辞达而已诸说,皆有取用而论述者。第三,世变说,承自孟子:"王者之迹熄而《诗》亡,《诗》亡然后《春秋》作……"(《孟子·离娄下》)之说。诗与史毕竟不同,然而诗可反映人民与社会现况,遂有以诗观世变之说。第四,读者论:知人论世、以意逆志说等。知人论世之说,由孟子拈出:"颂其诗,读其书,不知其人可乎?是以论其世也,是尚友也。"(《孟子·万章下》)第五,教化论:有主文谲谏之教化说,以《毛诗序》:"上以风化下,下以风刺上,主文而谲谏,言之者无罪,闻之者足以戒。"为主,揭示风人之旨意在劝戒。

朱子《诗集传》虽然反对《毛诗序》而另有新解,衷考其论诗要义,与上述《诗经》论述有着照应之关涉:第一,深受《诗经》影响,主张诗教,重诗歌之功能性与劝戒性。论诗分期以西晋之前的乐府为可观,此一路线是重视民歌采风,正是《诗经》十五风之遗。第二,朱子力主诗歌在宣畅抒郁,不在形式上争价求新,对于形式技巧之演进,多不能欣赏。就"六义"而言,已有赋、比、兴三种技巧,何必再创发刻镂精工,讲求平仄、对仗之律句呢?故而对近体诗求工整律法,多不同意。第三,审美特色力主平淡。朱子论诗主平淡诗风,而且对于前代之诗歌指出《选》诗之重要性,是学诗的门径;对于当代流衍风行的江西诗派,多有反语,其意在反对江西诗派形式追求,对沈宋以降之律句,亦多不欣赏。第四,论诗史演变,西晋以下,不足为观,主要是因为形式之规模大于内容之旨趣;而论诗家则以李白优于杜甫,而学诗的对象,以《选》诗为本,先学李杜,再求苏黄之变化,如是,反映出朱子的诗观,反对律句造成孜矻求奇求变之风,故而对于追求形式技巧之江西诗风素所不喜,但是,并不因此而一味否认黄庭坚的成就,黄氏亦有可观者,朱子劝诸生学其佳处,弃其雕刿文饰的部分。至于论历代诗,以西晋之前为佳,其后每况愈下,主要在于务变求奇,背离平淡诗风太远,致远恐泥,所以不为也,这也是朱子自己在创作诗歌时一直引以为戒者。据此可知,诗歌史上以形式技巧求胜者,皆非朱子所喜,所重者在于抒导人情,以达劝戒之效能。第五,就创作态度而言,须持虚静之心以明之,作诗是自然而然之事,不为作诗而作诗。

站在历史的后设基点上来观察,朱子论诗有其局限性:第一,诗歌技巧,自是前修未精,后出转密,朱子以内容旨趣求戒劝之效能,反映出儒家传统思想在他的诗论中具有渗透与体现的作用。第二,朱子身处南宋,正是江西后学流衍之际,反对黄氏“无一字无来历”之说,提出“不贵用典”逆反其说,未审形构技巧之必然与必须。第三,诗歌美学不能局限于平淡风格,仍应有多元审美风格,以平淡论诗,正反映出其反江西“夺胎换骨”之说。

整体而言,朱熹论诗要义,或援引“诗经”之义,或据“诗经”之义与诗论相互立论与印证,是为了纠正江西诗派后学之流弊,此乃其存在的处境,可归整为两个向度,其一是力主平淡自然,此乃从创作及风格而言;其二是惩戒教化,此乃从功能而言。我们透过其论诗要义,可理解其对《诗经》学之阐发,意在为诗学正本清源,其苦心孤诣当为后人所理解。

兹将本文论述结构胪列如下,以总纲领:

- 诗义
  - 形式结构：随机点拨
    - 摘句式批评
    - 印象式批评
    - 残丛小语式批评
  - 论诗义蕴：
    - 本质论：言志抒情
    - 批评论：风格论诗
      - 论诗人：自然浑成为佳
      - 论流派：修正江西
      - 论时代：诗风日沦
    - 创作论：平淡去华辞
      - 力主自然天成
      - 不重华藻及声色格律
      - 重义理内容，否则沦为第二义
      - 须能虚静其心，戒慎恐惧
    - 鉴赏论：文德相符
      - 内义：以人品论诗品
      - 形义：力主平淡诗风，反对用典摘句评诗
    - 功能论：劝惩教化

- 对《诗经》的承接与转化
  - 主张诗教：重功能性与劝戒性
  - 宣畅抒郁：反对形式，争价求新
  - 审美特色：力主平淡，反对江西
  - 诗史演变：西晋以下不足观，以《选》诗为本

论诗局限		⇒	
	不重形式		忽视文学演进乃后出转精
	重劝戒效能		忽视审美感受之纯粹与精纯
	反对江西用典		忽视形构技巧之必要与重要
	诗风力主平淡		忽视审美风格乃丰富多元

表1　朱子评时代风格一览表

古诗须看西晋以前,如乐府诸作皆佳。
东晋诗已不逮前人,齐梁益浮薄。
齐梁间之诗,读之使人四肢皆懒慢不收拾。

表2　朱子评诗家风格一览表

曹魏	曹操	诗见得人。如曹操虽作酒令,亦说从周公上去,可见是贼。曹丕诗,但说饮酒。
晋	刘琨	《选》中刘琨诗高。
	鲍照	鲍明远才健,其诗乃《选》之变体,李太白专学之。
	陶渊明	渊明诗平淡出于自然。 陶渊明诗人皆说是平淡。据某看,他自豪放,但豪放得来不觉耳。其露出本相者是《咏荆轲》一篇,平淡底人如何说得这样言语出来。
唐	李白	李太白诗不专是豪放,亦有雍容和缓底,如首篇“大雅久不作”,多少和缓! 李太白诗非无法度,乃从容于法度之中,盖圣于诗者也。 《古风》两卷多效陈子昂 ,亦有全用其句处。太白去子昂不远,其尊慕之如此。然多为人所乱,有一篇分为三篇者,有三篇合为一篇者。 李太白终始学《选》诗,所以好。

表 2　朱子评诗家风格一览表

唐	杜甫	夔州以前诗佳,夔州以后自出规模,不可学。 杜诗初年甚精细,晚年横逆不可当,只意到处便押一个韵。如自秦州入蜀诸诗,分明如画,乃其少作也。 杜子美诗好者亦多是效《选》诗,渐放手,夔州诸诗则不然也。 人多说杜子美夔州诗好,此不可晓。夔州诗却说得郑重烦絮,不如他中前有一节诗好。 杜子美晚年诗都不可晓。吕居仁尝言,诗字字要响。其晚年诗都哑了,不知是如何,以为好否? 杜子美以稷契自许,未知做得与否?然子美却高,其救房管,亦正。
	李隆基	唐明皇资禀英迈,只看他作诗出来,是什么气魄!今唐百家诗首载明皇一篇《早渡蒲津关》多少飘逸气概!便有帝王底气焰。
	韦应物	韦苏州诗高于王维,孟浩然诸人,以其无声色臭味也。
	白居易	乐天,人多说其清高,其实爱官职。诗中凡及富贵处,皆说得口津津地涎出。
	韩愈	韩诗平易。
	孟郊	吃了饱饭,思量到了人不到处,《联句》中被他牵得,亦着如此做。
	李贺	李贺较怪得些,不如太白自在。又曰:贺诗巧。
	卢仝	玉川子辈句语虽险怪,意思亦自有混成气象。
宋	欧阳修	欧公诗自好,所以他喜欢梅圣俞诗,盖枯淡中有意思。
	苏黄	苏黄只是今人诗,苏才豪,然一滚说尽,无余意;黄费安排。
	苏轼	东坡晚年诗固好。只文字也多是信笔胡说,全不看道理。
	黄庭坚	鲁直一时固自有所见。今人只见鲁直说好,便却说好,如矮人看戏耳! 黄子厚诗却老硬,只是太枯淡。 山谷善叙事情,叙得尽,后山叙得较有疏处。

表 2　朱子评诗家风格一览表

宋	陈后山	陈后山初见东坡时,诗不甚好。到得为正字时,笔力高妙。后山雅健强似山谷,然气力不似山谷较大,但却无山谷许多轻浮底意思。然若叙事,又却不及山谷。
	张文潜	诗有好底多,但颇率尔,多重用字。
	石尧臣	曼卿诗极雄豪,而缜密方严,极好。 其为人豪放,而诗词乃方严缜密,此便是他好处,可惜不曾得用!
	杨大年	本朝杨大年虽巧,然巧之中犹有混成底意思,便巧得来不觉。

(林淑贞,中兴大学中文系教授)

试论明清小说中《诗经》元素的文学功能

陈鹏程

作为中国文学与文化元典,《诗经》构成了一种悠久传统,对包括明清小说在内的后世文学发生了深远而广泛的影响。根据互文性理论,"'文学词语'是文本界面的交汇,它是一个面,而非一个点(拥有固定的意义)。它是几种话语之间的对话:作者的话语、读者的话语、作品中人物的话语以及当代和以前的……任何文本都是由引语的镶嵌品构成的,任何文本都是对其他文本的吸收和转化。"①《诗经》作品的题目、语词、主旨等作为明清小说文本的有机构成元素,发挥着重要的文学表现功能。本文拟对此进行探析,就正于学界同仁。

一、明清小说中《诗经》元素的形态

所谓《诗经》元素,是指包蕴于文学艺术等文化产品和活动中并发挥特定功能的《诗经》篇章的题目、语词、主旨、艺术形式以及其他和《诗经》相关的质素。明清小说中的《诗经》元素极其丰富。大体而言可分为如下几种形态。

(一)以《诗经》语句为典

典故是古典文学互文性的一个主要形式,它是"语言和文化的一个重要的组成部分,是一个民族在特定的历史、文化、经济以及

① 李玉平:《互文性新论》,《南开学报》,2006年第3期。

政治环境中加工提炼而成的一种特殊的语言表达形式……包含了丰富的文化内涵,体现了不同民族在不同的环境和生活条件下认识世界、改造世界的文化价值观和道德意识,有明显的社会性。"①作为一种重要的言语形态,典故根植于民族文化。《诗经》无疑是重要典源之一。自汉武罢黜百家、独尊儒术后,随着儒学演变为官方意识形态,《诗经》成为官方基本教材。《诗经》的熟谙成为传统社会士人的基本素养,并内化为他们思维的语码,在其日常言语、文章写作和文学创作中对于《诗经》的语句信手拈来,以《诗经》作品语句为典亦成为明清小说中《诗经》元素最习见的形态。

有的小说,其题目即典出于《诗经》语句,最著者当属《好逑传》,其书名即源于《周南·关雎》"窈窕淑女,君子好逑"。小说序言进一步阐发:"自生人以来,凡偕伉俪,莫非匹偶。乃《诗》独于寤寐之君子,窈窕之淑女,称艳之曰'好逑'。""寤寐之君子,窈窕之淑女"典出于《关雎》二、三两章,"参差荇菜,左右流之。窈窕淑女,寤寐求之。求之不得,寤寐思服。悠哉悠哉,辗转反侧。"题目和序言通过对《关雎》的称引,揭示了君子合配佳人的创作主旨。小说第一回"省凤城侠怜鸳侣苦"中便通过男主人公铁中玉之言表达了这一婚姻理想:"夫妇乃五伦之一,一偕伉俪,便是白头相守;倘造次成婚,苟非淑女,勉强周旋则伤性,去之掷之又伤伦,安可轻议?"小说即按"君子"标准来塑造铁中玉形象,其外貌"丰姿俊秀""人品秀美",兼之"学问又出人头地",且英雄侠义,刚直磊落,"人若缓急求他,便不论贤愚贵贱,慨然周济;若是谀言谄媚,指望邀惠,他却只当不曾听见。"文武全才,近乎完美的化身。女主人公水冰心则是"淑女"的典范,"生得双眉春柳,一貌秋花,柔弱轻盈",且机智聪

① 白民军:《典故的隐喻文化透视》,《唐都学刊》,2004 年第 4 期,第 135 – 137 页。

敏、才能卓异,“及至临事作为,却有才有胆,赛过须眉男子”,倾城之貌和倾国之才完美统一。以《诗经》语句为典的题目,恰切地体现了小说主旨。

有的章回小说,其回目取典于《诗经》。如《醒世姻缘传》第五十九回的回目是“孝女于归全四德,悍妻逞毒害双亲”,其中“于归”即取典于《诗经》,且颇为常见。《周南·桃夭》言“之子于归,宜其室家”“之子于归,宜其家室”“之子于归,宜其家人”,《召南·鹊巢》言“之子于归,百两御之”“之子于归,百两将之”“之子于归,百两成之”,《邶风·燕燕》言“之子于归,远送于野”“之子于归,远于将之”“之子于归,远送于南”,《豳风·东山》言“之子于归,皇驳其马”。由此可见《诗经》时代“于归”的运用极为普遍,但同时我们也注意到,《诗经》写女子出嫁,并不限于“于归”一词。《鄘风·蝃蝀》言“女子有行,远父母兄弟”,《蝃蝀》被视为刺女子私奔之诗,《毛诗序》云:“《蝃蝀》,止奔也。卫文公能以道化其民,淫奔之耻,国人不齿也。”《晋书》卷九十四《隐逸列传》载夏统对媚巫乱礼现象的责难,言“昔淫乱之俗兴,卫文公为之悲惋;蝃蝀之气见,君子尚不敢指。”当系引《蝃蝀》及《毛诗序》之说。《后汉书》卷五十四《杨震列传》载杨震之孙杨赐言:“今殿前之气,应为虹霓,皆妖邪所生,不正之象,诗人所谓蝃蝀者也。”李贤注引《韩诗序》:“《蝃蝀》,刺奔女也。”宋朱熹《诗集传》亦言:“此刺淫奔之诗。”《邶风·泉水》和《卫风·竹竿》均为第一人称叙述的出嫁女子思归之作,前者言“女子有行,远父母兄弟”,后者言“女子有行,远兄弟父母”。由此似能得出这一认识,在《诗经》时代,“于归”和“有行”均言女子出嫁,但感情色彩有较为显明的差异,“于归”似乎更为郑重,含有对庄重婚仪的礼赞,对出嫁女性的喜爱和珍重。《醒世姻缘传》第五十九回主要围绕狄巧姐的出嫁而展开。与小说主要人物薛素姐的悍妇形象形成鲜明对照,狄巧姐被赋予孝顺恭谨的性格内涵。这从回目中对巧姐的礼赞即可看出,以《诗经》语词为典,雅洁醇正,与巧姐知书达礼的贤妇内涵相谐和。

再如《醉醒石》第七回"失燕翼作法于贪,堕箕裘不肖惟后",《醉醒石》是一部拟话本小说集,每一回即一篇独立完整的短篇小说,因此回目发挥着小说篇题的功能。《醉醒石》第七回叙述吕主事贪酷,积累亿万不义之财而遭现世报,所生五子"或是身亡,或是家破。到处只见凄凉,那得快活。"整个回目即概括了这一主旨。上联"燕翼"取典于《诗经·大雅·文王有声》"武王岂不仕,诒厥孙谋,以燕翼子",《毛传》:"燕,安;翼,敬也。"孔颖达疏云:"思得泽及后人,故遗传其所以顺天下之谋,以安敬事之子孙。"即言善为后代子孙谋划。"作法于贪"取典于《左传·昭公四年》郑大夫浩罕语:"君子作法于凉,其敝犹贪。作法于贪,敝将若之何?"整个上联言吕主事贪财刻薄,不为子孙考虑积德行善。下联"箕裘"典出于《礼记·学记》"良冶之子,必学为裘,良弓之子,必学为箕",即继承祖业之义。整个下联言其诸子败家。引包括《诗经》在内的十三经之典表达小说意旨,简明雅正,极具启示意义。

许多明清小说,在叙述语言中大量取典于《诗经》语句。小说的叙述语言即小说叙述者所使用的语言,它构成了小说的基础文本。用典构成了许多明清小说叙述话语的方式和特征,《诗经》即为其中重要典源,其经常出现的场合是作品中的诗词。如《五色石》第一卷《二桥春》"假相如巧骗老王孙,活云华终配真才子"中,以这样一首诗概括、评析木一白偷窥女主人公陶含玉的情节:"未与子都逢,那许狂且觇。却步转身回,桥空人不见。"前两句系化用自《郑风·山有扶苏》"不见子都,乃见狂且",《山有扶苏》本系青年男女幽会时女孩戏谑男孩之语,郑玄《毛诗笺》云:"人之好美色,

不往睹子都 ,乃反往睹狂丑之人。"《五色石》运用此典,承袭并发展了嘲谑对方狂丑这一内涵,讥刺丑陋猥劣的木子白对陶小姐的觊觎之心,也在一定程度上展现了小说主要矛盾在黄琮、陶含玉和木一白之间展开。

许多明清小说的人物语言取典于《诗经》语句,如《杏花天》第一回"蓝岳母花烛纳婿,傅贞卿惧内潜踪"载蓝母对傅汝德之言:"蓝母道:'贤婿,小女蒲柳之质,今配君子,于飞永效。夫琴妇瑟,同谐和调,梦兆熊罴,百祀悠昌。'"其言虽短,取典于《诗经》之处甚多,如"于飞"即于《诗经》中多见,如《豳风·东山》:"仓庚于飞,熠耀其羽。之子于归,皇驳其马。亲结其缡,九十其仪。"《大雅·卷阿》中两度出现"凤凰于飞,翙翙其羽"的描写,《邶风·燕燕》中,"燕燕于飞"更是以回环复沓的形式三次出现。此外,在《邶风·雄雉》《小雅·鸳鸯》《小雅·鸿雁》《周颂·振鹭》等篇章中,"于飞"亦频频出现,它被用来描摹禽鸟飞翔形态。我们通过对《诗经》"某种禽鸟+于飞"出现语境的考查,不难发现其所展现的是吟唱主体或抒情主体与对象之间的一种合情状态,被赋予了"和"之蕴涵,尤其多指男女相得情态,正如《周南·葛覃》:"黄鸟于飞,集于灌木,其鸣喈喈。"郑玄《毛诗笺》云:"飞集藂木,兴女有嫁于君子之道。"这一意蕴亦可从春秋时期懿氏卜妻敬仲得到印证,《左传·庄公二十二年》云:"初,懿氏卜妻敬仲,其妻占之曰:'吉。是谓凤皇于飞,和鸣锵锵。有妫之后,将育于姜。'""于飞"的这一意蕴于明清小说多见,如《聊斋志异》卷七"梅娘"篇言封云亭和女鬼爱卿"两人登榻,于飞甚乐",隐指男女性爱。《杏花天》中封氏用"于飞永效"表达对女婿和女儿婚姻幸福美满的祝愿。"夫琴妇瑟"显然脱胎于《周南·关雎》之"窈窕淑女,琴瑟友之",亦是对女儿与女婿夫妻恩爱和谐的祝愿。"梦兆熊罴"源自《小雅·斯干》"大人占之,维熊维罴,男子之祥”,是封氏对女儿、女婿婚姻家庭幸福另一重要内涵——早生贵子的企盼,引《诗经》语句为典,与封氏的达官遗孀身份密不可分。

(二)以《诗经》作品题目为典

在《诗经》创作之初,“篇题并不是诗歌必要的组成部分,是可有可无的。”①但一些题目则在《诗经》的长期传播过程中,或因其独特的位置,或因其形象生动,或因简洁明晰,而作为独立于诗篇的元素存在,被赋予了特定的内涵,这其中最为显著的是《关雎》。《关雎》因处于“《诗》三百”之首,在春秋时期就受到特别关注,《论语·八佾》载孔子语“《关雎》,乐而不淫,哀而不伤”即为明证。迄至明清,《关雎》的爱情内涵逐渐被从经学藩篱中剥离出来,甚至成为一些作品中人性解放的表征符号。如在汤显祖《牡丹亭》中,女主人公杜丽娘和传统思想代表之一的陈最良的冲突就围绕对《关雎》的解读而展开,《关雎》催发了杜丽娘情欲的觉醒,“杜丽娘为情生,为情死,又为情死而复生,这一切都与《诗经·关雎》带给她的精神启发与青春觉醒密不可分。”②这表明,至迟在明清时期,人们已在《关雎》和情欲二者间建构起了关联,这于明清小说中亦非常多见,如《杏花天》第一回“蓝岳母花烛纳婿,傅贞卿惧内潜踪”言:“次女珍娘,才貌并佳,兼通乐府,年二八,私想欢狎,暗念《关雎》,灵窦将萌。”“暗念《关雎》”即言蓝珍娘情窦已开,期盼美好的爱情。再如《英云梦》第一回“玩春光山塘遇美,寻秋色玄墓赠金”,强调佳人理配才子的婚姻理想:“所以才子务配佳人,不失室家之好,

---

① 李树军:《中国古代诗歌题目在宋代之前的发展》,《云南社会科学》,2013年第3期。

② 牛丹丹:《试论关雎在牡丹亭中的意义》,《西安石油大学学报》,2016年第1期。

《关雎》之雅矣。”认为《关雎》是美满爱情婚姻的表征。

明清小说也时常以《小雅·棠棣》的题目为典,《棠棣》为歌咏兄弟亲情之诗,首章即云“棠棣之华,鄂不韡韡。凡今之人,莫如兄弟”,以棠棣花萼相依象征兄弟关系亲密。如《萤窗异草》卷一“智媪”条塑造了一个机智勇敢的燕南媪的形象,故意错认入室抢劫的强盗为失散多年的兄弟,不但保全了家室,而且获得丰厚的馈赠。小说末尾评论说:“指鹰隼为鹡鸰,化荆棘为棠棣,非凭此一副急泪,实以天性动之也。”两处用《棠棣》典故,“鹡鸰”即本于“脊令在原,兄弟急难”,“化荆棘为棠棣”本于篇题。再如《好逑传》第三回“水小姐俏胆移花”中,府尊怂恿水运做主将水冰心嫁给过公子,说了一番冠冕堂皇的理由:“令侄女年已及笄,既无棠棣之倚,又孤处闺中,而童仆如林,甚不相宜。”“失萱堂之靠,又无棠棣之倚”即言水小姐作为一介女子母死父放,又无兄弟可以依赖,孤苦伶仃。又如《醋葫芦》第一回“限时刻焚香出去,怕违条忍饿归来”中,言成珪好友周智家庭美满幸福,其中就包括两个令人羡慕的公子:“二子多才骐与骥,一双白璧南金。联芳棠棣许趋庭,从来夸两仲,不负二难称。”此处用了许多典故,如“南金”出自《诗经·鲁颂·泮水》“元龟象齿,大赂南金”,寓贵重之义。“趋庭”出自《论语》“尝独立,鲤趋而过庭”,蕴含父慈子孝的天伦。“二难”出自《世说新语·德行》“元芳难为兄,季芳难为弟”,言兄弟均非常杰出。因此在这里“棠棣”典故的运用非常自然,和上下文和谐一致。以《周南·麟之趾》题目为典也于明清小说多见,如《好逑传》第二回“探虎穴巧取蚌珠还”叙写大夬侯沙利强抢民女,皇帝责令审理,刑部为其回护:“但念沙利年登不惑,麟趾念切,故淑女情深;且劫归之后,但以义求,并无强犯。”《麟趾》即《麟之趾》简称,诗中言“振振公子”“振振公姓”“振振公族”,故有宗族昌盛内涵,刑部回护词系言大夬侯沙利已人过中年,出于子嗣考虑才强抢民女。以《诗经》作品题目为典,明清小说时时出现,兹不赘举。

(三)化《诗经》之名入熟语

先秦时期,《诗经》即已成为儒学基本教材,汉代罢黜百家、独尊儒术后,《诗经》更被奉为经典,士人沉溺其中,久而久之,在言语内容和方式上必然受其影响,从而言称《诗经》成为读书人的文化符号。这种文化现象影响到"子曰诗云(诗云子曰)"这一熟语的形成。"子曰诗云(诗云子曰)"这一熟语生成于市民阶层兴起的社会历史背景,其中充斥着对读书人的嘲谑,这已习见于元杂剧,如关汉卿《单刀赴会》第四折:"你这般攀今揽古分甚枝叶,我跟前不着你之乎者也,诗云子曰。"再如宫天挺《范张鸡黍》第一折:"我堪恨那伙老乔民,用这等小猢狲,但学得些妆点皮肤,子曰诗云。"明清小说中更为常见,如刘璋《凤凰池》第一回"赏梅花侠概诗才并见,舞宝剑鬼谋蝎计前来"言轩昂豪爽的万颀公对酸腐读书人的鄙夷:"见那诗云子曰、者也之乎的人,他就摇首闭目,只与云锷颖臭味相投。"也从侧面表现了男主人公云锷颖的耿介脱俗。再如《儒林外史》第十四回"蘧公孙书坊送良友,马秀才山洞遇神仙"载古道热肠的马二先生主动为好友蘧公孙销赃弭祸,但手头又不宽裕,只好和敲诈勒索的官差讨价还价,引起后者的讥讽:"怪不得人说你们'诗云子曰'的人难讲话!这样看来,你好像老鼠尾巴上害疖子,出脓也不多!"这在一定程度上是沉沦不第的读书人尴尬的社会地位的反映。又如《醉醒石》第三回"假淑女忆夫失节,兽同袍冒姓诓妻":"人家夫妻们做亲,纵有天大的事,且要撇开在家,相伴个满月。那里像你不曾到三朝五日,就去教子云,念诗曰,把个新娘子丢在家里……"这是邻里对迂阔、没有生活情趣的秀才钱岩的善意规劝,也含有不屑、讥诮的意味。顺便提及的是,"诗云子曰"在明清小说和明清社会中流布如此之广,影响如此之深,以至于有着较长晚清社会生活经历和对古典小说造诣极深的鲁迅先生都受到了深刻影响,这在他的小说与散文中均有鲜明体现,如《一件小事》的结尾:"几年来的文治武力,在我早如幼小时候所读过的'子曰诗云'一般,背不上半句了。独有这一件小事,却总是浮在我眼前,有时反更分明,教我惭愧,催我自新,并增长我的勇气和希望。""子曰诗云"在这里代表的是儒家文化,它与"一件小事"所体现的普通劳动者的高贵品格形成鲜明的对照。再如《在酒楼上》,小说中的"我"和主人公吕纬甫的对话:

> 这些无聊的事算什么?只要模模胡胡。模模胡胡的过了新年,仍旧教我的"子曰诗云"去。
>
> 你教的是"子曰诗云"么?
>
> 自然。你还以为教的是 ABCD 么?我先是两个学生,一个读《诗经》,一个读《孟子》。新近又添了一个,女的,读《女儿经》。连算学也不教,不是我不教,他们不要教。①

在这里,"子曰诗云"和《诗经》《孟子》《女儿经》一起构成保守文化的符号表征,ABCD 和算学是西方先进文化的表征,在曾经作为先进分子的吕纬甫心中,教授"子曰诗云"这类东西是对守旧世界的屈服。在《热风·随感录四十八》中,"子曰诗云"又一次作为传统落后文化的表征出现:"闻所未闻的外国人到了;交手几回,渐知道'子曰诗云'似乎无用,于是乎要维新。"凡此,均是鲁迅先生对

① 鲁迅:《彷徨》,人民文学出版社,1973 年版,第 3 项。

明清小说中“子曰诗云”熟语所蕴含的文化心理的扬弃。

(四)其他《诗经》元素

明清小说中出现的《诗经》元素形式颇为丰富,除上述类型外,复举几种。如小说中的人物常以《诗经》语词取名,如《世无匹》第三回“花烛下气倒丈人峰,风雪途误识奸雄面”中,主人公干白虹和妻子金丽容生下一子,“替他取个名字叫做干旄,字曰浚郊。”显然源于《鄘风·干旄》“孑孑干旄,在浚之郊。”又如《五凤吟》中的一个主要人物平婉如得名即源于《郑风·野有蔓草》“有美一人,婉如清扬”,实际上暗示了这个女子的美貌多情。

明清小说常以《诗经》语句赋予建筑物以名称。如《青楼梦》第三回“幻景迷离游洞府,柔情缱绻证良缘”显然有模仿《红楼梦》第三回“游幻境指迷十二钗,饮仙醪曲演红楼梦”之迹。《青楼梦》叙写主人公金挹香梦中所进入的清虚中殿,颇近似于《红楼梦》中的“薄命司”“甫入门,见悬一额,曰‘有女如云’”,“有女如云”典出于《郑风·出其东门》:“出其东门,有女如云。”暗示金挹香倚红偎翠,围绕在他身边的薄命女子之多。再如《醒世恒言》卷二“三孝廉让产立高名”入话讲了三个故事以宣扬和谐友悌的兄弟关系,其中就包括唐玄宗和兄弟五王的故事,“明皇友爱甚笃,起一座大楼,取《诗经·棠棣》之义,名曰花萼。”

明清小说中,《诗经》往往是宴会雅集时重要的酒令形式,如《青楼梦》第四回“效痴人二生说梦,遇才妓三友联诗”,写金挹香和好友邹拜林、叶仲英在青楼谢慧琼家宴饮,由仲英倡议,“我来说个酒令,要《诗经》二句,凑并头花一朵,能说则饮,不能则罚。”然后自己起头,行的酒令是“月出皎兮,季女斯饥,是并头月季花”,“月出皎兮”典出于《陈风·月出》“月出皎兮,佼人僚兮”。才思敏捷的金搯香行的酒令是"洗爵奠斝,手如柔荑,是并头洗手花",首句出于《召南·行苇》,次句出于《卫风·硕人》。邹拜林则请求变更为并蒂花,在获得允准后行的酒令是"驾彼四牡,颜如渥丹,是并蒂牡丹花",首句出于《小雅·采薇》,次句出于《秦风·终南》。慧琼进一步要求变更为一句《诗经》,一句《易经》,在获得允准后行的酒令是"有女如玉,其臭如兰,是并蒂玉花","有女如玉"出于《召南·野有死麕》。这足以见出作者对《诗经》的熟悉程度,也在一定程度上反映了《诗经》在明清社会的流行之广和影响之深。

二、明清小说中《诗经》元素的文学功能

任何一部文学作品都是一个独立自足的系统,这个系统中的每一个元素发挥着其相应的功能,明清小说中的《诗经》元素也是如此。大体来说,明清小说中的《诗经》元素具有如下文学功能。

(一)明清小说中《诗经》元素的人物塑造功能

人物是小说的核心元素,是其文学本质的主要体现。在一定意义上可以说,小说中的诸多元素均是围绕人物塑造而展开的。明清小说作家往往有意识地利用《诗经》元素展现人物的身份地位和性格特征。《三国演义》第二十二回"袁曹各起马步三军,关张共擒拿王刘二将"中对于郑玄形象的展现即为一个鲜明例证。《三国演义》人物塑造的一个显著特色是对人物出场的处理。"《三国演义》中人物出场的艺术处理,在作者的创作构思中也是经过一番匠心经营的,或受结构的制约,或关联着情节的发展,或交融着突出性格,以各自不同的姿态,给读者留下了深刻的印象,充分发挥了它们应有的作用。"①就整部小说而言,郑玄无疑是个次要人物,二

① 刘晓霞:《浅谈三国演义中人物的出场式》,《昭乌达蒙族师专学报》,1993年第2、3期。

十二回也是其在小说中仅有的一次出场。但作为东汉末年有着重要影响的社会名流,在小说中他对化解袁绍与刘备矛盾起了重要作用,并促使袁、曹刀兵相见,为官渡之战这一重要情节奠定基础,而袁、曹角逐结果无疑是曹氏集团壮大的重要原因。因此,作者对郑玄进行了画龙点睛式的叙写,围绕他作为经学大师的身份,重点描写了他家中侍婢皆通《诗经》的场景:“玄家中侍婢俱通《毛诗》。一婢尝忤玄意,玄命长跪阶前。一婢戏谓之曰:‘胡为乎泥中?’此婢应声曰:‘薄言往愬,逢彼之怒。’其风雅如此。”“胡为乎泥中”出自《邶风·式微》,“薄言往愬,逢彼之怒”出自《邶风·谷风》,两个婢女借《诗经》语句相互取笑对答,典雅有趣,既生动展现了两个少女活泼幽默的性格,更对郑玄形象有一种烘托作用。“这不仅形象地说明了郑玄的两个侍婢都通晓《诗经》,而且更进一步映衬出了郑玄的《诗》学成就,同时也使故事的文学色彩得到了加强。”①

明清小说多以诗词赋赞介绍、评析人物性格特征,这些诗词赋赞常常取典于《诗经》。如《醋葫芦》第一回“限时刻焚香出去,怕违条忍饿归来”中,周智之妻何氏出场时,作家就用了包括《诗经》在内的大量典故来称誉她:“容貌可将秦、虢比,贤才不愧曹卿。顺承妇道德如坤,螽斯宜早振,麟趾尽堪征。”小说中何氏是作为贤妇的形象来塑造的,与主人公都氏的妒妇形象形成鲜明对照,言其才貌双全,更兼柔顺淑静,在作者看来,这正是其家庭幸福的原因。“螽斯宜早振”典出于《诗经·周南·螽斯》“螽斯羽,诜诜兮。宜尔子孙,振振兮”,“麟趾尽堪征”典出于《诗经·周南·麟之趾》“麟之趾,振振公子,于嗟麟兮”,均言美德使其子嗣兴盛。

明清小说常借助《诗经》元素展示人物心理。如《定情人》第一

① 刘永良:《三国演义的典故运用》,《内蒙古民族师院学报》,2000年第1期。

回“本天伦谈性命之情，遵母命游婚姻之学”中，男主人公双星以《关雎》等《诗经》作品语句表达自己的婚姻爱情心理：“所谓良姻者，其女出《周南》之遗，住河洲之上；关雎赋性，窈窕为容；百两迎来，三星会合；无论宜室宜家，有鼓钟琴瑟之乐。即不幸而贫贱，糟糠亦画春山之眉而乐饥，赋同心之句而偕老，必不以夫子言偃蹇，而失举案之礼，必不以时事坎坷，而乖唱随之情。此方无愧于伦常，而谓之佳偶也。”显然“住河洲之上；关雎赋性，窈窕为容”语源于《周南·关雎》之“关关雎鸠，在河之洲。窈窕淑女，君子好逑”，这里被用以表现双星对理想配偶的“贞德”与“美貌”的期冀，关雎赋性即言其贞静，《毛传》言：雎鸠“挚而有别”，郑玄笺云：“雌雄情意至然而有别”，朱熹《集传》言：“生有定偶而不相乱，偶常并游而不相狎”，窈窕，《毛传》言“幽闲也”；“有钟鼓琴瑟之乐”语源于《关雎》“窈窕淑女，琴瑟友之”“窈窕淑女，钟鼓乐之”，这里被用以表现双星对夫妇和睦相处的期盼；“百两迎来”源于《召南·鹊巢》“之子于归，百两御之”“之子于归，百两居之”“之子于归，百两成之”，这里被用以表现双星对盛大美满婚姻仪式的想象；“三星会合”语源于《唐风·绸缪》：“绸缪束薪，三星在天”“绸缪束刍，三星在隅”“绸缪束楚，三星在户”，这里被用以表现双星对甜蜜恩爱的洞房情境的向往；“宜室宜家”语源于《周南·桃夭》“之子于归，宜其室家”“之子于归，宜其家室”，这里被用以表现双星对夫妻双方幸福家庭生活的憧憬；“赋同心之句而偕老”中，“同心”源于《邶风·谷风》“黾勉同心，不宜有怒”，“偕老”源于《卫风·氓》“及尔偕老”和《邶风·击鼓》“执子之手，与子偕老”，这里被用以表现双星对长相厮守、白头到老的美满婚姻的心愿。在这里，《诗经》元素被用以表达这位姿容秀美、聪明过人的青年男子对感情投合、才貌相兼、忠贞不二幸福婚姻的追求。

《红楼梦》也擅长运用《诗经》元素来揭示人物的心理和性格。如在《红楼梦》第九回“恋风流情友入家塾,起嫌疑顽童闹学堂”中:

贾政因问:“跟宝玉的是谁?”只听外面答应了两声,早进来三四个大汉,打千儿请安。贾政看时,认得是宝玉的奶母之子,名唤李贵。因向他道:“你们成日家跟他上学,他到底念了些什么书!倒念了些流言混话在肚子里,学了些精致的淘气。等我闲一闲,先揭了你的皮,再和那不长进的算账!”吓的李贵忙双膝跪下,摘了帽子,碰头有声,连连答应“是”,又回说:“哥儿已经念到第三本《诗经》,什么‘呦呦鹿鸣,荷叶浮萍’,小的不敢撒谎。”说的满座哄然大笑起来。贾政也掌不住笑了。因说道:“那怕再念三十本《诗经》,也都是掩耳偷铃,哄人而已。你去请学里太爷的安,就说我说了:什么《诗经》古文,一概不用虚应故事,只是先把《四书》一气讲明背熟,是最要紧的。”李贵忙答应“是”,见贾政无话,方退出去。①

李贵把《小雅·鹿鸣》中的“呦呦鹿鸣,食野之苹”说成“呦呦鹿鸣,荷叶浮萍”,“是作者用以编排情节刻画人物的一种手段”②,揭示了李贵的粗蠢呆笨。贾政对贾宝玉学习《诗经》的排斥,强调把《四书》讲明背熟,是完全出于举业和光宗耀祖的需要,在他心目中,读书只是一种手段和工具,而不是出于颐养情性的需要。此外,在第二十八回“蒋玉菡情赠茜香罗,薛宝钗羞笼红麝串”中妓女云儿形象的塑造,通过酒令就展现了心理鄙俗与知识素养较为深

① (清)曹雪芹:《红楼梦》,上海书店出版社,1996 年版,第 81 页

② 岳书法:《红楼梦与诗经》,《西北工业大学学报》,2004 年第 2 期。

厚的辩证统一,其学养较深亦可从酒令熟练引用《诗经》“桃之夭夭”句看出。

在明清小说中,《诗经》语句还可作为人物外貌描写的手段,如《英云梦》第三回“访佳人空门结义,晤良友道路闻名”言:“慧空亦不复问,又殷勤自奉香茶,未免装出些‘巧笑倩兮,美目盼兮’。”“巧笑倩兮,美目盼兮”典出于《诗经·卫风·硕人》,本文用以生动地描写了慧空妖娆媚态,也暗示了其对男主人公王云的好感。《定情人》第一回“本天伦谈性命之情,遵母命游婚姻之学”中双星好友庞襄语形容媒人给他介绍的女子,“夭夭如桃,盈盈似柳”,典出《诗经·周南·桃夭》,描摹出了少女的美丽动人。

(二)明清小说中《诗经》元素的结构功能

结构是小说的基本要素,“一部小说是一个有生命的东西,像任何一个别的有机体一样,它是一个整体,并且连续不断,而且我认为,它越富于生命的话,你就越会发现,在它的每一个部分里都包含着每一个别的部分里的某些东西。”①有机性是小说结构的一个审美标准,除了内在的线索外,还有语言符号标志。《诗经》元素是明清小说有机性的重要符号。如《醉醒石》第四回“秉松筠烈女流芳,图丽质痴儿受祸”,塑造了程菊英反抗强暴,坚守未嫁之盟,以死殉节的形象,小说主要围绕程菊英及其父兄对徐大户、王乡宦狼狈为奸、仗势逼婚行为的抗争展开。在情节进展中,《诗经》元素发挥着重要的概括、评析、阐发功能。双方的矛盾冲突源于徐家贪慕程菊英美丽灵巧、知书达礼,不顾程家已和张秀才家定婚的现实,以重金向程家求婚,被程翁严词拒绝,徐大户用重赂请出王乡宦去为自己的儿子求婚,尽管王乡宦反复以利诱婚,仍被程翁拒

① [美]戴卫·赫尔曼:《新叙事学》,马海良译,北京大学出版社,2002年版,第17页。

绝。作者这样概括:“空劳月下老,难得春冰泮。蹇修虽善合,无奈石难转。”这首诗多用典故。“月下老”典出于李复言《续玄怪录》“定婚店”条,“蹇修”典出于《离骚》“解佩纕以结言兮,吾令謇修以为理”,两者均成为“媒人”代名词。另外两处则出于《诗经》,“春冰泮”典出于《邶风·匏有苦叶》“士如归妻,迨冰未泮”,“石难转”典出于《邶风·柏舟》“我心匪石,不可转也”,赞美了程翁耿介正直、守诺重义的美德。在不为王乡宦甜言蜜语打动坚守和张家婚约后,徐大户和王乡宦恼羞成怒,图谋威逼程翁答应,一场灾祸即将降临程家,小说以诗歌的形式揭示了这场将要到来的危难:“红颜每基祸,千古叹知之。只恐蛾眉美,酿来雀角悲。”“雀角悲”典出于《诗经·召南·行露》:“谁谓雀无角?何以穿我屋?谁谓女无家?何以速我狱?”常用来形容因婚姻引起的诉讼。此处用这一语典渲染了一种紧张压抑的氛围。徐、王的逼婚主要是凭借自己的势力和人脉图谋以赖婚的罪名诬告程家,作者又一次引“雀角”之典表达了对程家无辜遭受诬陷诉讼的同情:“雀角能穿屋,狐威惯攫金。祸来如有翼,安坐也相侵。”最终程翁为坚持和张家的婚约,活活气死,程菊英为维持自己的贞节,使家人免于灾难,决定以死抗争。最后引《行露》表明自己以死殉节的决心:“《诗经》道:‘岂不夙夜,谓行多露’,妾不忍偷一朝之生,贻千古之笑。”以生命捍卫自己和家族的气节与尊严,其对《诗经》的称引体现了知书达礼的品性。凡此能够看出《诗经》尤其是《行露》在这篇小说情节结构中的作用。

氛围是小说的一个重要审美构成,结构的有机性还体现为小说氛围静与动辩证统一的和谐一致上。文学意象是小说营造艺术氛围的基础。在明清小说中,《诗经》元素往往作为习见的文学意象发挥着营构艺术氛围的功能。如在《青楼梦》中,《诗经》

元素出现的频率相当高。有时在人物对答中《诗经》元素时时出现。如在第一回"梦黄粱演成新说,论红绡试访佳人"中,章幼卿自谦"风尘陋质,貌乏葑菲",第二回"花前重访艳,月下暗牵丝"中,吕桂卿亦自谦"妾乏葑菲,自惭蒲柳","乏葑菲"盖源于《邶风·谷风》"采葑采菲,无以下体",谦称自己相貌丑陋。第二回中金挹香和鸨母的谈话《诗经》元素更多,鸨母恭维金挹香俊秀,开玩笑说:"公子如此貌美,应该与潘安同族",金挹香言其"可谓善戏谑矣","善戏谑兮"典出于《卫风·淇奥》。挹香想与陆丽仙相见,委婉地和鸨母说:"倘若红丝系缚,还当借重于斧柯","方才妈妈不用媒之说,明明以媒自居,但不知妈妈伐柯之斧利乎不利乎?"鸨母自诩"今日执柯",盖源自《豳风·伐柯》。第六回"筵宴才人欣浮大白,柬邀众美拟集闹红"中,林婉卿和朱月素言"昨宵既醉以酒,又饱以德,今日正欲奉谢,何吾姊反出此言耶","既醉以酒,又饱以德"典出于《大雅·既醉》"既醉以酒,既饱以德。君子万年,介尔景福",言宾主宴饮、聚谈甚欢的情景。第十三回"留香阁挹香初觌面,护芳楼月素愈添娇"中,月素和金挹香谈论林婉卿:"挹香道:'有甚不知?他无非怀梅而已。'月素道:'你既知怀梅,今宵你必须过去,不然我倒做难人了。'""怀梅"典出《召南·摽有梅》,言男女之情动。

金挹香和众芳之间相互诗词酬答亦常引《诗经》之典。如第十三回"留香阁挹香初觌面,护芳楼月素愈添娇"中,金挹香赠王爱卿诗中有"南国夭桃红旖旎"之句,"夭桃"显然化自《桃夭》,言对方之妩媚。第十四回"吟艳诗才女钟情,宴醉花美人结义"中,言王爱卿和金挹香相互调笑,挹香赋诗有"周南记赋房中什"句,即暗用《关雎》之典。第十九回"宴挹翠痴生占艳福,咏梅花众美拟诗题"中,众美之一的孙宝琴赋诗中有"绿衣原不妒庄姜"句,显系引《邶风·绿衣》之典。

有时在酒令等游戏中亦以《诗经》为乐，除上文提及第四回外，第五回“护芳楼挹香施巧令，浣花轩月素试新声”中也叙写了金挹香与友人和众芳雅集以《诗经》为酒令为乐的游戏，“是令用三句成语，首句用《诗经》，次句用曲牌名，末用古诗一句作收。诗中要有花字，凡数到花字何人，即交令于何人，然后饮酒起令”，众人所行酒令中有出自《小雅·四牡》的“载骤骎骎”，出自《小雅·鹿鸣》的“我有嘉宾”，出自《周南·兔罝》的“公侯干城”，出自《召南·小星》的“三五在东”，出自《唐风·绸缪》的“今夕何夕”“如此邂逅何”，出自《秦风·小戎》的“言念君子”，出自《卫风·氓》的“载笑载言”，出自《鄘风·载驰》的“载驰载驱”“女子善怀”，出自《召南·草虫》的“未见君子”，出自《郑风·有女同车》的“彼美孟都”，出自《周南·桃夭》的“灼灼其华”“桃之夭夭”，出自《周南·汉广》的“汉有游女”，出自《周南·汝坟》的“不我遐弃”，出自《周南·关雎》的“君子好逑”，出自《齐风·东方未明》的“东方未明”，出自《召南·野有死麕》的“有女怀春”等。这些《诗经》元素出现在《青楼梦》中，构成强大的文学意象体系，使整部作品生发出一种雅洁氛围，凝固了其内在联系。

三、结 语

正如有论者指出：“互文性是文学艺术的重要属性，每一文学艺术文本都是独创性和互文性的统一。作者首先是读者，在他创作文学艺术作品之前，他已经读过许多文本。作者不可避免地要对以前的文本进行吸收、借鉴和创造。”①《诗经》元素大量出现于明清小说,显示了《诗经》这一文学经典对明清小说作家的巨大影响。从《诗经》传播史和接受史的角度看,在《诗经》的经学藩篱下,《诗经》的文学特质和潜能得到了较为充分的发掘,从而为《诗经》侧重于经学研究到侧重于文学研究的转型奠定了扎实的基础。

(陈鹏程,天津师范大学文学院副教授)

① 李玉平:《互文性新论》,《南开学报》,2006 年第 3 期。

雷学淇的《诗经》研究

陈斯怀

雷学淇主要生活于清代嘉庆、道光年间,一生著述颇丰,《清史稿·儒林传》对其生平与著述有简要记载。① 他在清代影响不大,后来逐渐引起学界重视的是他对古本《竹书纪年》的校订和研究。梁启超《中国近三百年学术史》讨论"清代学者整理旧学之总成绩"时提到雷学淇的《考订竹书纪年》和《竹书纪年义证》,但只知其书而未曾阅读,所以没有对雷氏的撰述进行评论。② 钱穆的《先秦诸子系年》多次利用雷学淇关于《竹书纪年》的研究,他在《古史地理论丛》中对雷氏研治《竹书纪年》的成就有很高的评价。③ 刘仲华《雷学淇及其〈竹书纪年〉研究》从五个方面分析了雷氏研究《竹书纪年》的贡献,认为他是嘉道时期一位值得重视的学者。④ 除此之外,雷学淇在经学上的成就却一直没有引起多少关注,即便是对他有所推崇的钱穆,在《中国近三百年学术史》中也对雷学淇只字未提。实际上,雷学淇还撰有《古经天象考》十二卷、《夏小正经传考》二卷、《夏小正本义》四卷、《介庵经说》十卷、《介庵经说补遗》二卷

---

① 赵尔巽等:《清史稿》,北京:中华书局,1977 年版,第 13269 - 13270 页。

② 梁启超:《中国近三百年学术史》,北京:东方出版社,1996 年版,第 290 页。

③ 钱穆:《古史地理论丛》,台北:东大图书有限公司,1982 年版,第 140 - 150 页。

④ 刘仲华:《雷学淇及其〈竹书纪年〉研究》,《唐都学刊》,2006 年第 6 期。

等经学著作,对《周易》、《尚书》、《毛诗》、三礼、《春秋》三传等进行过深入的讨论,在经学研究方面成绩斐然。以《诗经》研究而论,《介庵经说》中有单独一卷讨论《毛诗》,展现了雷学淇对《诗经》的深刻思考。雷学淇的《诗经》研究,有以下几个方面可加注意。

一

《介庵经说》卷首开宗明义云:"淇读书四十年,好为讨论之学。每得一解,必求其会通,务于诸经之文无所抵忤。传笺注疏,取舍多殊,非敢求异,期于事理之合云尔。"①《清史稿》为雷学淇立传,即截取这段话作为评述其著述的重要依据。② 这是雷学淇解经的主旨,即重视经义的会通。这种主旨落实到《诗经》的研治上,表现为既疏通《诗经》篇章内容,勾连不同篇章,又把《诗经》置于各种经典之中,与诸经互证,使彼此通贯无碍。

"鸱鸮"一则,雷学淇先指出诸家异说:"《鲁世家》谓此诗作于东征既归之后,伪《孔传》谓此诗作于既诛三监未归之时,解所以宜诛之意。郑氏《诗》笺、《书》注皆谓周公因流言避居东都二年,王执其党属与知居摄者,将罪戮之,公作此诗以救其属党,在迎公东征之前。"这是各家关于《豳风 · 鸱鸮》的写作背景和时间的不同说法,雷学淇认为分歧源于对《尚书 · 金縢》的不同理解。他对周公因流言避居东都、三监作乱的历史展开辨析,认为《鸱鸮》的写作背景是周成王与国人意识到罪责在三监、商奄等这一方,管叔阴谋逐渐败露,成王对周公的怀疑已大半消释,周公"因王心渐明,尚无东

① (清)雷学淇:《介庵经说》,《续修四库全书 · 经部》第 176 册,上海:上海古籍出版社,2002 年版,第 69 页。

② 赵尔巽等:《清史稿》,第 13269 - 13270 页。

征之命,故作此诗贻之,欲王之早平殷乱也”。雷氏认同郑玄笺释《鸱鸮》对时间的判定,但否定郑玄对此诗写作背景的理解。他进而对诗篇内容展开分析,认为:“诗之次章乃一篇主义,首句‘迨’字又一章主义。卒曰‘或敢侮予’,其意尤为婉至。盖及此时君臣一德,共济大艰,其谁敢侮之?否则迟疑睽阂,叛人将愈肆诪张,恐不敢者,抑或敢矣。”又说:“此时实周家成败至为紧要之时,即末章所云‘予室翘翘’,危而可惧也。不迨此而绸缪之,则必为风雨所毁,此公之所以陈诗以告王也。”这是以《鸱鸮》第二章为理解诗意的核心,并与末章呼应,疏通全篇,揭示诗歌表达的是周公提醒成王其时正是化解危机的关键时刻,应该君臣合力,排除险难。确立一篇主旨之后,雷学淇又就诗歌具体内容做出解释:“‘鸱鸮’喻商奄之属,二‘子’字皆喻三监,‘阴雨’‘风雨’喻叛谋叛兵,‘下民’喻附从为乱者。”他特别指出旧说和《毛传》的解释与诗中的“或敢侮予”“予室翘翘”的意思不合。①

雷学淇在“鸱鸮”这一则中辨析诸家之说,结合相关文献,确立诗歌的写作背景和时间,进而通观全诗主旨,并对具体内容有所分析,致力于疏通诗篇之意。“燕礼惟同姓有夜饮”一则又有所不同,其重点在会通诸经,主要是《诗经》和《礼》经的互证,同时勾连起《诗经》内部的诸多篇章。雷学淇认为:“《诗》有可以补《礼》经之缺者,如《湛露》《行苇》诸篇是已。”他揭出《仪礼·燕礼》和《周礼·天官·膳夫》中关于燕饮的记载存在引人误解之处,容易让人错以为“燕皆可以夜饮”“燕皆膳宰为主者”,而《湛露》和《行苇》的描写有助于澄清误解,让人明白夜饮其实是“周先王亲亲之道,独有加礼”,只有周王同姓才参加燕礼的夜饮。雷学淇指出:“燕同姓

---

① 雷学淇:《介庵经说》,《续修四库全书·经部》第176册,第123页。

之礼有四：有时燕，有因祭之燕，有因事之燕，有岁终会政无事之燕。”他把《小雅·伐木》归于“时燕”，《小雅·楚茨》归于“因祭之燕”，《小雅》的《鹿鸣》《四牡》《湛露》归于“因事之燕”，《鲁颂·有駜》归于“岁终会政之燕”。他认为这四种情况都是：“初皆以异姓者为宾，膳宰为主，献酬既遍，宾与宰及凡异姓者俱备礼而出。惟同姓者于宗室成之，此时则君自为主，继之以夜饮矣。”也就是说，燕饮分为两个环节，前一环节集体饮宴，同姓和异姓都参加，后一环节是夜饮，只有同姓才参与。雷学淇最后指出，《礼记·乡饮酒义》“饮酒之节，朝不废朝，莫不废夕”，说的是异姓之礼。① 这样，他就把《诗经》和《仪礼》《周礼》《礼记》中关于燕礼夜饮的问题通贯起来，将《诗经》内部描写燕饮的篇章互相勾连协调。

还有像“经书岁字多谓当时正朔”一则，主要致力于经典之间的会通，寻求诸经通例的。雷学淇由郑玄注《尚书》《周礼》《诗经》中的“岁”存在互相矛盾的情况入手，提出：“经书凡‘岁’字除作年岁解，皆谓当时正朔。《书》之‘岁二月’即唐虞之正朔也。《礼》之‘正岁’，《诗》之‘改岁’‘卒岁’‘岁莫’，《逸周书》之‘正岁首’，《孟子》之‘岁十一月’，皆周之正朔也。夏以前无改正之事，故仲春为岁之二月。商以季冬为正岁，周以仲冬为正岁。”夏商周三代历法不同，经书中所记时间容易引起误解，雷学淇认为“岁”是一个标志性的表述，它提示的是不同时代记岁起始时间有别，“岁”标志的是所用记时方式以当代确定的岁首为基点。如此，像《豳风·七月》中的“卒岁”，所结束的是属于周代记时的“岁”，“岁莫”指的是周代的岁末，它们对应的是夏代的十月。他还提出：“凡宣王以前之书，言某月者，皆是夏时，其变文言一之日、二之日及一月者，始是

① 雷学淇：《介庵经说》，《续修四库全书·经部》第176册，第124页。

当时正朔。幽王以后之书,凡言某月,皆自仲冬周正起数。"按照这样的通例,《小雅·十月之交》和《春秋》"凡言某月,较夏时多差两月"。雷学淇还特别以孔子修《春秋》、孟子述王制的记时方式为例,认为他们在月份前加"王""岁"是有深意的,是为了表示所用的月份是时王记时的月份,不是先代先王之制。汉儒之所以对经书中的岁时异说纷纭,关键即在未能辨明古今制度不同,相同的月份表达,其计算基点有别。①

以会通经义为宗旨,雷学淇的《诗经》研究不固守一隅,不拘执旧说,体现的是一种通达求实的史家眼光。

二

解读经典通常要旁征各种文献,古人研治《诗经》大多如此,但每个人所征引的文献,在范围、数量、名目上却又各有不同。雷学淇博引群书以解《诗经》,旨趣在会通经义,而从所征引的文献又略可窥见他读书的部分面貌,甚至可以观察到他的兴趣和重心所在。

《介庵经说》卷三专论《毛诗》,共有 46 个条目,下面以表格的方式,逐条考列其征引文献的情况。

《介庵经说·毛诗》条目	征引文献	备注
诗有体律定于乐正	《尚书》《周礼》《礼记》《墨子》《史记》《汉书》《国语》韦昭注、《左传》杜预注、戴埴《鼠璞》	

① 雷学淇:《介庵经说》,《续修四库全书·经部》第 176 册,第 121 页。

续表

《介庵经说·毛诗》条目	征引文献	备注
房中之乐有钟磬	《毛诗正义》、《仪礼》郑玄注、侯苞《韩诗翼要》	雷学淇研讨《毛诗》,《诗序》《诗谱》《毛传》《郑笺》《孔疏》都是基本的征引对象,本表一律统摄到《毛诗正义》名下
南豳雅颂各有所宜,风诗之中亦有雅颂	《毛诗正义》《左传》《仪礼》《礼记》《大戴礼记》、朱熹《诗集传》	
《关雎》当从序说	《毛诗正义》《论语》	
卫无兼并邶鄘事	《左传》《汉书》《尚书》伪孔传	
武庚三监之地无定说	《毛诗正义》《逸周书》(孔晁注)、《竹书纪年》《尚书大传》《汉书》、皇甫谧《帝王世纪》《元丰九域志》、罗泌《路史》	
卫地考	《毛诗正义》《逸周书》(孔晁注)、《汉书》《水经注》《太平寰宇记》	
薖古窩字	《毛诗正义》《韩诗》、李登《声类》(见《一切经音义》)、《众经音义》	
蒲字二音当从《传》,歗字之音当叶修	《毛诗正义》《周礼》《春秋》《春秋穀梁传》《左传》《山海经》《史记》《说文解字》、孙毓《毛诗异同评》、吴棫《韵补》、朱熹《诗集传》	

续表

《介庵经说·毛诗》条目	征引文献	备注
古文古韵	《毛诗正义》《周易》《周礼》(郑玄注)、《春秋》《庄子》(《经典释文》引李颐注)、《山海经》《尔雅》(邢昺疏)、《韩诗外传》《史记》《楚辞》《说文解字》《汉书》、孙炎《尔雅音义》《国语》韦昭注、《玉篇》《晋书》、张怀瓘《书断》《一切经音义》、杨亿《谈苑》	
经书岁字多谓当时正朔	《毛诗正义》《逸周书》《春秋》《左传》《尔雅》《孟子》《大戴礼记》《尚书》郑玄注、《周礼》郑玄注	
伯益知禽兽之言子孙分世其术	《毛诗正义》《世本》《周礼》《山海经》(郭璞注)、《墨子》《史记》《汉书》《括地图》《博物志》《晋百虫将军碑》《太平御览》	
《七月》一诗备风雅颂三体	《尚书》《国语》《礼记》(郑玄注)、王质《诗总闻》	
鸱鸮	《毛诗正义》《尚书》(郑玄注)、《逸周书》《竹书纪年》《孟子》《史记》《尚书》伪孔传、朱熹《诗集传》、蔡沉《书集传》	
圣人为人伦之至	《毛诗正义》《竹书纪年》《尸子》《尚书》郑玄注、孙毓《毛诗异同评》	
四国	《毛诗正义》《逸周书》《吕氏春秋》	
南是国名	《毛诗正义》《逸周书》《世本》《史记》《韩诗外传》《汉书》	
燕礼惟同姓有夜饮	《毛诗正义》《周礼》《仪礼》《礼记》《国语》	

续表

《介庵经说·毛诗》条目	征引文献	备注
其车三千是连帅	《毛诗正义》《周礼》《逸周书》	
《十月》一诗著周之历法所由乱	《毛诗正义》《尚书》《周易》《周礼》《逸周书》《竹书纪年》《春秋》《左传》《梁书》、释一行《大衍历》、郭守敬《授时历》、徐圃臣《竹书长历》	
传、笺言服之误	《毛诗正义》	
夏商之世俱有两莘国	《世本》《新唐书》《孟子》《吕氏春秋》《墨子》《史记》(司马贞《索隐》)、刘向《列女传》《汉书》《说文解字》《潜夫论》《国语》韦昭注、《括地志》《元和郡县志》《太平寰宇记》《太平御览》、王应麟《诗地理考》	
周之先世无僭礼之事	《周礼》(孔颖达疏)、《汉书》、崔灵恩《三礼义宗》(见《玉海》引)	
崇	《逸周书》《淮南子》《史记》、皇甫谧《帝王世纪》《左传》杜预注、《太平寰宇记》	
辟雍之制	《毛诗正义》《宰辟父敦铭》《周礼》《左传》、许慎《五经异义》《礼记》郑玄注	
三灵与辟雍同处	《孟子》《鲁诗》、贾谊《新书》、许慎《五经异义》	
度是镐京	《毛诗正义》《逸周书》《竹书纪年》《礼记》《齐诗》	
稷契之系	《毛诗正义》《世本》《左传》《大戴礼》《史记》《春秋纬》	
公刘之系	《毛诗正义》《国语》(韦昭注)、《山海经》《史记》、谯周《古史考》	

续表

《介庵经说·毛诗》条目	征引文献	备注
言性者莫先于《诗》《书》	《毛诗正义》《尚书》《礼记》《论语》《孟子》《荀子》	
申为方伯非伯爵	《毛诗正义》《竹书纪年》《史记》	
城齐非始迁时事	《毛诗正义》《竹书纪年》、刘向《列女传》《水经注》	
韩城梁山当从二王之说	《毛诗正义》《竹书纪年》《山海经》《史记》《潜夫论》《国语》韦昭注、孙毓《毛诗异同评》《魏书》《水经注》、朱熹《诗集传》、罗泌《路史》、顾炎武《日知录》	
汾王奔彘之年当从《史记》年表	《竹书纪年》《史记》	
《江汉》《常武》二诗一事	《毛诗正义》《竹书纪年》、朱熹《诗集传》	
武王尝巡狩天下	《竹书纪年》《墨子》《史记》、廖刚《诗说》	
周乐九成武王前著其六	《礼记》(郑玄注)、《左传》(杜预注)、《国语》《庄子》《荀子》《尚书大传》《申公诗说》	
象乐有三	《毛诗正义》《周礼》《竹书纪年》《淮南子》《诗序》《左传》(贾逵、服虔注)、《礼记》(郑玄注)、《吕氏春秋》《汉书》《说文解字》《楚辞章句》	
《酌》诗是言成王诛武庚事	《毛诗正义》《尚书》(马融注)、《竹书纪年》《仪礼》(郑玄注)、《礼记》(郑玄注,熊安生疏)、《吕氏春秋》《春秋繁露》《汉书》《白虎通义》	
周初大封之数	《毛诗正义》《逸周书》《礼记》《左传》《论语》《荀子》《吕氏春秋》《尚书大传》《潜夫论》、周处《风土记》《旧唐书》《新唐书》	

续表

《介庵经说·毛诗》条目	征引文献	备注
军制车徒各有三法	《尚书》《逸周书》《周礼》(孔颖达疏)、《司马法》《左传》(杜预注,孔颖达疏)、《管子》	
殷乃契之始封	《毛诗正义》《尚书》(郑玄注)、《逸周书》《竹书纪年》《世本》(见《水经注》引)、《左传》《吕氏春秋》《十三州记》《水经注》、吴棫《韵补》	
相土一名乘杜,又名乘雅	《毛诗正义》《竹书纪年》《左传》《周礼》(郑玄注)、《礼记》《世本》(见《通志》引)、《庄子》(陆德明释文)、《荀子》(杨倞注)、《吕氏春秋》《齐诗》、陈仁锡《潜确类书》	
殷之禘祭及功臣	《尚书》《周礼》	
荆楚之系旧说多误	《逸周书》《竹书纪年》《世本》《左传》(杜预注)、《孟子》《荀子》《吕氏春秋》《大戴礼记》《史记》《越绝书》《潜夫论》	
孔子未尝删《诗》《书》	《毛诗正义》《左传》《史记》《汉书》《尚书纬》《孟子》赵岐注	

由上表可看到雷学淇研究《诗经》,征引文献近百种,范围涉及经、史、子三部,又稍涉铜器铭文、碑文。他重视的文献集中在先秦两汉,涵盖了先秦两汉主要的传世文献,于六朝唐宋的文献也时有征引,但对清代学者的著述不太关注。与清代其他学者一样,雷学淇采用最多的是儒家的核心经典“十三经”。此外,他个人对子书颇为熟悉,多次征引先秦两汉的子书以证《诗经》。但是,最值得注意的还是他对历史类文献的重视,书中频繁征引早期历史文献以解读与《诗经》相关的问题,像《逸周书》《竹书纪年》《世本》《国语》

《史记》《汉书》《水经注》等都被反复征引,特别显示了他的《诗经》研究对早期史部文献的倚重。雷学淇整理过《竹书纪年》和《世本》,对这两部著作的意义显然是充分肯定的,它们所记录的历史恰好与《诗经》所反映的时代重合,也就难怪他解《诗》时对这类著作如此关注。

三

《诗经》与音乐关系密切,向来为研治《诗经》者所重视。《介庵经说·毛诗》中的"诗有体律定于乐正""房中之乐有钟磬""南豳雅颂各有所宜,风诗之中亦有雅颂""周乐九成武王前著其六""象乐有三"等讨论的就是《诗经》的音乐问题。小学是经学研究中最基本一贯的传统,文字、音韵、训诂等是研究《诗经》的题中应有之义,"薖古窩字""蒲字二音当从《传》,啸字之音当叶修""古文古韵"等都可归为此类。"古文古韵"一则,对以《诗经》为主的早期文字和音韵有系统而详细的论述,就中国早期文字和音韵的同文、合律现象做了深入的辨析。

但是,雷学淇研究《诗经》的重心还是集中在史事与地理,《介庵经说·毛诗》于史地考论最为用心,具体表现在以下四个方面。

其一,雷学淇很重视世系的考论,像"伯益知禽兽之言,子孙多分世其术""稷契之系""公刘之系""申为方伯非伯爵""荆楚之系旧说多误"等即是典型的例子。他在"稷契之系"中否定《世本》《史记》《大戴礼记》的"尧、稷、契为帝喾子"之说,也否定《春秋纬》说的帝喾传十世而尧继之。雷学淇援引《左传》关于高辛氏的记载,从"氏"与"世"的意思切入,对《大雅·生民》《商颂·玄鸟》两诗的《毛传》《郑笺》进行辨析,认为"《传》《笺》并谓喾与稷、契非父子也”。“公刘之系”一则，雷学淇指出《国语》《诗谱》《史记》等存在混淆不窋、公刘两人事迹的情况，而所述公刘、庆节的世次不乏合理之处。他特别揭出：“《史》谓公刘为后稷之曾孙，《谱》谓公刘当夏后太康之世，此则大谬！”雷学淇赞同谯周《古史考》“弃至公刘，失其代数。不窋以前，世为稷官，故不窋之父亦称后稷，非不窋即弃子也”的说法，又援引《山海经·大荒西经》和《海内经》加以佐证。[①] “荆楚之系旧说多误”一则，雷学淇认为：“自季连封楚，传于夏商二代，为楚君者皆连之子孙，熊绎者其支庶耳。”他就各种典籍中关于荆楚世系的混乱记载做了相当充分的辨析，考辨出“季连之裔，称鬻熊者三人。禹之时有粥熊，为夏宗伯。”[②]这位粥熊即穴熊，又作内熊，他的后代为夏诸侯，延续到成汤时有荆伯，被武丁攻伐的就是荆伯。另外一位是周文王时之鬻熊，再就是周代的粥熊。

其二，有不少条目是考辨历史事件，如“鸱鸮”“度是镐京”“城齐非始迁时事”“汾王奔彘之年当从《史记》年表”“《江汉》《常武》二诗一事”“武王尝巡狩天下”“《酌》诗是言成王诛武庚事”“殷乃契之始封”等。“度是镐京”一则，雷学淇对《毛传》和《郑笺》所解释的《大雅·文王有声》从第五章以下是颂美周武王的说法提出质疑，他认为丰邑、镐邑都作于周文王的时候，只不过文王只居住在丰邑，不曾居住在镐邑而已。《文王有声》第七章的“考卜维王”的王应指文王，文王占卜确定要营建镐邑，而实际则由周武王负责完成。[③] “城齐非始迁时事”一则，雷学淇批评孔颖达《毛诗正义》因

① 雷学淇：《介庵经说》，《续修四库全书·经部》第176册，第127页。

② 雷学淇：《介庵经说》，《续修四库全书·经部》第176册，第134－135页。

③ 雷学淇：《介庵经说》，《续修四库全书·经部》第176册，第126－127页。

过于尊奉《毛传》,误以齐献公元年迁至临淄,同时有建都城之举。他认为迁徙与建城不一定同时,事实可能是齐献公迁至临淄,依原有的小城而居,到齐厉公的时候,周宣王才命令仲山甫为临淄营建城外郭。① “《江汉》《常武》二诗一事”一则,考辨《大雅·江汉》《大雅·常武》两首诗。孔颖达《毛诗正义》以两首诗写的是不同的两件事,而朱熹《诗集传》又认为它们涉及淮南、淮北的不同,雷学淇认为这两种说法都不准确,他认为:“二诗之文,因淮夷服属于徐,不来朝贡,故王命召公先往,而自以大军继后。召公至彼,悉已征服,俟王之至,受矣而归。故王归止,赏召公之功。召公因作诗以归美天子,而尹吉甫亦作诗美王及召公也。”②扣合这个判断,他对两诗内容进行细致分析,断言两首诗反映的都是周宣王命召公平定淮夷之乱。

其三,制度也是雷学淇讨论的内容,像“其车三千是连帅”“《十月》一诗著周之历法所由乱”“周之先世无僭礼之事”“辟雍之制”“周初大封之数”“军制车徒各有三法”等皆是。“其车三千是连帅”一则,讨论《小雅·采芑》中的“方叔莅止,其车三千”。雷学淇认为:“方叔以同姓之卿为五官之长,职兼方伯,可以连帅诸侯之师,故曰‘其车三千’。”也就是说,之所以有三千乘兵车,是方叔统领诸侯军队而来,否则,即便周天子也没有这样的兵力。他进而指出《郑笺》说这是周宣王发动非正式的兵卒,以及朱熹以为“三千”是夸张而言的说法都是不准确的。③ “辟雍之制”一则,雷学淇说《毛传》的“水旋邱如璧以节观者”,描述的是辟雍的形制,郑康成所

---

① 雷学淇:《介庵经说》,《续修四库全书·经部》第176册,第128页。

② 雷学淇:《介庵经说》,《续修四库全书·经部》第176册,第129－130页。

③ 雷学淇《介庵经说》,《续修四库全书·经部》第176册,第124页。

言“辟，明也；雍，和也”，说的是辟雍的意义。他还指出根据关注角度的不同，辟雍又被称为泽宫、雍宫、辟宫、郊宫、西雍。① “军制车徒各有三法”一则论车乘、徒卒之法尤为详尽清晰。雷学淇辨析徒卒之法为三：一是《周礼》记五人为伍，五伍为两，直至五师为军，一军有一万二千五百人；二是《逸周书》记二十五人为元卒，四卒为伯，直至卿为军将，统八千一百人；三是《尚书》记万夫之长可以生谋，《逸周书》记千夫长、百夫长等。又辨析车乘之法为三：一是一军一百六十六乘；二是十五乘为大偏，九乘为小偏，二十七乘为参，八十一乘为专等；三是《司马法》所说的井十为通，出匹马，士一人，徒二人，直至终十为同，出革车百乘，士千人，徒二千人。②

其四，地理是雷学淇《诗》说的重要内容，像“卫无兼并邶鄘事”“武庚三监之地无定说”“卫地考”“四国”“南是国名”“夏商之世俱有两莘国”“崇”“韩城梁山当从二王之说”“三灵与辟雍同处”等皆是。“卫地考”一则，雷学淇认为：“殷商以前河内无卫名。卫本殷之封国，姚姓之故宇也。其地在斟观氏之墟，不在河内。”卫作为殷商的封国，在周武王战胜殷商之后，被攻灭。“成王时，周公践殷降，辟三叔，始命康叔宇于殷墟，名之曰‘卫’。自是以后，河内之地始有卫名。”③“夏商之世俱有两莘国”一则，雷学淇指出“禹母、汤妃、文王之后皆有莘氏女”，但所谓的“莘”不是一地，而是不同的两个方国，一个在《大雅·大明》所说的“在洽之阳，在渭之涘”，“今陕西郃阳县南之故莘城是也”。一个临近颍水，在陈留县东边。④

---

① 雷学淇《介庵经说》，《续修四库全书·经部》第 176 册，第 126 页。

② 雷学淇《介庵经说》，《续修四库全书·经部》第 176 册，第 132 – 133 页。

③ 雷学淇：《介庵经说》，《续修四库全书·经部》第 176 册，第 118 页。

④ 雷学淇：《介庵经说》，《续修四库全书·经部》第 176 册，第 125 – 126 页。

“崇”一则,雷学淇认为崇是商的同姓,他引《秦地记》“垞城,古崇国”,以及《太平寰宇记》“彭城北三十里有垞城,临泗水,西南有崇侯庙”,断定“崇在彭城”。① 否定了《左传》杜预注以崇即杜邑,皇甫谧《帝王世纪》以崇在丰镐的观点。

综上所述,雷学淇的《诗经》研究以会通经义为宗旨,不拘泥成说,不固守一隅,既疏通《诗经》内部篇章,又勾连《诗经》与其他经典,表现出求实通达的史家眼光。他解《诗经》之时,旁征博引各种文献,尤以先秦两汉典籍为重,而对史部典籍特加关注,《逸周书》《竹书纪年》《世本》《史记》《汉书》等都是频繁征引的对象。在具体的研究中,雷学淇主要致力于史事与地理的考辨,对与《诗经》相涉的世系、历史事件、制度、地理等给予较多的讨论。诸种证据显示,雷学淇的《诗经》研究呈现出明显的史学取径,大体可视为一种史学视域下的《诗经》学。

(陈斯怀,河北师范大学文学院副教授)

① 雷学淇:《介庵经说》,《续修四库全书·经部》第176册,第126页。

论清代孔广森的治《诗》方法与特点

刘　静

常州学派是清代学术史上一个十分重要的学术流派,作为常州学派的重要成员,庄存与的弟子孔广森,在《诗经》研究方面卓有建树。本文试就其《诗经》学著作《经学卮言》《诗声类》《诗声分例》略作探讨,以窥其治《诗》的特点和方法。

一、博学的孔子后裔

孔广森(1752—1786),字众仲、撝约,号顨轩,山东曲阜人。他是孔子第七十代孙,清代著名的经学家、音韵学家和数学家。关于孔广森世系的记载,《清史稿 · 儒林二》以及《清史列传 · 儒林传下一》均为:"孔子六十八代孙袭封衍圣公传铎之孙,户部主事继汾之子。"这里的"孔子六十八代孙"指的是袭封衍圣公的孔传铎,而非孔广森,后世学者多因句读不当而误认为孔广森是孔子第六十八代孙,如据孔子第七十三代孙孔庆馀校补的《孔氏大宗谱刻本》,可证"传"为第六十八代,"继"为第六十九代,"广"为第七十代。

广森天资聪颖、勤奋好学,少年时即学有所成,十七岁参加乡试中举,乾隆三十六年(1771 年),二十岁参加科举考试,高中进士,授翰林院庶吉士、散馆授检讨、文林郎等职。"年少入官,翩翩华胄,一时争与交之"①。但广森为人性情恬淡、淡泊名利,居官不久,

① 王钟翰:《清史列传》,北京:中华书局,1987 年版,第 5527 页。

即以母病为由辞去官职,还归乡里,自此不再出仕,归家之后在曲阜城的东门里建仪郑堂为其居所。他以“仪郑”为堂号,表达了其一直心仪于东汉著名经学家郑玄,并希望能够像郑玄那样沉潜学问,著书立说的志向。

但是后来孔广森家庭屡遭变故,先是其父孔继汾被族人讦讼,获罪充军塞外,他不得不为了赎父之罪而扶病奔走于江淮、河洛间,求情借贷,最终使父亲获宥。乾隆五十一年(1786 年),其父客死他乡,不久祖母又过世,孔广森居丧期间不堪承受这样的双重打击,哀伤过度而离世,时年三十五岁。

孔广森家学渊源深厚,其父孔继汾与著名学者戴震是至交,两家渊源颇深。孔广森少年时就师从戴震,研治经史和文字训诂之学,对戴氏所撰《孟子字义疏证》《原善》等著作甚为推崇。他的学术也深受戴震影响,有经史并重、义理训诂兼擅的特点,“经史小学,沉览妙解”①,朴学功底深厚。广森亦师从姚鼐,学习骈体文创作,其文对仗工整,文辞华美,兼有汉、魏、六朝、初唐之胜,与袁枚、孙星衍、洪亮吉等人并称清代骈文八大家,有《骈丽文》三卷和《仪郑堂文集》二卷存世。后来他又拜庄存与为师,研究《公羊》学,撰成《春秋公羊经传通义》,形成了对《公羊》学的新认识。

孔广森一生虽然短暂,但著述等身,著有《春秋公羊经传通义》十二卷、《大戴礼记补注》十四卷、《礼学卮言》六卷、《经学卮言》六卷、《诗声类》十二卷附《诗声分例》一卷、《少广正负术内外篇》六卷、《骈丽文》三卷,又有《仪郑堂文集》二卷、《勾股难题》一卷等多种著作,其中《诗经》学的研究成果集中体现在《经学卮言》和《诗声类》两部作品中。

① 赵尔巽等:《清史稿》,北京:中华书局,1977 年版,第 13207 页。

二、《经学卮言》释《诗》的特点

《经学卮言》是孔广森研究论述群经总义类的著作，全书分六卷，从七部经学要籍中共析出209条进行研究，卷一《易》、卷二《尚书》、卷三《诗》《尔雅》合卷、卷四《论语》、卷五《孟子》、卷六《左传》，主要围绕这七部经书字词、句意、人物、历史等方面进行考订和释义的工作。

《经学卮言》中涉及《诗经》学的内容是卷三《诗》部分，共44条，涵盖《国风》、《小雅》、《大雅》、三《颂》的诸多内容，总体来看，具有如下特点：

（一）重视汉代及先秦典籍的解释，朴学色彩浓厚

孔广森博通经史，以戴震为师。戴震作为徽派朴学的重要代表，注重从汉学入手，结合文字音韵、训诂考据以明义理，大力倡导汉学。这一学说在当时影响很大，孔广森继承师说，在研读《诗经》时亦是多从汉儒经师和先秦典籍中引证材料，对所讨论的对象进行翔实地考证，最后得出令人信服的结论，体现出朴学家在训诂领域的专长。其对《诗经》词义字句的理解亦多遵从《毛传》，如卷三《诗》第一条："退食自公，委蛇委蛇。"（《召南 · 羔羊》）孔广森引用多种著作进行阐述：

> 《传》曰："委蛇，行可从迹也。"盖大夫自公门而出，正慎之至，虽跬步亦有常度。《汉书》言郎仆射窃识霍光下殿门进止处，不失尺寸，此"行可踪迹"之谓也。《释文》云："沈读作'委委蛇蛇'。"按：古书遇重读者，每于各字下叠小"＝"，石鼓文"君子員猎，員猎員斿"，即书作"君子員̳猎̳員斿"。《宋书 · 乐志》载诸乐府辞皆如是，若《秋胡

行》云"愿登泰华山神人共遨游",乃重读"愿登泰华山,神人共遨游"二句也。此诗旧本亦作"委蛇",故沈重误读耳。晋人作"顿首顿首",亦"顿"下"首"下各叠之。《后汉》任光等传《赞》"委佗还旅","佗"与"蛇"形异声同,抑或《鄘风》"委委佗佗",别本又有作"委佗委佗"者,而范史用之欤?①

孔广森此处引用了《毛传》《汉书》《说文》等汉代典籍对"委蛇"的重读问题进行考订,通过详细的例证说明"委蛇"的重读之法,在加入重叠符号"="后应读为"委蛇委蛇",而非如沈重所读"委委蛇蛇"。后又引《后汉书》中"委佗"中"佗"与"蛇"字进行辨析,观点鲜明,例证有据,体现了汉学家严谨的治学态度。

(二)重视礼器名物、典章制度的考订

孔广森谙熟礼器名物、典章制度,这与孔继汾对其的影响有很大关系。作为孔子之后,孔氏家族对宗族礼仪尤为重视,族中子弟要精通庙廷典礼,孔继汾习礼法,曾两次参与乾隆皇帝亲祀孔庙的典礼,故自幼教导广森学习家仪典制,孔广森对古代礼器名物、典章制度的兴趣和研究与此有莫大关系。他在《经学卮言》中《诗》部分,大量关注相关作品中涉及的礼学问题,并引用古书进行阐释,如《诗》第七条"良马五之",孔广森云:

《传》云:"骖马五辔。"王素云:"古者一辕之车,驾三马,则五辔。"今按:《诗》咏大夫所乘皆通言"四骊"、"四牡",虽《王度记》有"大夫驾三"之文,似非周法也。"四

① (清)孔广森:《经学卮言》,上海:华东师范大学出版社,2010年版,第61-62页。

之”、“五之”、“六之”，又不当以辔为解。乃谓聘贤者，用马为礼，三章转益，见其多庶。《觐礼》曰“匹马卓上，九马随之”，《春秋左传》曰王赐虢公、晋侯“马三匹”，楚公子弃疾见郑子皮“以马六匹”，是庭实以马者，不必成乘，故或五、或六矣。①

孔广森从周礼的角度对大夫所乘之马进行了解释，此处“良马五之”，不是指辔，而是以马作为聘用贤士之礼，“四之”“五之”“六之”，是所聘马的数量，不必成乘。

又如《诗》第十一条“充耳以素乎而，尚之以琼华乎而”，孔广森释曰：

> 《传》云：“素，象瑱。琼华，美石。士之服也。”按：古者充耳皆有，下乃缀玉、象之等。令素即象瑱，则不当复出“琼华”。素、青、黄，皆谓其之色，“尚之”者瑱耳。毛以素为士服，青为卿大夫之服，黄为人君之服，则得之。《士丧礼》“瑱用白纩”，是士以素也。《大戴记》“冕而前旒，塞耳”，《玉篇》云：“黄色”，是国君以黄也。《国语》曰：“王后亲织玄”，垂瑱之絛也。然则，天子充耳以玄紞！此诗三章异服，见自君下达皆不亲迎，而由今考之，又可见壻之俟其妇也。君不下堂，大夫不及门，盖有尊卑之别矣。

① 孔广森：《经学卮言》卷三《诗》，上海：华东师范大学出版社，2010年，第64－65页。

此处孔广森结合《传》中对“素”和“琼华”及士所穿之服进行阐释,耳上所戴配饰及所着之服都有严格的等级规定,又从《士丧礼》及《大戴礼》《玉篇》中所载文献进行考释,简洁明晰。

(三)重视对字词、文句的解释

作为戴震弟子,孔广森在音韵训诂、文字考据方面造诣很深,这也体现在其对《诗》的字词、文句的解释上,如《诗》第二十一条“其祁孔有”,孔氏疏解:

> 《笺》:“‘祁’当作‘麎’。”按:郑君破字非尽以意改,如《唐风》之“朱绡”本于《鲁诗》,《陈风》之“瘵饥”本于《韩诗》,余盖多有所出,但今不可考见耳。《尔雅疏》引此经正作“其麎孔有”,似亦三家《诗》有作“麎”字者,而《笺》读从之。郑注《仪礼》《论语》皆参取古、今文,不专守一家,其于《诗》亦然:“君子好逑”,郑本作“仇”,《笺》云:“怨耦曰仇”;“万民靡不承”,郑本作“万民是不承”;《释文》云:“‘靡’,一本作‘是’。”愚按:《笺》云“天下之民不承顺之乎?言承顺也。”可见,郑本正作“是”字,故与“不显”“不承”同解。若作“靡”字,无为转以“不承”为“承”矣。“好是稼穑”,郑本作“家啬”;《笺》云:“好任用是居家吝啬之人。”此郑本二字无“禾”傍,故如此解,非破字也。下章“稼穑卒痒”,《笺》乃云:“耕种曰稼,收敛曰穑。”此条释文,尤足证明。①

孔广森对郑玄笺注“祁”作“麎”字解加按语进行释义,又举

① (清)孔广森:《经学卮言》,第 72 – 73 页。

《唐风》《陈风》之例说明郑玄今古文兼采，不专主一家的注释风格。字的破与不破，需要视文中具体所指而定。又取“君子好逑”“万民靡不承”“好是稼穑”三例详细考释，体现出其在朴学方面深厚的功底。又如《诗》第二十五条“旅力方刚”(《小雅·北山》)，孔氏疏解：《传》云：“旅，众也。”《典引》：“勤恁旅力，以充厥道。”章怀太子《注》：“旅，陈也。”似较毛义为胜。“旅力”犹《论语》言“陈力”也。《大雅》“靡有旅力”，言无有肯陈力者也。古字“旅”“胪”音、训并同，故《周官》“旅摈”，先郑读为“旅于太山”之“旅”，后郑读为“鸿胪”之“胪”。“胪”，陈之也。《汉书》“大夫胪岱”即“旅于太山”也。《仪礼注》曰：“古文‘旅’作‘胪’。”

孔广森在此条目下疏解“旅”字，首先列出《毛传》中“旅”字的释义：“旅，众也。”然后引用唐代章怀太子李贤集学者所注《后汉书》注：“旅，陈也。”以此立论，后者较毛义为胜。又援引《论语》《仪礼注》《汉书》等典籍来深入阐述“旅力”与“陈力”“旅”“胪”音训并同现象，此条亦体现出孔广森在字句训诂方面深厚的学术修养。

三、《诗声类》的独创之论

孔广森的老师戴震，在文字、音韵研究上颇有建树，他采用将文字在经籍中的实际应用和字书、韵书的记载结合起来进行考察的方法，即其所云：“一字之义，当贯群经，本六书，然后为定。”①他通过分析古人用韵和汉字谐声偏旁，发现了阴声韵和阳声韵可以两两相配，以入声韵为枢纽的“音声相配”的规律，将上古韵分为九

① (清)戴震：《与是仲明论学书》，《戴震文集》，北京：中华书局，1980年版，第140页。

类二十五部,戴震的这一研究成果丰富了古音韵学的研究,并有《声类表》《声韵考》等音韵学著作传世。孔广森受其影响,亦从事古音韵研究,著有《诗声类》十二卷、《诗声分例》一卷。其中《诗声类》是就《诗经》押韵、用字分别类聚进行研究,分古韵为十八部,阳声分元、耕、真、阳、东、冬、侵、蒸、谈九部,阴声分歌、支、脂、鱼、侯、幽、宵、之、合九部。每一韵部之下,先列谐声,后列本韵,最后列韵字,结合《诗经》中该字所在的具体作品详细分析,相互印证。徐世昌在《清儒学案·顨轩学案》中说:"先生于音韵之学,独具神悟,常谓:'幸生于陈季立、顾宁人之后,既已辨去叶音之惑,而识所指归;又有段氏《六书音均表》,藉得折衷诸家。'即《唐韵》以为柢,指《毛诗》以为正。所著《诗声类》十二卷,《分例》一卷,推偏旁以谐众声,其字之同一偏旁,而《唐韵》误在他部,并为厘正,分古音为阳声九部、阴声九部,于对转之故,方音之殊,疏通证明,略无疑滞。其后为古音之学者,分部虽各不同,而于先生偏旁条贯,莫能越焉。"① 从徐世昌对孔广森的这段评语中可以看出孔氏在古音韵学方面具有独特的贡献,具体而言,主要体现在以下几个方面:

(一)东冬分立为两部

在孔广森之前,东冬之分尚未提出,顾炎武、江永、戴震、段玉裁都认为《广韵》中的"东、冬、钟、江"在上古时都归入一个韵部,不能分开,而孔广森则提出了"东冬"可以分立两部的观点。这一论断深为段玉裁推许,段氏在《答江晋三论韵》中云:"检讨举东声、同声、丰声、充声、公声、工声、蒙声、悤声、从声、龙声、容声、用声、封声、凶声、邕声、共声、送声、双声、尨声为一类,今一东、三钟、四江是也;冬声、众声、宗声、中声、虫声、戎声、宫声、农声、夅声、宋声为

① 徐世昌:《清儒学案·顨轩学案》,北京:中华书局,2008年版,第4294页。

一类，今之二冬是也。核之三百篇、群经、楚辞、太玄无不合。以东类配侯类，以冬类配尤类，如此而后，侯、尤平入各分二部者合此而完密无间，此孔氏卓识，胜于前四人处。”①段玉裁将顾炎武、江永、戴震、江有诰、孔广森并称为清代古韵五大家，尤其对孔氏“东冬”分部的“卓识”观点极为赞赏，充分肯定其在音韵学方面的贡献与影响。

《诗经》在押韵方面分划较清，没有因为出现一二例就将其合并为一类，且在秦汉以前有韵的文字当中，东每每与阳相通，冬与蒸、侵相通，界限划分比较严格。在魏晋时期“东”“冬”两类依然有别，虽然有别，但在孔广森之前尚未有人明确提出东冬分部的说法，他首次提出将“东、同、丰、充、公、工、蒙、恩、从、龙、容、用、封、凶、邕、共、送、双、尨”共十九字列入“东”部，将“冬、众、宗、中、虫、戎、宫、农、夅、宋”共十个字列入“冬”部，观点鲜明，见解独到，故在这一点上孔氏确有开创之功。后来学者也大都承认东、冬当分为两部，如王念孙最初将古音分为二十一部，后又吸收了孔广森的成果进而分为二十二部，从而建立了比较完善的上古韵部体系，成为这一领域的集大成者，此外江有诰亦采纳孔氏学说。

（二）阴阳对转之说

阴阳对转的说法，最早始于戴震和段玉裁。段氏在《六书音均表》中已有“异平同入”之说，而此前戴震讲得似更为明确一些，戴氏于乾隆三十四年（1769 年）作《声韵考》，其在书中指出阴阳两类“共入声互转”，如真、文、魂、先与脂、微、灰齐，咍与登，侯与东，支与清等均是。孔广森根据戴震、段玉裁两家所论，精研极思，创通阴阳各类互转之说，条理更为清晰，而且结合《诗经》用韵、谐声、通

① （清）段玉裁：《答江晋三论韵》，《经韵楼集》，上海：上海古籍出版社，2007 年版，第 133 页。

假等材料进行论证,如其在《诗声类》卷七《阴声一》"兼入寒韵一字·难"下云:

> 《桑扈》:"不戢不难,受福不那。"《隰桑》:"隰桑有阿,其叶有难。既见君子,其乐如何?"转音"傩"。案:歌戈为寒元之阴声,二部每互相转,故《左传》"殷民繁氏"。"繁"步何反,汉沛鄰县之"鄰",才何反。《说文》引"嘽嘽骆马,"嘽字作"瘆"。《周官》注曰:"献读为摩莎之莎。"齐语声之误也。《汉书音义》如淳曰:"陈宋之俗言,桓声如和,其余偏旁尤多出入,若媻从般,裸从果,驒鼍从单,皤嶓从番之类。"傩、臡二字本皆从难,而转入歌韵者,今臡字又重见齐韵,则近代音误当削之①。

孔广森此即论证"歌元对转",从而阐明"阴阳对转"。

除此之外,《诗声类》十二卷后所附《诗声分例》一卷,主要是对《诗经》在用韵方面的分类总结,他概括归纳出二十五条韵例规则,如偶韵例、奇韵例、偶句从奇韵例、叠韵例、二句偶韵例、末二句换韵例、三韵例等,条分缕析,简洁易懂,直接启发了江有诰、王力等学者对《诗经》韵例的研究。

综上可见,孔广森作为常州学派形成期的一位重要学者,其兼朴学与今文经学的治学路数丰富了常州学派的学术研究,其《经学卮言》中对《诗经》的研究多从小学、考据学、礼学角度解《诗》,具有浓厚的朴学特色,《诗声类》《诗声分例》的撰述也体现了孔广森在《诗经》音韵学研究领域的开创之功。

(刘静,河北经贸大学文化与传播学院讲师)

---

① 孔广森:《诗声类》卷七,北京:中华书局,1983年,第21页。

“马”“中”“西”融合背景下的20世纪《诗》学进程及其启示

韩高年

自清末“西学”传入中国起，中国传统学术的现代转型即已拉开序幕。[①] 于是，“中”与“西”的“体”“用”关系问题也就自然成为关注的焦点。就文学研究而言，有的学者认为清后期“中学”“西学”关系大体呈现为三种类型，即“‘中体西用’‘西体中用’和‘中西融合’。这三种类型，从纵向看呈现出一个否定之否定的历史发展过程，从横向看却始终是三种并存的思维方式，不仅并存于每一个历史时期，甚至并存于许多研究家的研究实践中。这种错综复杂的局面，构成清后期文学研究的独特风貌。”[②]这种局面是20世纪中国学术发展的前提。

20世纪是中国传统学术完成现代转型的世纪，其间伴随着封

① 汤志钧《戊戌变法前的维新思想》言：“冯桂芬（一八〇九——一八七四）是林则徐的学生……谓魏氏源论驭夷，其曰以夷攻夷，以夷款夷……愚则以为不能自强，徒逞谲诡，适足取败而已，独师夷长技以制夷一误为得之；但是还‘始则师而法之，继则比而齐之，终则驾而上之’。他的思想比魏源发展了一步，他虽然一心向往西洋，但因为能‘自造、自修、自用’，所以认为‘师夷长技’要成功，仍必须建立在‘求诸己’，或‘道在反求’上，也即是求其‘能用西人而不为西人所用’；主张‘以中国之伦常名教为原本，辅以诸国富强之术。’”收入汤志钧：《戊戌变法史论丛》，武汉：湖北人民出版社，1957年版，第50－70页。

② 郭英德、谢思炜、尚学锋、于翠玲：《中国古典文学研究史》，北京：中华书局，1995年版，第675页。

建帝制的终结与民主革命的兴起而来的是传统经学的式微与西学的输入,以及马克思主义学说的接受。针对传统经学重镇的《诗经》研究而言,其 20 世纪的研究史也是属于此期中国学术的一部分,它所呈现出来的发展脉络与阶段性特征,也与中国学术的整体有高度的内在一致性。也正由于这个原因,回顾 20 世纪《诗》学研究的历史,就显得意义非凡。

20 世纪中国学术思想发展的自然脉络,是与马克思主义思想、中国传统学术、西方学术思想三种学术资源的整合过程密切相关的。具体说,“马”“中”“西”三方在 20 世纪经历了由并立而错综、由错综而融合、由融合而疏离、由疏离而再度融合的过程。基于此,可以将 20 世纪百年的《诗》学研究分为具有明显阶段性特征的四个时期。以下试以传统《诗》学的现代转型及其展开、回落及复兴为序,依次概述四个时期的《诗》学研究特点,以及它们与“马”“中”“西”三种思想形成的特殊格局之间的互动关系,以期为 21 世纪的《诗》学研究创新寻找切实可行的路径和方向。

一、“马”“中”“西”并立错综与传统《诗》学的现代转型

传统《诗经》学的现代转型期,是在 20 世纪的前 30 多年完成的。在这一时期,受清末学术思潮的影响和时代新思想的鼓动,思想界的基本格局是“中学”“西学”并立,并由“体”“用”之争逐渐走向“中西融合”。马克思主义学说刚刚传入中国,对学术和思想的影响也初步显现出来。学术上则是“国粹派”“学衡派”与“西化

派"及"马克思主义中国古典文学研究派"的并立共存,①三派虽表面不同,但要求变革传统学术的主张则是相同的。在此背景下,《诗经》研究也完成了由传统的经学研究向文学研究的转变。

"五四"新文化运动之前的近二十年里,学者们致力于"保存国粹"②,以此"区别夷夏",并"鼓动种性",倡导革命。具体表现于《诗经》研究,此期学者们的研究,大多是"由小学而经学,由经学而文学",既注重文本校勘与名物训诂,也注重文本的义理阐发与社会功能的揭示。表面上看,还基本上是清代经学的延续,实际上具有"借学论政"的目的。如被时代称为"东亚一卢梭"的刘师培,出自经学世家,于中国传统学术有深厚积淀,既受"西学"的影响,也是最早译介马克思主义学说的学人。他的《毛诗札记》《毛诗词例举要》已初显突破传统《诗》学研究的端倪。其《毛诗札记》以训释诗义为主,多就本书触类旁通,以正注疏之失。《毛诗词例举要》旨在总结《毛诗》训释义例,归纳出连类并称、举类为释、增字为释等三十一种义例。刘氏还有《广释颂》一文,专论颂诗,言其兼备乐舞、祀神二用,指出"《诗》之有颂,所以形容古人之往迹而记之者

---

① 赵敏俐:《现代化过程中的学术演进——论二十世纪对中国传统文学的三次价值重估》,《江海学刊》,1997年第2期。

② 国粹的概念来自日本,国粹派的代表人物是邓实、黄节、章太炎、刘师培等,他们以《国粹学报》为阵地,主张保存国粹。龚书铎先生认为:"国粹派的主要人物章太炎曾受无政府主义的影响,他的一些作品具有浓厚的无政府主义色彩。另一个主要人物刘师培更为突出,他既大力宣传国粹,又狂热鼓吹无政府主义。从资产阶级民主革命的任务来衡量,刘师培既是保守,又很激烈。换句话说,既是偏右,又极左。这种现象,在近代中国并不罕见。""国粹思潮是清末有影响的社会思潮之一"。说见其《〈晚清国粹派——文化思想研究〉序》,收入作者《中国近代文化探索》(增订本),北京:北京师范大学出版社,1997年版,第314－315页。

也。颂列为舞,所以本歌诗所言之事而演之者也。”①这篇讨论“颂”起源的文章与《文学出于巫祝之官说》《文章学史序》等探讨中国文学起源和流传的著作一样,在传统考据学和文字音韵训诂方法的基础上,采纳了西学中的神话学与文化学的理论方法。这些观点跳出了中国传统学术的“圈子”,因而都显得极有见地。

刘氏在学术上主张“中体西用”,虽然运用“西学”来研究中国传统,但骨子里仍然是传统的。他还曾著《群经大义相通论》数篇,其中《〈公羊〉〈齐诗〉相通论》《〈毛诗〉〈荀子〉相通论》属于《诗经》学史范畴,指出《齐诗》与《公羊》学可以相互发明,《毛诗》出于荀况一系,均言之有据。因为刘氏出自三代传经的世家,于古文经学及小学造诣极深,又特别注意总结晚清以来学术得失,因而其《诗经》研究虽然从问题到结论都未出清儒藩篱,然而因其学术理念上的借鉴“西学”,因而往往能自出新意。

刘师培旅日期间接触到马克思主义思想,曾组织翻译《共产党宣言》,不仅完全认同其思想,而且认为《共产党宣言》“对于史学发明之功甚巨”。他的政论文中,这种倾向十分突出。其中涉及《诗经》的文字,往往能跳出经学和文学的框框,超越特定的时代,大处着眼,立论高远,富于启发性。如其《悲佃篇》历述从先秦以至明清的土地制度,是从学理上为同盟会“平均地权”之纲领寻找历史的合理性,其中即运用《诗经》的材料以证历史。这种方法和思路,在当时并未引起多少关注,但与后来郭沫若、傅斯年等学者将《诗经》视为史料十分相似。据说青年时代的郭沫若喜欢读《国粹学报》等

① 《广释颂》,收入宁武南氏校印《刘申叔先生遗书》,南京:江苏古籍出版社,1997 年影印本,第 120 页。

刊物,[1]刘师培的学术思想或通过这种渠道影响了后者。

此期另一位代表人物章太炎,少从俞樾学经史,是著名的朴学大师。章氏倡导革命,受新思想影响,其论学虽取中国传统方法,但也努力借鉴“西学”;其论《诗》虽也是从经学的角度,然亦采“西学”理念。如章氏《国学论衡·原学》运用英国学者亨利·托马斯·布尔克等人的“地理环境决定论”讨论中国学术文化产生的原因;《訄书·序种姓》运用西方图腾制度理论来研究上古帝王的感生神话,等等。[2]其《经学略说》《国学讲演录》中涉及《诗》之训诂、题旨、《诗》学史的条目,因为有“西学”学理的渗入,因而大多自出机杼,发前儒之未发。前人概括其学术思想,以为其既立足于中国传统学术思想,也不排斥西方学术的新思想,可谓中肯之论。以刘、章二人为代表,可谓这一阶段的“中体西用派”。刘师培虽然后来转向“复古”,又反对“五四”新文化运动,但其前期学术思想上追求变革传统经学的积极作用不能抹杀。

19世纪和20世纪之交,西学东渐,其势甚炽,当时中国学者多受其影响。他们大多是站在改变国民性的角度来接受新思想的。[3]同时,因为受20世纪初考古发现的刺激,中外学界形成了对远东

---

① 何峭:《郭沫若先生小传》,《中国现代学术经典·郭沫若卷》,石家庄:河北教育出版社,1996年版,第5页。

② 郭英德、谢思炜、尚学锋、于翠玲:《中国古典文学研究史》,第678–679页。

③ 这方面的代表人物是梁启超。张君劢在《新儒家思想史》中指出:“作为近代中国伟大的自由主义者,梁启超劝国人研究西方科学、哲学及政治制度,并尽可能客观地观察儒家传统。他希望中国人能够思想开放,接受各种学说及具体实现的思想观念。因此,大家都承认他是奠定西方思想传入中国及以现代生活眼光重估中国传统价值之基础的先驱者。如果我们说,没有梁启超,中国人就不会那样早地接受改变,也绝非夸大之词。”台北:弘文馆出版社,1986年版,第598页。

及中国文史之学的共同关注,其特点是“中西融合”,这一思潮也波及《诗经》研究,其中王国维可谓杰出代表。王氏早年受西方学术影响很大,1910 年前后始涉足甲骨、金文和西陲简牍,以证古史,提倡“二重证据法”。1911 年 2 月,为罗振玉创办的《国学丛刊》作《序》,提出“学无新旧、无中西、无有用无用”之说。此后潜心于出土文献与古器物及古史研究,1916 年撰成《乐诗考略》(含《释乐次》《周大武乐章考》《说勺舞象舞》《说周颂》《说商颂》《汉以后所传周乐考》)。王国维与刘师培、章太炎不同,他不但深通旧学,而且精通外语,全面深入接触西学。在学术思想上,他追求中西融通,尝试打通西方哲学、美学和中国固有的学术范畴和理论方法,他的《诗》学论著,不拘泥于注疏,已经完全跳出了传统《诗经》学的圈子,解决了诸如诗乐关系、《周颂》与礼乐制度的关系等重要的问题,也开出了《诗经》研究的新局面。

从 1919 年“五四”运动到 1937 年抗战全面爆发的十八年,是“马”“中”“西”三种思想资源相互关系发生深刻变化的时期。在当时,倡导“整理国故”者有之,宣扬马克思主义者有之,①主张“用西变中”者亦有之;错综的局面既存在于整个时代,也存在于同一

① 李泽厚《试谈马克思主义在中国》一文指出:“1918 年至 1919 年初,李大钊连续发表了《法俄革命之比较观》《庶民的胜利》《Bolshevism 的胜利》,表示了对俄国十月革命的赞赏、支持。1919 年 5 月李大钊发表了《我的马克思主义观》,这可说是第一篇真正介绍马克思主义学说的长文,也标志着中国最早一批进步知识分子对马克思主义的接受和理解。从这篇文章可以看出,十月革命的成功和河上肇等日本人的第二手翻译著作,便足以使中国这些知识分子抓住马克思主义的某些基本要点,迅速和果断地接受了它,成为中国第一批马克思主义者。之所以如此,首先是近现代救亡主题的急迫现实要求所造成,同时也是中国传统的实用理性的展现,即要求有一种理性的信仰来作为行动的指针。马克思主义的基本理论和十月革命的实践效果使这种潜在的可能变为现实。”收入李泽厚:《中国现代思想史论》,第 145 页。

学者的不同时期。受其影响，一些学者，由西方学术中的科学精神而受到启发，主张在学术研究上"用西变中"；也有一些学者的研究明显受到马克思历史唯物主义的影响，具有"以马观中"的特点。1923年出现的为期六个月的"科玄论战"中，科学的、理性的人生观得到广大青年的支持而胜出，而之后又以马克思主义的唯物史观对科学主义和玄学派的再批判而收场。① 这次论战的代表人物有张君劢、丁文江、胡适、陈独秀等人，其中张代表的是儒家"反求诸己"的思想与康德的先验主义，丁文江、胡适则主张英美经验主义与实证主义，陈独秀、瞿秋白则是马克思主义历史唯物观的提倡者。

上述思想界的状况，反映在此期的学术上，使持不同立场的学者们有一个共同的特点，就是从质疑经学话语体系下的传统《诗经》学入手，提出重估《诗经》的文学性，主张用文学的眼光研究它。这方面的代表有谢无量、胡适、顾颉刚等，其中较早提出这一主张的是谢无量。谢无量与胡适同时代，其《诗经研究》初版于1923年，和顾颉刚《〈诗经〉的厄运与幸运》（连刊于《小说月报》1923年3月10日—5月10日第3—第5期）几乎同时，而比胡适《谈谈〈诗经〉》（发表于1925年10月16日、17日《时事新报》"学灯"副刊，1931年收入顾颉刚主编的《古史辨》第三册）早两年多，应当是最早提倡用西方现代学术观念和方法研究《诗经》的著作之一。

他们的《诗经》研究有如下特点：第一，依据《诗》本文解说诗旨，完全或较少依循《诗序》或汉唐以来的旧注旧疏；第二，将《诗》文本同时视为史料，并以此为论据推论周代当时的社会和思想；第三，注重以《诗》中诗篇的作者之社会地位归属为准讨论诗的题旨，

---

① 李泽厚：《记中国现代三次学术论战》，原载《走向未来》1986年第2期，后收入李泽厚《中国现代思想史论》，第50－87页。

这已经有历史唯物主义的阶级分析法的萌芽。

此外,还应当注意的是,法国社会学家格拉耐著《中国古代的祭礼与歌谣》一书于1919年出版。该书是西方汉学界第一部深入研究《诗经》的专著,作者是著名社会学家,他以独特的视角审视和评价《诗经·国风》,书中的观点和方法极富新意,具有文学、社会学、民俗学、民族学、神话学等综合研究的性质,是后来盛行的文化人类学《诗经》研究的肇始。虽然其时尚未见有中译本,但其研究当已为中国学者所了解。谢晋青《〈诗经〉之女性的研究》在1924年由商务印书馆出版,其间应当存在着一定的联系。

胡朴安、傅斯年、陆侃如、冯沅君、刘大白、蒋善国等人的《诗经》研究,或取以上倾向中的一者或二者,或兼而有之,总体来说,也属于这个时期。

二 “马”“中”“西”由错综而融合与《诗》学研究的展开

经过30年代初的中国社会性质论战,马克思主义“在青年一代中反而更加热烈地被接受被传播被欢迎。反射到思想学术领域,从历史学、经济学、哲学到文学艺术,马克思主义的影响和声势从二十年代末到三十年代,愈益扩大。”①在此基础上,从抗战爆发,到1966年“文革”开始前,是马克思主义理论、中国传统学术思想和西方学术思想由错综交织而渐趋以马克思主义理论为主导的融合的时期。这一时期的时间跨度约三十年。其间发生的几个重大政治和历史事件对当时的中国学术,包括《诗经》研究产生了巨大

---

① 李泽厚:《记中国现代三次学术论战》,《走向未来》,1986年第2期。

的影响。以1949年为界,之前十二年是一个阶段,后十七年是另一个阶段。前十二年中,重大的事件有抗日救亡、西南联大迁至云南、中央研究院史语所迁至重庆郊外之李庄等等。抗日救亡的现实需要激发也改变了《诗经》的研究格局,使学者们更关注现实。之后,1949年新中国成立,马克思主义唯物史观影响下的文学观和社会历史观成为主导性的学术思想和方法,《诗经》研究因此而面貌为之一变。

抗战背景下的三四十年代,在救亡图存的新形势下,中国的马克思主义有了新的转变,20年代末由瞿秋白从苏联介绍来的“辩证唯物论”成为宇宙观和方法论。马克思主义的唯物论和辩证法结合中国实际(农民革命战争)和传统(兵家辩证法)而中国化了。[①]马克思主义在政治领域的中国化的这一变化,对当时的学术也产生了深刻而广泛的影响,《诗经》研究也不例外。这方面的代表人物是郭沫若、朱自清和闻一多。他们的《诗》学研究都体现了以马克思主义为主导,借鉴西方学术理念和方法对《诗》学问题的全新阐释。虽然都是马、中、西三方的融合,但在具体操作的层面,又表现出不同的样貌来。

郭沫若的研究最具鲜明的马克思主义主导倾向。此前,他的《中国古代社会研究》于1930年出版。1938年11月,言行出版社出版了其翻译的《德意志意识形态》;同年12月23日,郭沫若在桂林写下《复兴民族的真谛》,其中说:“现在是我们民族复兴的时候,我们的民族精神渐渐地苏活转来了。我们应该尽量地发挥我们的创造力、同化力和反侵略性。”1944年,郭沫若的《由农事诗说到周代社会》,由农事诗中的材料讨论周代社会性质,是1929年发表在

① 李泽厚:《试谈马克思主义在中国》,《中国现代思想史论》,第172页。

《东方杂志》上的《〈诗〉〈书〉时代的社会变革与其思想上之反映》的延续。[①] 开了用唯物史观研究《诗经》的风气,引起学界的热烈响应。马克思的唯物史观在"五四"时就已经传入中国,但真正产生影响是在30年代初的社会史讨论中,至郭沫若将其运用于《诗经》研究,方波及文学。刘大杰的《中国文学发展史》(1939)也是运用唯物史观考察文学发展的著作,其中对《诗经》的论述,就是结合当时的生产发展、社会制度、政治思想等展开的。这种研究模式不仅影响了五六十年代的《诗经》研究,而且也对当时整个中国文学的研究产生了决定性的影响。

朱自清受"五四"思想影响,30年代留学欧洲,擅长中国传统学术而兼收西学,他的《诗》学研究最重融会贯通。他发表的《诗教》(载《人文科学学报》1943年第2卷1期),渗透着早期中国马克思主义的实用主义色彩与中国传统的"诗教"思想融而为一的气息,而其研究方法,则得力于西方的逻辑学的归纳法;其《诗言志辨》,于1947年由开明书店出版,该著是20世纪《诗》学建构期的经典之作。作者重视民间歌谣的价值,曾整理歌谣,将《诗经》及有关问题置于中国诗歌史(包括歌谣)的大背景下予以历史的审视,虽然所论皆由具体问题入手,但往往能见微知著,将《诗》学的问题上升到"诗史"的高度,总结出有益于中国诗歌批评史的规律。

闻一多受马克思主义思想的影响,又长于中国传统的文字音韵训诂之学与西方文化人类学,故其《诗》学研究有鲜明的"求新"色彩。其《风诗类钞》(1932—1936)、《诗经通义》(1937)、《诗经新义》(1937)在充分吸收利用传统注疏的基础上,博采甲骨文、青铜器铭文,所以常有新义,被称为新训诂学。他在诗义的解说上于

---

① 何峭:《郭沫若先生学术年表》,《中国现代学术经典·郭沫若卷》,石家庄:河北教育出版社,1996年版。

“二重证据法”之外，又能借鉴西方兴起的民俗学、人类学理论，遍搜民族学、人类学调查所得之田野材料，试图打通古今，揭开《诗经》诗篇的本来面目。其《〈诗经〉的性欲观》《〈诗·新台〉“鸿”字说》《匡斋尺牍》《歌与诗》《姜嫄履大人迹考》《说鱼》等，都能在此前学者研究基础上提出新说。此后孙作云的《〈诗经〉恋歌发微》是对闻一多《诗》学研究方法的继承和发展。

抗战前后参与《诗经》研究的还有刘大杰、朱东润、张西堂、于省吾等学者。刘大杰的《中国文学发展史》第二章“周诗发展的趋势及其艺术特征”出版于1941年，作者完全接受郭沫若的观点，认为“西周是奴隶制社会的继续和发展。……在这种情况下，成熟的哲学与文学，适应当代的物质生产与社会生活而出现的事，是一种合理的现象。在文学上作为这一个时代的代表的，是三百零五篇的《诗经》。”①作者从排比秦汉以来的《诗》学材料入手，结合周代历史背景，分析《颂》《雅》《风》的大体年代，探讨了《诗》文本与乐舞的关系，提出“社会诗”的概念，其观点都有可取之处，是运用马克思主义理论研究《诗经》的典范。朱东润的情形与上述“主流”稍有不同，骆玉明认为这和他早年留学国外，治学既不全尊西方，也不泥守传统的学术思想有关。② 张西堂的《诗经六论》与胡适等人有相似之处，完全否定《诗序》和旧注旧疏。于省吾为章黄学派传人，他的研究则与闻一多相似，在二重证据法的运用上有重要的示

① 刘大杰：《中国文学发展史》，上海：上海古籍出版社，1983年新版，第34页。该书新版据1957年版。在1957年版的序言中，作者说：“《中国文学发展史》是我的旧作。上卷成于1939年，下卷成于1943年，先后交由中华书局印行。上卷是1941年出版的；下卷因书局种种原因，迟至1949年1月才出版。……这次印出来的，只在文字上作了些改动，体制内容，仍如旧书。”

② 朱东润：《诗三百篇探故》“弁言”，昆明：云南人民出版社，2007年重印版。

范性。

1949 年至 1966 年的十七年,是马克思主义理论在政治领域和学术领域都渐趋主导的时期。此期学者在《诗经》研究中运用唯物史观的方法,从《诗经》所处时代的经济、政治、思想的背景入手,揭示诗篇产生的社会基础,不但从整体上说明了《诗经》诗篇的思想内容,而且也在一定程度上提示了周代诗歌发展的历史文化根源。如杨公骥的《中国文学》第一分册,是作者在 1947 年大学讲义基础上,历经十年,七易其稿而成。该书较好地运用马克思列宁主义的方法论处理先秦文学研究中的重要问题,著者从历史唯物主义观点出发,在前人研究的基础上,突破《诗经》一书的框架,将诗篇分置于不同的历史时期和相应的宗教文化背景之下,展现了周代诗歌起源和发展的轮廓,在当时来说极富创见。另外,书中还结合甲骨卜辞和考古发现重新讨论了《商颂》作时的问题,认为《商颂》为周代以来所传之商诗,也很有启发性。① 另如中国社科院文学所主编的《中国文学史》(三卷),第一册《诗经》部分由余冠英总负责,胡念贻、曹道衡、刘建邦共同完成。书中对《诗经》的编集、应用和流传,以及《诗经》诗篇的艺术特点和影响等问题均提出了比较客观的看法。尤其是分西周前期、西周后期、东周时代三个阶段对《诗经》时代诗的演变进行了初步的分期,极富参考价值。② 此外,还有夏承焘的《采诗与赋诗》、高亨《诗经引论》,余冠英的《诗经选译》(《诗经选》)与陈子展、金启华等学者的《诗经》选译本,金开诚

---

① 杨公骥:《中国文学》第一分册,长春:吉林人民出版社,1957 年版。

② 卷首“编写说明”说:“我们编写这一部分的时候,力图遵循马克思列宁主义的观点,比较系统地介绍中国古代文学的发展过程,并给古代作家和作品以较为恰当的评价。”见中国社科院文学研究所《中国文学史》编写组:《中国文学史》第一卷,北京:人民文学出版社,1962 年版,第 1 页。

概说《诗经》的普及读物等。这其中余冠英的《诗经选》多次重印,影响最大,堪称这一时期的代表作。上述成果有一个共同的特点,就是强调揭示人民性、思想性和进步性,并由此形成了一种操作性很强、与现实政治相呼应的研究模式,在推动《诗》学研究转型方面自有其积极的时代意义。

然而,一种进步的社会政治学说并不完全等同于文学理论,当时有许多学者将唯物史观极端化和教条化,所以在实际运用中也产生了许多偏差。赵沛霖先生曾总结说:“由于对唯物史观的片面理解,认为经济基础直接决定文学的发生和发展,分析方法流于简单化,把文学分析变成了经济基础的形象解说,导致了《诗经》研究的路越来越窄:《诗经》研究被缩小为思想内容研究,而思想内容研究又被缩小为那些反映社会黑暗、人民痛苦和反抗,也就是具有阶级斗争意义的作品的研究;……对唯物史观的片面理解和庸俗社会学的研究方法的盛行,完全否定了《诗经》的多方面的价值,否定了《诗经》创作个性、艺术形式和审美特征的研究,最后只能是取消文学和文学研究,走向文学虚无主义,其教训是十分深刻的。”①整体对照观察和总结五六十年代的《诗经》注本、研究论著,赵沛霖的总结是全面的,也是公允的。

三 “马”“中”“西”的疏离与《诗》学研究的庸俗化

1957 年 3 月 6 日至 13 日,全国宣传工作会议在京召开。毛泽东主席在会上讲话,重点谈了知识分子的总体情况,强调要用马克

① 赵沛霖:《现代学术文化思潮与诗经研究——二十世纪诗经研究史》,北京:学苑出版社,2006 年版,第 111 - 112 页。

思主义思想改造知识分子。1957 年 4 月 27 日,中共中央发出《关于整风运动的指示》,提倡反对官僚主义、宗派主义和主观主义,提高全党的马克思主义思想水平,改进工作作风;6 月 8 日,毛泽东为中共中央起草《关于组织力量准备反击右派分子的猖狂进攻的指示》,“反右”运动开始,这场运动的出发点本来是好的,是为了整肃那些在此前的整风运动中有意夸大党在工作中的缺点和错误,借此否定社会主义建设成就,污蔑马克思主义,鼓吹西方资产阶级“民主自由”的右倾错误言论,然而,因错误估计了右派的人数,导致反右的扩大化。①

1958 年 1 月 11 日至 22 日,南宁会议召开,之后“大跃进”开始,直到 1961 年 1 月 14 日—18 日党的八届九中全会召开,方才结束了这场有违中国国情和实事求是原则的盲目追求经济增长速度的运动。此后 1962 年 1 月的“七千人大会”,也总结了“大跃进”的经验教训,提出克服盲目性,把马克思主义普遍真理与中国社会主义建设的具体实际相结合。②

“四清”运动使马克思主义在中国的实践层面和理论层面都发生了较大的变化,历史唯物主义和辩证法被简单化为机械的“阶级斗争”万能论。由于这种转变,政治上促成了 1966 年“文革”爆发;在此之后的十年之中,学术研究陷入半停滞状态。一切依附于政治,一切从属于政治。在这种思维之下,中国传统学术被视为封建主义的残余,西方学术则成为资产阶级的代名词,都遭到了无情的批判和摧毁。徐公持曾分析指出:

---

① 郑德荣等编著:《新中国纪事 1949—1984》,长春:东北师范大学出版社,1986 年版,第 214 - 215 页。

② 郑德荣等编著:《新中国纪事 1949—1984》,第 312 页。

> 20年代末,古典文学研究开始引进马克思主义的唯物史观。这本来是一种全新的观念体系和方法论体系,能够深入地解明社会人文学科中的许多本质问题。但真正能够纯熟运用这种方法的学者却少之又少,不少人实际上做的只是将有关的概念术语来套古代作家、作品。这种做法,在30年代即已出现,当时有一些用"阶级分析观点"给古代文学作简单化处理的文学史著作,在这些文学史中,"封建领主文学"与"农奴文学"赫然对立,而且几乎不存在其他种类的文学。在阶级分析的前提下将文学类型化,虽有提纲挈领之效,而简单化的做法,又实际上抹煞了文学史的复杂性。此种倾向,50年代后续有发展,或者以作家的社会经济地位作为"反动""进步"的判别依据,或者以作品所写题材内容对"劳动人民态度如何"作为是否具有"人民性"的标准。……这种偏狭倾向发展到"文化大革命",便在"埋葬封、资、修"的口号下,将古典文学一概视为反动的东西而加以"横扫"。①

急于求成的心理和教条主义的泛滥,导致马克思主义唯物史观与中国传统学术及"西学"科学精神的疏离。和其他研究领域一样,由于极左思潮的影响,《诗经》研究的范围和视野仅限于为阶级分析提供材料,成为表达民粹主义和激进主义文化观的传声筒。由于受极左思潮的影响,和整个中国学术一样,《诗经》研究几乎陷于沉滞不前的状态,很少有高质量的研究成果。夏传才先生曾历其时,指出当时"《诗经》被定性为'奴隶主贵族文学',谁还能读

① 徐公持:《世纪之交的对话:古典文学研究的回顾与展望》之"序言",《文学遗产》编辑部编,上海:上海古籍出版社,2000年版,第9-10页。

《诗经》？谁又能研究《诗经》？‘文革’十年，没有出版一本研究《诗经》的书，文章只有几篇。”①然而，据学者统计，这一时期，台湾、香港的《诗经》研究则继续保持了三四十年代既重视训诂，又多元并举的研究态势，并有相当数量的高水平论著，②但由于港台地区与内地学术界的交流不畅，这些成果并未产生多大实际的影响。

正视历史，才能以史为鉴。“文革”中马克思主义、中国传统学术与西学的疏离所造成的后果是应当加以警醒和反思的。王元化先生曾指出：“激进主义发生在‘五四’以前，‘五四’和‘五四’以后的思想界都或多或少受这一思潮的影响。‘文革’时期的‘大乱才有大治’‘破字当头，立在其中’‘两个彻底决裂’等等，都是这股思潮愈演愈烈的余波。”“这也是受到‘五四’庸俗进化观的影响。”③这是很有见地的观点，值得我们深思。

1976年，随着“四人帮”的垮台，在以“实践是检验真理的唯一标准”为题的讨论中，借着政治上的拨乱反正，学术界也对“文革”中教条主义和庸俗社会学的危害进行了深刻的反思。古典文学开始向立足中国学术传统的学科本位复归，《诗经》学也获得了“新生”，真正的马克思主义思想又一次在中国学术发展的关键节点起到了正本清源的主导作用，将学术研究引领到既立足中国学术传统，又广泛吸收西方先进的学术思想和学术理念的正确道路上。

---

① 夏传才：《二十世纪诗经学》，北京：学苑出版社，2005年版，第186页。

② 马辉洪、寇淑慧编著：《中国香港台湾地区诗经研究文献目录(1950—2010)》，北京：学苑出版社，2012年版。

③ 王元化：《近人学术述林·总序》，杭州：浙江人民出版社，1998年版。

四、“马”“中”“西”深度融合与《诗》学的复兴

从“文革”结束后到20世纪末，是马克思主义思想、中国传统学术与西方学术思想再度融合的时期，其间也是《诗》学研究复兴而走向多元化的时期，其时间跨度大约二十年。这二十年，又可以分为以十年为界的两个时期。

先论第一个十年。进入80年代，由于国家在政治上的拨乱反正，经济上的改革开放，也促进了文化上的理性反思。由此形成一股持续近十年的“文化热”，在这场关于文化的讨论中，学界关注的问题，首先是文化主体性，也即对中国传统文化优长与现代价值的反思；其次是对如何评价和借鉴西方文化的反思。这些反思的目的，就是在现代化语境下，实现中国文化的新生或重建。汤一介评价这一时期的“文化热”的影响时认为其“或者可以说是20世纪中国学术文化发展的又一取得重要成果的时期，无疑它打破了多年来的教条主义极左思潮独领风骚的局面，实际上推动着中国文化朝着适应世界文化多元化发展的总趋势方向发展了。”①这一评价是中肯的。

在上述马、中、西再度融合的文化和学术背景下，《诗经》研究也发生了根本性的转向，主要取得了以下几个方面的成绩：

一是重新审视和评价传统《诗经》学，以及20世纪80年代以前的《诗经》研究得失。这方面的代表作如胡念贻的《论汉代和宋

---

① 汤一介：《古今东西之争与中国现代文化的发展》，《江淮论坛》，1994年第6期。

代的诗经研究及其在清代的继承和发展》①,夏传才的《诗经研究史概要》②,程俊英、蒋见元《诗经研究史鸟瞰》③,赵沛霖《诗经研究反思》④等。这一倾向与20世纪初颇为相似,但因其有高度的文化主体性和理性自觉而具有完全不同的内容,如夏传才先生曾说:"《诗经》是中华文化的元典,又是被称为与希腊史诗、莎士比亚戏剧鼎足而立的人类三大古代文学典籍之一。它是中国文学与世界文学的杰作,我们当然应该学习和研究,而从弘扬中华文化,加强国际学术交流,并吸收其优良的成分,发展建设中国现代的新文化。"⑤这番话在当时的学者中是非常有代表性的。

二是重估《诗经》的文化和文学价值。这是对"五四"时期《诗》学研究的文学本位倾向的继承与发扬,也是40年代文艺"大众化"主张的延续。如周满江的《诗经》(上海古籍出版社,1980年版),程俊英的《诗经漫话》(上海文艺出版社,1983年版),袁宝泉、陈智贤的《诗经探微》(花城出版社,1987年版),段熙仲《诗三百与显学争鸣、经师异义》(《文学遗产》,1983年第1期)。这类著作或论文对《诗经》普及有积极意义,但忽略了提高是其不足。

三是运用新理论、新方法,从语言学、考古学、历史学、美学、民俗学、人类学等多学科、多角度入手,多方面地探索和研究《诗经》,出现了多元化的研究格局。代表作如钱钟书《管锥编》第一册《毛诗正义》六十则(中华书局,1979年版),王力《诗经韵读》(上海古

① 胡念贻:《论汉代和宋代的诗经研究及其在清代的继承和发展》,《文学评论》,1981年第6期。

② 夏传才:《诗经研究史概要》,郑州:中州书画社,1982年版。

③ 程俊英、蒋见元:《诗经研究史鸟瞰》,《江海学刊》,1988年第1期。

④ 赵沛霖:《诗经研究反思》,天津:天津教育出版社,1989年版。

⑤ 夏传才:《关于〈诗经〉再评价的几个问题》,原刊韩国诗经学会编《诗经研究》第二集;又载《社会科学战线》,2001年第2期。

籍出版社,1980年版),骆宾基《诗经新解与古史新论》(山西人民出版社,1985年版),宫玉海《诗经新论》(吉林人民出版社,1985年版),向熹《诗经语言研究》(四川人民出版社,1987年版),徐华龙《国风与民俗研究》(中国民间文艺出版社,1988年版),胡平生、韩自强《阜阳汉简诗经研究》(上海古籍出版社,1988年版),等等。其中王力的研究体现了西方语言学与中国传统小学的有机融合,被学者评为"说理透彻,深入浅出;分析细致,有俾实用。"①胡平生、韩自强的研究则是"二重证据法"的一个显例。

四是出现了许多《诗经》的新注本。如高亨的《诗经今注》(上海古籍出版社,1980年版),陈子展《诗经直解》(复旦大学出版社,1983年版),程俊英《诗经译注》(上海古籍出版社,1985年版),袁梅《诗经译注》(齐鲁书社,1980年版)等等,这类成果有一个共同的特点,即都是积累多年而成书,对《诗经》文本的解说较前推进了一大步。但这些著作也带有六七十年代《诗》学研究的一些局限性,如高亨《诗经今注》是作者多年来遍读先秦古籍、竭泽而渔式地对《诗经》词语作考证式注释的著作,道人所未道,使读者耳目一新,深受启迪,但因为囿于阶级分析法,书中说《硕鼠》"是佃农对地主残酷剥削的控诉",《羔羊》为讽刺衙门里的官吏为毒蛇等,②就显得有些偏颇。

五是影印和点校出版了汉代以来重要的《诗经》研究著作,学科资料的汇辑整理迈上新台阶,为研究者提供了文献资料的便利。朱熹《诗集传》、马瑞辰《毛诗传笺通释》、方玉润《诗经原始》、王先谦《诗三家义集疏》、陈奂《诗毛氏传疏》等重要的传统《诗》学著作

① 洪湛侯:《诗经学史》,北京:中华书局,2002年版,第789页。

② 王洲明:《从学术史角度评论高亨先生的〈诗经〉研究》,《山东大学学报》,2002年第1期。

几乎都是这一时期点校出版的。

进入 90 年代,中国的改革开放全面铺开,成效卓著,这为马克思主义理论提供了宝贵的“中国经验”。在其主导下,思想界、学术界也出现了马、中、西的深度融合。虽然关于文化的讨论已经退去了热度,但随着中国经济的持续发展和全球化浪潮对发展中国家和地区的裹挟,民族文化传统及地方性知识和齐一化的矛盾越来越突出,并形成强烈的文化主体意识。于是,中国社会悄然兴起了“国学热”和“阅读经典热”。学界也摒弃此前文化上的激进主义、保守主义和自由主义之争,立足中国社会实际,在世界文化多元发展的大格局下重估经典的价值,思考中国文化的未来走向。在这个背景下,《诗》的经典地位得到进一步加强,研究成果丰富多样,新意迭出,形成了研究方法、学术观念、材料范围等多元化共存的可喜面貌。这个时期《诗》学研究在量与质两个方面,都远超此前任何一个时期。与之前相比,90 年代的《诗经》研究更加表现出“专门之学”的气象。具体而言,有如下几个特点:

首先,研究队伍不断加强,参与研究的人数大大增加,在老一辈学者如夏传才、董治安、程俊英、蒋见元、顾易生、张松如、郭晋稀、聂石樵、褚斌杰、张启成、向熹等的引领下,一大批中年学者如赵逵夫、李炳海、陈戍国、赵敏俐、姚小鸥、王洲明、傅道彬、刘毓庆、鲁洪生、叶舒宪等学者成为主力军,青年学者廖群、王长华、陈桐生、李寅生、雒启坤、李山、张祝平、李笑野、刘怀荣、扬之水等,成果也很丰富;最为可喜的是,还有很多年富力强的博士生、研究生也加入了《诗经》研究队伍,他们中的李山、马银琴、贾海生、邵炳军等都以《诗经》为博士学位论文选题,获得了博士学位,并发表了高质量的《诗》学论著,在学界崭露头角。

其次,在夏传才先生和学界的共同努力下,成立了中国《诗经》

学会,组织召开了多次学术研讨会,出版《诗经研究丛刊》汇聚研究成果,促进了中外学者、学术团体的交流,学术界和地方政府的互动合作,使《诗经》学在国际和国内都产生了更大的影响。

再次,这十年间产生了一大批《诗经》研究的名著和力作,据寇淑慧统计,共有著作百余部,论文近千篇。① 这些成果在《诗经》文本校刊、诗旨解说、诗歌美学、《诗经》的礼乐文化内涵、《诗经》学史、《诗经》名物、《诗经》的海外传播、域外《诗经》学等多方面,都取得了突破性进展,切实推进了《诗经》学的纵深发展。

最后,通过不断反思和总结历代《诗经》研究的得失,摒弃了古今、东西之争,确立了《诗经》的经典地位,在学术方法和理念上多元并存,兼收并蓄,形成了自觉的学科意识。不仅欧美、东南亚等地区的《诗经》研究成果被译介,港澳台地区的成果也在内地出版交流。

进入新千年的近二十年来,《诗经》研究取得了前所未有的成就,最有代表性的是一批集大成的《诗》学著作,如夏传才、王长华《诗经学大辞典》、王晓平《日藏诗经古写本刻本汇编》、鲁洪生《诗经集校集注集评》等。这些成就的取得,是对20世纪《诗经》研究的补充,也与20世纪最后二十年的学术积累有着直接的关系。

结 语

清代大儒阮元曾说:"学术盛衰,当于百年前后论升降焉。"(《十驾斋养新录·序》)立足21世纪,回顾20世纪的《诗》学研究发展历程,其在马克思主义唯物史观和西方科学精神的推动下,完

① 寇淑慧编:《二十世纪诗经研究文献目录》,北京:学苑出版社,2001年版。

成了现代转型;之后,“马克思主义《诗》学研究派”在30到50年代都主导和推动着《诗》学研究向前发展;虽然在“文革”中出现了教条主义与庸俗社会学思想的泛滥,但在“文革”结束后的八九十年代,随着真正的唯物史观的回归,《诗经》学最终回归“中学”本位与“西学”之科学精神,并在世纪末走向多元并举的繁荣局面。

从古典文学自身发展的学术史的角度观察,《诗经》学的现代转型与发展繁荣是以19世纪末叶“西学”传入与1900年前后甲骨、简牍、敦煌文书等轰动世界的考古学新材料的发现而开启,又以20世纪末叶的“国学热”与郭店楚简、上海博物馆藏战国竹简《孔子诗论》等研究新材料的出现而告一段落;而从思想史的角度观察,20世纪《诗》学研究史则是马克思主义理论、中国传统学术思想与西方学术思想三种思想由并立、错综、融合而形成的合力共同作用的结果。其中马克思主义理论,尤其是历史唯物主义思想方法论一直贯穿始终,并且总是在关键时期起着确立学术主体性和调和“中”“西”学术理念的主导作用。

回顾过去是为了展望未来,新时代,新征程,新使命,在实现中华民族伟大复兴梦的征程中,凝聚着中国礼乐文化内涵的《诗经》,其思想、艺术上的经典性、民族性会愈加凸显出来,唯愿《诗经》研究以及整个古典文学研究在未来焕发新的生机。

(韩高年,西北师范大学文学院教授)

阿连壁《诗经》英译本研究

左　岩

迄今为止,《诗经》的英语全译本共有九种,阿连壁(Clement Francis Romilly Allen, 1844—1920)译本是其中译诗篇幅最长、改译程度较大的译本。目前关于阿连壁译本的研究成果还很少,有鉴于此,本文将对阿连壁译本的文化立场、底本、诠释框架和翻译策略等进行全面系统的论述。

一、疑古的史学态度

明末清初以来,西方关于中国文明"西来说"的声音一直不绝如缕。19 世纪下半叶,随着西方汉学界研究领域以及研究方法的拓展,这一论调似乎找到了理论支持。1889 年至 1894 年之间,法裔英国人拉克伯里(Terrien de Lacouperie)撰写了大量关于中国文明"西来说"的著述,自称运用"语言科学"和"历史科学",提出了一个关于中国文明起源的假说:公元前 2282 年,两河流域的国王 Nakhunte 率领巴克族(Bak tribes)从迦勒底亚出发,翻越昆仑山,历经艰险,来到了中国西北部的黄河上游。此后,巴克族四处征伐,传播文明,最终奠定了中国历史的基础。尽管他的这一理论得到一些研究者的支持,但并未得到当时欧洲汉学界主流的认可,最权威的汉学家牛津大学教授理雅各(James Legge)和莱顿大学教授施列格(Gustave Schlegel)对此都予以了批判。①

阿连壁与拉克伯里颇有交往,曾提及"最初我在空闲时间韵译了一些汉诗,只为消遣,后来愈发对这项工作充满兴趣,专注于诗篇及其评论,并且承担翻译整部书的任务,其间还得到了拉克伯里博士和其他朋友的鼓励。"②阿连壁对拉克伯里的假说持赞同态度:"我相信拉克伯里博士的理论,就是中国本可以愉快地吹嘘他们源自巴比伦和埃拉姆,不断迁徙来到中国(作者注:《中国上古文明的西方起源》,由拉克伯里教授撰述的论证提要,《巴比伦与东方记录》第三卷3以及下列),于公元前2500年定居在黄河河套地区(作者注:尤其注意西安东边的急转弯,因为离这个地方不远处,中国这个国家通过四千年前的史书第一次为我们所知,至今,中国人仍标榜自己的国家为'中央的王国'——威妥玛先生,P. & O. Handbook),但他们却对这段漫长的历史只字未提。"③阿连壁的表述中明显带有对中国人文化优越感的嘲讽,他还指出"在《诗经》时代的中国人看来天下只有中国,疆域四周还有一些蛮夷,这种观念直到今天仍未绝迹。"④先秦以来的中国文献,基本肯定汉民族是起源于本土的,具体说来是发源于中原地区,后来一部分被流逐到边疆,才有了"四裔"各族,如司马迁认为,由于共工、欢兜、三苗、鲧有罪,"于是舜归而言于帝,请流共工于幽陵,以变北狄;放驩兜于崇

① 参见孙江:《拉克伯里"中国文明西来说"在东亚的传布与文本之比较》,《历史研究》,2010年第1期。

② Clement Francis Romilly Allen: Preface, *The Book of Chinese Poetry: Being the Collection of Ballads, Sagas, Hymns, and Other Pieces Known As the Shih Ching, Or Classic of Poetry*, London: *Kegan Paul, Trench, Trubner*, 1891, p. 23 – 24.

③ *Ibid.*, p. 6 – 7.

④ *Ibid.*, p. 25 – 26.

山，以变南蛮；迁三苗于三危，以变西戎；殛鲧于羽山，以变东夷”。[①]由于中国历史悠久，加之曾经作为世界文化中心之一的地位以及历史上的伟大物质成就，中国意识在相当长的历史时期内被赋予一种强烈的文化优越感。阿连壁作为驻华领事，涉猎广泛，但并非专业汉学家，对于拉克伯里尚有争议、缺乏考古实证的中国文明“西来说”全盘接受，一方面反映了西方汉学对中国学术形成极大挑战，另一方面也反映了鸦片战争以来西方人对于中国文明从景仰到轻视的心态转变。

阿连壁受当时西方汉学疑古思想的影响，对中国上古历史的真实性也产生了怀疑：“中国上古历史除了一批神话传说外没有任何记录，不过这些神话传说可能有事实依据。”[②]他还引录英国外交官兼汉学家梅辉立[③]《中国辞汇》(*Chinese Readers' Manual*)一书中的观点：“只有在尧舜时期才有可靠的建立的声称，甚至按照欧洲批评家对证据的苛刻标准，他们更倾向于忽视。尽管如此，为了编年的目的，将想象的时期的最晚线作为接受，它的传奇性不同于纯粹的神话，中国历史的阶段被认为是开端。”[④]阿连壁指出：“想象的时期的下限被称为五帝”，“其中第一位是伏羲，公元前2852—前2738年。《诗经》中并没有提到他。一处暗指是神农，the divine husbandman, or god of husbandry。拉克伯里博士认为其相当于萨尔贡。我们有后稷的整个传说，他据说是皇后姜嫄的儿子，姜嫄是皇帝帝喾的妻子。后稷充满传奇色彩。他被认为生活在公元前

① (汉)司马迁：《史记》第一册，北京：中华书局，1963年版，第28页。

② Clement Francis Romilly Allen, *op. cit.*, Preface, p. 7.

③ 梅辉立(William Frederick Mayers, 1831—1878)，英国驻华外交官、汉学家，在《中日释疑》《中国评论》等刊物发表近百篇文章。

④ Clement Francis Romilly Allen, *op. cit.*, Preface, p. 7.

2400 年。假如他不仅仅是一个太阳神话,我推测他很有可能是最早将农业引入中国的人。"①"后稷之后,我们可以得到更多可靠事实。明智的做法是,在巴比伦或阿卡得编年史中寻找中国所谓发生在公元前 2500 年之前的所有史实,但是在此之后中国本身作为真实发生的场景记录在典籍中。"②接下来,阿氏概述夏朝至秦朝历史。可见,在梅辉立的影响下,阿氏认为中国文明可以追溯到公元前 2500 年的夏朝,五帝时代的记载并非完全虚构,而是可能包含不少史影。西方汉学界对中国古史的质疑在 18 世纪即已开始,在 19 世纪后半期成为热点。③ 阿氏这一认识在当时西方汉学界属于较为温和的看法,并未彻底否定中国的悠久历史,而是承认夏商周的存在以及文献记载的真实性。

阿氏的疑古史学态度在译诗中偶有表露,如《周南·麟之趾》,阿氏在诗下注释中认为"麟"可能是对长颈鹿的"模糊的记忆或歪曲的记录"④,"假如这种理论成立,就可能为中国人种源于巴克特里亚或卡尔迪亚王国提供了一些微弱证据,无论旅行者从非洲哪里来,他们都见过长颈鹿,很可能已经到达。"⑤更主要的是,阿氏在疑古思潮影响下对中国传统《诗经》学采取较之同代译者更加大胆的批判态度,在一种新的文化视域下对《诗经》展开解读与重构。

---

① Clement Francis Romilly Allen, *op. cit.*, p. 7 – 8.

② *Ibid.*, p. 8.

③ 陈喆:《释古与疑古——19 世纪西方汉学界的"古史辨"》,《史林》,2015 年第 4 期。

④ Clement Francis Romilly Allen, *op. cit.*, Preface, p. q.

⑤ *Ibid.*

二、自然人性的凸显

阿连壁译本最重要的参考书是理雅各1871年译本:“理雅各关于中国经典的标志性译作,我一直都坚定支持,这自不必言。我的注释最大限度地利用他的劳动。作为回报,我仅能对他善意的许可致以衷心的谢意。”①理雅各1871年译本包括大量中国经学注解的译释,这对阿连壁理解中国经学传统具有重要意义。关于中国的参照书,阿连壁提到“除了《毛诗序》,我仅限于研究三部论著,即朱熹、毛奇龄、刘沅②的著述”③。相对于《毛诗序》,他较为认同朱熹的观点:“朱熹或朱夫子,生活在公元1130年至1200年。‘他的评论附在经典一直流传几百年,成为正统的标准’(Mayers)。他关于《诗经》的评论简洁、明晰且易懂。”④此外,阿连壁译本引用毛奇龄观点近十次,大部分持否定态度;引用刘沅注释近九十次,多数情况下不予置评,聊备一说。

对于《毛诗序》的经学化解读,阿连壁持拒斥态度,他认为“它倾向于花工夫查找可能性意义,发掘牵强附会的暗指,理所当然地远离本文的准确性。这一方法即寻绎除了在经学家想象之外其实并不存在的暗指,还有‘将一切都与有用性联系在一起’的决心,基

① Clement Francis Romilly Allen, *op. cit.*, *Preface*, *p.* 20.

② 刘沅(1768—1855),字止唐,一字讷如,号青阳居士,四川双流人。清代中后期著名蜀学学者、思想家,被尊称为“川西夫子”。其著作主要有《易经恒解》《诗经恒解》《书经恒解》《礼记恒解》《春秋恒解》《四书恒解》等,今收入《槐轩全书》,有巴蜀书社2006年9月版的《槐轩全书》(增补本),共10册。

③ Clement Francis Romilly Allen, *op. cit.*, *Preface*, *p.* 19.

④ *Ibid.*

本上破坏了民歌那种田园牧歌般的简朴,使书中的趣味性大大降低。”①对于译本的解诗方法,阿氏指出:“从一开始我就决定不被任何评论所束缚,无论中国的还是欧洲的,但是尽可能给文本以简单意义,没有将道德教化硬拉进来。我发现中国经学家已误入歧途,在他们关于民歌的注疏中尤为明显。”②事实上,尽管经学化解读一直为19世纪《诗经》西方译者所诟病,但由于传统经学仍具有中国学术的主导话语权,故译者包括阿连壁尚无法彻底摆脱对于旧有解释框架的依附。在大多数情况下,阿连壁释诗大致参考《诗集传》或《毛诗序》等权威解释所述本事;但另一方面,他也努力摆脱经学解释中所包含的政教化倾向,尤其是《风》《小雅》。关于解诗立论的依据,阿连壁提出:“就我个人理解而言,这些民歌描绘了一个更加淳朴的时代,那时全世界两性之间的关系比现在单纯自由,但是希望一个东方人,特别是一个中国人去称赞,甚至实现那么一种状态,这简直是荒唐。”③《诗经》经过历代经学家改造,不仅是感性的诗歌音乐艺术,而且成为封建道德教化的工具;受到西方近代启蒙思想的影响,阿氏强调《诗经》作为感性艺术所蕴含的人的天性与情感,以及未受到外界因素干扰的纯真心态,使得译诗更易于被西方读者接受。

例如,《小雅·庭燎》是一首描写诸侯早朝于天子的诗。《毛序》:“《庭燎》,美宣王也,因以箴之。”④阿氏释为:“这首诗与其他许多诗一样,以君子的意义为主题。理雅各博士遵循中国经学家,

---

① Clement Francis Romilly Allen, *op. cit.*, p. 18.

② *Ibid.*, p. 23 – 24.

③ *Ibid.*, p. 24.

④ 李学勤主编:《十三经注疏·毛诗正义》,北京:北京大学出版社,1999年版,第663页。

将宣王作为抒情者。我不认为这个想法足够有诗意，宁愿这样理解这位抒情者——宣王，假如你愿意——急切要招待许多亲爱的朋友，由此我翻译了这首诗。”①阿氏勉强采纳周宣王等候的主题，但将等候的对象由诸侯换成友人，消解了原诗通过赞美以讽谏政治的主题；阿氏解诗注重人的自然性情，对人物的外在社会属性及相关社会文化背景淡化处理。阿氏译文：

EXPECTATION

1.

"Watchman, what of the night ?"
"The torch in the courtyard set
Is blazing with ruddy light,
For it is not midnight yet."
A noise seems to strike my ear,—
The sound of some distant bells.
A welcome sound, for it tells
That my friend will be shortly here.

2.

"Watchman, again I hail."
"The night has not past away,
Though the torch in the yard grows pale
And its flame has turned faint and grey."
Clearer, and yet more clear,
The sound of his bells I mark;

① Clement Francis Romilly Allen, *op. cit.*, p. 248 – 249.

They ring in the misty dark.
They ring in the mistry dark.
Surely my friend is near.

3.

"Watchman, what of the night ?"
"'Tis morn ; but a wreath of smoke
Curls up from the torch. 'Tis light,
And the day dawn at length has broke."
What is the sight Isee ?
His banners and flags which fly
And flaunt in the morning sky.
Tis my friend, who has come to me. ①

原诗庄严肃穆、宏伟壮观的氛围,描写国君频频问时这一细节,从而使读者窥见其急于视朝理事的心理,凸显了国君为政自警,夜不安寝、励精图治的形象,典型反映了《诗经》"美刺"精神。而阿氏译诗描写的重点是翘首以待与朋友会面的急切心理,感情炽热,充满人情味,但不免导致对原语文化的误读。但从积极意义上说,阿氏对原诗的这种创造性误读,又在一定程度上丰富了原诗的潜在意义,有助于中西文化间的沟通与交流。

对人性的张扬是阿连壁《诗经》英语全译本一大特色,区别于之前的理雅各 1871 年译本、1876 年译本。作为传教士的理雅各在价值判断上偏于保守,其译本一定程度吸收了中国经学道德教化的成分,而阿连壁更加大胆地突破传统经学,从彰显自然人性的角

① Clement Francis Romilly Allen, *op. cit.* ,p. 248 – 249.

度为《诗经》赋予新的意蕴,促进了现代《诗经》学的发展。

三、从“言志”到“模仿”

在译本序言中,阿连壁分析若干《诗经》译本的优劣,尤其是指出目前《诗经》译本普遍存在的问题,即牺牲韵律性以获取准确性,并敏锐发现《诗经》文学翻译存在较大空间:“我相信各种译本给另一种《诗经》韵译本留出了足够空间,也不顾什么傻瓜和天使之类的俗话,就急不可待地做起来。”①“这就是我要去做的,尽我最大努力去组织诗句,以真正流动的韵律来契合诗篇的主题。当一首诗由一个反复表达三四遍、可能仅有很小变化的句子组成时,我通常会压缩成一节。此外,我还会尽可能避免使用中国人的名字,因为我晓得一般读者有多么不喜欢它们。我允许自己相当多地运用植物术语。我减少用 the jujube, the dolichos creeper, the ephemeral hedge tree, the polygonum, the broussonetia——更不用说 Tung, Yi, Tsu trees——而是放在注脚;取而代之用更为人所熟知的农作物和树木,或者用一些通称,如 creepers, shoots, shrubs, trees, 或者用 flowers 代替。”②在用韵上,阿连壁译诗多采用四行诗节和六行诗节,间用五行诗节、七行诗节、八行诗节、十行诗节或不分诗节等。尾韵多采用双行韵、隔行韵,间用吻韵。诗行通常有 5 至 12 个音节,可分为 4 至 7 个音步不等;用词方面,最大程度消除原文的文化特异性,形成一种浅近自然的语言风格。

在结构上,《诗经》使用焦点透视方法,即只有需要突出的事

① Clement Francis Romilly Allen, *op. cit.* ,*Preface*, p. 23.

② *Ibid.* , p. 25.

物,隐去事物间的关系或事件发生的时间、地点这些非焦点因素。英诗使用整体表述,即对事物或事件进行全面、整体、完整的表述,含有事物的描写,事物间的关系,事件发生的时间地点等细节。为了适应西方读者的接受习惯,阿氏先按照逻辑顺序,对诗篇内容重新排序,尽量构成相对独立完整的故事。如《邶风·北风》,这首诗是人民不堪卫国虐政,招呼朋友共同逃亡的抒情诗。该诗采用重章结构,三章是整篇中同一诗章重叠,只变换少数几个词,来表现动作的进程或情感的变化;各章前四句语辞尚缓,至末两句忽作促音,更加深了这种紧张感,朱熹言此诗“气象愁惨”①。阿氏译文:

HARD TIMES

1.

Chilly blows the north wind;
Thickly falls the snow.
Tried and trusty comrades
Hand in hand we'll go.

2.

See the wily foxes,
See the cunning crow.
Beasts of better omen
Left this long ago.

3.

Hard our care and urgent;
Why should we delay ?

---

① (宋)朱熹注,赵长征点校:《诗集传》,北京:中华书局,2011 年版,第 34 页。

Let us mount our chariots,
Friends, and haste away. ①

阿氏将原诗风紧雪盛，携手同行的情景作为第一章，见到赤狐、乌鸦预感不祥作为第二章，催促同行者速行作为第三章，将既定的事件、人物艺术地予以组织并再现，只在第三章介入被写的对象事件去。诗篇由表现情志心理的抒情诗转向带有抒情性的叙事诗。特别是，经过重新组织，诗篇叙述脉络显豁，但是损失了回环往复之美。《诗经》意象疏淡，指称不具体，语义模糊，阿氏除了理清线索外，还填补了诸多空白，如上面所引译诗较之原诗，句中成分更完整，逻辑性更强，"Tried and trusty comrades""Beasts of better omen left this long ago"等内容是译者增添的，描写也更加细腻。

中国古诗与英语诗歌各自体系互不相同甚至对立，一般认为，中国古诗的本质特点是"言志"，英语诗歌的根本特点是"模仿"。"言志"与"模仿"这两个概念的差异在于：前者重于主体本身情志的表现，后者强调对外部事物或事件的再现。因此，英诗强于时间延伸的叙事性和动态取向，而弱于静态的空间融汇能力。中国古诗大多不具备完整的叙事轮廓，只是片段或场景。阿氏为适应西方读者的接受习惯，采取各种手段把主观感情客观化，这一过程中，阿氏遇到最大的挑战是《诗经》兴句的转换。

叶嘉莹说："西方文学理论中所说的各种物象是 image，也就是形象跟情意的关系，这在中国的诗歌里面都有。可是还有一点绝大的不同，就是所有这八种情意与形象的关系，只类似于中国诗歌赋、比、兴三种表现手法中的'比'。不管是明喻、隐喻、转喻、象征、

① Clement Francis Romilly Allen, *op. cit.*, p. 57.

拟人、举隅、寓托,还是 objective correlative,都是先有一个情意,然后安排一个形象去表现,所有的形象与情意的关系,都是‘比’的关系。而中国所说的‘兴’的这种关系,在西方没有相当的一个字来表达。这并不是说西方就没有由外物感发所引起的这种作品。西方文论中没有这个字,只能说明‘兴’的作用在西方的诗歌创作中不是重要的一环。他们内心的情意与形象的关系,主要是用理性的客体跟主体的安排和思索说出来的。而‘兴’之妙,比如前面说过的《诗经》中的《关雎》,说‘关关雎鸠’这个鸟,有伴侣的和乐与美好,所以引起我们人的感发。可是,有时候这个‘兴’,却讲不出什么道理来。所以,朱熹曾经说,这个‘兴’有的时候在诗里全无巴鼻,你找不到什么缘由。”①正是这种富于想象性的手法使得中国古典诗词,篇幅虽然短小,但却有包容万象的气魄,令人应接不暇的景观,构成这种含蓄隽秀、韵味无穷的艺术审美效果,但这也对西方读者造成了一定困扰。阿氏为了能够使西方读者看懂兴句,就要想办法揭示“兴”所包含的深层的文化内涵。

第一,用明喻点出兴句与应句物事的关系,即本体与喻体都出现,用喻词连接。如《周南·桃夭》,译诗的第一节以满树桃花照眼明的绮丽景色,成功地渲染了喜庆的热闹场面,第二节起首又写道:“This tender maid of ours,/ Fresh and budding like the flowers,/ A match for them in purity and beauty”②,诗人看见春天柔嫩的桃枝和鲜艳的桃花,联想到新娘的纯洁美丽,直接以桃花比新娘。译作运用显露的比喻代替隐微的比兴,因而显得真切清楚,但另一方面原作因其独特的意象展开方式所带来的诗美张力也被大大消解。

---

① 叶嘉莹:《中西文论视域中的“赋、比、兴”》,《河北学刊》,2004 年第 3 期。

② Clement Francis Romilly Allen, *op. cit.* ,p. 13.

第二，将兴句仅作为环境描写一笔带过，如《小雅·菁菁者莪》，前三章第一二句是兴，《毛传》："君子能长育人材，如阿之长莪菁菁然。"①阿氏认为这种解释非常牵强："还有什么比这更牵强附会？我个人的解释可能是对的，也可能是错的，但是在字面上是可以讲得通的，我感觉比经学家牵强的解释要合理。"②阿氏将兴句作为微不足道的环境描写一笔带过，转而将第三章扩充客人乘舟，时沉时浮，令人担心，最终安全抵岸，主人公不胜欣喜。③

第三，详释兴句，即在诗中对其加以说明。如《王风·黍离》每章前两句写黍稷盛长，《毛序》："黍离，闵宗周也。周大夫行役至于宗周，过故宗庙宫室，尽为禾黍。闵周室之颠覆，彷徨不忍去，而作是诗也。"④此说影响极大，"黍离"一词已成为后世文人感慨亡国触景生情时常用的典故。但从诗本身来看，并未指明黍稷长在西周宗庙宫室的废墟之上。阿氏愿意接受《毛序》的说法，在译诗中明确点明"Of palace, house, or hut, no signs remain"⑤，具体说明黍稷所包蕴的象征意味。

第四，保持兴句的隐喻性，不加说明。如《秦风·晨风》，朱熹认为："此与《扊扅》之歌同意，盖秦俗也。"⑥据此，一般认为《晨风》是妇人思念丈夫以至于怨恨的诗。诗中用晨风（鸟名）尚知归林，山有树，隰有木，反兴自己的丈夫不思归家。阿氏译诗将诗篇分为两部分，兴句为上部，所咏之事为下部⑦；上部提到红隼归巢，反衬

① 李学勤主编：《十三经注疏·毛诗正义》，第629页。
② Clement Francis Romilly Allen, *op. cit.*, p. 238 – 239.
③ *Ibid.*, p. 238.
④ 李学勤主编：《十三经注疏·毛诗正义》，第252页。
⑤ Clement Francis Romilly Allen, *op. cit.*, p. 90.
⑥ （宋）朱熹注，赵长征点校：《诗集传》，第99页。
⑦ Clement Francis Romilly Allen, *op. cit.*, p. 167.

下文,主体的情感虽表达得稍微曲折,但对于西方读者来说相对较易领会。

阿连壁用符合西方读者接受习惯的诗歌形式对《诗经》进行改造,将重抒情、以意胜的中国古诗转换成重写实、以事见长的西方诗篇,从而实现了《诗经》的“他国化”。

如果说理雅各基本完成了《诗经》英译在客观知识上的建构,那么阿连壁则打破原诗的表面结构,并进行创造性改造,发掘《诗经》的潜在意义和审美品质,在原诗基础上创造出新的意境,开辟了《诗经》诠释和翻译的新路径。

(左岩,广东外语外贸大学中国语言文化学院教授)

研究述评

当代对《周礼》“六诗”赋、比、兴本义的研究①

鲁洪生　李春华

本文所言“当代”是指1949年之后。赋、比、兴在发展过程中先后出现不同角度的解释与研究，梳理其发展脉络要从头考辨，分类研究。当代的赋、比、兴研究主要从五个不同角度进行：对《周礼》“六诗”赋、比、兴本义的研究，对汉儒赋、比、兴观念的研究，对《诗经》赋、比、兴表现方法的分析，对《诗经》兴意的研究，对赋、比、兴美学价值的分析。前四种研究都是围绕《诗经》进行的研究，后一种则是借用赋、比、兴概念阐发各自的美学理想，有些与《诗经》已无关联。这五个不同角度的研究既有联系，又有区别。限于篇幅，本文先来分析当代对《周礼》“六诗”赋、比、兴本义的研究。

从目前所能见到的古代文献看，《周礼》“六诗”中最早提出了赋、比、兴这三个概念：“大师……教六诗，曰风，曰赋，曰比，曰兴，曰雅，曰颂。”后称此为《周礼》“六诗”说。之后，《毛诗序》又提出与此排列顺序相同的“六义”说：“故诗有六义焉：一曰风，二曰赋，三曰比，四曰兴，五曰雅，六曰颂。”《周礼》“六诗”、《毛诗序》“六义”都没有对赋、比、兴的含义进行解释，这给后人对赋、比、兴本义

① 本文为国家社会科学基金后期资助项目《赋比兴研究史》（项目编号10FZW021）阶段性成果。

的研究造成了极大的困难。《周礼》将《诗经》分为“六诗”,但根据什么标准进行的划分?“六诗”之间是什么关系?为什么要依此顺序排列?皆未言明,使之成为千古难解之谜。古今许多学者认为既然并称“六诗”“六义”,便当为同类概念,不应半为体裁,半为表现方法,并认为“六诗”之赋、比、兴与后来被当作表现方法的赋、比、兴是含义不同的概念,进而从不同的角度对其本义进行了考辨,提出了许多不同的推断,兹择其要,大致按照其说出现的时间顺序概述如下。

一、六诗皆体说

东汉郑玄认为“六诗”是六种诗体,当代也有承继其说者。

郭绍虞认为《周礼》的六诗说是从全部周诗说,是“六体三用”,“其入乐者则称为风,还有许多不入乐者则称为赋、比、兴……赋、比、兴都是不入乐的民歌……前边所讲的民间诗的四类,正可说明风、赋、比、兴的排列顺序。”①《毛诗》的六义说是从“诗三百”说,是“三体三用”。张志岳也认为“六诗”本是“六体三用”,后逐渐演变为“三体三用”。风、赋、比、兴、雅、颂“六种都是诗体”,而“赋、比、兴是不入乐的诗”,是被孔子删去的“民间诗”,“赋、比、兴虽是作诗法的问题,但在最初的时候,则是当作诗体看的。由于这些不入乐的民间诗,数量太多,不能不加以分类,当时的史官,也就只能本于作诗的表现方法再来分体,也就逐渐形成三体三用之说了。”②认为赋、比、兴是体用相兼,是由于三种不同的表现方法而区分的三种

① 郭绍虞:《六义说考辨》,《中华文史论丛》(1978 年复刊号),上海:上海古籍出版社,1978 年版。

② 张志岳:《赋比兴本义说》,《齐齐哈尔师院学报》,1983 年第 3 期。

诗歌体制。

魏炯若认为“六诗”皆体，区别只是音乐或方法的分类标准不同，他说：“风雅颂三体，比赋兴三体，它们的诗都只是三百篇，仅仅各自的分类方法不同而已。编辑《诗》三百的人，只取风雅颂的分体，以避淆杂；又怕赋比兴的分法因而佚亡，因此把最难知的‘兴也’注出，使得入于风雅颂中的赋比兴三体，后人也能循例析出。”①魏炯若已认识到“六诗”并不是按照一个标准划分的并列关系。应当指出的是，所谓“体”是后人的概念。大师教瞽矇、大司乐教国子的目的是用《诗》，主观目的是教用诗方法，风、雅、颂是音乐的分类，后称为“体”；大师教的不是如何写诗的方法，而是用《诗》于“赋诗言志”的方法，故赋、比、兴最初提出时不是表现方法，而是“赋诗言志”的方法，并不存在“比赋兴三体”。

二、六种作用说

徐北文认为“《周礼》的原义，大体是说：《诗经》有六种意义（作用），即可以歌唱（风），可以朗诵（赋），可以用作比喻（比），可以鼓舞人心（兴），可以推广通用语言（雅），可以表演（颂）。”②徐北文只是根据字面义大胆推断，缺乏必要的论证，可能过于简单化，忽视了大师教瞽矇“六诗”用于典礼、大司乐教国子出使专对的政教目的；忽视了“六诗”之间的关系，“风”是歌唱，“雅”歌唱否？“雅”是推广通用语言，“风”用雅言否？尤其忽视了汉儒“六诗”观念的联系，历史概念的含义会发生变化，但变化中多少会存在某些联系。

① 魏炯若：《关于毛诗序》，《四川师范学院学报》，1983 年第 1 期。

② 徐北文：《先秦文学史》，济南：齐鲁书社，1981 年版，第 34 页。

三、六种用诗方法说

张震泽先生认为由于用于宗庙祭祀、朝会燕享、日常生活之礼而形成了《诗》的三体。赋、比、兴是赋诗言志的用法,“有时需要直陈,就用赋的方法;有时需要以善物喻善事,就用兴的方法;有时不敢直斥其非,就用‘取比类以言之’的比的方法。”①张先生认为“六诗”是六种用诗方法,用于不同典礼形成了不同的音乐,不同音乐形成了风、雅、颂三体;赋、比、兴是用于“赋诗言志”的方法,这符合“六诗”提出时的时代文化背景和乐官教《诗》的目的。张先生对赋、比、兴的解说明显是受郑玄的影响,与事实不尽相符。

张先生的文章曾引发一场对赋、比、兴本义研究的高潮,出现了许多不同的观点。张先生的文章及其引发的争论直接影响了笔者对《周礼》“六诗”本义的研究,此处简单述说一下我们的分歧。

我们的分歧主要体现在对赋、比、兴本义的考辨上,笔者从它们产生的时代文化背景、乐官教诗目的等角度考辨它们的本义,认为赋、比、兴都是用诗方法,但若细分,对于用诗方法而言,三者并不是并列关系的逻辑分类:“兴”是侧重心理学的概念,是读《诗》者、用《诗》者运用相似、相关联想,由《诗》感发志意,兴是比的基础;“比”是侧重修辞学的概念,主要源于《诗》与今事的相似关系而比较类推;“赋”是讽、诵、言、语等敷布其意的演述方法,其本义是对从感发志意(兴)、比较类推(比)到敷布其意(赋)的用诗方法及用诗全过程的总结概括。

作为用《诗》之法的赋、比、兴所以会转变为表现方法,根本原

① 张震泽:《〈诗经〉赋、比、兴本义新探》,《文学遗产》,1983 年第 3 期。

因是由于当时写作诗文的表现方法和运用诗文的方法是相同的，同样运用类比思维方法，同样运用由此及彼的求同联想，同样运用“引譬连类”“比方于物”的方法，这是比、兴在不改变“引譬连类”“比方于物”含义的情况下，由用《诗》方法转变为表现方法的内在原因。

至于发生转变的直接原因，则是由于汉儒沿袭用《诗》的兴法感发“诗人之志”。汉儒沿用兴法说诗，目的在于感发、比附、宣扬儒家的伦理观念，并不在于分析总结《诗经》的表现方法，也无意改变兴法本义，仍旧是用诗“引譬连类”。但是，由于汉儒将自己运用兴法感发的义理说成是诗本义，这就使其运用的兴法具备了用诗方法和表现方法的双重性质。说它是用诗方法，是因为汉儒同样以《诗》为工具，来宣扬儒家教义：用《诗》当读书，用《诗》“经夫妇，成孝敬，厚人伦，美教化，移风俗”（《毛诗序》），这是带有明显政治倾向的用诗。说它是表现方法，是因为春秋战国的用诗者明言自己的感发为“赋诗断章，余取所求焉”，尚无涉亦无伤诗的本义，而汉儒却要将自己感发的喻义说成是诗本义，这就无异于说诗人是运用兴（引譬连类）的手法进行创作，因而才使诗具有了这种喻义①。其他诸说都没有考虑到，也无法解释《周礼》“六诗”赋、比、兴与汉代之后作为表现方法的赋、比、兴之间的意义联系。

---

① 鲁洪生：《从赋、比、兴产生的时代看其本义》，《中国社会科学》，1993年第3期。

四、六种教诗方法说

章必功以为《周礼》之"'六诗'是周代诗歌教学的纲领。……反映了周代国学声、义并重的诗歌教授内容和由低级到高级、由简单到复杂的诗歌教授过程。这一过程分三个阶段:'风''赋'为第一阶段,是基本功的训练,要求国子能熟练地歌唱诗,朗诵诗。前者是以'声'为用的基本形式,后者是以'义'为用的基本形式;'比''兴'为第二阶段,是诗歌义理的训练,要求国子能准确、深刻地以'义'为用;'雅''颂'为第三阶段,是正声诗乐的训练,要求国子能严格地按照周礼以'声'为用。"①

郭外岑亦云:"所谓'赋、比、兴'绝非三百篇诗人写诗的方法或技巧,而是后世经师们出于特定的目的和需要而创造的'教诗'的方法或手段。"②

说教诗方法本无错,错在三阶段的划分出于想当然,缺少证据。

---

① 章必功:《"六诗"探故》,《文史》,1984 年第 22 期。

② 郭外岑:《比兴概念的形成和刘勰的"比兴"论》,《西北师范学院学报》,1984 年第 3 期。

五、六种演述方法说

朱渊清在其硕士毕业论文中提出“六诗的新假设”，认为“‘六诗’偏重于‘乐’，基本按风（徒歌）、赋（吟诵）、比（和歌）、兴（合唱）、雅（配乐器）、颂（配打击乐和舞蹈）。”①

王小盾认为“《周礼》的‘六诗’，代表的是《诗》成型之前的风、赋、比、兴、雅、颂的观念；《毛诗》的‘六义’，代表的是《诗》成型之后的风、赋、比、兴、雅、颂的观念。《毛诗》六义的体用相混说，是对东周以来人们学《诗》、用《诗》实践的总结；后来的体用相分说，则是对汉以来人的《诗经》观念的概括。”②

“六诗之分原是传述方式之分，它指的是用六种方法演述诗歌。‘风’和‘赋’是两种诵诗方式——‘风’是本色之诵（方音诵），‘赋’是雅言之诵；‘比’和‘兴’是两种歌诗方式——‘比’是赓歌（同曲调相倡和之歌），‘兴’是相和歌（不同曲调相倡和之歌）；‘雅’和‘颂’则是两种奏诗方式——‘雅’为用弦乐奏诗，‘颂’为用舞乐奏诗。风、赋、比、兴、雅、颂的顺序，从表面看，是艺术成分逐渐增加的次序；而究其实质，则是由易至难的乐教次序。”③

又说：“‘六诗’原则上是诗体的分类，‘六义’原则上是诗用的

---

① 参见鲁洪生：《从赋、比、兴产生的时代看其本义》，《中国社会科学》，1993年第3期。

② 王昆吾（王小盾）：《诗六义原始》，《扬州大学中国文化研究所集刊（第一辑）》，南京：江苏古籍出版社，1998年版，第2页。

③ 王昆吾（王小盾）：《诗六义原始》，《扬州大学中国文化研究所集刊（第一辑）》，第48页。

分类”,“‘赋’‘比’‘兴’代表三种文学表现方法的认识则是较晚近的认识。”①

“传述方式”与“诗体的分类”可不是一回事,同一诗体可以用不同的“传述方式”来演述。看来作者对自己的观点也犹疑不定,我们更是一头雾水,反倒是生出许多疑问。

根据什么证据划分、判断《诗》成型之前后“六诗”“六义”的含义?《诗》成型之前后,教《诗》对象、内容、目的都没变,“六诗”“六义”的含义却要发生巨大的变化?教国子、瞽矇学《诗》的目的都是用诗,只是侧重不同而已,并且国子用诗于出使专对、朝聘宴飨,最终也是由瞽矇乐工来演述的,瞽矇也要懂国子的用诗方法。《左传·襄公十四年》载:

> 孙蒯入使,公饮之酒,使大师歌《巧言》之卒章。大师辞,师曹请为之。初,公有嬖妾,使师曹诲之琴,师曹鞭之。公怒,鞭师曹三百,故师曹欲歌之,以怒孙子,以报公。公使歌之,遂诵之。

“大师辞”,师曹不歌而诵,说明乐官不仅要掌握演述的方式,还要懂得以义为用的用诗方法,因为他们知道《巧言》卒章言“彼何人斯,居河之麋。无拳无勇,职为乱阶。”“公欲以喻文子居河上而为乱。”②

依据什么推论“‘风’是本色之诵(方音诵)”,民间尚且“诗、

---

① 王昆吾(王小盾):《诗六义原始》,《扬州大学中国文化研究所集刊(第一辑)》,第3页。

② (晋)杜预注,(唐)孔颖达正义,《春秋左传正义》,《十三经注疏本》,北京:中华书局,1980年版,第1957页。

书、执礼皆雅言也”①，官方瞽矇为何还要学“方音诵”？

“‘赋’是雅言之诵”从文字字义到实践事实多不合。从用诗表达方式而言，在文字字义上，“赋”在郑玄释之为“直陈”前，只有“不歌而诵谓之赋”，“敷布其意谓之赋”二义；在实践事实上，《左传》《国语》多载诸侯国民间赋诗，皆为“雅言之诵”？

“‘比’和‘兴’是两种歌诗方式——‘比’是赓歌（同曲调相倡和之歌），‘兴’是相和歌（不同曲调相倡和之歌）。”“《毛诗传》所注‘兴’的位置，乃是起唱与合唱相间的位置。”由于《毛诗传》在《郑风·萚兮》“萚兮萚兮，风其吹女”句后注曰：“兴也。人臣待君倡而后和”，作者便认为“这是综合运用了比、兴两种手法的诗篇。《毛传》‘兴也’注在次句之末，意为《萚兮》每章前二句是起兴之调，后二句为相和之调，两者构成‘兴’的关系。……诗的回环复沓来源于‘比’。而《毛传》关于‘人臣待君倡而后和’的解释则说到了第二种关系——兴的关系。它意味着，这首比诗是在后来才用兴的方式来歌唱的。‘兴’并没有影响诗的结构。”这些推测更是难以理解。

《毛传》标“兴”全标在“先言他物”句下，所标兴的位置灵活自由，看不出和用诗的演述方法的联系；从兴句与兴意关系看，或相似，或相关；从兴句的功能看，起发己心，感发志意，故曰《毛传》所标兴之本义为：借与己意相似或相关之物、事以起情。《毛传》把“兴”当作“喻”，如《唐风·葛生》，《毛传》云：“兴也。葛生延而蒙楚，蔹生蔓于野，喻妇人外成于他家。”②更明显的是，《毛传》有时

---

① （魏）何晏注，（宋）邢昺疏：《论语注疏》，《十三经注疏本》，北京：中华书局，1980年版，第2482页。

② （汉）毛亨传，郑玄笺，（唐）孔颖达疏：《毛诗正义》，《十三经注疏本》，北京：中华书局，1980年版，第366页。

直接以“兴”代替了“喻”字,如《小雅·鹿鸣》,《毛传》云:“兴也。苹,萍也。鹿得萍呦呦然鸣而相呼,恳诚发乎中,以兴嘉乐宾客当有恳诚相招呼以成礼也。”①

如《毛传》在《鲁颂·有駜》在首章末句“振振鹭,鹭于下。鼓咽咽,醉言舞,于胥乐兮”后言兴,也直接以“兴”代替了“喻”,并且释曰:“鹭,白鸟也,以兴洁白之士咽咽鼓节也。”②这和“不同曲调相倡和”有什么关系呢?至于“人臣待君倡而后和”,“倡”非“唱”,即便假借为“唱”,也是用比喻解释诗义,郑玄《笺》注曰:“兴者,风喻号令也,喻君有政教,臣乃行之。言此者,刺今不然。”孔颖达《正义》释曰:“诗人谓此萚兮萚兮,汝虽将坠于地,必待风其吹女,然后乃落,以兴谓此臣兮臣兮,汝虽职当行政,必待君言倡发,然后乃和。”③

《毛传》标兴重在解释诗义,重在分析“他物”与“所咏之词”之间意义的关联,而不在意写诗的表现方法,更不在意用诗的演述方法。

作者问“为什么三家诗不标兴体”④,其实,三家诗说诗也言兴,对兴的认识与《毛传》相同,也都认为兴为“喻”,感发志意,使人知晓。这种认识并不是《毛传》的发明创造,而是当时的时代共识。如习《鲁诗》之刘安,其《淮南子·泰族训》言:“《关雎》兴于鸟,而

---

① (汉)毛亨传,郑玄笺,(唐)孔颖达疏:《毛诗正义》,《十三经注疏本》,第405页。

② (汉)毛亨传,郑玄笺,(唐)孔颖达疏:《毛诗正义》,《十三经注疏本》,第610页。

③ (汉)毛亨传,郑玄笺,(唐)孔颖达疏:《毛诗正义》,《十三经注疏本》,第342页。

④ 王昆吾(王小盾):《诗六义原始》,《扬州大学中国文化研究所集刊(第一辑)》,第4页。

君子美之,为其雌雄之不乖居也。《鹿鸣》兴于兽,君子大之,取其见食而相呼也。”①另如《薛君韩诗章句》言:“《芣苢》伤夫有恶疾也……以事兴,芣苢虽恶臭乎,我犹采采不已者,以兴君子虽有恶疾,我犹守而不离去也。”②

“‘雅’和‘颂’则是两种奏诗方式——‘雅’为用弦乐奏诗,‘颂’为用舞乐奏诗。”又说:“六诗时代的‘雅’‘颂’之别便可以理解为乐歌(配器乐之诗)与舞歌(配舞容之诗)之别。”奏诗方式和诗体也不是一个范畴的事,“弦乐”“舞乐”也不是按照一个标准划分的并列关系,“弦”是乐器,“舞”是人的舞蹈,“弦乐”也可为舞蹈伴奏,“舞乐”也可有弦乐器演奏。这与当时用诗的实际也不符,《墨子·公孟》曰:“诵诗三百,弦诗三百,歌诗三百,舞诗三百。”③《礼记·乐记》:“诗言其志也,歌咏其声也,舞动其容也。三者本于心,然后乐气从之。”④《左传·襄公十六年》:“晋侯与诸侯宴于温,使诸大夫舞,曰‘歌诗必类’。”⑤三百篇皆可诵、弦、歌、舞,舞之同时可歌可弦,并且“弦乐”可舞,“舞乐”可弦。

作者认为“完整的六义说,应当说是郑玄的《周礼注》表述

---

① (汉)刘安:《淮南子》,《诸子集成》(第七册),北京:中华书局,1954年版,第353页。

② (清)马国翰:《玉函山房辑佚书》,上海:上海古籍出版社,1990年版。

③ (清)孙诒让:《墨子间诂》,《诸子集成》(第四册),北京:中华书局,1954年版,第275页。

④ (汉)郑玄注,(唐)孔颖达等正义:《礼记正义》,《十三经注疏本》,北京:中华书局,1980年版,第1536页。

⑤ (汉)毛亨传,郑玄笺,(唐)孔颖达疏:《毛诗正义》,《十三经注疏本》,第1963页。

的”①,是“体用相混”②的。郑玄《周礼注》注“六诗”时说:“风,言圣贤治道之遗化也;赋之言铺,直铺陈今之政教善恶;比,见今之失,不敢斥言,取比类以言之;兴,见今之美,嫌于媚谀,取善事以喻劝之;雅,正也,言今之正者,以为后世法;颂之言诵也,容也,诵今之德,广以美之。”这是郑玄对《周礼》“六诗”的解释,郑玄是否认为“六诗”“六义”是不同的概念,郑玄以“直铺陈”解释“赋”是否有文字学上的根据,以美恶区别比、兴是否符合《诗经》文本的内容与表现方法,只是说,连排列顺序都相同的“六诗”“六义”发生意义的转变应该有原因的,而且即便发生变化也会有意义上的联系。作者也认识到:“汉语词义演变有一个规律:特定词语的后起涵义,总是由其早期涵义分化而成的。”那么,郑玄对《周礼》“六诗”的解释,也就是作者所认为的“完整的六义说”与作者所言的《周礼》“六诗”说的言语、歌唱、加入“乐”的因素来演述诗的方式有何联系呢? 大胆设想是需要小心求证的。

六、宗教观念内容向艺术形式积淀说

赵沛霖《兴的源起——历史积淀与诗歌艺术》将李泽厚所倡导的审美心理历史积淀说与闻一多民俗学的研究方法融合,从原始宗教和图腾崇拜出发解释兴的源起,具体考察鸟、鱼、树木、虚拟动物等兴象与宗教观念内容的关系。

赵沛霖先生认为我国古代的一些民族中盛行鸟图腾崇拜。商

① 王昆吾(王小盾):《诗六义原始》,《扬州大学中国文化研究所集刊(第一辑)》,第42页。

② 王昆吾(王小盾):《诗六义原始》,《扬州大学中国文化研究所集刊(第一辑)》,第2页。

民族和秦民族都以玄鸟为崇拜对象，舜族以凤鸟为图腾，丹朱族鹤为图腾，后羿、少昊也以鸟为图腾。在鸟图腾部族那里，图腾鸟成为祖先神，鸟与祖先观念被神秘地联系在一起。“所以，以鸟类为‘他物’起兴来引起有关怀念祖先和父母的‘所咏之词’，在起源时并非单纯的抽象形式和外在联系，而具有以一定的宗教观念内容为基础的内在联系。”①

此外，对于鱼、树木、虚拟动物兴象，赵先生认为：

> 在以鱼为崇拜对象的氏族那里，……鱼以它的丰收与繁衍意义受到初民的神化和崇拜。（第29页）
>
> 由于匹偶、婚姻在其产生之初与生殖有着如此密切的关系，由于在传统的宗教观念中，鱼被作为生殖的象征并凝聚着一定的生殖崇拜的意义，所以，当匹偶、婚姻关系在历史上出现之后，在人们的观念中便十分自然地将它们与鱼联系起来，并以鱼作为它们的最好的象征。（第35页）
>
> 在“他物”（鱼）与“所咏之词”（匹偶、婚姻）之间的兴的联系形式，从其起源上看，在性质上并非属于形式的范畴，而首先属于内容的范畴，它有着十分具体充实的观念内容。（第35页）
>
> 以树木为“他物”起兴的诗，其“所咏之词”多是有关宗族乡里之思和福禄国祚观念的。（第36页）
>
> 虚拟动物兴象在本质上那是一种特殊的物占——祥瑞。（第66页）

① 赵沛霖：《兴的源起》，北京：中国社会科学出版社，1987年版，第17页。下文凡引自赵沛霖《兴的源起》者，只在文中标注页码，恕不另注。

与众不同的是,《兴的源起》不是分析兴法形式的源起,而是追溯鸟、鱼、树木、虚拟动物兴象观念内容的源起,并且认为兴是“宗教观念内容向艺术形式积淀”的结果(第67页),“宗教的历史的观念内容终于完成了向艺术形式的‘积淀’和演化,而成为独立的形式。”(第36页)

如果就四种兴象观念内容的源起而言,可以说是考证严密,梳理清晰;再扩大一点说,如果就兴象观念内容的源起而言,很多兴象观念内容的源起确实与宗教内容相关,就主题原型发生、发展的理论与实践都具有启发意义,虽然宗教观念并不是人类初期生活观念的全部,也不是原始兴象观念内容的全部,《兴的源起》好像也意识到了这一点,所以说:“我们认为鸟类兴象起源于鸟类图腾崇拜,只是就发生的意义而言,绝不意味着古代的鸟类兴象都直接来源于图腾崇拜的宗教观念”(第23页);说宗教内容与兴法的发生有关可以接受,说“宗教观念内容向艺术形式积淀”则不够妥当。

需要注意的是,在具体的文学创作实践中,没有离开内容的形式,也没有离开形式的内容,形式与内容虽有联系,但毕竟属于不同的范畴,表现方法与所表现的内容之间没有必然的逻辑关联。对于兴而言,不论是最初作为用诗方法提出,还是后来演变为表现方法,自始至终都属于方法、形式的范畴。兴法可以表现各种内容,四种兴象的宗教观念内容可以证明四种兴象观念内容的源起与演变,却无法证明具有普遍意义的兴法的源起。若要溯源的话,方法源于思维方式,观念源于价值判断。兴法源于类比联想思维,而类比联想思维源于“天人合一”的哲学观念。“天人合一”是中国传统文化总的源头,并且贯穿中国传统文化的始终。“天人合一”也同样要分思维方式(方法形式)、价值判断(观念内容)两个方面。

方法、观念二者可以有关,却不能互相积淀,形式不必然表达某种观念,具体观念也不会积淀为普适性的方法。

七、赋、比、兴源于宗教仪式说

法国汉学家格拉耐《中国古代的祭礼与歌谣》认为《诗经》中的“歌谣是季节祭的宗教情感的产物”,“恋爱、舞蹈和歌谣,这三者是从种种礼仪构成的祭礼中同时产生的。”①

刘怀荣受其影响,在把赋、比、兴作为中国古典诗学基本原型(原生概念)的前提下,将文字学、民俗学和考古文献结合进行研究。在对《周礼》“六诗”赋、比、兴本义的认识上,刘怀荣基本认同笔者的观点,他也认为赋、比、兴本义是用于“赋诗言志”的用诗方法,与“乐语”两组概念基本对应,说:“这六种‘乐语’恰好是赋、比、兴的另一种表达方式。即两组概念中的‘兴’意义相同,‘道’(导)相当于‘比’,‘讽、诵、言、语’相当于‘赋’。”并认为笔者“细致的分析论证,结论基本是可以肯定的”②。虽然伴随着研究的深入,笔者愈来愈感觉到二十多年前推导出的结论有可能是成立的,但直到目前笔者还没有充分的信心这么肯定,看到刘怀荣的肯定,非常欣慰,特别是在遭到多人没看懂还要质疑的情况下,颇有空谷足音、高山流水遇知音的感觉。

刘怀荣的功夫主要用在对《周礼》“六诗”赋、比、兴发生根源的追溯上,他认为赋、比、兴发生源头均与原始祭祀仪式有关,其后,

---

① [法]格拉耐:《中国古代的祭礼与歌谣》,张铭远译,上海:上海文艺出版社,1989 年版,第 141 页。

② 刘怀荣:《中国诗学论稿》,北京:中国文联出版社,1999 年版,第 79 页。

赋、比、兴从原始感性生活中,逐渐被抽象、升华、凝定为中国古代独特的三种艺术思维方式。

他认为赋源于贡赋。他运用卡西尔名实同一的理论考察"赋"在先秦的语义特点,认为"它(指赋)的本义更有可能是赋的第一方面的意义即贡赋","贡赋制的全部发展历史又在更深的层次上成为一种独特的思维方法——赋法思维生成的必要前提。由于贡赋制在早期主要是以实物来表达对神灵的皈依或对古帝王的臣服,因而后来借物言志的方式可以说在贡赋制的原始形态中就已有了潜在的萌芽。……当歌、乐、舞等艺术要素逐渐成为贡赋制所献物品的一部分时,那种潜在的借物言志的思维方式便与歌、乐、舞等艺术有了密切联系。"①

认为"比"字本为原始舞蹈中携手并肩的集体舞和男女双人交媾舞的象形,其本义也应当与这两类原始舞蹈的文化功能密切相关。从以生殖崇拜为内容的男女双人舞,到氏族盛典及氏族会盟中以协调群体和双方交好为特征的集体舞,到古帝国与其属国之间的种种会盟,再到殷周以来天子与诸侯及诸侯之间的会盟,其深层始终体现了男女双人舞中的那种双方意得心许、"超乎空间力的关系"。并从两人间的亲密和谐扩展,提升为社会群体内部的和谐和社会群体之间的和谐,最后凝结为一种独特的政治文化智慧。这种变化表现在语言学上,则是比的含义从"匕者,比也,比于牡也",到"比者,密也"的外延扩展。而这一变化过程也是比法思维从蕴含于感性生活到被抽象为一种认识、思维方法的早期生成过程。比法思维进一步的发展就是在文学艺术领域抽象化、形象化的思维模式重新化为具体可感、生动形象的主体体验。

① 刘怀荣:《中国诗学论稿》,第 3 – 19 页。

认为“兴当源于上古祭祀，与祭神、祭祖有关”，“‘兴’字造字的本义当指兴祭活动中集体性的供牲和舞蹈”，“在一次又一次仪式的重复进行中，导引出特定的神灵观念、特定的思维方式乃至特定的审美感物方式，而当这一切生成定型之际，那种曾由氏族成员千百次共同追求、共同体验、共同占有的幻想世界也必然成为一种集体无意识，……这就是那个‘全无巴鼻’的兴吧！”①

之所以引述这么多的话，就是因为有些问题我反复看了多遍最终也没看明白：比、兴二法属于类比思维，赋是“讽、诵、言、语”的演述方式，好像跟思维方式关系不大，不知文中所言赋法思维方式的具体含义究竟是指什么？若指“借物言志”，那与比、兴思维方式如何区别？“以实物来表达对神灵的皈依或对古帝王的臣服”怎么就变成了“借物言志”，双人交媾舞怎么就变成了“比方于物”，行为动作的“起”怎么就变成了“全无巴鼻”的“兴”？这个从宗教仪式到思维方式的转变究竟是怎样完成的？

特别是在讨论诗学概念时，认同宋人李仲蒙的解释，说：“如果说，赋、比、兴作为成熟的诗学概念或思维方式，都涉及到了心物关系，正如宋人李仲蒙所说：‘叙物以言情谓之赋，情物尽也；索物以托情谓之比，情附物也；触物以起情谓之兴，物动情也。’赋因为借助对外物的叙述来表情，其心物关系比较简单和表面化；比是‘索’与‘情’相近或相似之物，以传达不易说清之情，其心物之间也只具有参照的意义；而‘兴’则强调作者从外物中感受到，并在诗作中通过物象表现出来的那种可意会不可言传的生命图式和人生情趣。其物与情之间是相互渗透，融为一体，亦心亦物，即心即物的。”②李

① 刘怀荣：《中国诗学论稿》，第20－53页。

② 刘怀荣：《赋比兴与中国诗学研究》，北京：中国文联出版社，1999年版，第35页。

仲蒙对赋、比、兴的解释很清晰,但与《周礼》“六诗”之赋、比、兴本义,与汉儒对赋、比、兴的认识,与《诗经》的表现方法皆不符。“叙物以言情”和“六诗”之赋(讽、诵、言、语)、郑玄“直铺陈今之政教善恶”(直陈本体)的解说皆无关联,而同一概念含义的发展变化前后应有关联。和《诗经》的表现方法也不尽相符,赋、比、兴是围绕《诗经》的应用及《诗经》本身的表现方法提出的概念,离开了《诗经》的应用与表现方法就失去了评价的客观标准。

纵观几千年来对赋、比、兴的解说,确实带有现代阐释学的特点,大多是不同时代不同人带有不同目的的解说,主观随意,自说自话。而真正学术意义上的阐释应该遵循传统阐释学的学理,应该尊重首先提出概念的作者的本意。上帝的本意确实难以准确探寻,如果认识到时代与主观因素的影响而尽力超越“此在”与“我思”的干扰,对人世中作者的本意还是有可能发生接近的理解。

解说赋、比、兴的本义,应该尊重首先提出这三个概念的《周礼》“六诗”中赋、比、兴的本义;解说表现方法的赋、比、兴,要尊重《诗经》的表现方法。本义探寻不必是赋、比、兴研究的全部,但是否符合接近其本义一定是评价相关研究的重要标准。即便“从人类思维和文化发展的一般规律来考察赋、比、兴问题”①,也要在尊重作者本意的基础上去提升和生发。离开作者本意的解说就容易出现主观随意的借题发挥,没有研读过《周礼》《诗经》的学者研究赋、比、兴往往是偏离原轨,借题发挥。

需要注意的是,李仲蒙对赋、比、兴的解说本身就夹缠。物,为外物,为喻体;情,为人情,为本体。叙物(喻体)以言情(本体),与

① 刘怀荣:《赋比兴与中国诗学研究》,第33页。

比、兴有何区别?“叙物”与“索物”“触物”也不是逻辑的划分。“索物”“触物”属于内在心理活动,而“叙物”则是外在的语言表述。“索物”“触物”之后也要“叙物”的。李仲蒙可以不分析《诗经》的表现方法,可以不懂逻辑,可以借题发挥,我们却不能不讲学理,除非我们也是“旧瓶装新酒”,借助久受崇敬的经学概念发挥新时代的美学理想。

刘怀荣所强调的研究赋、比、兴的第三个原则应该引起我们的重视,他说:“我们必须对这一组概念的相关性与相异性给予充分的关注。文献的记载告诉我们,赋、比、兴最初本是一组并列使用的概念,而且直到《毛诗大序》中,它们还是以固定的顺序被排在‘风’与‘雅’‘颂’之间。这说明越是在早期,赋、比、兴的相关性越明显,因此我们在具体的研究中,尤其是在探考赋、比、兴发生源头时,绝对不能忽略这种原始的相关性,而只研究其中的某一概念,这种割裂有机整体的做法,是不可能把握住最根本的实质问题的,从方法论的意义上讲也是不合适的。”①

这是强调具体语境的重要性。研究任何概念的本义都要考虑提出此概念的具体语境,研究赋、比、兴还要考察它们产生的时代背景,乐官教赋、比、兴的对象与目的,“六诗”“六义”之间的联系,相同概念的意义在流传过程中可能会发生变化,但绝不会突变为完全无关的两组概念。望文生义、断章取义,或单纯从某一角度的解说都很难接近其本义。

综上所述,我们以为考辨赋、比、兴本义需要注意几点:

1. 需要尊重概念首先被提出时的本义。它们可能是错误的,不合逻辑的,但也不能强古人以就己意,将后人自以为正确、合逻

---

① 刘怀荣:《赋比兴与中国诗学研究》,第 34 页。

辑的解释当作其本义,实事求是地探寻其本来面目就是对他们的尊重。

2. 需要注意提出赋、比、兴本义的时代背景。任何理论都是时代的产物,都是在一定的社会实践基础上总结出来的,故要考辨赋、比、兴的本义首先要了解它们产生时代的文化背景。

3. 需要注意《周礼》“六诗”首先提出赋、比、兴的语境。从文字学或文化学的角度探寻其本义当然是重要的,但是要注意汉字多义,且多歧义。脱离了具体的语境,单纯从文字学的角度考证,它们也许是文字学意义上的本义,但却未必是《周礼》“六诗”赋、比、兴这组概念的本义,因为某组概念的本义与文字学意义上的本义不存在必然的关系,某组概念的本义可以是文字学意义上的本义,也可以是其引申义。比如“赋”的本义是“敛也”,但赋、比、兴这组概念中的“赋”却不是“敛”,而是“赋”假借为“敷”“铺”“布”的假借义。

4. 需要注意赋、比、兴及其涵义发展演变的关系。《周礼》“六诗”之赋、比、兴与《毛诗序》“六义”之赋、比、兴和孔颖达之“三体三用说”存在渊源关系,探寻赋、比、兴本义,既要注意它们之间的区别,又要注意到它们之间的联系,应以最早提出这三个概念的《周礼》“六诗”为基点,兼顾与《毛诗序》“六义”及其涵义发展演变的关系,否则会造成赋、比、兴研究的淆乱。

5. 需要注意赋、比、兴与《诗经》艺术实践的联系。赋、比、兴最初毕竟首先是围绕《诗经》的运用、解说而产生的概念,脱离“六诗”“六义”及《诗经》艺术实践的所谓的“赋、比、兴研究”,有些是赋、比、兴研究的引申,有些则是望文生义,自说自话,已经不是同一领域的学术研究。文学理论需要创新,需要发展,但创新、发展一是应该建立在正确理解其本义的基础上,二是尤其不能强古人以就己意，将个人的创新、发展说成是其本义。

6. 我们要将不同基点、不同对象、不同目的、不同性质的研究区别开来，避免人为的混乱。

（鲁洪生，首都师范大学文学院教授；李春华，首都师范大学文学院在读博士）

百年王夫之《诗经》学研究状况与评述

纳秀艳

王夫之,字而农,号姜斋,生于明万历四十七年(1619)己未,卒于清康熙三十一年壬申(1692),湖南衡阳人,早岁参加反清复明运动,晚年隐居于故乡——衡阳县金兰乡石船山麓,自谓船山病叟,故人亦称船山先生。船山先生对《诗经》用力颇勤,论著凡《诗广传》五卷、《诗经稗疏》四卷(附有《诗经考异》《诗经叶韵辨》各一篇)、《诗绎》诗话十六则、《夕堂永日绪论·内编》(内含《诗经》评论数则)。他集稗疏、文学研究、思想阐释为一体,形成了风格迥异的船山《诗经》学体系。

然而,由于受到清代主流话语的干预,王夫之《诗经》学不仅被当世所批驳,甚至堙没于数代。究其原因,实为船山不为统治者言说之故。首先,认为王夫之以《诗绎》为代表的《诗经》文学评赏著作是"自秽其书"①之作,不被主流认可。这方面最典型的即是《四库全书总目》的评价,四库馆臣在评介王夫之《诗经稗疏》的同时,对所附《诗绎》评道:

> 惟赘以《诗绎》数条近体诗话,殆犹竟陵钟惺批评《国风》之余习,未免自秽其书,虽不作可矣。②

---

① 文渊阁《四库全书总目》卷十六《经部·诗类》。
② 同上。

上述评价虽仅片言只语，其负面影响却极大。一方面表现了官方对王夫之《诗经》学之文学艺术研究的批评态度；一方面引导学界加剧对王夫之《诗经》学的误读。钟惺和谭元春是明代竟陵学派的代表人物，该派继承公安派独抒“性灵”的诗学主张，以个人体悟式对《诗经》进行文学评点。钟惺说《诗》显然与清代勃兴的乾嘉学派说《诗》潮流背道而驰，因此钟惺和谭元春的《唐诗归》在清代被列为禁书。① 四库馆臣将《诗绎》与钟惺评《诗经》相提并论，并予以批驳，其目的是显而易见的。其次，王夫之通过广传《诗经》，表达自己的政治思想，这与理学家借《诗》说理的解《诗》模式判然有别，《诗广传》在当时被列为禁书，亦是必然。

有清一代，对王夫之《诗经》学的研究十分萧条，诚如梁启超先生所说：王夫之“著述极多，二百年来几乎没有人知道，直到道光、咸丰间邓湘皋显鹤才搜集起来，编成一张书目。”②然而，历史的风尘终究淹没不了伟大的思想，在船山遗书不断被搜集、增补、整理、刊印后，王夫之《诗经》学的价值亦不断被挖掘与发现，逐渐受到学者们的重视，尤其是自 1928 年至 2018 年近百年间，学界对其《诗经》学成果的研究，日趋繁盛，取得了丰硕的成果。

基于学界对王夫之《诗经》学研究的情况，在学术史的分析和研究状况评价中，存在两个问题，在此予以说明：第一，一直以来，王夫之《诗经》学是其诗论或美学专题研究中的组成部分；第二，王夫之“诗学”与《诗经》学是两个不同的概念，《诗经》学的内涵问题，不言而喻。就“诗学”而言，包括两方面的内涵，其一，与《诗经》

① 孙殿起辑：《清代禁书知见录》，北京：商务印书馆，1957 年版，第 133 页。

② 梁启超：《中国近三百年学术史》，长沙：岳麓书社，2010 年版，第 82 页。

学等同,即治《诗》之学问,称之为《诗》学,或“诗学”;其二,是特指对诗歌的研究。凡论著所言王夫之诗学,指的是王夫之关于文学研究的理论成就,《诗经》学之诗论是其中的一部分。因此,本文在钩稽相关文献时,对其诗论研究资料的梳理是很重要的一部分内容,我们从中抽取关于王夫之《诗经》学研究的相关成果,予以讨论与评述,以全面掌握学界对王夫之《诗经》学研究的情况。

一、百年王夫之《诗经》学研究状况

自1928年至2018年,近百年间,学界对王夫之《诗经》学研究,大致可分为三个阶段,即1928年至1949年为第一阶段;1949年至1979年为第二阶段;1979年至2018年为第三阶段。这三个阶段的划分依据有三:一是历史的发展进程;二是时代的思潮演变;三是学术的发展趋势。下面逐一论之。

(一)第一阶段(1928—1949年)

近现代以来,随着封建制度和封建思想的被摧毁,在西学东渐之风的影响下,沉寂了数百年的王夫之和他的学说逐渐引起学界的重视,对王夫之《诗经》学也从多方面给予了较新的认识与评价。但是,此期并没有产生一部关于王夫之《诗经》学的独立著作,其学基本上包含在对王夫之诗学研究的著作中,这是值得注意的现象。悟愚、中谦、方孝岳、朱东润、郭绍虞等学者,或单篇,或辟专章,①论

① 悟愚于1928年6月发表在《天津益世报》上的《再论船山诗学》、中谦于1938年7月发表在《庸报》上的《谈王船山诗学》,是较早研究王夫之诗学的论文;方孝岳的《中国文学批评》(1934年)、朱东润的《中国文学批评史大纲》、郭绍虞的《中国文学批评史》(1947年)等著作,均辟专节论王夫之诗学,其中均涉及其诗经学。可视为王夫之诗经学研究的第一个阶段。

王夫之的诗学成果时,亦涉及其《诗经》学的成就。如方孝岳先生在《中国文学批评》一书中,设《王船山推求“兴观群怨”明理》一节,对王夫之《诗经》学予以总体评价:

> 王夫之的《船山遗书》中有《夕堂永日绪论》和《诗绎》两种,即是他的诗话。《诗绎》是紬绎《诗》三百篇的辞理,又有《诗广传》一种,是仿《韩诗外传》的体裁,推论“三百篇”的诗人言外之意。这几种都是很精辟的书。①

上述评论是站在一个客观的角度予以的理性评判,这是现存所涉王夫之《诗经》学研究资料中较早之论,虽然简短,却具有典范意义。他通过与黄宗羲、顾炎武二人论著的对比,认为诸老中,议论最精刻透辟、最鞭辟入里者,当推王夫之。他指出,将《诗经》推为我国文学之极则为共识,然而,至于何以为极则,过去的评论家都浮光掠影,不过言其大概而已,而王夫之研究《诗经》则专门为切实指示这个极则——“一切拿‘兴观群怨’那四个字为主眼,以无论什么作品,如果不能使人看了有所感兴,那种作品就不足置论。”②这是很有见地的评价,他积极地肯定了王夫之《诗经》学的突出贡献。另外,方先生指出了王夫之《诗经》学中所蕴含的生命情怀,他说:

> 船山身丁亡国之痛,著书立说,上下千古,在诸遗老中,尤有极沉痛的情怀。所以,论起文学来,也说到十分

① 方孝岳:《中国文学批评》,北京:生活·读书·新知三联书店,1986年版,第185页。

② 方孝岳:《中国文学批评》,第185-186页。

彻底之处。但大都是很正当,并不穿凿,和各大家的见解都是一样的宏伟,而尤多似元好问。①

方先生对王夫之沉潜于《诗经》研究中的遗民情怀予以同情与激赏,认为"诸遗老中,尤有极沉痛的情怀",这对船山《诗经》学思想价值的探究,有着十分重要的指导意义。

朱东润先生认为,王夫之论诗,上推于三百篇之"兴观群怨",这是他立论的一大关键。② 准确地指出了王夫之《诗经》学的立论之所在。"兴观群怨"虽为孔门说《诗》之论,历代不乏论者,但是,王夫之论"兴观群怨",在于突破传统之窠臼,而以"四情"统摄,颇有创建之功。

郭绍虞先生在其论著中辟专章,论述王夫之《诗经》学的"兴观群怨"说。他认为王夫之论诗,阐发诗道之精微,比一般的道学家见解为高。关于"兴观群怨",黄宗羲所讲是作诗的"兴观群怨",而王夫之所论是读者的"兴观群怨"。③ 这是中的之见。的确,王夫之对"兴观群怨"理论的进一步发展,在于重视读者的接受,突出"兴观群怨"在审美中的情感体验,这是王夫之《诗经》学的成就之一。

这些早期学者的研究,对王夫之《诗经》学的"兴观群怨"论,从古代文论纵向的发展视角中予以审视,并确立其在船山诗学以及古典诗学中的学术地位,为后世进一步研究王夫之《诗经》学,奠定

---

① 方孝岳:《中国文学批评》,第 188 – 189 页。

② 朱东润:《中国文学批评史大纲》,武汉:武汉大学出版社,2009 年版,第 264 页。

③ 郭绍虞:《中国文学批评》(下),天津:百花文艺出版社,1999 年版,第 587 页。

了坚实的基础，他们于王夫之《诗经》学成果的开掘，具有筚路蓝缕之功。

（二）第二阶段（1949—1979 年）

这一阶段，因受政治环境的影响，以唯物主义与唯心主义，或现实主义与反现实主义，甚至以阶级论来评述王夫之《诗经》学，缺乏创新之论，譬如对“兴观群怨”的研究，在学理和路径上，基本沿着第一期前辈们开辟的道路前行。此期，学术一度失去了自由独立的精神，查核文献资料，对王夫之《诗经》学乃至诗学的研究，十分萧条。

1962 年，在王夫之逝世 270 周年之际，国内举办了规模宏大的王夫之学术研讨会，会议的主要论题是其哲学思想，亦有少量有关其诗学的文章。辽宁大学 1978 级硕士研究生编辑的《中国古代文学资料目录索引》（1949—1979 年），系内部资料，其中的《明清文学批评》一章中，选录谢榛、李贽、金圣叹等名家，唯独没选王夫之。蒋红、张唤民等主编的《中国现代美学论著译著提要》①（1919—1983 年），在“美学出版目录（1919—1983 年）”列出的论著达 200 多部，却没有涉及关于王夫之美学或诗学的论著；“美学论文目录（1919—1949 年）”中列出的 500 余篇文章中，没有一篇与王夫之相关的论文；“美学论文要目（1949—1982 年）”中列出的 800 余篇中，亦难见与王夫之相关的论文。②

尽管如此，然不乏有学者对王夫之的诗学成果偶有论及，如中

---

① 蒋红等主编：《中国现代美学论著译著提要》，上海：复旦大学出版社，1987 年版。

② 崔海峰先生从《中国现代美学论著译著提要》之“美学论文要目”中检索出以王夫之为题旨的一篇，参见崔海峰：《王夫之诗学范畴论》，北京：中国社会科学出版社，2006 年版，第 297 页。笔者与其统计略有出入。

山大学中文系资料室汇编的《1949—1980 中国古典文学研究论文索引》①中,辟专节汇辑有关王夫之研究的论文数十篇,有多篇关于其诗论的文章,如羊春秋《姜斋诗话初探》②、周建民《姜斋诗话浅谈》③、寿春《关于王夫之诗话中的一些问题》④、马茂元《姜斋诗话中论自然景物的描写》⑤等。另有陈友琴《关于王船山的诗论》⑥、邓潭洲《王船山传论》⑦等文章,对王夫之《诗经》学之"兴观群怨"说,做了较全面的探讨。

这些发表于 20 世纪 60 年代的文章,在致力于王夫之诗话研究的同时,也涉及其《诗经》学的相关问题,虽然难脱时代痕迹,但对挖掘王夫之《诗经》学的内涵,做出了应有的贡献。

(三)第三阶段(1979—2018 年)

进入 20 世纪 80 年代,国内对王夫之《诗经》学的研究进入了一个新的历史阶段,在多方面均有拓展,取得了较好的成就。主要变化有:以更客观的立场看待、以更全面的视角观照、以更丰富的方法研究、以更开阔的视野审视。与前两个阶段相比,这一时期的王夫之《诗经》学研究,虽然仍旧依托于对其诗论或美学研究著作,但是无论在论著、论文的数量,还是在质量上,都有了较大的飞跃,

---

① 中山大学中文系资料室汇编:《1949—1980 中国古典文学研究论文索引》,南宁:广西人民出版社,1984 年版。

② 羊春秋:《姜斋诗话初探》,《湖南文学》,1962 年 12 月号。

③ 周建民:《姜斋诗话浅谈》,《湖南文学》,1963 年 11 月号。

④ 寿春:《关于王夫之诗话中的一些问题》,《光明日报》,1963 年 3 月 7 日。

⑤ 马茂元:《〈姜斋诗话〉中论自然景物的描写》,《文艺报》,1963 年第 4 期。

⑥ 陈友琴:《关于王船山的诗论》,《人民日报》,1962 年 11 月 25 日。

⑦ 邓潭洲:《王船山传论》,在 1962 年初稿的基础上,后经过修改,1982 年由湖南人民出版社出版。

取得了较高的成就。

就著作而言,涌现出了一大批关于王夫之美学、诗学的专题著作,美学史、《诗经》学史、文论史以及文学批评史等,辟专章论王夫之诗学或美学时,均涉及《诗经》学的相关问题。就专题著作而言,主要有熊考核《王船山美学》①、谭承耕《船山诗论及创作研究》②、陶水平《船山诗学研究》③、肖驰《抒情传统与中国思想——王夫之诗学发微》④、吴海庆《船山美学思想研究》⑤、崔海峰《王夫之诗学范畴论》⑥、涂波《王夫之诗学研究》⑦、崔海峰《王夫之诗学思想论稿》⑧、袁愈宗《王夫之〈诗广传〉诗学思想研究》⑨、纳秀艳《王夫之〈诗经〉学研究》⑩等,这些或诗论,或美学专著,均涉及王夫之《诗经》学的相关内容,都有着精警之论。其中袁愈宗先生的《王夫之〈诗广传〉诗学思想研究》,堪为王夫之《诗经》学研究的代表作,纳秀艳的《王夫之〈诗经〉学研究》虽然不尽完美,但却是第一部全面研究王夫之《诗经》学的著作。此外,所涉王夫之《诗经》学相关的

① 熊考核:《王船山美学》,北京:中国文史哲出版社,1991 年版。

② 谭承耕:《船山诗论及创作研究》,长沙:湖南出版社,1992 年版。

③ 陶水平:《船山诗学研究》,北京:中国社会科学出版社,2001 年版。

④ 肖驰:《抒情传统与中国思想——王夫之诗学发微》,上海:上海古籍出版社,2003 年版。

⑤ 吴海庆:《船山美学思想研究》,郑州:河南人民出版社,2004 年版。

⑥ 崔海峰:《王夫之诗学范畴论》,北京:中国社会科学出版社,2006 年版。

⑦ 涂波:《王夫之诗学研究》,武汉:湖北人民出版社,2006 年版。

⑧ 崔海峰:《王夫之诗学思想论稿》,北京:中国社会科学出版社,2012 年版。

⑨ 袁愈宗:《王夫之〈诗广传〉诗学思想研究》,北京:中央编译出版社,2012 年版。

⑩ 纳秀艳:《王夫之〈诗经〉学研究》,北京:中国社会科学出版社,2016 年版。

各类理论著作多达十几部,①均不同程度地对王夫之《诗经》学的相关问题有所论及。在一些有关《诗经》学的著作中,对王夫之《诗经》学做了深入的研究,较全面地探究其《诗经》学的学术价值②。这些研究足以证明王夫之在《诗经》研究方面所取得的成就,不仅能贯有清三百年,而且在古代《诗经》学史上,也具有重要的一席之地,乃至在整个中国古代文论发展史上,亦享有较高的地位。

港台及国外对王夫之《诗经》学的专论相对较少,对其研究仍然隶属于王夫之诗论研究等中,主要有新加坡学者杨松年《王夫之诗论研究》③、台湾曾守仁《王夫之诗学理论重构——思文幽明天人之际的儒门诗教观》。④ 除此之外的其他近十部相关著作多属文学批评史之范畴,从略。

论文方面:1980 年以来,学界陆续发表王夫之诗论专题论文 100 余篇,其中以王夫之《诗经》学相关内容为题旨的 40 余篇。据寇淑慧统计,1982 年至 2000 年间,共发表王夫之《诗经》学研究论文计 17

---

① 叶朗:《中国美学史大纲》,上海:上海人民出版社,1985 年版;肖驰:《中国诗歌美学》,北京:北京大学出版社,1986 年版;邬国平:《清代文学批评史》,上海:上海古籍出版社,1995 年版;张少康、刘三富:《中国古代文学理论批评史》,北京:北京大学出版社,1995 年版;陈良运:《中国诗学批评史》,南昌:江西人民出版社,1995 年版;张健:《清代诗学研究》,北京:北京大学出版社,1999 年版;孙立《明末清初诗论研究》,广州:广东高等教育出版社,1999 年版。

② 夏传才:《诗经研究史概要》,郑州:中州书画社,1982 年版;吴雁南:《中国经学史》,福州:福建人民出版社,2001 年版;戴维:《诗经研究史》,长沙:湖南教育出版社,2001 年版;洪湛侯:《诗经学史》,北京:中华书局,2002 年版。

③ 杨松年:《王夫之诗论研究》,台北:文史哲出版社,1985 年版。

④ 曾守仁:《王夫之诗学理论重构——思文幽明天人之际的儒门诗教观》,台北:台湾大学出版中心,2011 年版。

篇①。2010年至2015年间，亦有一些新的成果，共计有4篇②。这些文章在此不一一列举，在接下来的评述中，撷其要者论之。

诚然，与一些热门学科的研究相比，上述成果数量显得很单薄，但也足以证明这三十多年间，王夫之《诗经》学的研究取得了长足的进步。另外，这一阶段，对王夫之《诗经》学的研究，明显呈现出综合性与交叉性的特征，逐渐摆脱对文论史、《诗经》学史、文学批评史的依附，终于在学术界取得了一席之地，并趋向独立学科的形成——王夫之《诗经》学研究。尤其是多种研究方法的运用，进一步开阔了王夫之《诗经》学研究的视野，比如训诂学、阐释学、接受美学、比较法等。从诗学、美学、思想等多方面的研究，形成了一个相对完整的体系，使王夫之《诗经》学的学术价值在《诗经》学史中脱颖而出。论文所论及的范围十分广泛，如刘青松《王夫之与叶音说～〈叶韵辨〉解析》③、林海云、赵振兴《王夫之〈诗经稗疏〉训诂管窥》④、高文霞《论王夫之〈诗经稗疏〉考据学成就》等论文，对王夫之《诗经》学的小学成就进行了讨论。除了已有的研究领域，学者们亦多有拓展，如从音韵学、版本学等进行研究。即使是对一些

① 寇淑慧：《二十世纪诗经研究文献目录》，北京：学苑出版社，2001年版，第274－275页。

② 林海云、赵振兴：《王夫之〈诗经稗疏〉训诂管窥》，《长江学术》，2011年第1期；纳秀艳：《"以诗解诗"与〈诗经〉的祛魅——王夫之〈诗经〉研究方法管窥》，《中南大学学报》，2014年第1期；高文霞：《论王夫之〈诗经稗疏〉考据学成就》，《河北旅游职业学院学报》，2015年第2期；纳秀艳《王夫之〈诗经〉学的情感诉求》，《青海师范大学学报》，2015年第3期；纳秀艳：《王夫之〈诗经〉学"诗以道情"观的诗学贡献》，《衡水学院学报》，2015年第6期。

③ 刘青松：《王夫之与叶音说——〈叶韵辨〉解析》，《船山学刊》，1998年第2期。

④ 林海云、赵振兴：《王夫之〈诗经稗疏〉训诂管窥》，《长江学术》，2011年第1期。

所谓老生常谈的命题,也能予以新的阐释,如对“兴观群怨”“诗言志”等论题,进行深入探讨。

这一时期涌现出的一批关于王夫之诗学或美学相关的博士论文,对其《诗经》学成就也予以一定程度的观照,给人耳目一新之感,如王峰《王夫之诗学研究》①、李钟武《王夫之诗学范畴研究》②、袁愈宗《〈诗广传〉诗学思想研究》③、魏春春《船山诗学研究》④、纳秀艳《王夫之〈诗经〉学研究》⑤、李才朝《清代〈诗经〉研究概论与要籍提要》⑥、于浩《明末清初诗经学研究》⑦等,其中,李才朝在钩稽清代《诗经》学著作时,对王夫之《诗经》学成果用力颇多,于浩在论及清代《诗经》学成果时,亦以大量的篇幅论证王夫之《诗经》学的成就,并指出其对清代《诗经》学界的重要贡献。这些年轻学者们对王夫之《诗经》的研究,意味着博大精深的船山《诗经》学依然有着可以挖掘的空间和探求的价值。然而,在这些文章中,只有袁愈宗和纳秀艳的博士论文将王夫之《诗经》学作为独立的研究对象。

二、百年王夫之《诗经》学研究状况评述

综合上述三个时期的论著,我们发现,经过学术界近百年的努

---

① 王峰:《王夫之诗学研究》,北京大学 1999 年博士论文。

② 李钟武:《王夫之诗学范畴研究》,复旦大学 2004 年博士论文。

③ 袁愈宗:《〈诗广传〉诗学思想研究》,山东师范大学 2006 年博士论文,该文于 2012 年出版。

④ 魏春春:《船山诗学研究》,陕西师范大学 2010 年博士论文。

⑤ 纳秀艳:《王夫之〈诗经〉学研究》,陕西师范大学 2014 年博士论文。

⑥ 李才朝:《清代〈诗经〉研究概论与要籍提要》,山东大学儒学高等研究院 2016 年博士学位论文。

⑦ 于浩:《明末清初诗经学研究》,武汉大学 2016 年博士学位论文。

力,尤其是1980年以来,国内对于王夫之《诗经》学的研究,取得了丰硕的成果,主要体现在以下几方面。

(一)对王夫之《诗经》学的综合研究越来越突出

李中华《船山〈诗经〉学面面观》①一文,对王夫之《诗经》学的成果进行全面概括与总结,宏观把握与具体分析相结合,简约而不失广博。林征祥《王夫之〈诗经〉诗学研究》②,运用现代诗学,从创作诗学、鉴赏诗学、方法论三个方面,对王夫之《诗经》学进行了系统的探讨,并对王夫之《诗经》学的成就原因予以探讨,从三个方面予以归纳,即得力于由经学向文学研究视角的转变、得益于以哲学思辨与文学研究的结合、立足于文本且能超越文本的驾驭能力。这样的总结性研究,抓住了船山《诗经》学的根本特征。

王夫之《诗经》学博大精深,自成体系,其于小学、音韵、诗论、思想均有涉及,其中《诗广传》是王夫之《诗经》学的核心著作。袁愈宗《〈诗广传〉诗学思想研究》③一书,是第一部对王夫之《诗广传》进行综合研究的专著。从诗歌本体论、诗学论、作品构成论三个方面,对其进行了较全面的阐述。《诗广传》几经作者的修订,其成书经历了较长的时期,蕴含着丰富的诗学思想,它是王夫之诗学的基础。对于《诗广传》诗学思想的研究,其学术意义不言而喻。纳秀艳《王夫之〈诗经〉学研究》是首次将王夫之《诗经》学的所有成果纳入研究范畴,从六个方面展开论述,较全面地揭示了王夫之《诗经》在诗学、美学、思想、研究

---

① 李中华:《船山〈诗经〉学面面观》,《船山学刊》,1985年第2期。

② 林征祥:《王夫之〈诗经〉诗学研究》,《船山学刊》,1996年第2期。

③ 袁愈宗:《〈诗广传〉诗学思想研究》,山东师范大学2006年博士论文,该文于2012年出版。

方法等方面的学术价值,尤其是第六章"王夫之《诗经》学的生命情怀",对船山先生蕴含于学术研究中的家国情怀予以探究,是对学术精神的探索,具有一定的启发意义。

(二)对王夫之《诗经》学的局部研究日益凸显

20 世纪 80 年代以来,对王夫之《诗经》学的研究,主要集中在"兴观群怨""诗情"观这两方面,几乎所有文论史、文学批评史、美学史以及王夫之诗学、美学等方面的研究中,均有其一席之地,足以说明这两个理论不仅在王夫之《诗经》学中占有重要的地位,而且在他的整个诗学体系中也占有重要的地位,其中不乏卓见。

首先,对"兴观群怨"的研究。"兴观群怨"是孔门说《诗》理论的典范,历代均有阐释与发展,至王夫之则掀起了一个高潮。许山河《王船山关于"兴、观、群、怨"的阐释》①、赵庆麟《王夫之的兴观群怨说》②、张兵《王夫之兴、观、群、怨说再评价》③、陶水平《王夫之"兴观群怨"说的美学阐释》④、金洪大、杨东篱《论王夫之对"兴、观、群、怨"说的独特阐释》⑤、崔海峰《兴观群怨说——从孔子到王夫之》⑥、刘东《论王夫之对"兴、观、群、怨"说的

① 许山河:《王船山关于"兴、观、群、怨"的阐释》,《湘潭大学学报》,1986 年第 4 期。

② 赵庆麟:《王夫之的兴观群怨说》,《船山学报》,1988 年第 2 期。

③ 张兵:《王夫之兴、观、群、怨说再评价》,《西北师范大学学报》,1994 年第 5 期。

④ 陶水平:《王夫之"兴观群怨"说的美学阐释》,《南昌大学学报》,2000 年第 2 期。

⑤ 金洪大、杨东篱:《论王夫之对"兴、观、群、怨"说的独特阐释》,《理论学刊》,2005 年第 2 期。

⑥ 崔海峰:《兴观群怨说——从孔子到王夫之》,《船山学刊》,2009 年第 4 期。

独特发展》①等，这些文章充分论证这一理论的内涵，尤其指出王夫之的理论贡献。张兵在溯源的基础上，论述了王夫之所论对该理论发展的得失。他认为，王夫之对“兴观群怨”说予以前所未有的开掘，并以此作为衡量诗歌水平高低与诗史兴衰的一条重要标准。另外，他强调王夫之对这一理论的贡献，在于如何指导读者写诗，即从创作论方面予以探讨，颇具新意。陶水平认为，“兴观群怨”是船山诗学的本体论，不过，因篇幅所限，很多问题并未全面展开。张兵提出了船山“兴观群怨”对传统诗学的突破，但是并未结合其《诗经》学著作予以充分的论证，令人遗憾。而纳秀艳的《王夫之〈诗经〉学研究》第五章“王夫之《诗经》学的美学思想”中，对“兴观群怨”说予以较为全面的阐述，并指出船山先生对“兴观群怨”思想的进一步发展。

另如崔海峰先生侧重于“兴”的范畴讨论，认为王夫之对这一理论的贡献在于：“他所说的‘兴’与马斯洛的‘审美和自我实现的需要’相通。”②并指出，这一理论“旨在使人从‘禄位田宅’等功利的束缚中超越出来，摆脱昏庸委琐的状态，立足于现实又有理想，不断趋向生活的高境界。”③这是将理论与现实生活结合的典范。肖驰先生认为王夫之对“兴观群怨”的论述，由其性命之学为立足点，凸显出性命授受与个体之感。④ 这与崔海峰先生之论，有异曲同工之妙。

---

① 刘东：《论王夫之对“兴、观、群、怨”说的独特发展》，《北方文学》（下），2011 年第 4 期。

② 崔海峰：《王夫之诗学范畴论》，第 151 页。

③ 崔海峰：《王夫之诗学范畴论》，第 151 页。

④ 肖驰：《抒情传统与中国思想——王夫之诗学发微》，第 134 – 168 页。

其次,对“诗情”观的研究。“诗情观”是王夫之《诗经》学中十分重要的一个诗学命题。美学家认为王夫之的“情”是审美的情,这是一个普遍的认识,如叶朗、肖驰等学者皆持此说。但是,一般文论家,更看重王夫之论“情、景”的诗学范畴。而实际上,王夫之在《诗经》研究中,所持有的“情”,与“情景”之“情”有所区别,不可等同论之,如纳秀艳即在其著作中指出了船山“诗以道情”观对传统诗学观的补充与修正意义。

王夫之《诗经》学之“情”是指人的具体情感。这方面的论文虽然不多,但可喜的是学术界能够有意识地将此“情”与彼“情”区分开来论。刘铁山具体地阐述“诗以道情”的内涵,①认为诗情观就是要求诗歌创作以人性的种种具体表现为对象。袁愈宗在探讨《诗广传》的“诗情”论时,从情的界定、情的类型以及王夫之诗情观的时代意义等方面,进行全面论述。他认为“王夫之所倡导的‘情’是能通天下的‘性’之情、‘道’之情。”②这一观点切中了王夫之《诗经》学“诗情”观的本质,与“情景交融”之“情”区别开来,颇有意义。“情景”交融,是从诗歌创作的角度而论,即情和景的交融,心与物的互感,而王夫之《诗经》学之“诗情观”,则是诗人真实性情的表现,抑或性情在诗歌中的自然流露。谷继明对诗情观做了更深入的研究,③指出王夫之“诗情”观的意义,在于“循性定情”的修养学说。肖驰认为王夫之《诗经》学所言之“情”,是“具有社会道德价值的理性情感:‘贞情’,或‘有理之情’。”④这是居于本位之见,

① 刘铁山:《王夫之诗以“道性之情”论》,《衡阳师范学院学报》,2002年第1期。

② 袁愈宗:《王夫之〈诗广传〉诗学思想研究》,第132页。

③ 谷继明:《裕情与舒气——论王夫之对〈诗经〉的诠释》,《船山学刊》,2013年第2期。

④ 肖驰:《中国诗歌美学》,北京:北京大学出版社,1986年版,第77页。

可谓中的之语。另如袁愈宗《从〈诗广传〉看王夫之的诗情观》①、郑晶燕《从"止乎礼仪"到"诗不匿情"——王夫之〈诗经〉学中的诗情观初探》②等论文,对王夫之《诗经》学的诗情观,均作了有益的探讨。

(三)对王夫之《诗经》学的治学方法日益重视

多年来,学界热衷于王夫之《诗经》学之诗学、美学的研究,对于他的治学方法,鲜有关注。不过,偶有学者从方法论的角度进行尝试,为进一步开掘王夫之《诗经》学的领域做出了贡献。其中,赵沛霖先生的研究最具示范意义,且更有影响力,文章虽然篇幅短小,却结合具体内容,指出王夫之《诗广传》突破传统经学研究模式的特点,他说:"《诗广传》则别出心裁,完全打破了这种由《序》《传》所开创的传统研究模式,对《诗经》某些篇章或某些方面做了深入独到的分析。其内容之丰富,见解之深刻,思路之开阔都远远胜过一般注本。"③赵沛霖先生从多个层面,对《诗广传》的开创意义多有肯定,颇有启发性。章启辉《王夫之经学的基本特征》,④于王夫之《诗经》学进行整体观照,总括出船山治《诗》的三种方法:一是"训诂必依古说";二是"义理可以日新";三是"经学义理学与今文学经学相结合"。

魏春春《从〈诗经稗疏〉看王夫之的〈诗〉学阐释学方法——兼

① 袁愈宗:《从〈诗广传〉看王夫之的诗情观》,《船山学刊》,2005年第2期。

② 郑晶燕:《从"止乎礼仪"到"诗不匿情"——王夫之〈诗经〉学中的诗情观初探》,《贵州师范大学学报》,2009年第6期。

③ 赵沛霖:《打破传统研究模式的〈诗经〉学著作——读王夫之〈诗广传〉》,《求索》,1996年第3期。

④ 章启辉:《王夫之经学的基本特征》,《湖南大学学报》,2001年第3期。

与雷庆翼先生商榷》,[①]归纳出王夫之《诗经》学的基本治学方法,即审文辨字,正本清源;依古立意,博采众家;审之以理,求之以意。其中之“依古立意,博采众家”,亦是王夫之《诗广传》的治学方法之一。另如纳秀艳《“以诗解诗”与〈诗经〉的祛魅——王夫之〈诗经〉学方法管窥》,[②]对王夫之“以诗解诗”的方法,从多层面予以论证,尤其对“涵泳”法进行比较研究,是一次颇有意义的尝试。这方面,纳秀艳在其著作中用力颇多,书中辟专章,从“不主常故的学术旨趣”和“融通文史的研究方法”两个层面讨论王夫之《诗经》学的基本方法,虽然其中观点难免有失偏颇,但对船山《诗经》学从方法论角度的考察,亦展示了船山先生对学术研究方法的重要贡献。

(四)对《诗经稗疏》及考辨文章的研究,渐成风气

一直以来,对王夫之《诗经稗疏》与两篇考辨文章的研究十分萧条,至目前为止,亦不过寥寥数篇而已。究其原因,大概与学界的认识有关。就训诂和音韵而言,汉代《诗经》学和清代《诗经》学,是《诗经》学史上的两大丰碑,其于《诗经》文字、音韵的研究已达巅峰,与此相比,王夫之的小学研究则逊色很多。另外,相对于兴盛的文学研究,小学研究必然枯燥乏味。抑或,成就卓越,声名远播的《诗广传》和《诗绎》,在一定程度上遮蔽了《诗经稗疏》等论著的华彩。近十几年来,也有学者对此投去一瞥,小有成果,亦令人欣慰,如刘青松《王夫之与叶音说——〈叶韵辨〉解析》[③]、林海云、赵

---

① 魏春春:《从〈诗经稗疏〉看王夫之的〈诗〉学阐释学方法——兼与雷庆翼先生商榷》,《兰州学刊》,2009 年第 12 期。

② 纳秀艳:《“以诗解诗”与〈诗经〉的祛魅——王夫之〈诗经〉学方法管窥》,《中南大学学报》,2014 年第 1 期。

③ 刘青松:《王夫之与叶音说——〈叶韵辨〉解析》,《船山学刊》,1998 年第 2 期。

振兴《王夫之〈诗经稗疏〉训诂管窥》①、张民权《王夫之〈诗经叶韵辨〉述评》②以及李新飞、刘彦华《王夫之〈诗经稗疏〉的训诂成就管窥》③等。

(五)对"诗乐合一"论的研究成果显著

"诗乐合一"理论亦最能代表王夫之《诗经》学的特色,他在《诗广传》中,阐释《诗经》"雅""颂"中的祭祀诗歌时,基于"诗者,幽明之际"的诗学体认,全面阐释"诗乐合一"的理论,突出《诗经》音乐的独一无二性以及祭祀诗歌的灵异性特征,这是最切合《诗经》本体之论的。对这一理论的研究,学界也予以了必要的关注。虽然,论文有限,仅有区区 7 篇④,但足以见出该理论逐渐引起学界的重视。其中纳秀艳在著作中从"诗乐合一"被淡化的原因考察、"诗乐合一"的经典意义、"声情合一"的美学观、"视域融合中对'诗乐合一'的阐释"等四个层面展开讨论,揭示了王夫之对这一美学命题的丰富与发展。

---

① 林海云、赵振兴:《王夫之〈诗经稗疏〉训诂管窥》,《长江学术》,2011 年第 1 期。

② 张民权:《王夫之〈诗经叶韵辨〉述评》,《语言研究》,2000 年第 1 期。

③ 李新飞、刘彦华:《王夫之〈诗经稗疏〉的训诂成就管窥》,《古汉语研究》,2009 年第 3 期。

④ 这些成果主要有张节末:《论王夫之诗乐合一论的美学意义——兼评王夫之诗论研究中的一种偏颇》(《学术月刊》,1986 年第 12 期);王思焜:《"流意发音""穆耳协心"——王夫之诗歌声律论评析》(《暨南学报》,2001 年第 6 期);陶水平:《试析王夫之诗学"诗乐一理"论》(《东南大学学报》,2002 年第 4 期);张思齐:《论王夫之关于〈诗经〉中的灵性思维的思想》(《齐鲁学刊》,2003 年第 4 期);涂波:《王夫之诗乐关系论探讨》(《中南民族大学学报》,2005 年第 5 期);夏建军《"心之元声"——略论王夫之诗歌美学思想的本质论》(《江南大学学报》,2009 年第 2 期);张胜利:《王夫之的诗歌文体观:幽明之际》(《烟台大学学报》,2012 年第 2 期)。

(六)其他散论亦屡见不鲜

此处所谓之散论,即指除上述诸多研究之外的成果。譬如论王夫之《诗经》学文学研究的贡献,有魏菊英《浅谈王夫之从文学角度对〈诗经〉的研究》①、周示行《船山说〈诗〉小议》及《王船山对〈诗经〉语言艺术的探索》②、张思齐《论王夫之关于〈诗经〉中的性爱描写的思想》③、姚爱斌《王夫之〈诗·小雅·采薇〉评语的症候式解读》④、邓新华《王夫之"读者以情自得"的诗歌接受理论》⑤等,这些文章均为选取某一较小的角度进行探究,虽然多关乎细枝末梢,但也有益于拓宽王夫之《诗经》学的研究视野。

综观近百年王夫之《诗经》学的研究状况,或探讨其诗学观,或探索美学思想,或总结方法论,或专题探究,或单篇散论,均对王夫之的《诗经》学进行了较为广泛的研究,取得了显著的成绩。尤其是20世纪80年代以后,成就尤为突出,贡献在于:第一,逐渐将其从文学史、文学批评史、美学史附庸的尴尬境遇中独立出来,确立其独立的学术地位;第二,重视探索其独特的思想意义和学术价值;第三,从多方面、多角度予以研究,进一步开拓了学术视野。

---

① 魏菊英:《浅谈王夫之从文学角度对〈诗经〉的研究》,《大众文艺》,2010年第24期。

② 周示行:《船山说〈诗〉小议》,《衡阳师专学报》,1988年第1期;《王船山对〈诗经〉语言艺术的探索》,《衡阳师专学报》,1992年第5期。

③ 张思齐:《论王夫之关于〈诗经〉中的性爱描写的思想》,《中国文化研究》,2004年第4期。

④ 姚爱斌:《王夫之〈诗·小雅·采薇〉评语的症候式解读》,《北京师范大学学报》,2011年第5期。

⑤ 邓新华:《王夫之"读者以情自得"的诗歌接受理论》,《华中师范大学学报》,1999年第4期。

诚然，在学者们的努力下，对王夫之《诗经》学的研究的确取得了一定的成就。然而，相较于他的诗学、美学、哲学等研究，学界对于其《诗经》学的重视程度仍是远远不够，有待于我们做进一步的开拓和挖掘。

（纳秀艳，青海师范大学人文学院教授）

《文选》注中的《诗经》学研究述论[①]

赵棚鸽

《文选注》中的《诗经》学问题,古人早已有所关注。唐李匡乂《资暇集 · 非五臣》云:

> 曹植《乐府》云:"寒鳖炙熊蹯。"李氏云:"今之腊肉谓之寒,盖韩国事馔,尚此法。"复引《盐铁论》"羊淹鸡寒"、刘熙《释名》"韩羊韩鸡"为证寒与韩同。又李以上句云"脍鲤臇胎鰕",因注诗曰:"炰鳖脍鲤。"五臣兼见上句有脍,遂改"寒鳖"为"炰鳖",以就《毛诗》之句。[②]

李匡乂以为,曹植诗中"脍鲤"一词,李善在前文已引《小雅 · 六月》"炰鳖脍鲤"以释之,其广引《盐铁论》《释名》所释乃为"寒鳖"一词,二者之间并无关联。但五臣却以为曹植所用这两个词语均出自《毛诗》,只是字又不同,遂改曹植之"寒鳖"为《毛诗》之"炰鳖","以就《毛诗》之句"。此处五臣注自是妄改,但从另一个角度考虑,五臣注实乃将《诗经》视为不二法典,文字有所不通,直以《诗经》为标准改之,这是一个值得注意的现象。

---

① 本文系教育部2016年度人文社会科学研究青年项目基金《〈文选〉注中的〈诗经〉学研究》(16YJC751040)、河南省2015年度社科规划一般项目《〈文选〉注与〈诗经〉关系研究》(2015BWX019)阶段性成果。

② (唐)李匡乂:《资暇集》,丛书集成初编本,上海:商务印书馆,1939年版,第5页。

宋唐庚《文录》曰：

> 谢玄晖诗云："寒城一以眺，平楚正苍然。"平楚犹平野也。吕延济乃用"翘翘错薪，言刈其楚"，谓楚木丛，便觉意象殊窘。①

此虽又是批评五臣注，但同样说明《文选注》中的《诗经》学问题引人注目。

古人对《文选注》中的《诗经》学问题讨论仍有很多，但我们以为，这一问题真正得到广泛关注乃始于20世纪初。20世纪上半叶"选学"虽被新派视为"妖孽"，但研究从未中断，《文选注》仍受到诸多学者的广泛关注，《诗经》的地位也非常突出。1949年到1965年，《文选》研究基本处于停滞期，成果很少。1979年之后，《文选》研究复苏，《文选注》中的《诗经》学问题重新进入研究者的视野。新世纪以来，《文选注》中的《诗经》学专题研究异军突起，成果丰硕。中国台湾地区、日本学者仍多努力坚持朴学理路，涉《诗》研究亦较为深广。总体而言，百年来《文选注》中的《诗经》学问题研究主要集中在以下四个方面。

一、文字校勘

《文选》版本复杂，文字校勘一直是重要工作。高步瀛多有贡献，如《两都赋序》"或以抒下情而通讽喻"。李善注："《毛诗序》

① (宋)唐庚：《文录》，丛书集成初编本，上海：商务印书馆，1936年版，第5页。

曰:'吟咏情性,以讽其上。'"高步瀛云:

《毛诗序》"讽"作"风"。《释文》曰:"风,福凤反。"与李注讽音读同。"风"即"讽"之通借字。①

这就明确指出李善注所引《毛诗序》之"风"与《两都赋序》"通讽喻"之"讽"为通假字,同时又对李善注进行校勘。此类现象甚夥,后文多有涉及。

普暄云:

《北征赋》"睹牛羊之下来"句,注引《诗》曰:"日之夕矣,牛羊下来。"按《诗》实作"羊牛",今作"牛羊",盖即后人不识语倒之例,而误乙之者也。②

所引之诗出自《王风·君子于役》,《毛诗》各本均作"羊牛",但此注中李善及李周翰均引作"牛羊",胡克家云:

"牛羊"当作"羊牛",此因正文云"牛羊",因依以改注耳。凡引古但取义同,不嫌语倒,善每知此,各本皆非。③

---

① 高步瀛:《文选李注义疏》,北京:中华书局,1985年版,第14页。

② 普暄:《胡克家文选考异叙例》,《女师学院期刊》,1935年6月第三卷第二期,第5页。

③ (清)胡克家:《文选考异》,卷二,见(梁)萧统编:《文选》,北京:中华书局,1977年版,第873页。

胡氏认为《文选注》语误为李善有意为之，普暄则认为乃后人误移。

骆鸿凯更以李匡乂寒鳧之辨为代表的考据学为研治《选》学重要途径：

> 研治选学，厥途有二。李匡乂《资暇录》，辨寒鳖与芳莲。……此考据家之所有事也。①

在骆氏看来，研究《文选》不外乎考据和词章两条途径，而考据一端，李匡乂所论寒、鳧问题不仅时间较早，且涉及《毛诗》，极具代表性，故以之代一种类型。

程先甲《选学笺窥》②详校《文选》引经文字，得《毛诗》异文 56 条，《韩诗》18 条，未分家数《诗》12 条，可谓引《诗》校勘集成之作。

《毛诗序》"哀窈窕，思贤才"，祝白文云：

> 李善注"哀"盖字之误，"哀"当为"衷"，谓中心念之也。未确。按上文云："忧在进贤，不淫其色。"又按《鲁诗》云："后夫人鸡鸣佩玉，去君所，周康王后不然，故诗人叹而伤之。"《后汉·皇后纪序》亦云："康王晏朝，《关雎》作讽。"则"哀"字不误可知。③

---

① 骆鸿凯：《文选学》，北京：中华书局，2015 年版，第 1 页。此书初版于 1936 年。

② 程先甲：《选学笺窥》卷一，《制言月刊》，第五十五期，1939 年 8 月，第 7－10 页。

③ 祝白文：《文选六臣注订伪》，《浙江大学文学院集刊》，第四集，1944 年版。见南江涛选编：《文选学研究》，北京：国家图书馆出版社，2010 年版，第 569 页。

《诗序》之“哀”字,李善之前已多有争论。郑玄云:“‘哀’盖字之误也,当为‘衷’,‘衷’谓中心恕之。”①认为“哀”为“衷”字之误。而孔颖达则认为:“毛无破字之理,故知从‘哀’之义。”②又认为“哀”字无错。由此可知,李善乃弃孔颖达而用郑玄意,祝白文反对此说,又用孔疏意,且证据更为丰富。

《东都赋》“躬览万国之有无”,王礼卿云:

> 注云:“有无,谓风俗善恶也。”六臣本“躬”作“竆”。李周翰曰:“竆,尽也。览尽万国土物之所有无。”考《毛诗·邶风·谷风》:“何有何亡?黾勉求之。”《传》云:“有谓富也,亡谓贫也。”《笺》云:“有,求多;亡,求有。”汪龙《毛诗异义》云:“《笺》正申说《传》贫富之义,富益求多,贫则求有也。”赋义盖本《诗传》,谓亲视诸国之贫富也。风俗善恶,不得谓之有无,善注疑误。翰谓土物之所有无,意近而未核。“躬”作“竆”训“尽”,亦非。姜皋曰:“按《群经音辨》卷三:鞠竆,容谨也。竆,音弓。郑康成说:礼,鞠竆如也。今本作躬,盖古声借字。若躬览,似宜作躬。”是也。③

① (汉)郑玄笺:《毛诗》,四部丛刊初编本,上海:上海书店,1989年版,卷一第三页第二面。

② (唐)孔颖达:《毛诗注疏》,上海:上海古籍出版社,2013年版,第27页。

③ 王礼卿:《选赋考证》,《幼狮学志》,1967年第六卷第四期。见俞绍初、许逸民主编:《中外学者文选学论集》,北京:中华书局,1998年版,第607-608页。

王氏认为班固盖本《诗传》,谓亲视诸国之贫富,而风俗善恶,不可用有无相称,李注有误。李周翰改“躬”为“竆”,训为“尽”,同样不确,“竆”古亦作“躬”,二字为古声借字,故“躬”字无误。

唐钞本《文选集注》的重现,使《文选》校勘得以长足发展,《诗经》的相关问题也随之推进。邱棨鐊云:

> 有诸刊本妄改讹误,而《集注》独存善本原貌,为未经改窜之本者:……“遭夏人之乱”,此卷“夏”字与《毛传》合,诸宋刊本沿五臣误本妄改为“狄”字。《集注》今案云:“五家本‘夏’为‘狄’。”证据彰彰,可解千载之谜也。①

这就是说,五臣本曾改“夏”为“狄”,宋刊本均沿五臣本作“狄”。《大雅·公刘》“笃公刘”,《毛传》云:“公刘居于邰,而遭夏人乱,迫逐公刘。”②郑玄亦作“夏人”,《文选》各本作“狄”确有误,《文选集注》出而证据坐实。

日森野繁夫云:

> 对干宝《晋纪总论》(集注本卷98)“故其《诗》曰:‘克明克类,克长克君。’”集注本李注作了“《毛诗·大雅》文也”的注解之后,又引《大雅·皇矣》郑笺:郑玄曰:“照临四方曰明。类,善也。勤施无私曰类,教诲不倦曰长,庆赏刑威曰君。”但刊本李注则举《左氏传》(昭公二十

---

① 邱棨鐊:《唐写本〈文选集注〉第九十八卷跋》,《华冈文科学报》,1978年1月第十一期。见俞绍初、许逸民主编:《中外学者文选学论集》,第835页。

② 孔颖达:《毛诗注疏》,第1609页。

> 八年)曰:“勤施无私曰类,教诲不倦曰长,庆赏刑威曰君。”由于《皇矣》郑笺是根据《左氏传》,所以刊本李注引用《左传》或许是正确的。①

认为集注本李善注引《郑笺》释明、类、长、君,而刊本李善注却引《左传》释类、长、君。郑玄乃据《左传》而言,属晚出之意。因此,刊本李善注应是正确的。

但森野繁夫又云:

> 曹植《求通亲亲表》:“妃妾之家,膏沐之遗。”刊本李善注:“《毛诗》曰:岂无膏沐。”集注本李注此处没有引《毛诗》,但在《钞》中却有:“《诗》云:岂无膏沐,谁适为容。”这种情况可以认为:改订者看见《钞》引用了《诗》“膏沐”句,便利用引来补充了李注。②

刊本李善注所引《毛诗》,集注本中却不是李善注的内容,而是在《文选钞》中,且文字又有不同。森野繁夫认为这是后世的改订者看到了《文选钞》所引《诗》句,遂用之补充李善注。

金少华《古抄本〈文选集注〉研究》③亦属此类,其中凡有涉及《诗经》之处,皆出已意,值得关注。

综上可见,《文选》注中的《诗经》文字问题一直受人关注,前辈

① [日]森野繁夫:《关于〈文选〉李善注》,《日本中国学会报》,第三十一集,1979年版。见俞绍初、许逸民主编:《中外学者文选学论集》,第1006－1007页。

② [日]森野繁夫:《关于〈文选〉李善注》,第1013页。

③ 金少华:《古抄本〈文选集注〉研究》,杭州:浙江大学出版社,2015年版。

时贤的研究既有据《文选》校《诗经》者，也有据《诗经》校《文选》者，这些研究都给我们的工作提供了有益的借鉴。

二、义理阐发

注释的最终目的在于明义，《文选》注引《诗》的义理问题也是百年来诸多学者所关注的问题。束皙《补亡诗·南陔》"彼居之子，色思其柔"，李善释"居"为未仕者，黄侃《文选平点》云：

> "居"当读"其"，此用诗文耳，居无别义。或言彼居二句，当在眷恋二句下，其说非也。①

"彼其之子"于《诗》凡14见，"其"皆无实义，黄侃如此转训，文意显然比李善注更胜一筹。

颜延之《秋胡诗》"嗟余怨行役，三陟穷晨暮"，李善注引《毛诗》"陟彼崔嵬，陟彼高冈，陟彼砠矣"。刘盼遂认为：

> 《诗·魏风·陟岵》篇《序》曰："《陟岵》，孝子行役思念父母也。"诗曰："陟彼岵兮，瞻望父兮。父曰：'嗟予子，行役夙夜无已。上慎旃哉，犹来无止。'陟彼屺兮，瞻望母兮。母曰：'嗟予季，行役夙夜无寐。上慎旃哉，犹来无弃。'陟彼冈兮，瞻望兄兮。兄曰：'嗟予弟，行役夙夜必偕。上慎旃哉，犹来无死。'"颜诗实用《魏风》此篇，李注

---

① 黄侃：《文选平点》，北京：中华书局，2006年版，第185页。

引《周南·卷耳》,辞纵合而意违也。①

颜延之《秋胡诗》乃将前代广为流传的秋胡戏妻故事用诗的形式重新叙述一过。全诗共九章,其中第三章写秋胡新婚别离后的征途艰辛,“嗟余怨行役,三陟穷晨暮”即为此章之开篇。秋胡新婚即别,行役中思念亲人之情自是无比浓郁,因此从亲情的角度进行注释更为合理。且首句“嗟余”与“嗟予”音义均较为接近,所用典故当为《魏风·陟岵》无疑,李善有误。

王融《永明九年策秀父五首》其二曰:“朕式照前经,宝兹稼穑。”刘盼遂又认为:

> 《诗经·大雅·桑柔》篇:“稼穑维宝。”元长正引此文。且所谓万(当为“前”——引者注)经,亦斥《诗经》言也,善注引范子《计然》书,殊未确。②

此处同样应是李善有误。王融文中已云“前经”,用不可称经的范蠡《计然》一书来注,自是不妥。刘盼遂所言甚有见地,“宝兹稼穑”来源于《桑柔》“稼穑维定”颇为明显。

《西都赋》“乘茵步辇”,李善注引《汉官仪》曰:“皇后婕妤乘辇,余皆以茵,人舆以行”,叶屦工云:

> “茵”即《诗·秦风》:“文茵畅毂”之“茵”,注:“文茵,虎皮也。”——或系氍毹之类。清代皇帝,召幸妃嫔,犹沿

① 刘盼遂:《文选校笺》,《文哲月刊》,1935年10月第一卷第一期,第67-68页。

② 刘盼遂:《文选校笺》,第72页。

此制，并由内盥裸而后进御焉，正孚所谓“余皆以茵”之说也。①

诗出《秦风·小戎》。叶氏指出李注于此并不清晰，遂进一步引《诗》之释以补之，并以当世之例以证前制。

《离骚》“朕皇考曰伯庸”，李善用王逸注云：“父死称考。伯庸，字也。屈原言我父伯庸体有美德。”五臣注全同。但祝白文认为这种说法并不正确，因为：

刘向《九叹·逢纷》篇云：“伊伯庸之末裔兮，谅皇直之屈原。”既云末裔，则伯庸为其远祖可知。按之经典，皇考不专属父称。《祭法》云：“大夫立三庙，曰考庙，曰王考庙，曰皇考庙。”郑玄注：“皇考，曾祖也。”又《诗·周颂·雝》篇“假哉皇考”，此禘太宜之乐章尤足为远祖之明证，足征刘说之有据也。②

认为《离骚》“朕皇考曰伯庸”李善及五臣注皆有问题，皇考非指父亲，乃指远祖，《周颂》“假哉，皇考”，此禘太祖之乐章即为明证。

束皙《补亡诗》“嗷嗷林鸟，受哺于子”，李善注：“《毛诗》曰：‘相彼反哺，尚在翔禽。’”《文选考异》云：“毛字误，各本皆同，无以订之。”李审言于此云：

① 叶𪏭工：《文选读余》，《学风》，1936年8月第六卷第五期，第8页。
② 祝白文：《文选六臣注订伪》，见南江涛选编：《文选学研究》，第548页。

> 予友泰州高尔庚云:“相彼反哺,尚在翔禽”二语见卢谌《赠刘琨诗》。近人蒋清翊谓李注“《毛诗》曰”下脱“鸿雁于飞,哀鸣嗷嗷”。卢谌《赠刘琨》曰十六字,似为有理。惟束皙与卢谌俱西晋人,束年较卢为先,未必束用卢语。崇贤自言诸引文证皆举先以明后,又或引后以明前。此引卢诗,或由后以明前,而传写漏夺,失其例语,致令疑者不一,姑存是说,以俟续考。①

认为束皙《补亡诗》“嗷嗷林鸟,受哺于子”注引“《毛诗》曰:‘相彼反哺,尚在翔禽’”不确,此二语见卢谌《赠刘琨诗》,也可能传写漏夺。这一论证直接开启了20世纪学界对此问题的不断讨论。

孙钦善认为李善注极为详尽地指出《文选》作品有的属于套用或化用《诗经》语句,如曹植《朔风诗》:“昔我初迁,朱华未希。今我旋止,素雪云飞”,李注:“《毛诗》曰:‘昔我往矣,杨柳依依。今我来思,雨雪霏霏。’”②宋绪连认为,典故有语典和事典之别,李注阮籍《咏怀》其二“感激生忧思”三引《卫风·伯兮》,兼包二者。③王宁等指出谢惠连《雪赋》“其为状也”一句,李注连用《毛诗》句子,使读者明了这一系列词语都是形容大雪盛密之貌。④ 这些均是从修辞角度对《文选注》进行义理阐发。

---

① 李审言:《选学拾沈》,《制言月刊》,第四十九期,1939年版,第8页。

② 孙钦善:《论〈文选〉李善注和五臣注》,见赵昌智、顾农主编:《李善文选学研究》,扬州:广陵书社,2009年版,第23页。

③ 宋绪连:《从李善的〈文选〉注到骆鸿凯〈文选学〉》,见赵昌智、顾农主编《李善文选学研究》,第260页。

④ 王宁、李国英:《李善的〈昭明文选注〉与征引的训诂体式》,见赵昌智、顾农主编:《李善文选学研究》,第44页。

由上可见,关于文选注的义理讨论,多有助于《诗经》学深入发展。

三、三家《诗》研究

《诗》有四家,除《毛诗》外,齐鲁韩三家也常被《文选注》征引,但因问题较为复杂,后世多不明确,遂成重要问题。高步瀛为说明《两都赋序》"奚斯颂鲁"李注引《韩诗》而不引《毛诗》的原因,首先征引王文考《鲁灵光殿赋》等7种书目,并加己案,推论班固评《诗》语多本《七略》实为《鲁诗》,而知三家《诗》同。又据《毛诗正义》证"奚斯作颂"韩毛之不同,再据《后汉书》等以证"薛君"乃薛汉,"薛夫子"乃其父薛方丘,①遍引古书,功底扎实,启发良多。

陈琳《为袁绍檄豫州》"欲以螳螂之斧御隆车之队"句,刘盼遂指出:

> 隆亦车也。《诗·大雅·皇矣》"与尔临冲",《毛传》云:"临,临车也;冲,冲车也。"陆氏《释文》引《韩诗》"临冲"作"隆冲"。临、隆一声之转,故得通用。陈孔璋所用,殆本诸《韩诗》矣。②

认为"御隆车之队"的"隆"即"车"意,《经典释文》即引《韩诗》作"隆冲"。司马迁《报任少卿书》"适足以见笑而自點",叶屡工云:

① 高步瀛:《文选李注义疏》,第16-17页。
② 刘盼遂:《文选校笺》,第52页。

> 《说文》"黠,黑也。"《广雅》"黠,污也。"即今之潜心点字,与"玷"别。"玷"为玉缺之意,或作"刮"。《诗》"白圭之玷",《韩诗》作"刮"。今之缺点字,当用此字。再与"污点""缺点"之相对者曰"优点",是直引为标识之意。不然,既优矣而犹曰"黠",无乃失前修正名之意乎!①

认为"黠"非"玷",前者即今之污点,后者为玉缺之意,《诗》"白圭之玷",《韩诗》作"刮",即今之缺点。

《两都赋序》"成康没而颂声寝"句,王礼卿云:

> 班氏世习《齐诗》,此言康王有颂,必有所本。……《齐诗》久佚,而班赋明言康王有颂,知齐家于此二诗必有显述,而班氏据之,其言为有征也。李注但释成、康二王名,及颂之义,而不能确解何为"康颂"。②

认为班氏世习《齐诗》,《齐诗》久佚,而班赋明言康王有颂,知齐诗必有显述,而班氏据之,其言有征。李注只释成康二王名及颂之义,而不能确解何为成康。

《西都赋》"制同乎梁邹",王礼卿云:

> 注云:"《毛诗传》曰:'古有梁邹,梁邹者,天子之田也。'"案:所引传乃《鲁诗传》,章怀引亦作《鲁诗》,"邹"作"驺"。"驺""邹"字通,毛字传写误。本书《魏都赋》张

① 叶屦工:《文选读余》,第3页。

② (台)王礼卿:《选赋考证》,《幼狮学志》,1967年第六卷第四期。见俞绍初、许逸民主编:《中外学者文选学论集》,第584-585页。

> 载注引《鲁诗》,亦作"驺","天子"下有"猎"字。……此言制同梁邹,谓猎田之制,用《鲁诗》也。下言"历驺虞",则谓蒐田以时,用《毛诗》也。故彼注引《毛诗序》曰:"驺虞、蒐田以时,仁如驺虞也。"说《驺虞》诗旨,三家与毛微异。①

认为李善注所引《毛诗传》当作《鲁诗传》,一则《后汉书》注也作《鲁诗》,二是文中"邹"字乃《毛诗》传写有误所致,当作《鲁诗》之"驺"字。

王礼卿又云:

> 四家诗文字或异,诗义或殊。唐时《毛诗》盛行,三家惟《韩诗》尚存,故李氏徇本文所用者,引《诗》则分冠韩、毛,引训诂则区称毛苌、薛君,以示作者明所祖述。②

此乃总结规律之言,见识深刻。

由上可见,《文选》注中的三家《诗》问题百年来也一直受到学人关注。只是这一问题较为烦琐,学界对今文《诗》学的关注更多停留在汉代,因此《文选》注中的三家《诗》研究成果并不十分突出,还有待进一步深入发掘。

---

① (台)王礼卿:《选赋考证》,《幼狮学志》,第608-609页。

② (台)王礼卿:《〈选〉赋注释例》,《幼狮学志》,第660页。

四、《诗经》专题研究

《文选注》与《诗经》关系的专题研究近十年不断出现,渐成风气。范春义《〈文选〉李善注诗义发微》分析李陵《与苏武诗》注指出:

> “绸缪”,李善注曰:“《毛诗》曰:‘绸缪束薪’。毛苌曰:‘“绸缪”,缠绵之貌也’。”李善所引见《诗经·唐风》之《绸缪》篇……历史上人们确实是把《绸缪》这首诗作为关乎爱情的诗歌来看待的,尽管在美刺问题上有所争论。……有趣的是“绸缪”一词另见于《诗经》之《豳风·鸱鸮》:“迨天之未阴雨,彻彼桑土,绸缪牖户。”在这里,运用的是“绸缪”的本义,是一种捆绑的动作,也与鸟的家庭生活有关,但与前者比较看来,与人们爱情联系的紧密程度不如前者,所以李善选择了前者。由此,我们可以看出,李善根本就是把这首诗歌作为情诗来看待的,而不是真的看作是李陵写给苏武的作品。在这里,“嘉会”的注释里面就包含着自己对诗歌主题以及诗歌性质的判断。①

其分析了李陵诗中“绸缪”一词,《诗》中有二,《豳风·鸱鸮》所用为本义,《唐风·绸缪》所用为引申义,李善选择后者,是把这

① 范春义:《〈文选〉李善注诗义发微》,《船山学刊》,2008 年第 2 期,第 181 - 182 页。

首诗作为情诗来看待。这种通过内容取舍来探讨李善注释之意,是较为合理、值得借鉴的方法。

刘永峰硕士论文《李善〈文选注〉引诗考》以胡刻本《文选》为底本,详细辑录李善注《文选》引《诗》条目。全文共四大部分,一是引《诗》著述考,得出李善《注》共引《诗经》著述 16 种。二是引《诗》考,考查出《文选注》引《诗》1493 次,涉及 274 篇;引《诗序》181 次,涉及 73 篇;引逸诗 17 次,涉及 7 种典籍。三是引《诗》体例分析,分为典故、名物、词义、语法、题解五类。四是《诗经》异文研究,将异文分作字异、句异、义异三类,①颇为详尽,参考价值较高。

程苏东《〈文选〉李善注征引〈韩诗〉异文研究》认为:

> 《文选》李善注的特色之一,是广泛征引唐前古籍解释字句典故,这其中就包括了现已亡佚的《韩诗》,因此,《文选》李善注成为我们了解《韩诗》面貌的一个重要途径。然而,由于自宋代以来《文选》迭经翻刻,异文丛出,这又给我们认识《韩诗》带来了不少障碍。由于《韩诗》原本今不存,仅凭李善注中征引的片言只字,对于这些异文很难做出判断。②

在此前提下,该文通过研究《文选注》引《诗》的体例,分析其选择引《毛诗》还是《韩诗》的理由,与范春义所用方法较为接近,有一定的参考价值。

黄桂香《〈文选〉李善注引〈毛诗〉考》限于篇幅,仅以《两都赋》

---

① 刘永峰:《李善〈文选注〉引诗考》,兰州大学硕士学位论文,2008 年。

② 程苏东:《〈文选〉李善注征引〈韩诗〉异文研究》,《信阳师范学院学报(哲学社会科学版)》,2009 年第 5 期,第 116 页。

《二京赋》李注为考查对象,通过李善注有解释字义及出处、说明句义的背景等类型的分析,得出李注严谨精到、误引意违等特色,①颇有启发意义。

马昕《〈文选〉李善注引〈毛诗〉异文研究》以敦煌本、《文选集注》等唐写本《文选》为对象,认为《文选》李善注引《毛诗》异文的研究价值有四:一是反映南北朝《毛诗》写本之特点,为《毛诗》提供校勘依据;二是为三家《诗》研究提供借鉴;三是为总结《文选》李善注引书体例提供依据;四是为《文选》的版本研究提供佐证,②对我们的工作启发良多。

杨艳琼硕士论文《〈文选〉李善注引三家〈诗〉考》对李善《文选注》所引《齐诗》《鲁诗》进行了考证,又对李善所引《韩诗》进行了辑佚与研究,其中《薛君韩诗章句》47 条,引《韩诗》附《薛君韩诗章句》42 条,单独引《韩诗》29 条,《韩诗序》2 条,《韩诗内传》5 条,《韩诗外传》75 条等共计 200 条。③ 资料翔实,论证充分,可资借鉴之处甚多。

洪文婷《李善〈文选〉注引〈毛诗序〉析论》指出李善注引《毛诗序》初步串联出齐梁以前《诗序》流传的简单网络。④

李光先《〈文选〉李善注京都赋引诗考论——以卷一班固的〈两都赋〉李善注为例》指出《文选》李善注引诗文献来源有五种:《毛诗序》《毛诗》《韩诗》、汉诗(李陵诗)、《左传》所引《逸诗》。引诗

---

① 黄桂香:《〈文选〉李善注引〈毛诗〉考》,《黄石理工学院学报》,2009 年第 3 期。

② 马昕:《〈文选〉李善注引〈毛诗〉异文研究》,《文献》,2013 年第 2 期。

③ 杨艳琼:《〈文选〉李善注引三家〈诗〉考》,华中师范大学硕士学位论文,2013 年。

④ 洪文婷:《李善〈文选〉注引〈毛诗序〉析论》,第十一届文选学国际学术研讨会论文集,2014 年。

中风、雅、颂均有涉及。引诗的作用分成五类:一是解释句子,二是解释词语,三是注出及解释典故,四是注明赋文引诗的出处,五是注出赋文中《诗经》词句的出处并连带引出毛苌的解释。引诗中出现的异文多是音同字异,对于意义影响不大,①虽所据资料有限,但有一定独到的见解,值得参考。

李金坤《风骚诗脉与唐诗精神》从词句、事典和比兴等角度分析《文选》李注引《诗》的文学精神,②思路颇有可资借鉴之处。

综上可见,《文选注》与《诗经》关系密切这一事实,历代学人多予以认可,但研究成果却相对薄弱,多数仅偶有提及,还有一部分为期刊论文,篇幅较为短小。以上的研究成果既给我们提供了宝贵的可资借鉴的材料与经验,又给我们留下了深入研究的空间。

(赵棚鸽,洛阳理工学院 人文与社会科学学院副教授)

---

① 李光先:《〈文选〉李善注京都赋引诗考论——以卷一班固的〈两都赋〉李善注为例》,《牡丹江教育学院学报》,2015 年第 1 期。

② 李金坤:《风骚诗脉与唐诗精神》,北京:中国社会科学出版社 2015 年版,第 84 - 101 页。

近人《大武》乐篇次研究述论

丁迎雪

近人对于《诗经》的研究多从两个角度:一是从纯文学角度,完全地将《诗经》作为“一部诗歌总集”来看,如20世纪初顾颉刚先生在《小说月报》上发表文章《诗经的厄运与幸运》,明确指出“《诗经》是一部文学书”,几乎将《诗经》从经学顶峰上完全拉下来;二是用经学、小学等传统的方法来研究,如林义光先生的《诗经通解》。另外,近代出土文献的增多,也让学界将重点放在了对于出土文献的研究上,王静安先生提出“二重证据法”,将“地下之新材料”与地上流传的古文献相互印证研究古代史,同样对于近代的《诗经》研究有所启发。回到《大武》研究问题上来看,前人同样有这两方面的区分。

一、20世纪之前的《大武》研究

近代学者一般称《大武》为“大武乐”,或《大武》乐章,有时也被称为《武》,这显然是取其中较有代表性的篇章来冠名的。先秦文献中亦有部分文献提及《大武》的创作情况。其中,最能引起后人重视的是:

《左传·宣公十二年》楚子曰:“武王克商,作颂曰:‘载戢干戈,载櫜弓矢,我求懿德,肆于时夏,允王保之。’又作《武》,其卒章曰:‘耆定尔功。’其三曰:‘铺时绎思,我徂惟求定。'其六曰:'绥万邦,屡丰年。'夫《武》,禁暴、戢兵、保大、定功、安民、和众、丰财者也。故使子孙无忘其章。"①

《礼记 · 乐记》:孔子与宾牟贾言及《武》曰:夫乐者,象成者也。总干而山立,武王之事也;发扬蹈厉,太公之志也;《武》乱皆坐,周召之治也。且夫《武》,始而北出,再成而灭商,三成而南,四成而南国是疆,五成而分周公左,召公右,六成复缀,以崇天子。②

从《左传 · 宣公十二年》段可以看出为纪念或追颂武王伐纣之事作的颂诗,至少有六首。从《礼记 · 乐记》段,孔子与宾牟贾关于《大武》(注:引文中《武》应指《大武》)舞容及《大武》颂诗所歌之事的讨论,简单来看,即《大武》颂诗应该包括六篇,即后人常说的《大武》篇目为"六成",当然也有学者提出《大武》颂诗"七成"之说。关于《大武》颂诗的篇目问题,下文同样有详细分析,此处暂不赘述。

关于《大武》创制情况的表述,还有:

《庄子 · 天下》:武王、周公作《武》。

《墨子》:武王因先王之乐,又自作乐曰《武》。

《荀子 · 儒效》:武王之诛纣也,行之日以兵忌,东面而迎太岁,至汜而泛,至怀而坏,至共头而山隧。……遂选马而进,朝食于戚,暮宿于百泉,旦厌于牧之野。鼓之

① (晋)杜预注,(唐)孔颖达正义:《春秋左传正义》,李学勤主编:《十三经注疏》,北京:北京大学出版社,1999 年版,第 652 - 654 页。

② (清)朱彬:《礼记训纂》,北京:中华书局,1996 年版,第 595 页。

而纣卒易乡,遂乘殷人而诛纣。盖杀者非周人,因殷人也。故无首虏之获,无蹈难之赏。反而定三革,偃五兵,合天下,立声乐,于是《武》《象》起而《韶》《濩》废矣。①

《吕氏春秋·古乐》:武王即位,以六师伐殷,六师未至,以锐兵克之牧野,归乃荐俘馘于京大室,乃命周公,作为《大武》。②

以上文献提到《大武》颂诗乃武王伐纣之后所作,《庄子·天下》篇提到《大武》颂诗,实则武王、周公二人合作,《墨子》提到《武》则为武王自作,《吕氏春秋·古乐》篇则认为《大武》颂诗乃周公所作。

唐人关于《诗经》的集大成研究当推孔颖达的《毛诗正义》,其中关于《大武》的创制问题,《郑笺》提到"《大武》,周公作乐所谓舞也"③,郑玄认为《大武》是周公所作的乐舞。随后,孔颖达《正义》疏引《礼记·明堂位》"周公摄政六年,制礼作乐"④认为"《武》诗者,奏《大武》之乐歌也,谓周公摄政六年之时,象武王伐纣之事作,作《大武》之乐既成,而于庙奏之。诗人睹其奏而思武功,故述其事而作此歌焉。"⑤孔颖达同样认为《大武》颂诗乃周公于摄政六年之时为纪念武王伐纣之事所作,同时提到《大武》乐歌的演奏场合,即在宗庙祭祀的时候演奏。

① (清)王先谦:《荀子集解》,北京:中华书局, 1954 年版,第 85-86 页。

② 陈奇猷:《吕氏春秋校释》,北京:中华书局,1954 年版,第 236 页。

③ (汉)毛亨传,郑云笺,(唐)孔颖达疏:《毛诗正义》,李学勤主编《十三经注疏》,北京:北京大学出版社,1999 年版,第 1341 页。

④ (清)朱彬:《礼记训纂》,第 481 页。

⑤ (汉)毛亨传,郑云笺,(唐)孔颖达疏:《毛诗正义》,李学勤主编《十三经注疏》,第 1342 页。

宋人关于《大武》研究不出唐人窠臼，多遵《郑笺》《孔疏》之说，认为《大武》颂诗实“周公作乐所谓舞也”①。另，朱熹《诗集传》关于《大武》颂诗具体篇目顺序问题提出自己的观点，并引《春秋传》认为《武》诗当为《大武》诗的首章，同时提出“然《传》以此诗为武王所作，则篇内已有武王之谥，而其说误矣。”②此即涉及《武》诗一篇是何时所作的问题，进而朱熹认为《大武》并非武王时所作。

元人如胡一桂《诗集传附录纂疏》、刘瑾《诗传通释》、梁益《诗传旁通》、朱公迁《诗经疏义会通》等也多是沿循前人研究，并无多少可圈点处。朱倬《诗经疑问》倒是对《大武》篇目、顺次等问题提出疑问，并对朱熹《诗集传》的诸多观点提出质疑，但并未作出详细回答，如提出：

> 《大武》九章存于《颂》，而可识者三章耳，散乱失次。夫子亦无从考，与《时迈》《执竞》《思文》传者以为九夏之三章，说各不同，又何与？
>
> 《大武》三章。《春秋传》楚子之言耳，与今序次不同。夫子不之改何与？“耆定尔功”，楚子以为卒章。今《集传》（注：朱熹《诗集传》，下同）以为首章何与？《酌》与《般》体制极相似，其亦《大武》之诗与？且《南陔》以下六谱，列与《小雅》，《武宿夜》乃不例于《颂》何与？
>
> ……
>
> 《武》之诗，并言文王、武王。《集传》何以曰“象武王之功”，《赉》之诗，止言“文王勤止”。《集传》何以曰“颂

① （汉）毛亨传，郑云笺，（唐）孔颖达疏：《毛诗正义》，李学勤主编《十三经注疏》，第1341页。

② （宋）朱熹：《诗集传》，北京：中华书局，2011年版，第308页。

文武之功",《武》诗象武王之功,而并言文王,言武王之武,本于王之文也。

《赉》诗言"文王勤止",而传曰"颂文武之功"。盖《大武》诸章,有武王之谥,故知非作于武王之时,实后人颂文武之功而言其大,封功臣之意也。《赉》之诗为祀。①

可惜,朱倬对宋朱熹《诗集传》的质疑,与当时学人总体质疑宋人研究不无关系,仅作简单质疑,不足为据。

明人疑经甚于元人。季本在《诗说解颐》中提出"按《乐记》,《武》有六成,即此六章之舞节也,当为祭武王之乐歌。然天子庙乐,礼宜九成,意必尚有文舞九成,如《礼记》所谓'八佾以舞《大夏》者'。盖即《周礼》钟师之《九夏》也,而不在此武舞六成之数与?"②甚至提出《大武》或有"九成"之说。郝敬《毛诗原解》提出《大武》有舞有歌,舞则见于《礼记·乐记》"六成"之描写,歌则《武》《赉》等诗;《大武》创作的初衷则"颂武而思文者昭德为威"③。至何楷《诗经世本古义》,首次勘定《大武》共"六成",其篇目与顺序为:《武》《酌》《赉》《般》《时迈》《桓》。

清人对《大武》颂诗的研究,明显比前人多了些思考。戴震《毛郑诗考正》与陈奂《诗毛氏传疏》曾提及《般》篇或《酌》篇,但都未将其归入《大武》颂诗当中。同时,陈奂《诗毛氏传疏》中关于《武》

---

① (宋)朱倬:《诗经疑问》,《文渊阁四库全书》第77册,台北:商务印书馆,1986年版,第571-572页。

② (明)季本:《诗说解颐》,《文渊阁四库全书》第79册,台北:商务印书馆,1986年版,第358页。

③ 同上书,第358页。

诗的创作提到“意此亦同《维清》,其舞作于武王,诗则周公所定”①,同样认定《大武》是分“舞”和“诗”,且“舞”、“诗”作于不同时期。马瑞辰《毛诗传笺通释》对《左传·宣公十二年》中提到的“耆定尔功”到底是“卒章”还是“首章”作出解释:“按《乐记》言《武》乐六成。《左传》言武王作《武》,其六曰‘绥万邦,屡丰年’,以《桓》为《武》之六章,即卒章也,则《武》之诗当为首章。而《左传》引《诗》‘耆定尔功’以为‘卒章’者,‘卒章’盖‘首章’之伪。朱子《集传》云:‘《春秋传》以此为《武》之首章’,盖宋时所见《左传》原作首章耳。”②胡承珙在《毛诗会笺》中驳斥华严谷、何楷等人观点,认为《时迈》与《酌》篇均不是“《武》乐中之诗篇矣”。陈寿祺、陈乔枞《三家诗遗说考·鲁诗遗说考》考《春秋繁露》言“文王受命作《武》乐,制文礼以奉天;武王受命作《象》乐,继文以奉天;周公辅成王受命,成文武之制,作《汋》(注:即为《酌》)乐以奉天”③,认为《武》实则为文王乐。牟庭《诗切》亦证《大武》乐分属“六成”,勘定《大武》篇目及顺序为:《武》《酌》《赉》《般》《执竞》《桓》。潘克溥《诗经说铃》转引《鲁诗》“《武》,《大武》一成之歌;《赉》,《大武》之二成也;《时迈》,《大武》之三成也;《般》,《大武》之四成也;《勺》,《大武》之五成也;《桓》,《大武》之六成也。”认定《大武》“六成”,且顺序和篇目为:《武》《赉》《时迈》《般》《勺》《桓》。其后,魏源在《诗古微》中勘定《大武》“六成”篇目及顺序为:《武》、《酌》、《赉》、《般》、(佚)、《桓》;龚橙在《诗本谊》中勘定《大武》“六成”篇目及

① (清)陈奂:《诗毛氏传疏》卷二十八,南京:凤凰出版社,2018年版,第1047页。

② (清)马瑞辰:《毛诗传笺通释》,北京:中华书局,1989年版,第520页。

③ (清)陈寿祺、陈乔枞:《三家诗遗说考·鲁诗遗说考》,《四库全书》,第76册,上海:上海古籍出版社,1995年版,第520页。

顺序为:《武》《酌》《赉》《般》《维清》《桓》。

明清之前,前人关于《大武》颂诗的研究多放在《大武》颂诗何人所作,作于何时,有何意义,少有关注《大武》篇目及顺序的。而明清之后,对《大武》颂诗篇目及顺序的研究逐渐增多,且各家各持己论。学力所限,以上观点还有待补充。下面我们来看清末到现在的近百年的《大武》研究,整理各家的关注点在何处。

二、近百年《大武》研究

近百年《大武》研究,当从王静安先生《周初〈大武〉乐章考》开始,研究重点也放在了《大武》篇目和顺序的勘定上。自王静安先生始,后学多有建树,如高亨、张西堂、孙作云、阴法鲁、彭松、杨向奎、姚小鸥等学者,为清晰梳理,特将各学者观点以表格的形式展现。《大武》篇目及顺序研究情况按照各位学者提出观点的时间先后来排序。

表 1 《大武》篇目及顺次汇总

大武	一成	二成	三成	四成	五成	六成	“七成”	备注
所象之事	始而北出①	再成而灭商②	三成而南③	四成而南国是疆④	五成而分周公左、召公右⑤	六成复缀以成天子⑥		
明何楷	武	酌	赉	般	时迈	桓		诗经世本古义
清牟庭	武	酌	赉	般	执竞	桓		诗切
清魏源	武	酌	赉	般	（佚）	桓		诗古微
清龚橙	武	酌	赉	般	维清	桓		诗本谊
王国维	昊天有成命	武	酌	桓	赉	般		周初《大武》乐章考
高亨	我将	武	赉	般	酌	桓		周代《大武》乐考释（1955）
张西堂	时迈	武	赉	般	酌	桓		《周颂》“时迈”本为周《大武》乐章首篇说（1959）

① （清）朱彬：《礼记训纂》年版，第 595 页。
② 同上。
③ 同上。
④ 同上。
⑤ 同上。
⑥ 同上。

续表

<table>
<tr><th>大武</th><th>一成</th><th>二成</th><th>三成</th><th>四成</th><th>五成</th><th>六成</th><th>“七成”</th><th>备注</th></tr>
<tr><td>孙作云</td><td>酌</td><td>武</td><td>般</td><td>赉</td><td>(无)</td><td>桓</td><td></td><td>周初《大武》乐章考实(1966)</td></tr>
<tr><td>阴法鲁</td><td>酌</td><td>武</td><td>赉</td><td>般</td><td>(缺)</td><td>桓</td><td></td><td>《诗经》中的舞蹈形象(1982)</td></tr>
<tr><td>彭松</td><td>我将</td><td>昊天有成命</td><td>赉</td><td>般</td><td>酌</td><td>桓</td><td>武</td><td>为《大武》颂诗“卒章”正名(1986)</td></tr>
<tr><td>杨向奎</td><td>武</td><td>时迈</td><td>赉</td><td>酌</td><td>班(般)</td><td>桓</td><td></td><td>宗周社会与礼乐文明(1992)</td></tr>
<tr><td>李山
申少峰</td><td colspan="7">认为《大武》诗只有《武》《赉》《桓》三首。六成、七成之说皆误,反证《我将》《时迈》《酌》《般》《维清》等非《大武》中诗</td><td>周初《大武》乐章用诗三首考(1997)</td></tr>
<tr><td>姚小鸥①</td><td>时迈</td><td>我将</td><td>赉</td><td>酌</td><td>般</td><td>桓</td><td>武</td><td>《周颂·大武乐章》诸篇绎释(2001)</td></tr>
<tr><td rowspan="2">贾海生</td><td>武</td><td>(佚)</td><td>赉</td><td>(佚)</td><td>酌</td><td>桓</td><td rowspan="2"></td><td rowspan="2">周公所制乐舞通考(2002)</td></tr>
<tr><td colspan="4">武舞(禁暴、戢兵、保大、定功)</td><td colspan="2">文舞(安民、和众、丰财)</td></tr>
<tr><td>梁锡锋</td><td>武</td><td>时迈</td><td>赉</td><td>般</td><td>昊天有成命</td><td>桓</td><td>酌</td><td>《大武》章数、章次考辨(2003)</td></tr>
</table>

① 曾用名姚畋,1991 年在《社会科学战线》杂志上发表《论〈大武〉乐章》一文。

续表

大武	一成	二成	三成	四成	五成	六成	"七成"	备注
张石川	时迈	武	赉	酌	无定说	桓		《大武》乐考释(2005)
张怀通	武	武寤(宿夜)	赉	般	酌	桓		《武寤》是《大武》的第二乐章(2005)
张国安	昊天有成命	时迈	赉	维清	酌	桓	武	《大武乐章》新辨(2005)
李炳海	武	酌	桓	赉	般	时迈		《诗经·周颂》大武歌诗论辨(2008)
刘全志	认为《大武》所用诗只有三首:维清、武、酌							西周《大武》乐章新论(2012)

(一)"六成说"和"七成说"

关于《大武》的篇目问题,《大武》乐歌到底是"六成"还是"七成"?《大武》乐章到底有几篇,总共有三种类型的观点:

第一,坚持"六成"说。如明何楷、清魏源、清牟庭、清龚橙、王国维、高亨、张西堂、孙作云、阴法鲁、杨向奎、张石川等文史学者,多是根据《礼记·乐记》表述而来,同时引证《左传·宣公十二年》

楚子所说的“又作《武》,其卒章曰:‘耆定尔功。’其三曰:‘铺时绎思,我徂惟求定。’其六曰:‘绥万邦,屡丰年。’”①但细细分论开来,各位学者的观点也不尽相同。《礼记 · 乐记》:“且夫《武》,始而北出,再成而灭商,三成而南,四成而南国是疆,五成而分周公左、召公右,六成复缀,以崇天子。”②文中提到的“始”“再成”“三成”“四成”“五成”“六成”即指明《大武》乐曲分为六个部分,认为与之相配的乐章应该也有六章。同时也看到《左传 · 宣公十二年》楚子提到《大武》乐章“其三”“其六”之说,可以简单地判定《大武》乐章至少有六篇。而《礼记 · 乐记》和《左传 · 宣公十二年》两者互相印证,确实可以得出《大武》乐章有“六成”的说法。

第二,认为《大武》乐章“七成”,主要代表学者有彭松、姚小鸥、梁锡锋、张国安。

彭松先生认为《大武》乐有“七成”。提出《左传 · 宣公十二年》楚子言“……武王克商……又作《武》,其卒章曰:耆定尔功……”③中的“卒章”本身就是指《大武》乐的最后一章,反对朱熹《诗集传》、马瑞辰《毛诗传笺通释》所认为的“卒章”是“首章”之误的观点。之所以提出这样的观点,是因为“在古代诗乐中,正文之后附有卒章,是一种通行的格式,有的称为‘乱’,或‘乱曰’,如《九歌》《九辩》《离骚》《橘颂》等都在最后有‘乱曰’。‘卒章’是诗的终章的术语,‘乱’是乐章终章的术语。”④同时认为《礼记 · 乐记》

---

① 《春秋左传正义》,李学勤主编《十三经注疏(标点本)》,北京:北京大学出版社,1999 年版,第 652 – 654 页。

② (清)朱彬:《礼记训纂》,第 595 页。

③ 《春秋左传正义》,第 653 页。

④ 彭松:《为大武颂诗“卒章”正名》,《舞蹈论丛》,1986 年第 3 期。

“宾牟贾侍坐”中孔子提到的“武乱皆坐”中的“乱”就是《大武》乐章终章的专业术语，对应着《大武》歌诗的“卒章”即《武》篇。也就是说，彭松先生认为《武》篇即是《大武》的终章，也是《大武》乐作为乐而存在的尾声。

姚小鸥先生关于《大武》篇目认定的方法比较独特。其实，早在1991年姚小鸥先生就在《社会科学战线》第2期上发表了《论〈大武〉乐章》一文，列举并反证持“六成”之说的诸家，如王国维、高亨等学者，认为其证据无法支撑《大武》篇目有六章的观点。首先，提出《礼记·乐记》中提到的《大武》乐章有“六成”的“成”字并不是指《大武》就有“六章”乐章，世人对“成”的概念是有混淆的。什么是“成”？“‘成’本是先秦时代有关‘乐’的一个术语，指某一完整的乐的组合的演出完成。将该组乐演出一遍，称为一成，数遍即数成。”①姚小鸥先生论述的潜台词是，如果按照《礼记·乐记》所说的“且夫《武》，始而北出，再成而灭商，三成而南，四成而南国是疆，五成而分周公左、召公右，六成复缀，以崇天子”②来说，《大武》有“六成”，应该是某种舞乐形式演出“六遍”，而不是诸学者所认为的《大武》乐章仅仅有“六篇”。汉郑玄为《乐记》“成”作的注如是解释：“成，犹奏也。每奏《武》曲一终为一成。”③以至于后人也都认为“成”和“终”可以互训，姚小鸥先生认为，这也就直接导致了学术界将“终”“成”互训的误解局面，以至于在《大武》问题的篇数认定上产生错误理解。姚小鸥先生判定根据《礼记·乐记》的记载并不能直接得出《大武》篇目有“六篇”的定论。其次，姚小鸥先生继续引证《左传·宣公二十年》楚子言《大武》乐事，认为诸家所

① 姚畋：《论〈大武〉乐章》，《社会科学战线》，1991年第2期，第269页。
② （清）朱彬：《礼记训纂》，第595页。
③ 同上。

谓的“卒章”为“首章”之误也好,“卒章”为“此章”之伪也罢,抑或是直接提到的《大武》组诗有“其三”“其六”之言,都无法直接得出《大武》乐章有“六篇”的结论。能作为结论而存在的也仅是可以确定《武》《酌》《赉》《桓》四篇属于《大武》乐。第三,姚小鸥先生提出对于《大武》其余篇目认定的重点在于“对《大武》乐的中心内容要有一个正确的认识”①。通过论证,姚小鸥先生认为:“《周颂》中《大武》乐章诸诗,为武王克商后命周公所作(由周公主持创作)之告成诗。其基本内容是向祖先报告自己的赫赫武功,并表示要继承先王遗志,‘敷有四方,畯正厥民(大盂鼎铭)’,巩固和发展已有的胜利成果。”②由此,姚小鸥先生认定《我将》《时迈》《武》《酌》《桓》《赉》《般》七篇才是《大武》乐的完整篇目。直至2001年,姚小鸥先生在《古籍整理研究学刊》上发表《〈周颂·大武乐章〉诸篇绎释》一文,才正式勘定《大武》乐章的篇目和顺次为:《时迈》《我将》《赉》《酌》《般》《桓》《武》。

梁锡锋先生认为目前学界公认的研究《大武》乐歌的材料皆有失偏颇,既不能单方面地根据《礼记·乐记》的“六成”之说判定《大武》乐章为六章,认为“成数非章数”,也不能就《左传·宣公十二年》楚子说《大武》乐章有“卒章(注:认为‘卒章’是‘首章’之误)”“六章”之说,便判定《大武》诗有七章。对上述观点反驳后,梁锡锋先生提出《左传·宣公十二年》言《大武》有“七德”:“夫《武》,禁暴、戢兵、保大、定功、安民、和众、丰财者也。”③认为此文献材料指出了《大武》的章数,同时也暗合了《大武》的章次。再证《左传·宣公十二年》楚子言“卒章”为“首

① 姚畋:《论〈大武〉乐章》,《社会科学战线》,1991年第2期,第270页。
② 同上,第272页。
③ 《春秋左传正义》,第654页。

章"之误，即楚子其时已经提出"首章""三章""六章"之说，所以认定《大武》篇章有七章，其章次为：《武》《时迈》《赉》《般》《昊天有成命》《桓》《酌》。

张国安先生在《〈大武乐章〉新辨——周乐之系统研究（之一）》中对《大武》问题作了相关考证。首先肯定了彭松先生将《左传》与《乐记》相互参考而进行研究的研究思路。也就是说，关于《大武》研究的文献原典本就不多，我们需要注意的是应该将各种材料相互补充着来看。其次，张国安先生认为："《大武》就其结构形式而言，以乐舞为主要艺术表演形式，合器奏、乐歌为一体，仿佛今天的歌舞剧。"①也就是说，《大武》是合乐、歌与舞的。因此而认定《大武》为"七成"之数，主要引证亦是从《武》有七德出发。博举多家观点与文献原典，最后勘定《大武》诗篇以及顺次为：《昊天有成命》《时迈》《赉》《维清》《酌》《桓》《武》。

第三，认为《大武》乐既不是"六成"，也不是"七成"，而是另有所指。代表学者有李山、申少峰、贾海生、刘全志。李山、申少峰在其论文《周初〈大武〉乐章用诗三首考》中就认为《大武》诗只有《武》《赉》《桓》三首，所谓的"六成""七成"之说都是不对的，文章同时反证《我将》《时迈》《酌》《般》《维清》等诗篇并非《大武》中诗。

另浙江大学贾海生先生在其专著《周公所制乐舞通考》中提出《大武》舞实则分为武舞和文舞，武舞即周公摄政六年时为表现武王武功而作的《象》，象征着《武》有"七德"中的"禁暴、戢兵、保大、

---

① 张国安：《〈大武乐章〉新辨——周乐之系统研究（之一）》，《耕耘文学学刊》，2005 年第 2 期，第 144 页。

定功”①;文舞则是为表现周公、召公分职而治所作的《酌》,象征着《武》有“七德”中的“安民、和众、丰财”②;周公摄政七年,洛邑告成,为了祭祀文王,则又作了表现文王武功的武舞《象》。《白虎通·礼乐》篇引《礼记》提到,周代的乐称为《大武》,武王的乐称为《象》,周公的乐称为《酌》,《象》舞和《酌》舞合起来称为《大武》。从而揭示出《大武》舞和《万》舞一样,兼有文舞和武舞,并非是单纯的武舞,文舞即《象》舞,武舞即《酌》舞。在《大武》篇目勘定上,则认为代表武舞的《象》舞乐歌只余下两篇即《武》和《赉》,其余两篇佚失,并不在《周颂》现存篇目中;而代表文舞的《酌》舞乐歌则保存完整,即《酌》和《桓》篇。

刘全志先生2001年在《湖北大学学报》上发表《西周〈大武〉乐章新论》一文,对《大武》乐章问题提出自己的看法。首先,刘全志先生认为《礼记·乐记》“且夫《武》,始而北出,再成而灭商,三成而南,四成而南国是疆,五成而分周公左、召公右,六成复缀,以崇天子”③中提到的《武》与《左传·宣公十二年》提到的“……武王克商。……又作《武》,其卒章曰‘耆定尔功’”④中的《武》不同,二者并没有相互印证的关系,《左传·宣公十二年》之《武》并非《大武》。认为《左传》宣公十二年楚庄王的话实则是对“武功”的解释,与《大武》乐章与否并无直接的关系,彻底摒弃所谓的《大武》“六成”之说。因此,不能将《左传·宣公十二年》楚子言当作研究《大武》篇目的基准。“楚庄王之所以引诗,意在说明自己对‘武功’传示子孙的理解。他引《周颂》中的《武》的最后一句,意在强

① 《春秋左传正义》,第654页。
② 《春秋左传正义》,第654页。
③ (清)朱彬:《礼记训纂》,第595页。
④ 《春秋左传正义》,第653页。

调'定功'之于'武'的意义。"[1]所以,宋朱熹《诗集传》、清马瑞辰《毛诗传笺通释》所提出的"卒章"是"首章"之误也并不能成立。其次,刘全志先生关于《大武》用诗研究应该从"《大武》的组成部分或构成要件入手"[2],认为《大武》乐是由《武》乐与《酌》乐组合、提炼而成的,《武》乐表现的是武王克商之事,即"舞莫重于《武宿夜》"的《武宿夜》;《酌》乐即《勺》乐,其乐重在表现周公平定天下之雄伟以及周公、召公分治之事。继而,刘全志先生判定《大武》用诗只有《维清》《武》《酌》三首。

(二)《大武》篇目的顺次

从表1《大武》篇目及顺次汇总中可以看出,王静安先生之前代表学者明何楷《诗经世本古义》、清牟庭《诗切》、清魏源《诗古微》、清龚橙《诗本谊》都认为《大武》有"六成":"始而北出"[3]所代表的乐章即《武》篇,"再成而灭商"[4]所代表的乐章即《酌》篇,"三成而南"[5]所代表的乐章即《赉》篇,"四成而南国是疆"[6]所代表的乐章即《般》篇,"六成复缀,以崇天子"[7]所代表的乐章即《桓》篇,而第五篇所象之事是"五成而分周公左,召公右"[8]。何楷、牟庭、魏源、龚橙单就《大武》乐章的第五篇存在争议,诸家认为既然《大武》的其他几篇都可以在《周颂》中对应各自的篇目,那唯一的阙篇应该也在《周颂》之中。明何楷认为第五篇应是《时迈》篇,清牟庭认为

---

① 刘全志:《西周〈大武〉乐章新论》,《湖北大学学报》,2012年第1期。
② 同上。
③ (清)朱彬:《礼记训纂》,第595页。
④ 同上。
⑤ 同上。
⑥ 同上。
⑦ 同上。
⑧ 同上。

《大武》第五篇是《执竞》篇，清魏源则认为《大武》第五篇本就佚失，并不在《周颂》现存诗篇中，故阙而不录。清龚橙则认为《大武》第五篇是《维清》篇。

静安先生之后的诸学者关于《大武》顺次问题的争议较复杂。持"七成"之说的学者如彭松、姚小鸥、梁锡锋、张国安等，只有梁锡锋先生认为《大武》乐章第七成用诗应是《酌》篇，其余几位学者都认为《武》篇是《大武》第七成诗。持"六成"之说的学者关于《大武》用诗的顺次问题上则更为复杂，值得注意的是，"三成而南"①所对应的第三篇《赉》篇和"六成复缀，以崇天子"②所对应的《桓》篇，学界的争议较少，大多数学者认定《赉》即第三篇，《桓》即第六篇，但也有例外。王静安先生就认为《酌》篇应为第三篇，《般》篇为第六篇，《赉》篇是第五篇，《桓》篇是第四篇。当代学者李炳海也持不同的意见，认为《桓》篇是第三篇，《赉》篇是第四篇，《时迈》篇才是第六篇。

其他诸家观点繁杂，可参考表1《大武》篇目及顺次汇总所列。

三、近百年《大武》研究的偏失

前文也曾提到前人研究颇多，且时移世易，20 世纪前半世纪时局动荡，学界同样也处于风雨飘摇之中，其时学者多思兴亡救国之策，以顾颉刚先生等为代表的"古史辨派"更是以斩断覆盖在《诗经》上的历史藤蔓为己任，从纯文学的角度研究《诗经》，无疑是对经学研究的巨大挑战。中华人民共和国成立以后，百废待兴，以

---

① (清)朱彬:《礼记训纂》,第 595 页。

② 同上。

《诗经》为代表的经学研究,同样产生了巨大的变动,时人对文学和经学的研究产生巨大的分歧,一方面是经学文学化的激进主义,另一方面是时时刻刻要求变革的“创新派”,不免出现一些“新之又新”的观点。

刘师毓庆先生曾撰文《百年来〈诗经〉研究的偏失》,详述近百年来《诗经》研究上的偏失:偏失之一,“忽略了《诗经》对于构建中国文化乃至世界文化的意义”①;偏失之二,“否定了《诗经》之为‘经’,也彻底否定了‘旧经学’,但自己却掉进了‘新经学’的泥淖”②;偏失之三,“对历代研究成果不是作为精神产品继承,而是作为思想垃圾抛弃”③;偏失之四,“既然把《诗经》认作是纯文学作品,于是便用20世纪的文学观念来研究《诗经》”④;偏失之五,“以守正为保守,以创新为荣耀”⑤。通过对近百年来《诗经》研究偏失的反思,以期对21世纪的《诗经》研究产生一定的指导意义。前人研究甚多,如何破除前人研究的现状,21世纪的《诗经》学研究的方向在何处?如何打开21世纪《诗经》学研究的新局面?后辈学者如何继承前人以《诗经》为代表的经学研究?这些问题值得我们深思。

而针对本论文的《大武》颂诗部分,因为《大武》颂诗大部分出自《周颂》,《周颂》“皆成周之世,朝廷郊庙乐歌之词,其语和而庄,其义宽而密”⑥,与十五《国风》近年来的研究十分不同,其文学性并不突出,也确实甚少提到《周颂》文学性研究这样的问题。而近

① 刘毓庆:《诗骚论稿》,北京:商务印书馆,2017年版,第2页。
② 同上书,第3页。
③ 同上书,第4页。
④ 同上书,第4页。
⑤ 同上书,第5页。
⑥ (宋)朱熹:《诗集传》第2页。

百年来,学界对于《大武》乐章背后的文化意义和历史意义的解读,因时代的不同,产生一定的偏差。

再回过来看表1《大武》篇目及顺次汇总,我们不难发现,除了王静安先生关于《大武》研究的创作时间不详之外,20世纪前半期并无人注意到《大武》研究问题。及至20世纪50年代,始有学者将注意力放在《大武》研究上,50年代《大武》研究代表学者是高亨和张西堂两位先生。1955年,高亨先生在《山东大学学报》上发表《周代〈大武〉乐的考释》一文,谈及《大武》乐的用途时,提到"《大武》的诗歌既然是武王、周公合作或命令他们的臣仆所作,音乐舞蹈既然是武王、周公命令乐官乐工们所作,而且参有武王、周公的意见,那么这个歌舞当然是西周王朝领主阶级最高阶层的产物,代表这个阶层的意识。六篇诗的主要内容正是这样。这就说明了《大武》的阶级性。"①显然,高亨先生提出《大武》颂诗的"阶级性"观点与当时时局现状不无关系。

20世纪60年代,关于《大武》组诗研究的代表学者是孙作云先生。接着就到了20世纪80年代,代表学者是阴法鲁和彭松先生,开始对前人观点进行反思,破除前人研究窠臼,如彭松先生提出《大武》诗有"七成"之说。20世纪90年代,代表学者是杨向奎和李山、申少峰,尤其李山、申少峰的研究更是与前人不同,大胆论证。进入21世纪,代表学者是姚小鸥、梁锡锋、张石川、张怀通、张国安、李炳海以及刘全志,其对《大武》的研究更是精彩纷呈。前人之所以对《大武》颂诗的篇目与顺次有诸多解读,主要在于对文献资料的解读上,其中

① 高亨:《周代〈大武〉乐的考释》,《山东大学学报》,1955年第2期,第62页。

不乏对文献资料的错误解读。随着出土文献的大量出现，文献资料也处于不断地更新之中，在新旧材料的甄选上，万不可将只言片语奉为圭臬。

（丁迎雪，山西大学文学院硕士研究生）

《诗经》名物研究流变、反思与展望

李耀平

《诗经》三百零五篇,蕴含上千条名物,仅动植、器用名称就各逾三百,是了解那个时代民俗与文化精神的载体。同时,《诗经》义蕴精奥,不辨其名物,难解言外之意。朱熹曾云:"解《诗》,如抱桥柱浴水一般,终是离脱不得鸟兽草木。"①清代徐鼎亦曰:"诗人比兴,类取其义,如关雎之淑女,鹿鸣之嘉宾,常棣之兄弟,茑萝之亲戚,螽斯之子孙,嘉鱼之燕乐,不辨其象,何由知物?不审其名,何由知义?"②因此,自先秦始,历代均出现《诗经》名物研究成果。综观《诗经》研究历史长河,名物研究虽非主流,但细水绵延,著述亦繁。而今人对之梳理或较简略,或评价有待商榷。故在整理历代《诗经》名物著述基础上,对《诗经》名物研究史大致分如下几个阶段评述。

一、《诗经》名物学述要

(一)先秦两汉:萌生期

此期间未出现(或留存)《诗经》名物研究专著。《诗经》名物研究主要蕴藏于诗意训解著作,现存以《毛诗故训传》(以下

---

① (宋)黎靖德:《朱子语类》,北京:中华书局,1986年版,第2096页。

② (清)徐鼎:《毛诗名物图说》,乾隆辛卯年(1771)刊本影印本,第1页。

简称《毛传》)最早。作为第一部系统注释《诗经》的专著,该书以解释字词与诗义为主,对《诗经》名物随文简释。因《毛传》距《诗经》产生时代不甚遥远,且其所作训诂多取自先秦群籍,故其名物之释为后世留下十分珍贵的参考。但《毛传》常以“美言刺诗”,不可避免渗入名物训诂;且训诂过简,加之历时弥久,往往让后人难以理解,如其释“荇菜”为“接余也”,实同未释;但它始开《毛诗》名物考据之风,直接影响其后两千余年《诗经》名物研究。

与《毛传》大致同时期成书的辞书之祖《尔雅》,其体例大抵如王国维所言“释雅以俗,释古以今”,按类别分为“释草”“释木”“释虫”等19篇。郭璞序曰:“若乃可以博物不惑,多识于鸟兽草木之名者,莫近于《尔雅》。”①一般认为,《尔雅》诞生,标志名物学建立。作为一部“正名命物”之作,虽非训《诗》名物专著,其所释名物很多出于《诗经》,成为后世《诗经》名物训诂必参宝典。《尔雅》之后,出现了《方言》《说文解字》《释名》等辞书。扬雄《方言》是中国首部汉语方言比较词典,大体仿《尔雅》体例分释词语,其中不少内容训释衣服、器皿、农具、虫等名物,有些为后世训释《诗经》名物所参考,如孔颖达《毛诗注疏》(以下简称孔《疏》)释“鸤鸠”就引《方言》云“戴胜”之说。② 许慎《说文解字》中有很多解释名物本义的内容,陆玑《毛诗草木鸟兽虫鱼疏》(以下简称陆《疏》)、孔《疏》释《诗经》名物,多处引用其说,如陆《疏》释“螟”时引许慎云:“吏犯法则

① 《宋监本尔雅注》,中华民国二十年(1931)故宫博物院影印本,第1页。

② (清)阮元:《十三经注疏 · 诗经注疏》,台北:艺文印书馆,2013年版,第46页上。

生螟。乞贷则生螣。"①孔《疏》释"阜螽"时引许慎云:"蝗,螽也。"②东汉末年刘熙《释名》亦仿《尔雅》体例,专究事物名源,分释天、释地、释山等 27 类,所训重日常名物事类,吴末已广为流布。该书记录了很多汉代通用语词,可与《尔雅》《说文》及古代经籍相参证;加之其参校方俗,考合古今,析名物之殊,辨典礼之异,故可因其所释名物推求古代制度。总之,此类辞书均为《诗经》名物训诂重要辅助书。

此外,又有于东汉集结成书的最早中药学著作《神农本草经》,载药 365 种,其中植物 254 种,分草、木、果、谷、菜等类,详释其命名、药性、服用方法等,可为解释《诗经》植物借鉴。而东汉末年,建安七子之一刘桢撰《毛诗义问》十卷,今佚,仅能依靠辑本,窥其概貌。马国翰辑佚本序云:"从《水经注》《北堂书钞》《艺文类聚》《初学记》《太平御览》诸书辑得十二节。训释名物,与陆《疏》相似。盖当时儒者究心考据,犹不失汉人家法云。"③其训释名物参考《毛传》但较之更详,堪为其后治《诗》者参考。如"六月食郁及薁"条中"郁",《毛传》仅云:"郁,棣属。"④刘书释曰:"郁,其树高五六尺,其实大如李,正赤,食之甜。《本草》云:'郁,一名雀李,一名车下李,一名棣。'生高山川谷或平田中,五月时实,言'一名棣',则与棣相类,故云棣属。"⑤陆《疏》释为:"郁,其树高五六尺,其实大如李。

① (清)阮元:《十三经注疏·诗经注疏》,第 473 页下。

② 同上书,第 51 页上。

③ (清)马国翰:《毛诗义问·序》,见马国翰《玉函山房辑佚书》卷十四,清同治十三年嫏環馆刻本影印本,第 29 页。

④ (清)阮元:《十三经注疏·诗经注疏》,第 285 页上。

⑤ 两条引文分别见于马国翰辑:《玉函山房辑佚书》卷十四,《续修四库全书·子部》1201 册,上海:上海古籍出版社,2002 年版,第 296 页上,297 页上。

色正赤，食之甘。”陆《疏》此条未见孔《疏》引用，而与刘书句式相近，内容多有重合，陆《疏》现行本中“郁”疑据孔《疏》中刘书辑录。

总之，先秦两汉无专训《诗经》名物著作出现。郑樵评曰：“鸟兽草木乃发兴之本，汉儒之言《诗》者既不论声，又不知兴，故鸟兽草木之学废矣。”①郑氏虽指出汉儒不重《诗经》名物训诂事实，但其言太过。事实上，《毛传》《毛诗义问》这类兼顾《诗经》名物研究著作的出现，《尔雅》《释名》以名物分类训诂为主体的辞书问世，《神农本草经》以求真精神解释本草的中医学专著结集，《方言》《说文解字》训诂专书流传，均为《诗经》名物学独立奠定了坚实基础，可称为《诗经》名物专门研究萌生期。

（二）魏晋六朝：开山期

魏晋时期，《诗经》学有一大转变：由崇尚经义训诂政教，转为疏注。毛、郑传注，以本经为主，为解经而作；而魏晋时期郑、王之争，②已转为明注，即为辩驳郑、王注文是非而作。到南北朝，学者所据依，几乎不能超越汉魏诸家说解一步。虽《毛诗》训诂成林充栋，但多数《诗》家，或守一家之注而诠解，或广征博引而发挥，徒有述作，实罕发明，名为“经学”，实成“注学”。在此潮流中，《诗经》学开始出现名物、音韵、礼俗等专门研究。其中名物研究学者有陆玑、韦昭、朱育等。洪湛侯评之：“魏晋从事《诗经》名物研究的有刘桢、陆玑、韦昭、朱育等，以陆玑成就最大。”③

---

① （宋）郑樵：《昆虫草木略·序》，日本兰山先生校，众芳轩藏板，天明乙巳秋刻成本，第2－3页。

② 三国时王肃作《毛诗义驳》《毛诗奏事》《毛诗问难》诸书猛烈攻击郑玄，激起郑玄门人和郑玄支持者强烈不满，于是“诗经学”史上“郑王之争”开始，大致断断于郑王两家是非。以上参见洪湛侯：《诗经学史》，北京：中华书局，2002年版，第215页。

③ 洪湛侯：《诗经学史》，北京：中华书局，2002年版，第230页。

基于先秦两汉名物训诂成果,第一部考证《诗经》名物专著——陆《疏》二卷横空出世。这是魏晋流传下来唯一一部《诗经》名物学文献。该书虽以《毛传》为本,却并不拘之。杂取众家,谨慎扬弃。不仅分类注释《诗经》中草木鸟兽虫鱼,还尽可能详细记载每种动、植物名称、形态、习性、产地及效用。作为《诗经》名物学开山之作,较之《毛传》《尔雅》着眼于以别名训本名、较笼统简单解释名物以及《释名》立足因声训释物名,陆《疏》训释内容更详细,训释方式更多元。丁晏评之:"释《诗》自毛、郑以后,以此书为最古。乌可不宝贵而熟玩之乎?"①治《诗》,尤其研究多识之学者,不可不研习之。

韦昭、朱育影响不大,其著《毛诗答杂问》已亡佚,现仅见马国翰《玉函山房辑佚书》辑本中十三则和一些文献所载书名与作者。如朱彝尊《经义考》载"《隋志》注《毛诗答杂问》吴侍中韦昭、朱育等所撰"②数语,《六家诗名物疏》引用书目注有"韦昭《毛诗答杂问》"寥寥七字。③ 据《玉函山房辑佚书》所辑内容,《毛诗答杂问》呈现如下阐释特点:1. 兼衍诗义,并非解释《诗经》名物专书,如"野有蔓草"条目云:"国多兵役,男女怨旷,于是女感伤而思男,故出游于洧之外,托采芬香之草,而为淫泆之行。时草始生,而云蔓者,女情急欲以促时也。"2. 多引《毛传》、郑玄《毛诗传笺》(以下简称郑《笺》),再结合当时生活实际,指出该物效用,或指出该物今名,如"无衣无褐"条云:"《笺》云:'褐,毛布也。'贱者之所服也,今罽亦

① (清)丁晏:《毛诗草木鸟兽虫鱼疏叙》,《续修四库全书·经部》第71册,上海:上海古籍出版社,1996年版,第441页。

② (清)朱彝尊:《经义考》卷一百一,乾隆四十二年刊本,第11页。

③ (明)冯复京:《六家诗名物疏》,《景印文渊阁四库全书·经部》第80册,台北:台湾商务印书馆,1986年版,第5页。

用之。”罽是毛织地毡一类东西，作者结合当时实际补充“褐”当时用于编织毛毡。3. 或仅点出该物今名，如“无甫无田，维莠骄骄”条云：“甫田维莠今何草？答曰：今之狗尾草也。”4. 记载别人解释。如“先生如达”条云：“薛综答韦昭：羊子初生达，小名羔，未成羊曰羜，大曰羊，长幼之异名……”①综观《玉函山房辑佚书》所辑条目，《毛诗答杂问》虽旨在解释《诗经》名物，但主要基于毛、郑，作者增阐内容较少，亦少有严谨文献或实地考证痕迹，故传之不远。

又马国翰辑佚本序曰：“《毛诗草虫经》一卷，撰人缺……其说《狼跋》《鹿鸣》，究悉物理，多识益见一斑矣。”②从书名及马国翰序言看，《毛诗草虫经》是《诗经》名物学专著，探究事物规律道理，展现名物知识。《初学记》引其对“猱”之解释曰：“猱，猕猴也，楚人谓之沐猴。老者为獑胡，獑胡骏捷也，其鸣嗷嗷而悲。”③此条所释较之孔《疏》所引陆《疏》，内容多有出入，孔《疏》未取其说。

此外，魏张揖《广雅》、晋郭璞《尔雅注》（以下简称郭《注》）在名物训释方面继续掘进。《广雅》依《尔雅》体例，集百家训诂，采八方殊语，详录品核，以著于篇，意在增广《尔雅》。清人王念孙如是评论《广雅》价值：“盖周秦两汉古义之存者，可据以证其得失；其散

① 本段所引《毛诗答杂问》文前两条见于马国翰：《玉函山房辑佚书》卷十五，清同治十三年长沙嫏環馆刻本影印本，第 25 页，后两条见于同书第 26 页。

② 刘毓庆：《历代诗经著述考》（先秦—元代），北京：中华书局，2005 年版，第 109 页。

③ （唐）徐坚：《初学记》卷二十九，北京：中华书局，1962 年版，第 720 页。

逸不传者,可借以窥其端绪。则其书之为功于训诂也大矣。"①《广雅》为后人考证周秦两汉古词义提供了丰富资料。《尔雅》成书较早,文字古朴,加之长期辗转流传,文字脱落羼误难免,故注家较多。郭璞认为旧注"犹未详备,并多纷谬,有所漏略",遂新注《尔雅》。郭璞专注《尔雅》近20年,丰富和发展了对各种动、植物的具体描述。因之注解,许多古老动植物名称得以复活。总之,《广雅》、郭《注》在名物训诂方面的成就,为后世《诗经》名物研究提供了重要的参考资料。

综上,魏晋时期研究《诗经》名物专著数量不多,硕果仅存,但陆《疏》自诞生起,便以高屋建瓴姿态影响其后千余年《诗经》名物学研究。

(三)隋唐五代:守成期

隋唐五代,《诗经》著作寥寥可数,据刘毓庆《历代诗经著述考》所载,这一时段现今仅存四部:陆德明《毛诗音义》三卷、孔颖达等《毛诗注疏》四十卷、成伯璵《毛诗指说》一卷、贾岛《二南密旨》一卷。这些成果较于前儒淹雅浩博著述,实属沧海一粟,何况均非《诗经》名物研究专著。但这一时期在《诗经》名物研究史上却是不可或缺的守成期,主要因为《毛诗注疏》这部定《诗》于一尊的皇皇巨著。

《毛诗注疏》全部保留《毛传》、郑《笺》注文,并在"疏不破注"原则上为这些注文作疏。它汲取前人训诂义疏精粹,是汉魏六朝《诗经》学的文献宝库,包括陆《疏》很多早已亡佚著作得以从中辑出在内的。皮锡瑞评价南北朝诸经义疏在经学史上重要意义时说:"当汉学已往,唐学未来,绝续之交,诸儒倡为义疏之学,有功于

---

① (清)王念孙:《广雅疏证·序》,《续修四库全书·经部·小学类》第191册,上海:上海古籍出版社,2002年版,第2页上。

后世甚大。"[①]其实借用此句评价《毛诗注疏》于《诗经》名物学意义未尝不可。唐人疏注旨在推阐毛、郑之意，虽于《诗经》名物研究并无多少新成果，但汇集不少汉魏六朝名物研究成果，让奠定《诗经》名物专门研究基础的陆《疏》得以保存并流传，使《诗经》名物研究薪火相传至今成为可能。

此外，程修己撰《毛诗草木虫鱼图》二十卷，以图谱形式展现各色名物，均佚。《唐朝名画录》曰："太和中，文宗好古重道，以晋明帝朝卫协画《毛诗图》草木鸟兽虫鱼、古贤、君臣之象，不得其真，遂召程修已图之，皆据经定名，任意采掇。由是冠冕之制、生植之姿，远无不详，幽无不显矣。"[②]并列出其所画人物、鞍马、花木、草木、鸟兽等题材。南宋著名史家、目录学家郑樵曰："《毛诗草木虫鱼图》盖本陆玑《疏》而为图，今虽亡，有陆玑《疏》在，则其图可图也。"[③]据郑氏之言，该图谱依陆《疏》为之，正是陆《疏》在唐代受官方重视而推广之一证。

综上，隋唐五代虽为《诗经》名物研究守成期，但于《诗经》名物学的传承与发展功不可没。

（四）宋元时代：发展期

宋代《诗经》学一大变革是由汉代训诂、六朝义疏转为阐述义理。朱熹甚至认为"（诗）虽别无义，而意味深长，不可于名物上寻义理"。[④] 而宋元之际，朱学盛极一时。《四库全书总目》云："有元

① 皮锡瑞：《经学历史》，北京：中华书局，2008 年版，第 186 页。

② 朱景玄：《唐朝名画录》，《景印文渊阁四库全书 · 子部》第 812 册，台北：台湾商务印书馆，1986 年版，第 370 页。

③ 郑樵：《通志》卷七十一，北京：中华书局，1987 年版，第 832 页。

④ （宋）黎靖德编，王星贤点校：《朱子语类》卷一百十七，第 2813 页。

一代之说《诗》者，无非朱《传》之笺疏。”①在此学术背景下，宋元时代《诗经》名物研究成果寥寥，主要有陆佃、蔡卞、郑樵、王质、许谦等人著作。

陆佃撰《诗物性门类》八卷。陈振孙《直斋书录解题》云：“不著名氏，多取《说文》。今考之，盖陆农师所作《埤雅》稿也。”②据陈氏注，《物性门类》即《埤雅》原型，此书基于注释《尔雅》而成，内容涉及虫、鱼、马、木、草等名物。但据陆佃之子陆宰之《序》，《物性门类》乃陆佃未成之书，最初仅《释鱼》《释木》完稿；而《埤雅》乃注《尔雅》而成，且“《埤雅》比之《物性门类》，盖愈精详，文亦简要”。③ 宋代研究多识之学者不多，此书算宋代多识之学代表作。此书详究偏旁及得名义理，略于勾画形状，撰写体例与陆《疏》迥异；解释名物，旨在推阐《诗》义，且所援引多非名物训诂专著，而多引《字说》，不免穿凿，不足为训。

蔡卞所撰《毛诗名物解》二十卷，是宋代《诗经》名物训诂代表作。全书分为《释天》《释草》《释木》等十一类。陈振孙认为此书议论穿凿附会，征引琐碎，于《经》无补。《四库提要》却认为：“然其书虽王氏之学，而征引发明，亦有出于孔颖达、陆玑之外者。寸有所长，不以人废言也。”④《四库提要》称北宋研究名物训诂的学者仅蔡卞与陆佃两家，这是对蔡卞学术地位的充分肯定。关文瑛

① 《钦定四库全书总目》卷十六，《景印文渊阁四库全书》第1册，台北：台湾商务印书馆，1986年版，第343页。

② （宋）陈振孙：《直斋书录解题》卷二，王云五主编：《初编丛书集成》，长沙：商务印书馆，1937年版，第35页。

③ （宋）陆宰：《埤雅·序》，王云五主编：《初编丛书集成》，上海：商务印书馆，1936年版，第2页。

④ （宋）蔡卞：《毛诗名物解》，《景印文渊阁四库全书·经部》第70册，台北：台湾商务印书馆，1986年版，第535页。

《通志堂经解提要》称之“与陆玑《草木虫鱼疏》相伯仲,不得谓于经无补也”。[①] 应看到,此书首次以“名物”用于书名,征引丰富,贯穿经义,会通物理,有一定学术价值。

郑樵撰《诗名物志》,刘毓庆认为即《通志》中《昆虫草木略》部分。该书分为草、木、禽等八类,每一条目均致力于名物辨析。郑樵自评此书:“观《本草成书》《尔雅注》《诗名物志》之类,则知樵所识鸟兽草木之名,于陆玑、郭璞之徒有一日之长。”[②]自认为此书比之陆玑、郭璞之作,仍有过人之处。但《四库提要》评之:“《草木昆虫略》则并《诗经》《尔雅》之注疏,亦未能详核。盖宋人以义理相高,于考证之学罕能留意。樵恃其该洽,睥睨一世,谅无人起而难之,故高视阔步,不复详检,遂不能一一精密,致后人多所讥弹也。”[③]认为此书不过合并《诗经》《尔雅》注疏,没经过精密考证,故疏漏难免。从学术渊源看,周云逸认为此书大体参照《证类本草》排序,故《昆虫草木略》与《证类本草》的关系,比它与陆《疏》《尔雅注疏》更为接近。[④]

王质《诗总闻》二十卷。其《闻物》《闻用》诸篇关乎《诗经》名物。该书训释名物博搜详味,注意结论合情合理,不求奇喜新,既参考《毛传》、陆《疏》等前儒成果,又时而补释,时而质疑,如“芣苢”条,《毛传》释为“车前也,宜怀任焉。”孔《疏》云:“言宜怀妊者,

---

① 转引自刘毓庆:《历代诗经著述考》(先秦—元代),北京:中华书局,2005 年版,第 158 页。

② 曾枣庄、刘琳主编:《全宋文》(第 198 册),成都:巴蜀书社,1989 年版,第 42 页。

③ 《钦定四库全书提要 · 通志》,《景印文渊阁四库全书 · 史部》第 372 册,台北:台湾商务印书馆,1986 年版,第 4 页。

④ 周云逸:《郑樵〈通志 · 昆虫草木略〉的本草学渊源及价值》,《复旦学报》(社会科学版),2014 年第 2 期。

即陆玑《疏》所云治难产是也。"[①]《毛传》意指车前可治不孕,王质却认为"此草至滑利,在妇人则下血,非宜子之物",且"子息盖天数,非可以药物之术致之",[②]生儿育女自有天数,不是药物就能催生的。该书虽新见迭出,然多臆见,所作补释或不知何据,或近穿凿,故对后世《诗经》名物研究参考价值不大。

元代许谦撰《诗集传名物钞》八卷,主要考证《诗经》名物音训,不乏创见。许书以朱熹《诗集传》(以下简称朱《传》)为蓝本,综合参考陆《疏》《经典释文》《毛诗注疏》《毛诗名物解》等资料,将名物训释和阐释诗义结合起来,侧重联系名物社会属性解释名物。该书旁搜博采考证《诗经》名物,以补朱《传》未备,旁采逸义,而终以己意,有一定文献价值。

此外,王应麟撰《诗地理考》六卷,此为首部《诗》地理名物专著,博采《禹贡》《尔雅》《经典释文》《水经注》及其他古籍涉及《诗经》山川、郡国等文献,汇编成书,亦为《诗经》名物研究提供地理参考。不过,该书大致杂采诸书,少有考辨,被周中孚讥为"博而寡要,劳而少功"。[③]

宋元时期,《诗》名物研究还出现一些图谱类成果。主要有:宋代杨甲撰、毛邦翰补《毛诗正变指南图》一卷,据朱彝尊引陆元辅说法,此图谱四十七篇,包括《释草名》《释木名》《释菜名》《释鸟名》等;[④]另据陆元辅言,有佚名所辑《纂图互注毛诗》二十卷,首之以《毛诗举要图》二十五,有《十五国风地理图》《閟宫路寝之图》《朝

---

① (清)阮元:《十三经注疏·诗经注疏》,第41页上。

② (宋)王质:《诗总闻》卷一,《景印文渊阁四库全书·经部》第72册,台北:台湾商务印书馆,1986年版,第444页。

③ (宋)周中孚:《郑堂读书记》卷八,清人书目题跋丛刊八,北京:中华书局,1992年版,第138页。

④ (清)朱彝尊:《经义考》卷二百四十三,乾隆四十二年刊本,第7页。

服之图》《冠冕弁图》《乐舞之图》等,[①]此谱偏于建筑、器用、服饰,未见鸟兽草木虫鱼图;又有《甫山图》,刘毓庆注“佚”,王恽《跋甫田图后》曰“至于禽兽草木车服豆笾之盛,一一视之,皆具古意,又有可观、可兴者”,[②]由此图跋,可知图中有鸟兽虫鱼等名物。

这一时期亡佚或未见的《诗经》名物著述还有王应麟《毛诗草木鸟兽虫鱼广疏》、杨泰之《诗名物编》、杨璲《诗传名物类考》等,皆不赘述。

综上,宋元时代《诗经》名物研究成果不多,却对先儒成果大量增益、补缺、订误,为《诗经》名物学重要发展期。

(五)明代:蓬勃期

明代《诗经》学整体以朱《传》为主,至明中叶始,复古之风日盛,宗毛、郑成为《诗经》研究新取向。正是这一时期,涌现出不少《诗经》名物研究成果,不管是数量还是质量,较之前代,均胜一筹,堪称《诗经》名物研究蓬勃期。著述主要有如下几类:

1. 名物专著,专训《诗经》名物

林兆珂撰《毛诗多识编》七卷,本陆《疏》而衍,分草、木、鸟、兽等部,主要汇录《毛传》《尔雅》陆《疏》《埤雅》《尔雅翼》等前人名物训诂成果,少有自己考证。《多识编凡例》自称“篇内鸟兽昆虫草木,非《三百篇》无取”,所释名物,不少为陆《疏》所未释,故有增补陆《疏》之功。此书搜罗旧闻累见以详释万物,但谈不上“会通”,事实如《四库提要》所评“贪多务博,颇乏持择”,[③]间有《淮南子》、李

---

① 参见刘毓庆:《历代诗经著述考》(先秦—元代),北京:中华书局,2005 年版,第 338 页。

② (元)王恽:《秋涧集》卷七十一,《景印文渊阁四库全书 · 集部》第 1201 册,台北:台湾商务印书馆,1986 年版,第 72 页。

③ 《钦定四库全书总目》卷十七,《景印文渊阁四库全书》第 1 册,第 369 页。

善《文选注》《鸡跖集》《楚辞集注》等非名物训诂专书所训,难免驳杂,不够精审。

冯复京撰《六家诗名物疏》(以下简称冯《疏》)五十五卷,《四库全书》称之为广蔡卞《毛诗名物解》而作,影响较大。《六家诗名物疏引用书目》明确列出"陆玑《草木虫鱼疏》",居草木类参考书之首,《天禄琳琅书目后编》续卷十二称冯《疏》"意在广陆玑、蔡卞之书",①亦非无据。该书列释天、释地等三十二门,鸟兽草木虫鱼而外,象纬、堪舆、居室、饮食、衣服、兵戎之类,莫不具列;训释采诸《尔雅》及郭《注》、陆《疏》《神农本草经》《经典释文》等文献,以资互证,末加按语。该书对《诗经》名物详加搜辑,鲜或缺遗,又芟烦就简,以裨益于经学为宗旨,绝不离经畔正。周中孚《郑堂读书记补逸》评曰:"依经文条次,而间附考证,亦多有根柢,较陆、郑、蔡三家书,实为过之。"②认为此书考据有实,实际超越陆、郑、蔡三家。就内容而言,冯《疏》考证精详,堪为《诗经》名物学精品。

吴雨撰《毛诗鸟兽草木考》二十卷。分《鸟考》《兽考》《虫考》《鳞考》《草考》等内容。该书综合参考并遴选《毛传》、郑《笺》《尔雅》及郭《注》、陆《疏》、孔《疏》相关资料训释名物,有时加按语,以示己见,《四库全书总目》评之曰:"然如鸡本家禽,而繁文旁衍;鼠原常物,而异种横增,骈拇枝指,殊为可已不已。"③认为此书收入鸡、鼠等家禽常物,繁文旁衍,异种横增,不免烦琐多余。

---

① (清)彭元瑞等撰:《天禄琳琅书目后编》卷十二, 清嘉庆二年刻本影印本,第 8 页。

② (清)周中孚:《郑堂读书记补逸》卷四,清人书目题跋丛刊八,北京:中华书局,1992 年版,第 113 页。

③ 《钦定四库全书总目》卷十七,《景印文渊阁四库全书》第 1 册,第 373 页。

黄文焕著《诗经考》十八卷，专考《诗经》名物典故，包括世系、畿甸、人物、天时地利、兵农礼乐、动植等方面，以《诗经》篇第为序，各标其目而解。该书参考之广、考证之勤，斯已少见。训释名物广引《毛传》、郑《笺》、陆《疏》、《说文解字》、《埤雅》、朱《传》、《左传》、《列女传》等文献，少有鉴别。《四库全书总目》评之“征引颇为繁富，惟爱博嗜奇，颇伤冗杂”，①对它评价不高，认为它不及何楷《世本古义》博洽。

毛晋撰《毛诗草木鸟兽虫鱼疏广要》四卷。该书以陆《疏》为本，按名物在《诗经》出现顺序，广援古代文献释之。该书既对陆《疏》固有条目进行了增补、正讹，又另增加陆《疏》未载内容，繁征博引，不厌冗长，以《左传》《周礼》《尔雅》《淮南子》《埤雅》等文献参证，间出己意；每条注后，另有按语。因采摭既多，难免繁杂，《四库全书总目》评之“嗜异贪多，每伤支蔓”，②有些训释于经义渺无所关。该书内容虽不免繁杂，但训释严谨、翔实。

胡文焕撰《诗识》三卷。全书采朱《传》中重要名物类编，分天文、地理、宫室、人物、饮食、军旅、器物、农桑、飞禽、走兽、鳞介等三十七类。《续修四库全书总目提要》评之曰：“所见甚陋，其区目之未善，又不必辨矣。”③认为其说浅陋，条目分类不大好。

2. 综合研究，包括《诗》经义、音韵、文化礼俗、篇目异同考辨等内容，但包含名物考辨内容

沈万钶《诗经类考》三十卷，于三百篇所载名物典故，分二十六

① 同上书，第 374 页。

② 《钦定四库全书总目》卷十五，《景印文渊阁四库全书》第 1 册，第 325 页。

③ 《续修四库全书总目提要》第 15 册，济南：齐鲁书社，1996 年版，第 553 页。

门编录。此书非《诗经》名物学专著,但包含《服饰考》《禽虫考》《草木考》等内容。训释名物杂引《毛传》《尔雅》及郭《注》、陆《疏》、《说文解字》、《淮南子》、《礼记》、《管子》、《博物志》、《埤雅》等典籍,缺乏持择。该书虽本《诗名物疏》而作,却不及原书;凡所援据,不能尽本经传,故往往不精不详。

何楷撰《诗经世本古义》二十八卷,非《诗经》名物训诂专著,而是阐发毛、郑诸儒诗义之作。该书广收博引,并录诸说,综合考察诗义、名物、字形等方面,而名物研究则为"通其意",服务于诗义、风俗、人事、礼乐研究。该书多引《毛传》《尔雅》《释名》《广雅》《埤雅》《月令》《夏小正》《左传》等典籍,详考《诗》中名物,有一定文献价值。

贺贻孙撰《诗触》六卷。该书非专释名物之书,对名物训释较简,每篇先列《小序》,次释名物,次发挥诗意。其《凡例》云:"考核禽鱼草木及诸名物,必稽于孔《疏》《大全》《尔雅》《埤雅》《本草》《字汇》诸书,具录于本诗之后,与所笺释低书一格,以示采择虽无关诗旨,但备博览而已。"①据此《凡例》,可知本书考稽名物,主要征引文献,以备博览,少有己见。

李若愚撰《诗经演义辨真》十三卷,分训解、直讲、讲句、设譬、全旨、章旨、通考等部分。此书主要考辨经义章旨,非名物训诂专著,但"通考"部分对器用鸟兽草木进行解释,不过皆采录诸书以广多识,少有新见。

另有佚名撰《诗经名物疏》八卷,杨晋龙《明人诗经著作目

---

① (清)贺贻孙:《诗触·凡例》,见《诗触》卷一,清咸丰刻本影印本,第2页。

录初稿》云："先解经，次解传，博采诸儒，于名物尤详。"①该书博采前人成果解释经义，并详考相关名物。又有佚名撰《三百篇物考》，该书诠释《诗经》名物，兼及经义，凡草木鸟兽虫鱼之属，天文、舆地、服饰、礼乐、器具、车马、兵制之类，皆一一考订。考证鸟兽草木主要依据陆《疏》，考证舆地则旁采《尔雅》、《说文》、《水经》、方志，考证天文、服饰、礼乐、器具之类则本《三礼》，引证赅洽而言言征实。

3. 图谱类，以图谱呈现名物样态

此类著作主要有钟惺《诗经图史合考》二十卷、陈重光辑《毛诗正变指南图》六卷、章达、卢谦辑《诗经图》一卷。《诗经图史合考》广引《毛传》、郑《笺》、《尔雅》及郭《注》、陆《疏》、《诗缉》、《列女传》、《淮南子》、《通志》、《学记》、《初学记》等文献解释《诗经》名物，有时配图。此书名曰释经，不过杂引众多典故，与经义无关，对研究《诗经》参考价值不大。《毛诗正变指南图》图说《诗经》中阴阳、日景、衣服、兵农、名堂、辟雍等名物。此书有两卷简略杂释名物，加之有些编次丛杂，义例浅陋，故影响不大。《诗经图》中有十五国风地理图、冠服图、兵器服图、鸟名、兽名、虫名、鱼名、草名等，为研究《诗经》名物提供了一些图片资料。

此外，明代亡佚或未见的《诗经》名物著述有：黄乔栋《诗经名物考》、黄洪宪《学诗多识》、黄圣年《诗骚本草通》、耿汝愚《诗经鱼虫考》、刘宁之《诗经多识录》、盛于斯《毛诗名物考》、秦沅《诗经多识》等。

洪湛侯认为明代《诗经》名物著述多疏略之作，"不可与清代考

① 刘毓庆、贾培俊：《历代诗经著述考》（明代），北京：中华书局，2008 年版，第 479 页。

据学家所撰之专书同日而语”,①但明代多识之学较之前代,无论研究者人数还是研究成果,均大大超越前代,堪为《诗经》名物研究蓬勃期。

(六)清代:鼎盛期

清代考据学盛行,《诗经》学获得长足发展,朱杰人评价这一时期《诗经》研究成就:“无论是文字训诂、名物制度,还是考据辑佚、义疏音韵,乃至博物学、天文学、地理学等都有皇皇巨著问世,足以傲视古人而垂范来者。”②因清代研究《诗经》名物著述呈井喷之势,故参考洪湛侯《诗经学史》,大致分两个阶段简述代表性著述,③其他仅列名录,以备参考。

1. 清前期

这一时期研究《诗经》名物专著主要有姚炳《诗识名解》、毛奇龄《续诗传鸟名卷》、陈大章《诗传名物集览》。《诗识名解》分鸟兽草木四部,共十五卷,主要参考《尔雅》及郭《注》,综合引用《毛传》、《广雅》、陆《疏》、《通志》、朱《传》等文献,考辨《诗经》名物,广援精核,兼探诗义。《四库提要》评之因爱奇嗜博,不免“往往失之蔓衍”,“然核其大致,可取者多”,④参考时宜略芜存菁。《续诗传鸟名卷》三卷,引用《毛传》、《尔雅》、陆《疏》、《通志》等文献,考证《诗经》鸟类,旨在续《毛传》而正朱《传》。大致引证赅洽,颇多有据,但不乏杜撰、穿凿之说。《诗传名物集览》共十二卷,分鸟、兽、虫、鳞介、草、木六类训释《诗经》名物,采辑《毛传》、郑《笺》、

① 洪湛侯:《诗经学史》,第 430 页。

② 蒋见元、朱杰人著:《诗经要籍解题》,上海:上海古籍出版社,1996 年版,第 5 页。

③ 洪湛侯:《诗经学史》,第 531 – 538 页。

④ 《钦定四库全书提要 · 诗识名解》,《景印文渊阁四库全书 · 经部》第 86 册,台北:台湾商务印书馆,1986 年版,第 314 页。

《尔雅》及郭《注》、陆《疏》《埤雅》诸说,参以《左传》《礼记》《山海经》《庄子》《列子》《吕氏春秋》《淮南子》等文献之证,搜载过繁,体近类书,有些条目失于偏执、乖舛。该书征引既众,可资博览,虽精核不足,而繁富有余。

非考证《诗经》名物专书主要有王夫之《诗经稗疏》、顾栋高《毛诗类释》、黄忠松《诗疑辨正》。《诗经稗疏》计四卷,考证《诗经》名物、礼制、叶韵等,以辨正名物训诂为主。很多地方综合引用《毛传》、郑《笺》、《尔雅》及郭《注》、《说文解字》、陆《疏》、《埤雅》、《吕览》等文献,以补先儒诸说之遗。《四库提要》评之有些条目"未免近凿",但大体"皆确有依据,不为臆断"。[①]《毛诗类释》计二十一卷,专门分类考释《诗经》经、传所涉名物、典制如天文、地理、祭祀、官制、车马、草木鸟兽之类,兼阐诗义。该书稽核诸说,附以己按,详为辨证,颇为谨严。《诗疑辨正》计六卷,该书主于考订名物,折衷诸说是非,言多有据,故以《辨证》为名。总之,此三书虽为清前期训释名物善本,但均非系统考证名物专书。

2. 清中晚期

这一时期在陆《疏》基础上整理、增补类,最知名的有赵佑、丁晏、焦循三家。赵佑作《毛诗草木鸟兽虫鱼疏校正》二卷,因感陆《疏》陶、毛两本舛错脱弃较多,故取两本异同,参以诸家别录详加校正,间附己见,凡录名物一百三十三题。此书于陶、毛讹误,颇多订正,其考订多为学界公认,是研究陆《疏》较有影响的阶段性成果。丁晏撰《毛诗草木鸟兽虫鱼疏校正》二卷,据《经典释文》《太平御览》引补四条,总计一百三十七条。丁氏充分利用前人校勘成果,严加校订陆《疏》佚文,凡他书引有陆《疏》者,均一一校注于各

---

① 王夫之:《诗经稗疏》,同治四年湘乡曾氏刊本影印本,第2页。

句之下,且讹文夺字,均有匡补。《诗经要籍提要》评价丁本是“最完善、最精审的版本”。① 焦循撰《陆氏草木鸟兽虫鱼疏》二卷,总计一百四十九条。主要据陆《疏》毛本,参以诸书,考订陆《疏》文字。此书以草、木、鸟、兽、虫、鱼为序,依诗文篇目次序编排;每条题下增列《毛传》传文,并逐条列出后代征引陆《疏》文献,或阐明陆《疏》疏毛微旨,或辨陆、毛异同,考订严谨、简练,颇见功力。

自成编排体例训释《诗经》名物者,以多隆阿、徐鼎最著。徐鼎用时二十年作《毛诗名物图说》九卷,分鸟、兽、虫、鱼、草、木六类,收录名物二百五十五种,共有图二百九十五幅,将名物标于图上,博考《尔雅》及郭注、师旷《禽经》、陆《疏》、《毛诗注疏》、《埤雅》、《诗缉》、《礼记》、杜预《左传注》、《太平御览》等典籍,勤问于钓、农、樵、猎,分列注释于下,并加己按于后。此书考订精详,言必有征,图文相配,有重要文献价值。多隆阿撰《毛诗多识》十二卷,共收《诗经》名物四百十六条,占《诗经》名物十之七八,为历来考订《诗经》名物规模最大之作。多隆阿在实际观察基础上,综引《毛传》、郑《笺》、《尔雅》及郭《注》、陆《疏》、杜预《左传注》、《禽经》等文献,考订严谨,为《诗经》名物学重要专著。

其他以“名物”“多识”“草木鸟兽”类命名的著述主要有:徐士俊《三百篇鸟兽草木记》一卷,赵执信《毛诗名物疏抄》,程瑶田《释虫小记》一卷,石韫玉《多识录》九卷,焦循《陆玑疏考证》二卷、《毛诗物名释》一卷、《毛诗草木鸟兽虫鱼释》十二卷,陆以諴《毛诗鸟兽草木本旨》十三卷,陈奂《毛诗九谷考》一卷,朱桓《毛诗名物略》四卷,俞樾《诗名物证古》一卷,方焕《读诗释物》二十一卷,许瀚《辨尹畹阶毛诗名物辨》一卷,黄春魁《毛诗鸟兽草木考》四卷,牟应震

① 夏传才、董治安:《诗经要籍提要》,北京:学苑出版社,2003 年版,第 26 页。

《毛诗物名考》七卷，尹继美《诗名物考略》二卷，董桂新《毛诗多识录》十六卷，王仁俊《毛诗草木今名释》一卷，王泉之《增补鸟兽草木虫鱼疏》二卷，王维言《毛诗名物状》三卷，张玉纶《毛诗多识》十二卷，金谷春《读诗识名证义》八卷，李遵义《毛诗草名今释》《毛诗鱼名今考》等。考察《诗经》天文、地理名物方面专著主要有焦循《毛诗地理释》四卷、洪亮吉《毛诗天文考》一卷、朱右曾《诗地理征》七卷、桂文灿《毛诗释地》六卷、尹继美《诗地理考略》二卷、图一卷、孙常叙辑录《扬州焦氏读诗地理考札记》等。考察《诗经》氏族专著有李超孙所辑《诗氏族考》，辑录《诗经》氏族资料，考辨其源流；考察《诗经》礼制著述有包世荣《毛诗礼征》、朱廉《毛诗补礼》等，其中涉及诸多典章制度、名物训诂资料，此不赘述。

此外，据张小敏博士统计，18世纪初期，出现日本《诗经》学第一部名物学专著——《诗经小识》。随后一百余年，出现一大批有影响的名物学研究成果，如松冈恕庵《诗经名物考》、江村如圭《诗经名物辩解》、小野兰山《诗经名物辨解正误》、藤沼尚景《诗经小识补》、渊在宽《陆氏草木鸟兽虫鱼疏图解》、冈元凤《毛诗品物图考》、井冈冽《毛诗名物质疑》、三谷朴《诗经草木多识会品目》、茅原定《诗经名物集成》、细井徇《诗经名物图解》等。①据其博士论文《日本江户时代〈诗经〉学研究》统计，日本现存《诗经》名物学著作有30多种，其中代表性的有11种之多。②

① 张小敏：《日本江户时代〈诗经〉学研究》，《东北师大学报》（哲学社会科学版）》，2015年第4期。

② 张小敏：《日本江户时代〈诗经〉学研究》，山西大学博士学位论文，2013年，第160页。

(七)五四至今:新变期

这一时期《诗经》研究重大转变是从立足经学到重视其文学价值。封建王朝崩溃,经学无从附庸,“现代诗学”摆脱经学桎梏,转向文学研究。较之《诗经》其他方面研究如专篇、诗篇分类、艺术手法、诗篇时代与地域、多学科综合等热门,名物研究相对低落,但呈现新变化。

首先,传统意义上名物考辨已非简单文字训诂,而是进行学科交叉研究,把动物学、植物学、地理学、考古学、民俗学、人类学、社会学、生物学等现代科学融入其中。涌现大量成果,专著有扬之水《诗经名物新证》、童士恺《毛诗植物名参》、俞寿沧《诗经名物记》、陆文郁《诗草木今释》、吴厚炎《诗经草木汇考》、高明乾《诗经动物释诂》《诗经植物释诂》、潘富俊《诗经植物图鉴》等;单篇论文有薛哲龙《毛诗动植物今释》,黄侃《稷通释》《释鸿鸿》,齐思和《毛诗谷名考》,孙作云《〈诗经〉中的动植物》,郑树文《诗经黍稠辨》,胡相峰《诗经与植物》,龙建春《螽斯考》,张崇琛《“薇”与〈诗经〉中的采薇诗》,王凤产《〈诗经〉中“鸠”的生物学辨析》等。天文、地理名物论文有张常清《〈诗经〉中的“露”》,刘金沂、王胜利《〈诗经〉中的天文学知识》,郑思虞《毛诗天文考》,林志纯《诗经地理研究》,孙关龙《〈诗经〉山名考》《〈诗经〉中的泉水资料》等,还有日本野民抱影《〈诗经〉中的星》。此外,当代还零星出现了研究《诗经》名物的学位论文,有邢锢浩《〈诗经〉名物之动物研究》,秦秀丽《〈诗经〉木本植物类名物词汇研究》,吕华亮《〈诗经〉名物与〈诗经〉成就》等。这种研究方法推动更深入理解《诗经》名物文化内涵,也能促进阐发《诗》义及对《诗经》文学特性的研究。

其次,这一时期自然名物研究因以现代科学为指导,考辨更具科学性,对名物之生物属性如种类、外形、产地等描述更细致,并试图将《诗经》中草木虫鱼与现代动、植物对应起来。如潘富俊《诗经植物图鉴》,作者广泛参考《毛传》、陆《疏》、徐鼎《毛诗名物图说》、陆文郁《诗草木今释》等文献,运用现代生物学知识,对《诗经》植物名称、用途进行分类,并用小档案形式呈现植物形态、性状、用途、分布地区等,图文相配,引领读者穿越时间走廊,遨游《诗经》植物园。

最后,这一时期人工名物考辨多能运用"二重证据法",将典籍与出土文物结合起来加以辨说,也大都配以文物图片,可观性强。比较有影响的专著有扬之水《诗经名物新证》,其他成果以单篇论文为主,大都选择《诗经》中的某种或某类名物进行考辨,主要有郑思虞《〈毛诗〉车乘考》、翟相君《〈诗经〉之役车》,杨文胜《试探〈诗经〉中的先秦车马》、方正己《"耙""犁"考辨》、林维民《〈诗经〉服饰二考》、张桂萍《〈诗经〉中的衣饰》、李婷婷《〈诗经〉乐器考论》等。这类成果因有大量古籍、出土文物支撑,其考证颇具功力,令人信服。

二、《诗经》名物研究反思与展望

综观五四以前《诗经》名物研究史,主要呈现以下几个特点:1. 以博物为旨归,不论或鲜论诗义,如陆《疏》专以"多识"为务,对《诗经》所涉一百五十四种动植物从名称、形态、产地、用途等方面进行详释,相当生物简册;冯《疏》踵其路,条目甚全,考据赅博,也不考虑诗义,"至诗人之意,则存而不论";牟应震《毛诗物名考》时有顾及诗之比兴,但吉光片羽而已,终未深入。此类著作见物而不见诗,考证再详,亦不能复原此物在诗中的生命。2. 资料堆砌,蔓衍驳杂。不少著述不过采录诸书以备博览,少有考辨与新见。如林兆珂《毛诗多识编》,杂引众多相关文献,一些文学编著之注释也见引用,缺乏选择,种类纷糅,训故舛驳。3. 交织经义,比附道德。如蔡卞《毛诗名物解》,侧重阐述经义而疏于介绍名物自然属性,如释“荇”:“荇菜谓之茆芥,顺阳而长,本系阴,而固有清洁不可陷溺之德,故以况淑女,以荐神明。”①主要据郑《笺》、孔《疏》阐释“荇”之德性,而对之生物属性介绍很少。

五四以来《诗经》名物研究成果,无论从研究对象、研究方法、成果呈现形式均较之前代大有转变,堪称《诗经》名物研究新变期,但整体而言有如下不足:1. 对《诗经》名物仍缺乏宏观把握、系统研究,专著成果少,当代《诗经》研究多为译注类成果,分析名物审美意义时鲜能结合其自然属性。2. 急于求新、求通俗,而对先儒《诗经》名物训诂成果整理、吸纳不足,考辨粗疏或没有考辨。20 世纪 80 年代之后《诗经》研究者普遍自觉关注语词的文学和文化研究,在此风气下,有些注析类著作在训释名物时,除训解字词之意,还注重分析诗句所体现的艺术特征和文化内涵,如程俊英、蒋见元《诗经注析》注释《周南·卷耳》“采采卷耳,不盈顷筐”时云:“卷耳,今名苍耳,一种草本植物。嫩苗可食,也可入药……诗人心事重重,思念远行的丈夫,虽然采了又采,却总是采不满一个浅筐,所以《毛传》说这两句是‘忧者之兴’。”②该书虽时能参考《毛传》《尔雅》《说文解字》等文献训释名物,但仅简引而不考辨、详释。3. 研究内容多集中于名物考辨、文化意蕴探源方面,而对《诗经》名物于鉴赏《诗经》艺术的价值研究寥寥无几,目前仅有吕华亮博士《〈诗经〉名物与〈诗经〉成就》中一章较系统谈及此问题。《诗经》作为中国现实主义诗歌开山之作,研究其名物与文学艺术的关系十分重要,毕竟大量运用比兴手法是其一大特色,且对后世诗歌创作产生深远影响。

基于此,愚以为未来《诗经》名物研究当注意以下几点:

---

① (宋)蔡卞:《毛诗名物解》,《景印文渊阁四库全书·经部》第 70 册,第 547 页。

② 程俊英、蒋见元:《诗经注析》,北京:中华书局,1991 年版,第 10 页。

1. 文献整理。自汉至清,《诗经》名物训诂积累了大量研究成果。当今《诗经》名物研究应梳理、考辨先儒名物训诂成果,淘杂除冗,择善而从,揭示其内在发展轨迹,并在此基础上拓展、深化。若无扎实可信的训诂为基点,《诗经》文学研究终为空中楼阁。当今一些《诗经》名物研究学者,力争用现代植物学诠释《诗》中草木,然古今异时,乡土殊产,故此类研究不仅需现代植物学、农学、医药学等方面知识,更需以文字、音韵、训诂为基。

2. 要适当吸纳经学成果。其实,这已是当代不少学者共识,王长华教授曾评价当今学术氛围中,"《诗经》学重新回归'经学'似乎有着'螺旋式上升'的意味"。[①] 但现状是,对《诗经》名物文化内涵挖掘尚少,吸纳经学成果更少。名物研究首先要力争贴近当时历史与文化原生态面貌,这就要求研究本身不能忽视《诗经》特有的"经学"文化品格。当今《诗经》名物训诂不能陷入传统经学研究老路,但又不能全然舍弃经学成果而孤军深入,毕竟只有真正理解名物文化内涵才谈得上理性扬弃。

3. 要试图在名物自然属性上挖掘文化内涵与文学意蕴。虽不能说"诗三百"所有名物均有比兴意义,但公认具有比兴意义之名物,其比兴意义的生成与名物自然属性的关联不能忽视,如此才能更准确、深刻体会名物比兴意义,进而理解《诗》义。毕竟感物造端、比兴托讽是《诗经》一大特色,且对后世诗歌创作产生深远影响。将《诗经》传统名物训诂与《诗经》文学特性结合进行研究,是有待开掘、有意思的系统工程。

(李耀平,福建师范大学文学院博士研究生)

① 王长华:《六十年来〈诗经〉研究的反思与展望》,《河北师范大学学报(哲学社会科学版)》,2014 年第 4 期。

语言文字研究

《诗经》原文疑误三十例

黄怀信

《诗经》流传三千年,出现文字讹误、脱衍错乱,甚至人为改动均有可能。所以,研究《诗经》,校勘是不可或缺之事。笔者近合今古文(据王先谦《诗三家义集疏》,中华书局1987年2月版)进行汇校,发现有版本异同或者文字讹误者涉及全部三百零五篇之二百六十余篇,其中少者一篇一二字(处),多者一篇达二三十字(处),不可谓不多。这些异同或讹误,多数属于版本或今古文之异所致,只要进行对校就容易发现,而部分则不属于版本或今古文之异所致,因而不容易被发现,历史上也未曾有人指出。今举其中三十例,以就教于方家里手,希望同人们共同讨论,以推助《诗经》研究取得时代性进步。以下据传统文本逐次而出:

1.《葛覃》第三章:“言告师氏,言告言归。薄污我私,薄浣我衣。害澣害否(污)?归宁父母。”

按:“害澣害否”,与下句不谐,疑“否”当作“污”,以音误。“害(何)澣(同“浣”)害污(去污、清洗)”,承前“薄(迫、赶紧)污我私(内衣),薄浣我衣(外衣)”说,全章意思是:“报告师氏啊,说要回娘家。赶紧洗内衣,赶紧换外衣。为什么洗、为什么换?因为要回娘家看父母。”可见比较通顺,若作“否”,则上下皆不顺。

2.《草虫》第二、三章:“陟彼南山,言采其蕨。未见君子,忧心惙惙。亦既见止,亦既觏止,我心则悦(夷)。陟彼南山,言采其薇。

未见君子,我心伤悲。亦既见止,亦既觏止,我心则夷(悦)。"

按:惙惙,形容心忧不定之貌,当与"夷"(平定)相对。伤悲,当与"悦"(喜悦)相对。故疑二章之"悦"当与三章之"夷"互误。

3.《行露》第二、三章:"谁谓雀无角,何以穿我屋?谁谓女无家,何以速我狱?虽速我狱,室家不足!谁谓鼠无牙,何以穿我墉?谁谓女无家,何以速我讼?虽速我讼,亦不女从!"

按:此二章相互对应的主辞皆不同,唯"谁谓女无家"句相同,韵亦不合,疑有误。第三章之"家",或当是"室"字之误。

4.《殷其雷》第三章:"何斯违斯,莫或(敢)遑处?振振君子,归哉归哉!"

按:"莫或遑处"义不谐,"莫或"疑当作"莫敢",盖涉第一章之"或遑"而误。二句意思是说:"你啥时离开那里?难道就不敢停下?振奋的夫君,快回来吧!"妻子之言,意思也顺。

5.《摽有梅》第三章:"摽有梅,顷筐塈之。求我庶士,迨其谓(会)之(兮)。"

按:"谓之"之"之",疑当作"兮",与前两章同,涉前"塈之"之"之"字而误。全章意思是说:"打梅子,接在筐子里啊!选对象,趁聚会啊!"若作"之",则义不通。

6.《何彼襛矣》第一章:"何彼襛矣?唐棣之华。曷不(彼)肃雍?王姬之车。"

按:不,疑当作"彼",音近而误。曷彼,即"何彼"。全章意思是:"什么那么繁盛?是棠棣的花。什么那么雍容?是王姬的婚车。"若作"不",则义难通。

7.《日月》前二章:"日居月诸,照临下土。乃如之人兮,逝不古处,胡能有定?宁不我顾!日居月诸,下土是冒。乃如之人兮,逝(实)不相好,胡能有定?宁不我报!"

按:按首章之“逝”,是往、行的意思。二章之“逝不”显然只能是发誓的意思。而如此,又与下句不谐。故疑其“逝”当是后人误解一章之义而改,或作以音而又涉上字误,本字疑当作“实”。意思是:其实并不喜欢我,怎能定终身。

8.《凯风》第三章:“爰有寒泉,在浚(涘)之下。有子七人,母氏劳苦。”

按:“浚”为动词,与诗义不合。或以为地名,亦非,疑当是“涘”字之误。涘,水崖也。全章是说:村外山崖下,有一处山泉,供人们饮用,给人以清凉。就像七个儿子,都靠着母亲劳苦养育。

9.《谷风》第五章:“不我能慉,反以我为仇。既阻我德,贾用不售。昔育(有)恐(空)育(有)鞠,及尔颠覆。既生既育,比予于毒。”

按:“育恐育鞠”,二“育”字皆当是“有”字之误,义同“又”;恐,疑是“空”字音误,与“鞠”相对。鞠,谓穷、尽。有(又)空有(又)鞠,指没有孩子。全章是说:“不能畜养我,反以我为仇。既蔽我美德,求也不管用。从前没孩子,与你炕上闹。生了孩子后,把我比毒瘤。”若以原字,实可通。

10.《泉水》第二章:“出宿于泲,饮饯于祢。女子有行,远父母兄弟。问(闻)我诸姑,遂及伯姊。”

按:“问我诸姑”与下不谐,“问”当是“闻”字音误。闻,谓告诉、告别。此章回忆出嫁之时,意思是说:“出宿在济,饯行在祢。女子出嫁,远离父兄。告别姑姑,又别大姐。”

11.《桑中》第二章:“爰采麦(麻)矣?沬之北矣。”

按:按麦不言采,“采麦”疑当作“采麻”,音近而误。采麻,谓摘麻子。

12.《丘中有麻》:“丘中有麻,彼留子嗟。彼留子嗟,将其来施。

(首章)丘中有麦,彼留子国。彼留子国,将其来食(背)。(二章)丘中有李,彼留之子。彼留之子,贻我佩玖。(三章)"

按:三章前二句均不可通,"彼留子嗟""彼留子国""彼留之子",均不当重,疑是整理者误增。即此诗本来章三句,整理者误增一句,成章四句。又按:麦不可以生吃,第二章之"食"疑是"背"字之误,形相似。总之,此诗本应作:"丘中有麻,彼留子嗟,将其来施。(首章)丘中有麦,彼留子国,将其来食(背)。(二章)丘中有李,彼留之子,贻我佩玖。(三章)"意思方顺。

13.《溱洧》首章:"溱与洧,方涣涣兮。士与女,方秉(采)蕑兮。女曰观乎? 士曰既且,且往观乎。"

按:蕑,一种香草。作"秉蕑"与下不谐,疑是"采蕑"字之误。全章意思是:"溱水与洧水,正在哗哗流。男士和女子,正在采香草。女说'那边看',男说'看过了! 再往前。'"

又第二章:"维士与女,伊其将谑,赠之以勺药。"

按:将谑,疑当作"相谑",声之误,三句与首章全同。谑,谓开玩笑。全章意思是:"只有男和女,正在闹着玩,互赠勺药花。"

14.《皇皇者华》第二章:"我马维驹(骄),六辔如濡。载驰载驱,周爰咨诹。"

按:《释文》云:"驹,本亦作'骄'。"按驹不可以驾车,作"骄"当是,"驹"系音误。

15.《伐木》第六章:"有酒湑我(哉),无酒酤我(哉)! 坎坎鼓我(哉),蹲蹲舞我(哉)! 迨我暇矣,饮此湑矣。"

按:此章前四"我"字疑皆当作"哉",形相似,又涉前二章"哉"字而误。

16.《蓼萧》第三章:"蓼彼萧斯,零露泥泥。既见君子,孔燕岂弟。宜兄宜弟,令德寿岂(兮)。"

按:寿岂,“岂”疑当作“兮”,涉前“岂弟”又以音误。

17.《斯干》第九章:“乃生女子,载寝之地。载衣之裼,载弄之瓦。无非无仪(议),唯酒食是议(仪),无父母诒罹。”

按:“仪”“议”二字疑互误。无非无议,不加非议。酒食是仪,谓备办酒席。全章意思是:“若生女孩子,就让睡地上,就给裹被单,就让玩纺轮。不非也不议,只给办酒席,不留父母忧。”若如旧,则义诚不可通。

18.《巧言》第六章:“彼何人斯?居河之麋。无拳无勇,职为乱阶。既微且尰,尔勇伊何?为犹将多,尔居徒几何?”

按:此章与其前五章诗意全不相蒙,当是下篇《何人斯》之首章,与其二、四、六章之“彼何人斯”句同,属于错简。

19.《楚茨》首章:“楚楚者茨,言抽其棘。自昔何为?我(为)艺黍稷。我黍与与,我稷翼翼,我仓既盈,我庾维亿。以为酒食,以享以祀,以妥以侑,以介景福。”

按:“自昔何为?我艺黍稷”义难通,“我”疑当作“为”,涉后而误。前二句意思是:“丛生蒺藜长出来,随即拔掉它的刺。自古为何那样做?为种糜子和谷子。”

20.《灵台》前两章:“经始灵台,经之营之。庶民攻之,不日成之。经始勿亟,庶民子来。王在灵囿,麀鹿攸伏。”

按:“经始”不辞,“始”皆当是“治”字之误。经治,即经营修筑。

21.《文王有声》第八章:“丰水有芑,武王岂不仕?诒厥孙谋,以燕翼子(之)。武王烝哉!”

按:前言“诒厥孙谋”,后不应再言“翼子”,“子”疑当作“之”,与上章同,盖以音误。全章意思是:“丰水有芑菜,武王能不采?留给子孙谋,用以安助他。武王真美啊!”

22.《行苇》第四章:“敦弓既句,既挟四鍭。四鍭如树,序(诲)

宾以不侮。”

按:“序宾以不侮”义难通,疑当作“诲宾”,涉前章而误。诲,谓教诲。侮,谓轻视别人。全章意思是:“彤弓已拉开,各人持四箭。四箭先莫动,教宾要谦逊。”

23.《凫鹥》第五章:“凫、鹥在亹,公尸来止熏熏。旨酒欣欣,燔炙芬芬。公尸燕饮,无有后艰。”

按:熏熏,酒醉的样子。欣欣,欢欣的样子。此章“熏熏”与“欣欣”当互误。意思是说:“野鸭鹥鸥在水湄,受祭的先人很欢欣。美酒使人醉醺醺,烧烤气味也芬芳。受祭的先人宴饮后,再无日后艰和难。

24.《假乐》第二章:“干(千)禄百福,子孙千亿。”

按:“干禄百福”义难通,“干”疑“千”字之误。

25.《荡》第五章:“文王曰咨,咨女殷商。天不湎尔以酒,不义从式。既衍尔止,靡明靡晦。式(或)号式(或)呼,俾昼作夜。”

按:式号式呼,《释文》云:“一本作‘或号或呼’。”今本“式”当是“或”字之误。或,有也。二句意思是:有呼有喊叫,使昼作黑夜。

26.《桑柔》第十二章:“大风有隧,有空大穀(谷)。维此良人,作为式穀。维彼不顺,征(往)以中垢。”

按:穀,当作“谷”,以音误,指山谷。全章意思是:大风有通道,大谷有空地。只有这好人,可做这大谷。只有那恶人,过后留污垢。”旧或如字训善,恐非。

27.《云汉》第二章:“上下奠瘗,靡神不宗。后稷不克(享),上帝不临。耗斁下土,宁丁我梗。”

按:克,当是“享”字之误。后稷不享,谓后稷不受祭享。旧如字训胜,恐非。

28.《丰年》首句:“丰年多黍多稌,亦有高廪,万亿及(厥)秭。”

按:“万亿及秭”不辞,“及”当是“厥”字音误。厥,即“其”。

29.《载芟》末句:“匪且(昔)有且(斯),匪今斯今(有斯),振古如兹。”

按:“匪且有且”,前“且”疑当作“昔”,形似而误;后“且”疑当作“斯”,涉前又误。全章意思是:“不是以前就这样,不是如今才这样,自古以来就这样。”

30.《长发》第三章:“帝命不违,至于汤齐。汤降不迟,圣敬日跻。昭假迟迟,上帝是祇,帝命式于九围(域)。”

按:“九围”,“围”疑当作“域”,以音误。“九域”,即九州。

(黄怀信,曲阜师范大学孔子文化研究院教授)

《诗经》毛传训诂数则考辨

叶铸漩

对于《诗经》毛传训诂成果的关注,早在汉代以后就已经开始了。根据现有文献,三国时代出现了诸如王肃《毛诗注》《毛诗义驳》,孙炎的《毛诗注》,刘璠的《毛诗义》,李譔的《毛诗注解》等直接考察毛传的著作,其数量在三国时代相关著作中是占有很大比例的。而随着《毛诗》在传统经学中对汉代其他诸家影响力的超越,三国之后,人们对《诗经》毛传的热情和考察的力度都达到了一个很高的水平,这在文献中是以对毛传考察著作的数量表现出来的。但是,作为对《诗经》的训诂成果,毛传在传统经学中存在着如下一些处理方式,即:释义(如三国时期蜀国李譔的《毛诗注解》)、示隐(如晋代陈统的《毛诗表隐》)、考音(如北朝后周沉重的《毛诗音》)、辨义(如宋代吴曾的《毛诗辨疑》)等。这些处理方式贯穿于传统经学的毛传考察活动中,并一直延续到近现代。从这些处理方式的内容来看,传统的关注点仅止步于毛传训诂的事实,对于事实中出现的一些训诂现象形成的原因却极少有人论及,这对正确理解毛传训诂及整个毛传的体系都是不利的。那么,在传统经学对毛传的处理方式上进一步探寻毛传中某些训诂现象的原因就显得尤为重要了。因此,本文拟就《诗经》毛传中一些训诂现象的原因选取其中数则实例进行考察,以就教于方家。

《诗经 · 周南 · 葛覃》中有"薄污我私",毛传云"污,烦也。"案,毛传接其后又云"私,燕服也。"是"污"之对象当为"私(燕服)",然以义言之,若"污"训"烦",则其后接"私(燕服)"义不通。

考《说文》“污,薉也。一曰小池为污,一曰涂也。”案,《尚书·胤征》“旧染污俗”,陆德明《释文》云“污,涴泥着物也”;《孟子·尽心下》“合乎污世”,朱熹《集注》曰“污,浊也”;《荀子·强国》“其声乐不流污”,唐人杨倞注曰“污,浊也”,又《荀子·富国》“百姓晓然皆知其污漫暴乱而将大危亡也”,杨倞注曰“污,秽行也。”而《汉书·王尊传》“贪污不轨”,颜师古注曰“污,浊也”;《汉书·邹阳传》“回面污行”,颜师古注“污,不洁也”;《后汉书·梁节王畅传》“令陛下为臣收污天下”,李贤注“污,恶也”;又《史记·屈原贾生列传》“彼寻常之污渎兮”,司马贞索隐云“污,横污”;《汉书·沟洫志》“以为污泽”,颜师古注“停水曰污”;《汉书·翟方进传》“莽尽坏义第宅,污池之”,颜师古亦注云“污,停水也”。① 然遍考与毛传同期的训诂成例,“污”字并无训“烦”之例。这表明“污”字在毛传时代的语言中绝没有以“烦”义使用者,而毛传却独以“烦”义释“污”,只能被认为是不符合当时语言社会性的行为了。毛传之后,郑玄对此有笺,言“烦,烦撋之用功深。”笺义欲进一步对毛传进行解释,认为毛氏希望表达的是“烦撋之用功深”的意思。考“撋”字,《说文》无释,而《集韵·仙韵》“撋,或作擩、抰、挼”。又,“擩”,《说文》有释,言“染也。”《仪礼·公食大夫礼》“以辩擩于醢”郑玄注“擩,染也”,而《周礼·春官大祝》“六曰擩祭”郑玄则引郑司农释“擩祭”云“以肝、肺菹擩盐醢中以祭也。”明“染也”当云“以物入于他物中反复沾染”;“抰”,《说文解字》段注云“染也”。《仪礼·特牲馈食礼》“右取菹抰于醢”郑玄注“抰醢者,染于醢”,郑释明“抰某物于醢”。故段注所谓“染也”者,与前言“擩”者全同;“挼”,《说文》言“推也。

① 宗福邦、陈世铙、萧海波主编:《故训汇纂·水部》,北京:商务印书馆,2003 年版,第 1221 - 1222 页。

……一曰两手相切摩也。”①是“擩、揳、捼”三字于汉代来说其意义是相近的。这样，“擱”字的意义至少在郑玄时代是具有“用手反复在某物中沾染揉搓”的意义。因此，郑笺注毛传曰“烦擱之用功深”中的“烦”当为副词修饰，义为“用手反复在某物中沾染揉搓”的“擱”字，而郑所谓“用功深”则对“烦擱”给予补充说明。王念孙《广雅疏证》卷第一下“罢、券（去卷）、烦、……劳也。”王氏疏曰“‘罢’‘券’‘烦’‘御’诸字为‘劳苦’之‘劳’”。② 案，《广雅》去汉未远，是其所列诸字当同近汉时，结合上述笺义，则“烦擱”在郑玄那里自然就表示为“辛苦的用手反复在某物中沾染揉搓”意思。因此，毛传就以郑玄为其补足的成果使“污”字意义完整地呈现为“辛苦的用手反复在某物中沾染揉搓”的意义。然而，以“污”字所有的训诂成例来看，郑笺为毛传所补出的意义亦不能有相合者，故其依然无法摆脱违反当时语言社会性的现实，但就《葛覃》一诗而言，毛传并不能被认定为是“错误的解释”。对此，该诗的诗序给出了回应。序曰：“后妃之本也。后妃在父母家，则志在于女工之事，躬俭节用，服浣濯之衣。尊敬师傅，则可以归安父母，化天下以妇道也。”根据序文，“后妃之本”是这首诗描述的主要对象，其具体表现为“志在女工”“躬俭节用”“服浣濯之衣”“尊敬师傅”。就上文毛传所释“污”字而言，这些表现中唯有“服浣濯之衣”可与之相符，而序中其他诸表现在《葛覃》全诗中亦有相应的体现，故可以得出毛传之训“污”与序义中相关要素有着相同的意义指向。从这一点来说，“序”可以被认为是全诗“训诂单元”（语汇或句子训诂）的集合。

---

① 宗福邦、陈世铙、萧海波主编：《故训汇纂》，第933页、942页、908页、900页。

② （清）王念孙撰，张靖伟等校点：《广雅疏证》卷第一下，上海：上海古籍出版社，2016年版，第156页。

《周南·葛覃》的情况同样出现在《召南·羔羊》中。诗中“羔羊之革”,毛传云“革,犹皮也”。然毛传“羔羊之皮”句云“大夫羔裘以居”,是诗内所指当大夫羔羊之服,则“羔羊之皮”“羔羊之革”“羔羊之缝”当皆为大夫羔羊之服。传既已明“大夫羔裘以居”,则羔羊之“皮、革、缝”皆为“羔裘”之部分。“裘”,《说文》言“皮衣也”,徐锴系云“裘,以兽皮毛作之,以助女工也”;《大戴礼记·主言》“乃为畜积衣裘焉”,王聘珍解诂曰“裘,皮衣也”;《礼记·曲礼下》“兽工”孔颖达疏曰:“裘,谓带毛狐裘之属者。”①是“裘”之为物,当并含皮、毛。然《周礼·天官·掌皮》“掌秋敛皮,冬敛革”孙诒让正义引宋绵初云“凡连毛者曰皮,裘材也。去毛者曰革,练治之革曰韦。”《易·遁》“执之用黄牛之革”,惠栋述“始拆谓之皮,已干谓之革,既熟谓之韦,其实一物也。”而汉前用例在指涉“皮毛”时亦皆言“兽皮治去其毛,革更之。”(《说文》释义)故毛传以“皮”训“革”是有违训例的。但毛传既以诗中“羔羊”所指皆谓“羔裘”,又上文所引“裘”字训例,则“裘”之带毛则成为其最显著的特征,故毛传违训如果以合理视之,只能解释为毛传希望极力突出“羔裘”之特征,以明“大夫羔裘以居”之义。而“素丝五紽”后传又言“古者素丝以英裘,不失其制”;有“素丝五总”传言“缝,言杀之大小得其制”,这指明大夫所服之羔裘是有着严格礼仪制度要求的。毛氏以“皮”训“革”所唯一能够体现出的动机即在于此。这一点在该诗的小序中也有相关的体现,其序云:“《鹊巢》之功致也。召南之国,化文王之政,在位皆节俭正直,德如羔羊也。”序文明显地透露出诗义对于大夫合礼正直的关注,而现实中毛传以“皮”训“革”的实践与其他训诂的实践一起使这一序义得以达成,故对于该诗“序”而言,

① 宗福邦、陈世铙、萧海波主编:《故训汇纂·衣部》,第 2064 页。

毛传的上述行为表明“序”即全诗“训诂单元”(即语汇及句子训诂)的集合。

《葛覃》与《羔羊》中的现实在《周南·关雎》一诗的首句则是以另一种方式呈现出来的。《关雎》首句言“关关雎鸠,在河之洲”,毛传曰“兴也。关关,和声也。雎鸠,王雎也。鸟挚而有别。水中可居者曰洲。后妃说乐君子之德,无不和谐,又不淫其色,慎固幽深,若雎鸠之有别焉。然后可以风化天下。夫妇有别则父子亲,父子亲则君臣敬,君臣敬则朝廷正,朝廷正则王化成。”考《尔雅·释诂第一》“关关,音声和也。”①案,《汉书·艺文志》记“《尔雅》三卷二十篇”,又《四库全书总目》“尔雅注疏”引扬雄《方言》“以为孔子门徒解释六艺”②;而魏初的博士张揖所著《上广雅表》一文中更有明言曰“臣闻昔在周公,缵述唐虞,宗翼文武,克定四海,勤相成王。践阼理政,日昃不食,坐而待旦,德化宣流,越裳倈贡,嘉禾贯桑,六年制礼,以导天下。著《尔雅》一篇以释其意义。传于后孠,历载五百,坟典散落,唯《尔雅》恒存。《礼·三朝记》哀公曰:‘寡人欲学小辩,以观于政,其可乎?’孔子曰:‘尔雅以观于古,足以辩言矣。’《春秋元命苞》言:‘子夏问夫子作《春秋》,不以初、哉、首、基为始何?’是以知周公所造也。”③是以,《尔雅》之为书在西汉时期就已经存在,其所解“关关”之义显然亦是当时既存之义,而毛传所训与之相同也是很自然的事情了。至于“雎鸠”一词,在同时期的语例中则有《尔雅》“雎鸠,王雎。”《汉书·扬雄传上》中所记《校猎赋》

① (清)郝懿行:《尔雅义疏》“释诂第一”,北京:中华书局,2017 年版,第 97 页。

② (清)永瑢等:《四库全书总目》卷四,北京:中华书局,1965 年版,第 339 页。

③ (清)王念孙撰,张靖伟等校点:《广雅疏证》“上广雅表”,第 112 页。

"王雎关关,鸿雁嘤嘤";又《列女传》卷三"魏曲沃负"条直言"夫雎鸠之鸟,犹未尝见乘居而匹处也。"①至少在西汉后期,"雎鸠"为"王雎"以及"雎鸠"不"乘居而匹处"的特性在人们的意识中已经成为既定的事实。由此,则毛传对"关关""雎鸠"二词的训诂是建立在当时既定意义事实基础之上的客观结果。这一客观结果显示,"关关"一词只是表示和谐的声音,而"雎鸠"一词则表示为与王雎同指的事物,这一事物所表现出的特性是"不乘居而匹处"。但是这些词汇的训诂在毛传那里却形成了"后妃说乐君子之德,无不和谐,又不淫其色,慎固幽深,若雎鸠之有别焉。然后可以风化天下。夫妇有别则父子亲,父子亲则君臣敬,君臣敬则朝廷正,朝廷正则王化成"的句意训释。从"关关""雎鸠"二词的训诂事实来看,与这一句意训释之间并不存在直接的语义联系,由"和谐的声音"与"雎鸠"的所指并不能直接得出"后妃""夫妇"的结论。然而毛传由二者训诂所得出的句意在该诗序文中却有明确的回应。"《关雎》,后妃之德也。风之始也,所以风天下而正夫妇也。故用之乡人焉,用之邦国焉",序文指出《关雎》一诗是记述后妃之德的,其作用是"风天下而正夫妇"。而在《关雎》序文中,旧说所谓大序之后,又有对"后妃之德"的具体描述:"《关雎》乐得淑女以配君子,忧在进贤,不淫其色,哀窈窕,思贤才,而无伤善之心焉。"这在《关雎》经文的训诂实践中得到了全面的体现。故"关关""雎鸠"的训诂与其所在句句义之间的疏离,在现实中反映出二者是有着相同意义指向的。

《小雅·湛露》首章有"厌厌夜饮,不醉无归"句,毛传"夜饮,私燕也"。毛以"夜饮"为"私燕",然遍考"夜""饮"连语之训,唯毛

① (汉)刘向撰,刘晓东校点;(晋)皇甫谧撰,刘晓东校点:《列女传 高士传》卷三,沈阳:辽宁教育出版社,1998 年版,第 34 页。

传,他皆无此训,可见二字连语当时并非凝固结构。考“夜”字训诂成例,虽然《说文》以“舍也。天下休舍也”义之,但在汉前并汉时《说文》义并未见到明确的用例,却以“暮”“昏”义例多见。《国语·周语下》“夙夜基命宥密”,韦昭注曰“夜,莫也”;《礼记·孔子闲居》“夙夜其命宥密”孔颖达疏“夜,暮也”;《春秋·庄公七年》经文“夜,恒星不见。”孔颖达疏之曰“夜者,自昏至旦之揔名。”①是,以语例言之,可以确定西汉时既存之训当为“暮”“昏”之义,而《说文》所给出的释义并其他可能的他训是否存在,因为没有相关语例的证据,这里并不能给出认定。而汉代以前并汉代当时大量存在的训诂成例使得“暮”“昏”之义成为当时人们在意义层面本能想到的意义,但从毛氏所传中并未有相关意义或意义倾向的表达。因此,于“夜饮”一词言,这一现象的原因就只能从“饮”字去看了。“饮”,《说文》无此写法,根据清人段玉裁注,可以见出《说文》“饮”作“炫”义“歠也”,段玉裁注引《易·蒙卦》虞注云“‘水流入口为饮’引申之,可饮之物谓之饮”。清人孙诒让对《周礼·天官·膳夫》“膳夫掌王之食饮膳羞”正义时云“饮即炫之隶变”。案《说文解字·序》“是时,秦烧灭经书,涤除旧典。大发隶卒、兴役戍,官狱职务繁,初有隶书,以趣约易,而古文由此绝矣。”②是“隶变”之说当起秦时,然考“饮”字,上引《周礼·天官膳夫》句,郑玄注“饮,酒浆也”;《仪礼·公食大夫礼》“遂饮”,郑玄注曰“饮,漱。”《楚辞·离骚》“朝饮木兰之坠露兮”,洪兴祖补注“饮,啜也。”同书《远游》又有“餐六气而饮沆瀣兮”洪兴祖补注“饮,歠也。”《左传·哀公二十五年》“请饮彘也。”杜预注“饮,罚也。”《论语·八佾》“下而饮”,

---

① 宗福邦、陈世铙、萧海波主编:《故训汇纂》,第464页。

② (汉)许慎撰,(宋)徐铉校定:《说文解字》,北京:中华书局,2013年版,第316页。

刘宝楠正义“饮,《说文》作㱃”。至汉《汉书·游侠传》“然终不能伐其能饮其德”,颜师古注“饮,没也,谓不称显。”①是先秦时,“饮”字已有且广为经传所用,而考《说文》所出“㱃”字,汉前未见具体用例,由此,则孙诒让所言“饮即㱃之隶变”非其实也。而《楚辞·大招》“清馨冻㱃”,蒋骥注曰“㱃、饮同”,则汉前“饮”字写法未有定型。又,《玉篇·欠部》“㱃,古文饮”。案,《说文》有言“古文㱃,从今水;古文㱃,从今食。”是“饮”本为古文,故汉前虽有异体,然经传多用,又以“㱃”字汉前无用例,故《说文》所出当为汉时始出之异体。虽然如此,但“饮”字本字所具有的意义却并没有发生改变,这也是贯穿先秦至汉代的训诂现实,即:“水流入口”及其引申。但毛传却并没有显示出与此相同或相类的意义。《诗三家义集疏》引《易林·屯之鼎》“《湛露》之欢,三爵毕恩”,又引《左传·文公四年》“诸侯朝于王,王宴乐之,于是乎赋《湛露》。”所引《左传》《易林》当在毛氏之前及同时,虽不能确定毛氏一定看到过这些文献,但毛传以“私燕”训“夜饮”却表现出与《易林》《左传》相类似的倾向,而这一倾向显然已经脱离了单纯文字训诂的本身。由此,则毛传之训“夜饮”为“私燕”当是有所考虑的“依意成训”,这种训诂结果导致了毛传对“厌厌夜饮,不醉无归”一句句义判断为“宗子将有事,则族人皆侍。不醉而出,是不亲也;醉而不出,是渫宗也”的训语出现。这与毛氏对诗中其他语汇的训诂一起完整地构成了该诗小序“天子燕诸侯也”的表达预期。而这里,毛传对“夜饮”的训诂行为无疑也是对当时语言社会性的一种背离。

上述毛传诸例都体现出“不惜背离语言的社会性而给出与序文相同意义指向的训诂”,这在毛传中是以具体语汇和语句的训诂

① 宗福邦、陈世铙、萧海波主编:《故训汇纂》“食部”,第2518页。

来表现的。毛氏的这种做法一直以来被视为正常的训诂现象而仅仅得到某种独属于毛氏的训诂学术语的界定，但作为《诗经》毛传中存在的一种客观事实，毛氏的动机为何，其是否仅仅是一种独属于毛氏的训诂体例，这是一个很大的问题。而问题的关键则是毛氏如此行为的原因。要考察这一问题，首先需要厘清"传"与"序"在现实中的先后，而这需要从《诗经》小序的情况开始考察。

对于《诗经》小序而言，有证据表明其在汉代是有着多家书写的，这在现存的文献中则显示为鲁、齐、韩、毛四家，但从王先谦所辑《诗三家义集疏》中，可以发现对于同一首诗四家的小序并不完全一致。以"关雎"一诗而言，旧说①皆以为"《关雎》，后妃之德也。风之始也，所以风天下而正夫妇也。故用之乡人焉，用之邦国焉。"然今本《毛诗》大序之后仍有"《关雎》乐得淑女以配君子，忧在进贤，不淫其色，哀窈窕、思贤才，而无伤善之心，是《关雎》之义也"的文字，孔颖达对大序并这段文字疏云"上既揔言二南又说《关雎》篇义，复述上后妃之德"，由此，以上文所述的标准来说，大序之后的这一部分也应当属于《毛诗》小序。《鲁诗》的小序，据《诗三家义集疏》所辑，有"周道缺，诗人本之衽席，《关雎》作。"又有"后妃之制，夭寿治乱存亡之端也。是以配玉宴鸣，《关雎》叹之，知好色之伐性短年，离制度之生无厌，天下将蒙化，陵夷而成俗也。故咏淑女，几以配上，忠孝之笃、仁厚之作也。"又有"周之康王夫人宴出朝，《关雎》豫见，思得淑女以配君子。周衰而《诗》作，盖康王时也。康王德缺于房，大臣刺宴，故诗作。"又有"昔周康王承文王之盛，一

① 清人王先谦《诗三家义集疏》卷一"关雎"的疏文指出"毛序：后妃之德也。风之始也，所以风天下而正夫妇也，故用之乡人焉，用之邦国焉。"后引《释文》言"旧说此是小序。自'风，风也'讫末，名为大序"。兹所言"旧说"者，从王氏所引《释文》而来。

朝宴起,夫人不鸣璜,公门不击柝,《关雎》之人见几而作。”又有“周渐将衰,康王宴起,毕公喟然,深思古道,感彼关雎,性不双侣,愿得周公,配以窈窕,防微消渐,讽喻君父。孔氏大之,列冠篇首”;《齐诗》则序《关雎》言“孔子论《诗》,以《关雎》为始。言太上者民之父母,后夫人之行不侔乎天地,则无以奉神灵之统而理万物之宜,故《诗》曰‘窈窕淑女,君子好逑’言能致其贞淑,不贰其操,情欲之感无介乎容仪,宴私之意不形动静,夫然后可以配至尊而为宗庙主。此纲纪之首、王教之端也”;《韩诗》则以“叙”直言“《关雎》,刺时也”,又附言曰“诗人言雎鸠贞洁慎匹,以声相求,隐蔽于无人之处,故人君退朝入于私宫,后妃御见有度,应门击柝,鼓人上堂,退反宴处,体安志明。今时大人内倾于色,贤人见其萌,故咏《关雎》,说淑女,正容仪以刺时。”①可以很清晰地看到,毛序以为该诗是“颂美后妃之德”,《鲁诗》则明显地指向“对君主现实行为的讽刺”,《齐诗》则强调“后妃之行在纲纪王教中的重要作用”,《韩诗》亦以该诗为“讽刺君主不当的行为”。四家对这首诗大义的理解都有着不同的指向,而这些指向中除了侧重点的不一致外,更有完全相反的意见。

其后《葛覃》一诗,据《诗三家义集疏》所辑,《鲁诗》之序认为“《葛覃》恐其失时”,毛序则以为“后妃之本也。后妃在父母家,则志在于女工之事,躬俭节用,服浣濯之衣。尊敬师傅,则可以归安父母,化天下以妇道也。”《卷耳》一诗,《鲁诗》则言“思古君子官贤人,置之列位也”,毛却序之曰:“后妃之志也。又当辅佐君子求贤审官,知臣下之勤劳,内有进贤之志,而无险诐私谒之心,朝夕思念,至于忧勤也。”《兔罝》则有《韩诗》叙其大义曰“殷纣之贤人退

---

① (清)王先谦撰,吴格点校:《诗三家义集疏》卷一,北京:中华书局,1987 年版,第 415 页。

处山林,网禽兽而食之。文王举闳夭、泰颠于罝网之中”,对此,毛序则认为“后妃之化也。《关雎》之化行,则莫不好德,贤人众多也”。以上所列举的在现在可见西汉人所传《诗经》小序中并非个案,而是大量存在的。这种同时期四家说《诗》者“各自为序”的现实表明,对于《诗经》,至少在上述四家《诗序》形成之前是没有一个统一的写定范本的。这说明,现在所能见到的《诗序》(今本《毛诗序》和历代前辈辑佚者)其写作时间必为入汉之后,这些《诗序》的事实是且只能是西汉时人的成果。

将上述所言“诗序”作为“文本大义”的现实意义扩展至汉前,则先秦时人们亦有对《诗经》大义的概括。《左传·僖公二十三年》:“他日,公(秦穆公)享之,子犯曰‘吾不如衰之文,请使衰从。’公子(重耳)赋《河水》,公赋《六月》。赵衰曰‘重耳拜赐’,公子降拜稽首。公降一级而辞焉。衰曰‘君称所以佐天子者命重耳,重耳敢不拜?’”①赵衰通过对“重耳拜赐”的解释间接地说明了秦穆公对《六月》大义的理解:该诗叙述了能够辅佐天子的某个人物的事迹。对此,杜预的注是“《六月》,《诗小雅》,道尹吉甫佐宣王征伐。喻公子还晋必能匡王国。”而这首诗在西汉四家说《诗》那里则与此不尽相同。毛序云“《六月》,宣王北伐也。”《齐诗》以为:“宣王兴师命将,征伐猃狁,诗人美大其功。”《鲁诗》则认为“周室既衰,四夷并侵,猃狁最强,至宣王而伐之,诗人美而颂志曰‘薄伐猃狁,至于太原’”,又言:“啴啴推推,如霆如雷。显允方叔,征伐猃狁,荆蛮来威。故称中兴。”又言:“周宣王命南仲吉甫攘猃狁,威蛮荆。”这里所罗列的西汉三家诗对《六月》一诗大义的叙述虽然在大旨上有趋同秦穆公的理解倾向,但所表达出来的内容是不同的。又,《左传

---

① (清)阮元校刻:《十三经注疏·春秋左传正义》卷十五,北京:中华书局,1980年版,第1816页。

· 文公三年》"公如晋。及晋侯盟,晋侯享公,赋《菁菁者莪》。庄叔以公降拜,曰'小国受命于大国,敢不慎仪?君贶之以大礼,何乐如之!抑小国之乐,大国之惠也。'晋侯降辞。登成拜。"①依文义,庄叔对晋侯所赋《菁菁者莪》的响应同时也对该诗作出了当时人们的理解:下级以礼仪见上级而受到上级恩惠,下级感到很快乐。关于该诗,另有出土楚简《孔子诗论》第九简的大义"《菁菁者莪》则目人益也"②,是先秦时期,关于该诗的大义也并没有一个统一的写定,甚至连意义趋向都存在着明显不同。而据《诗三家义集疏》所载,毛序是诗言:"乐育材也。君子能长育人材,则天下喜乐之矣。"后引徐干《中论·艺纪篇》言《鲁诗》大义谓之"美育人材",而王氏又言《齐诗》《韩诗》亦皆同毛序。由此,则关于《菁菁者莪》一诗,先秦时人们所理解的大义和汉代诸小序之间的确有着很大的不同。这种先秦与西汉诸家小序之间的差异从侧面进一步旁证了上文所述,《诗序》在西汉时人写定之前是没有一个统一写定的范本的,而汉人的小序写作则是完全的个体写作行为。然而先秦对于《诗》篇大义的概括与汉代小序在内容上所体现出的部分相同的倾向以及现存四家诗序中确凿的历史性描述表明,汉人的成果必然是在借鉴了前人成果和史料的基础上得出的。那么,可以认定,现在所见的《诗序》(四家)皆为西汉时人们根据先秦时期的史料和成果私自写定的。但就这一事实而言,却没有其他相关证据能够证明毛传时代存在着"由大义而文字"的训诂风尚,四家乃至先秦对同一首诗序文内容甚至倾向的不同则表明对于《诗经》中的诗歌而言并不存在统一的诗歌大义;而经、传、序之间的表象也无法提供

① (清)阮元校刻:《十三经注疏·春秋左传正义》卷十五,第1840页。

② 马承源主编:《上海博物馆藏战国楚竹书·一》"孔子诗论",上海:上海古籍出版社,2001年版,第137页。

有力的证据以表明"传"与"序"先后问题的判定。因此,《毛诗》中"传"与"序"的先后便只能依据人们对文献"从文字而大义"的自然接受顺序来推定,"传"是在"序"前的。

上述推定可以肯定,毛氏在给《诗经》诂训时,其"传"中所表现出的"不惜背离语言的社会性而给出与序文相同意义指向的训诂"特点必然有其不得已而为之的原因。这对于毛氏来说,当来自于外界对其的"操控"。依据上文所考汉时诸家序文形成的实际,不可否认,毛在传注《诗经》时必然也有对先秦已有成果的借鉴,但这不足以使毛氏不惜背离语言的社会性去训诂以附和那些来自先秦的成果,而上文所述毛传、毛序与先秦诗义的不同也说明这个事实。这从侧面明确了毛氏在对《诗经》的训诂实践中出现的行为是来自能够影响毛氏的外界"操控"。这种"操控"在没有明显证据表明毛受到切实逼迫的情况下,能且只能认定为是毛在传注《诗经》时的理念(思维方式),这种理念(思维方式)的来源自然是当时的社会意识。故此,就需要对毛氏传、序《诗经》的理念(思维方式)简单地做一个考察,而某一部分(如周南、召南、《雅》中的某某之什)的《诗》序串联则可以对此管窥见豹。这里且以《周南》为例进行一个粗略的考察:

《关雎》:后妃之德也。风之始也,所以风天下而正夫妇也,故用之乡人焉,用之邦国焉。

《葛覃》:后妃之本也。后妃在父母家,则志在于女工之事,躬俭节用,服浣濯之衣。尊敬师傅,则可以归安父母,化天下以妇道也。

《卷耳》:后妃之志也。又当辅佐君子求贤审官,知臣下之勤劳,内有进贤之志,而无险诐私谒之心,朝夕思念,至于忧勤也。

《樛木》:后妃逮下也。言能逮下而无嫉妒之心焉。

《螽斯》:后妃子孙众多也。言若螽斯不妒忌,则子孙众多也。

《桃夭》:后妃之所致也。不妒忌,则男女以正,婚姻以时,国无鳏民也。

《兔罝》:后妃之化也。《关雎》之化行,则莫不好德,贤人众多也。

《芣苢》:后妃之美也。和平则妇人乐有子矣。

《汉广》:德广所及也。文王之道被于南国,美化行乎江汉之域,无思犯礼,求而不可得也。

《汝坟》:道化行也。文王之化行乎汝坟之国,妇人能闵其君子,犹勉之以正也。

《麟之趾》:《关雎》之应也。《关雎》之化行,则天下无犯非礼,虽衰世之公子,皆信厚如麟趾之时也。

以上是《周南》所有诗篇的小序,把它们串联起来,可以看到,诸诗于意义的处理上呈现出完整性。《周南》第一首诗《关雎》,毛序曰"后妃之德也。风之始也,所以风天下而正夫妇也。故用之乡人焉,用之邦国焉。……《关雎》乐得淑女以配君子,忧在进贤,不淫其色,哀窈窕,思贤才,而无伤善之心焉,是《关雎》之义也。"至最后一首诗《麟之趾》,序曰"《关雎》之应也。《关雎》之化行,则天下无犯非礼,虽衰世之公子,皆信厚如麟趾之时也。"由《麟之趾》序可见,所谓"无犯非礼"者,当是《关雎》之化的直接结果。对此,孔颖达疏《麟之趾》小序文时有言曰"《关雎》之化,谓《螽斯》以前;天下无犯非礼,《桃夭》以后也。”①孔氏明确地将《螽斯》以前诗篇定为《关雎》之化的结果,而将“无犯非礼”定为《桃夭》以后诗篇的现实。很显然,孔氏认为《关雎》之化起于《关雎》一诗,经过《葛覃》《卷耳》《樛木》《螽斯》的“努力”而后才在社会上产生了“无犯非礼”的现实效果,这在《周南》中是通过从《桃夭》开始到《麟之趾》诸诗篇体现出来的。根据孔颖达疏文所提供的过程,我们可以将《周南》诸诗序代入其中,则《关雎》“后妃之德”、《葛覃》“后妃之本”、《卷耳》“后妃之志”、《樛木》“无嫉妒之心”、《螽斯》“后妃子孙众多”共同导致了《桃夭》以后“无犯非礼”的社会现实;而《桃夭》的“婚姻以时”、《兔罝》的“贤人众多”、《芣苢》的“妇人乐有子”、《汉广》的“无思犯礼”、《汝坟》的“妇人勉君子”、《麟之趾》的“衰世无犯非礼”则是“无犯非礼”的现实呈现。《桃夭》至《麟之趾》所展现的社会现实涉及了以“夫妇之道”为中心的普通民众生活中的相关周边,这暗示了《关雎》至《螽斯》所体现的“诸种优良品德”必须是在“君主”和“夫妇”两个层面上才具有意义,而这一点《关雎》序“所以风天下而正夫妇”与《麟之趾》序“《关雎》之化行,则天下无犯非礼”二语可为明证。在《桃夭》至《麟之趾》所呈现的“夫妇之道”的周边中,除了一般的普通民众生活中具有直接关联的内容之外,尚有《兔罝》一篇纯粹表现“君臣关系”者,表明君主层面“夫妇之道”的影响已经在现实中确实地使“君臣关系”得以确立了。如此,由《周南》诸诗的小序所构成的意义结构就可以描述为:以“夫妇之道”为中心,从上至下的纵向影响和从“夫妇”到“君臣”的横向影响。《周南》诸诗诗义的这种处理,在既定诗篇编排顺序的基础上,通过明显的礼制“先后”和“夫妇”“君臣”的“三

① (清)阮元校刻:《十三经注疏 · 毛诗正义》卷一—三,第283页。

纲六纪”使诸既定诗篇在意义上得以连通。这很清楚地反映出“操控”毛氏传、序《诗经》时的“理念(思维方法)”:礼制观念。毛正是在“礼制”观念下对《诗经》实施的训诂,并在此基础上根据既定诗篇顺序将训诂成果转化为《诗》序,而毛氏不惜背离当时语言的社会性做出与序文具有相同意义指向的训诂也是由此,其目的在于使得礼制观念下的“传”与“序”保持一致。至于“礼制理念”是如何影响毛氏并进一步“操控”其对《诗经》的传、序行为的,则需要进一步大致地考察这一理念在西汉的存在情况了。

“礼制”作为一种理念得以生成,是“礼制”实践在当时人们生活中潜移默化的直接结果,毛氏只是其中的个案,而毛的“遭遇”在西汉的现实中随着礼制实践的大众化而成为一种极为普遍的现象。《汉书·武帝纪》“元朔五年夏,六月”诏:“盖闻导民以礼,风之以乐,今礼坏乐崩,朕甚闵焉。故详延天下方闻之士,咸荐诸朝。其令礼官劝学,讲议洽闻,举遗兴礼,以为天下先。太常其议予博士弟子,崇乡党之化,以厉贤材焉。”①这份诏书使礼制的观念开始在最广泛的范围内传播开来,并暗示了礼制在当时全国范围内应成为一种“必须”的实践,即:人们的言行要符合礼制的规定。这在《石渠礼论》中有明确地表现:“宣帝甘露三年三月,黄门侍郎临奏,《经》曰‘乡射合乐,大射不,何也?’闻人通汉曰‘乡射合乐者,人礼也,所以合和百姓也。大射不合乐者,诸侯之礼也。’韦元成曰‘乡射礼所以合乐者,乡人本无乐,故合乐。岁时所以合和百姓以同其意也。至诸侯,当有乐。《传》曰诸侯不释悬,明用无时也,君臣朝廷当有之矣。必须合乐而后合,故不云合乐也。’时公卿以元成议

① (汉)班固:《汉书》卷六,北京:中华书局,1962年版,第171－172页。

是。”①又考《通典》“凶礼二十五”引《石渠礼议》有云：“或问萧太傅‘久而不葬，唯主丧者不除。今则或十年不葬，主丧者除否？’答云‘所谓主丧者，独谓子耳。虽过期不葬，子义不可以除’。”②是石渠所论不惟经义，对经义于现实中的实践亦有考问。这表明，石渠所论的经义已经在现实中大量实践了。那么，上述所引韦玄（元）成言“乡人本无乐……岁时所以合和百姓以同其意也”则表明宣帝时乡射礼已经广泛地在民间使用了。人们身处其中，日常生活也本能地趋于礼制化，而“礼制化”的“本能”则在思维方式上表现为“理念”。《全汉赋·扬雄〈蜀都赋〉》“若夫慈孙孝子，宗厥祖祢，鬼神祭祀，练时选日，沥豫齐戒。龙明衣，表玄谷，俪吉日，异清浊，合疏明，绥离旅。”③蜀地民众在日常的祭祀宴会活动中，自然地按照既定的礼制去做，而赋文中并没有出现任何强制性的要素。在蜀地民众看来，每逢祭祀宴会时都应该如此的，并没有什么不妥。由此可以管窥，这种由最广大范围内礼制实践所造成的理念，在当时所有的人的生活中都普遍存在，而“礼制化本能”的形成则使人们在做任何事的时候都自然地符合礼制的要求，那么上述毛氏在对《诗经》传、序时所表现出的“不惜背离语言的社会性而给出与序文相同意义指向的训诂”特点，在现实和逻辑中就只能是西汉时期“礼制”实践所导致的直接结果了。

如此，我们就可以很清楚地看到，毛传训诂中所出现的“不惜背离语言的社会性而给出与序文相同意义指向的训诂”现象完全

① （清）马国翰辑：《玉函山房辑佚书·石渠礼论》，扬州：广陵书社，2004年版，第1084页。

② （唐）杜佑撰，王文锦等点校：《通典》卷第一百三，北京：中华书局，1988年版，第2695页。

③ 费振刚、仇仲谦、刘南平校注：《全汉赋校注》，广州：广东教育出版社，2005年版，第214页。

是由“礼制”理念对毛氏的影响而使其不得不做出的行为,然而究其根源,这又是西汉时期从上至下最广大范围内“礼制”实践的结果。

(叶铸漩,武汉大学文学院博士研究生)

《毛诗》训诂中的义理表达
——以"雎鸠""鸟挚而有别"的阐释困境谈起

成 倩

黄侃先生的《诗经序传笺略例》,总结了 24 条毛公注释《诗经》的"传例",其中之一便是"传于训诂见经义"①。"经义"指儒士经生毛公及先师于《诗经》文本所构建的诗旨话语体系,实则乃"诗序"之义,所以,又可称之为"传于训诂中见序义"。对于《毛传》的疑难训诂,如《关雎传》中"鸟挚而有别"之"挚",应为挚爱之义还是鸷鸟之义,目前双方各执一端,难分上下;再如《草虫》篇的"草虫""阜螽",按《尔雅》训诂,本为同一虫物,《毛传》却训为不同物类,《毛传》"草虫,羊舌"之训,到底为何物,清儒以实证方法考辨名物时也未能找到答案。诸如此类,难以疏通的训诂,只有参照"传于训诂见经义"的传例,并结合《诗序》所构建的整个经学话语体系,才能还原训诂生成背后的历史语境。除此,《毛传》训诂中见经义的话语构建方式还有待总结与归纳。搜集三家《诗》训诂佚文,会发现三家《诗》"本事"与"训诂"之间的关联度更为松散,所以"传于训诂见经义"可能也成为《毛诗》有别于三家《诗》的重要方面。

① 黄侃遗著:《诗经序传笺略例》,《兰州大学学报(社会科学版)》,1982 年第 3 期。

一、婚姻礼义观与“雎鸠”“挚而有别”训诂的生成

《诗经·关雎》篇以雎鸠鸟兴起男女爱情,但“雎鸠”并没有成为古典诗词中象征爱情的固定意象。“雎鸠”为何种鸟类,众说纷纭,《尔雅·释鸟》曰“雎鸠,王雎”①,王雎为何鸟,亦不可知。闻一多先生以民俗学的研究方法,还原鱼与恋爱发生之间的意义关联②,孙作云先生在《诗经恋歌发微》中解释“雎鸠”为“鱼鹰”,《关雎》诗义的展开正是由鱼鹰捕鱼的动作来象征恋爱与婚媾行为③。而传统经学家毛公,也是通过塑造“雎鸠”的鸟类特性,建构“雎鸠”与男女婚姻关系的意义关联。毛公在《尔雅》“雎鸠,王雎”训诂基础上加入“挚而有别”④的鸟类脾性,赋予雎鸠丰富的道德伦理意涵,如同在现代学术体系中鱼鹰所赋予的性爱内涵。但是,“雎鸠”名物训诂中的道德意义,并非源自毛公对鸟兽虫鱼自然习性的伦理想象,它有更深层的礼学文化渊源,训诂的生成根植于当时的历史语境。

“鸟挚而有别”,在毛公之后的经学阐释史上引发了两种难以调和的训释。汉儒郑玄、宋儒朱熹都主张“挚”同“至”,“鸟挚而有别”,即雎鸠雌雄之间情谊深厚而又有别,如郑《笺》曰:“挚之言至

---

① (清)阮元校刻:《尔雅注疏》卷十,《十三经注疏》(清嘉庆刊本),北京:中华书局,1980 年版,第 5760 页。

② 闻一多:《神话与诗》,《闻一多全集》,北京:生活·读书·新知三联书店,1982 年版,第 117 – 138 页。

③ 孙作云:《诗经恋歌发微》,《孙作云文集》,开封:河南大学出版社,2003 年版,第 306 页。

④ (清)阮元校刻:《毛诗正义》,《十三经注疏》(清嘉庆刊本),北京:中华书局,1980 年版,第 570 页。

也，谓王雎之鸟，雌雄情意至然而有别”①，以此习居特性兴起男女夫妇之间的相处原则，清儒胡承珙《毛诗后笺》、陈启源《毛诗稽古编》都依此为训。但在宋代，欧阳修就已经提出异议，他训“挚”为“鸷”，一种在水上捕鱼的猛鸷，属于雕类，如《诗本义》中记载：

> 先儒辨雎鸠者甚众，皆不离于水鸟，惟毛公得之，曰鸟挚而有别，谓水上之鸟捕鱼而食，鸟之猛挚者也。而郑氏转释挚为至，谓雌雄情意至者，非也。鸟兽雌雄皆有情意，孰知雎鸠之情独至也哉？或曰：“诗人本述后妃淑善之德，反以猛挚之物比之，岂不戾哉？”对曰：“不取其挚，取其别也。雎鸠之在河洲，听其声则和，视其居则有别，此诗人之所取也。”②

欧阳修不赞成郑玄之说，认为毛公仅取雎鸠“有别”的特性，“挚”为鸟名，不为鸟性。清儒马瑞辰也指出郑玄训解的差错，曰：“是雎鸠实为鸷鸟，《传》本作‘鸷而有别’，义取有别，非取其鸷，故《传》云‘若关雎之有别焉’。‘鸷’或假借作‘挚’，郑《笺》因训‘挚’为‘至’，非《传》旨也。”③清儒方玉润、姚际恒延续此说。先秦男女礼义思想中，都不以挚爱为条目，而男女有别才是反复申说的道德定律。“礼之大体，而所以成男女之别，而立夫妇之义也，男女有别，而后夫妇有义”④，“故男女无媒不交，无币不相见，恐男女之

① （清）阮元校刻：《毛诗正义》，第570页。

② （宋）欧阳修：《诗本义》，《四部丛刊》本。

③ （清）马瑞辰：《毛诗传笺通释》，北京：中华书局，1989年版，第30页。

④ （清）阮元校刻：《礼记正义》卷六十一《昏义》，《十三经注疏》（清嘉庆刊本），北京：中华书局，1980年版，第3648页。

无别也"①。经学家正是以雎鸠有别的习居品性兴起男女有别、天下安顺的主旨,正如《毛传》所言:"若关雎之有别焉,然后可以风化天下。夫妇有别则父子亲,父子亲则君臣敬,君臣敬则朝廷正,朝廷正则王化成。"②从《毛诗·关雎》所要构建的家国伦理看,毛公确实不应训"挚"为"挚爱"之义。而且,其他《诗》家也多取"雎鸠"有别的意象特征,如《列女传》记载:"夫雎鸠之鸟,犹未尝见乖居而匹处也。夫男女之盛,合之以礼,则父子生焉,君臣成焉,故为万物始。"③薛君《韩诗章句》中有:"诗人言雎鸠贞洁慎匹,以声相求,隐蔽于无人之处。"④

但若训"挚"为"猛鸷",似乎与整首诗和乐的气氛也相违背。正如朱熹所说:"雎鸠,毛氏以为'挚而有别'。一家作'猛挚'说,谓雎鸠是鹗之属。鹗自是沉挚之物,恐无和乐之意。"⑤

两种训诂的持续交锋与阐释困境,暗示我们不能仅从语词内部考察"鸟挚"的意涵。在《毛诗》的阐释体系中,《关雎》是要表达作为王道之基的夫妇家庭伦理。宗法社会男女之间夫妻关系的确立,不能离开烦琐冗长的婚礼仪式。《仪礼·士昏礼》记载了男女交合所需的六种典礼,除纳征外,还有纳采、问名、纳吉、请期、亲迎仪式,男子拜访女家时,都要执"挚"作为见面礼,挚即大雁。至于见面礼"挚鸟"之所以与"有别"伦理产生关联,战国后儒在注释婚

① (清)阮元校刻:《礼记正义》卷五十一《坊记》,第3519页。

② (清)阮元校刻:《毛诗正义》,第570页。

③ (清)王照圆:《列女传补注》卷之三,上海:华东师范大学,2012年版,第132页。

④ (南朝·宋)范晔撰,(唐)李贤等注:《后汉书》卷二,北京:中华书局,1965年版,第112页。

⑤ (宋)黎靖德:《朱子语类》(第六册)卷八十一《诗二》,北京:中华书局,1986年版,第2096页。

姻礼经时进行了意义阐发，如《礼记·郊特牲》记载“执挚以相见，敬章别也，男女有别，然后父子亲，父子亲，然后义生”①，即男女婚姻仪式之所以选择大雁作为见面礼，目的是彰显男女有别的伦理道德，男女有别成为其他父子、君臣伦常秩序规范的根基。正如孔颖达所言：“婿亲迎入门，而先奠雁，然后乃与妇相见，是先行敬以明夫妇礼有分别，不妄交亲。”②《毛传》依礼注诗，倘若将毛公“鸟挚而有别”的名物训诂置于“执挚以相见，敬章别也”礼义思想进行考察，似乎能更好理解训诂背后的真正内涵。《毛传》在《尔雅》基础上加入“鸟挚而有别”的新义，“鸟挚”即婚姻典礼男子入女家以“鸟”禽类为挚见礼中所执之信物，“挚”非鸟名，亦非鸟性；“而有别”指在此礼仪中彰显夫妇敬别的伦理经义。毛公正是以当时婚姻典礼中男子入女家手执禽类相见的仪式为知识背景，借用比兴手法，搭建起《关雎》篇“雎鸠”鸟与男女交往、夫妇婚姻的伦理关联，构建了“雎鸠”“挚而有别”的习居品性，而并非仅仅出于伦理想象。

其实，除了此条以外，毛公为了弘扬价值理念，或者为了贴合《诗序》中的经义表达，经常在名物训诂中构建新的物性内涵。黄侃先生所言“于训诂见经义”，也正是《毛传》非常普遍且重要的训解原则。

二、《毛传》“训诂中见序义”的表达方式

毛公通过训诂构建物性内涵，完成知识结构转型及价值体系

① (清)阮元校刻：《礼记正义》卷二十六《郊特牲》，第3155页。

② 同上书，第3155页。

的塑形。其构建方式,首先如“雎鸠”之例,为吻合《诗序》的经义表达,在《尔雅》或其他通用训诂基础上,加入新的物性内容。再如《诗经 · 周南 · 芣苢》篇:

采采芣苢,薄言采之。采采芣苢,薄言有之。
采采芣苢,薄言掇之。采采芣苢,薄言捋之。
采采芣苢,薄言袺之。采采芣苢,薄言襭之。

《尔雅 · 释草》有“芣苢,马舄”①,而《毛传》注曰“芣苢,马舄。马舄,车前也,宜怀妊焉”②,在《尔雅》基础上引申出“宜怀妊”的草木特性,但从植物功效看,“车前”并不具备“宜怀妊”的特性,也就是说,芣苢、马舄、车前的功效并非令人宜子③。此“训诂”的生成,源于《毛传》呼应《序》旨,《毛序》言“后妃之美也。和平则妇人乐有子矣”④,宗法社会,子嗣繁多,也成为女性美德的重要方面,所以芣苢草被构建出有助于怀孕的特性。东汉《薛君章句》中记载:“芣苢,泽舄也。芣苢,臭恶之菜,诗人伤其君子有恶疾,人道不通,求已不得,发愤而作,以事兴芣苢,虽臭恶乎,我犹采采而不已者,以

① (清)阮元校刻:《尔雅注疏》卷八,第5720页。

② (清)阮元校刻:《毛诗正义》,第591页。

③ 医典中,车前子并不具有易怀孕的药性,如《神农本草经》记载:“车前子,味甘寒无毒,主气癃,止痛,利水道小便,除湿痹。久服轻身耐老。一名当道,生平泽。”见(清)顾观光重辑《神农本草经》卷二,《武陵山人遗书》,北京:人民卫生出版社,1956年版,第31页。再如陶弘景《名医别录》中有“车前子味甘,性冷利,仙经亦服饵之,云令人身轻,能跳越岸谷,不老长生也。”见(梁)陶弘景集,尚志钧辑校《名医别录》,北京:人民卫生出版社,1986年版,第46页。

④ (清)阮元校刻:《毛诗正义》,第591页。

兴君子虽有恶疾,我犹守而不离去也。"①《韩诗》训"芣苢"为臭恶之草,也源自于《芣苢》篇构建夫君虽有恶疾,妻子仍不离不弃的女教诗旨。为了表达不同的伦教思想,在"芣苢"中阐释出了不同的物性意涵。

又如,《周南·卷耳》中"采采卷耳,不盈顷筐"句,《毛传》训"顷筐,畚属,易盈之器也",在"畚属"之外加入"易盈之器",郑玄解释:"器之易盈而不盈者,志在辅佐君子,忧思深也。"②即"易盈之器"的训释正是为了配合《毛序》中"后妃内有进贤之志,而无险诐私谒之心,朝夕思念,至于忧勤"的经义表达。《周南·汝坟》"鲂鱼赪尾,王室如毁"句,其中"赪"字,《释器》言"再染谓之赪"③,《毛传》训为"赪,赤色,鱼劳则尾赤",之所以加入"鱼劳而尾赤"的特性,源于要兴起国家多难的诗义表达,等等。

其二,除了补充新义,《毛传》也改动《尔雅》或常用训诂,以完成经义表达与价值体系的构建。如《草虫》篇中"喓喓草虫,趯趯阜螽;未见君子,忧心忡忡"句,诗篇为了避免重复,将同一虫类以不同的名物——草虫、阜螽——来表达,首写声音,次叙动作,《尔雅》中"草虫"和"阜螽"也训为同一虫物,如《释虫》曰:"草螽,负蠜",草螽即草虫,又言"阜螽,蠜"④。但《毛传》中"草虫"与"阜螽"被训为两种完全不同的物类,"阜螽"虽依《尔雅》之训,但"草虫"却被释为另一物"常羊",即"草虫,常羊也。阜螽,蠜也"⑤。清儒郝

① 《文选》中刘孝标《辨命论》李善注引《韩诗薛君章句》,(梁)萧统编,(唐)李善注,(清)阮元校刻:《文选》,上海:上海古籍出版社,1986年版,第六册,第2345-2346页。

② (清)阮元校刻:《毛诗正义》,第583页。

③ (清)阮元校刻:《尔雅注疏》卷五,第5657页。

④ (清)阮元校刻:《尔雅注疏》卷九,第5739页。

⑤ (清)阮元校刻:《毛诗正义》,第601页。

懿行详细考证了阜螽、草虫都属于蝗虫类,如:

> 阜螽,蠜者,《正义》引李巡曰:"阜螽,蝗子也",陆玑云:"今人谓蝗子为螽子,允州人谓之螣",然则,螽为总名,阜螽亦螽之统称矣。…… 草螽,诗作草虫,盖变文以韵句。虫、螽,古字通也。……《诗释文》引《草木疏》云:"草螽,一名负蠜,大小长短如蝗,而青也。"《正义》引云:"奇音,青色,好在茅草中",如陆所说。盖今之青头郎,大小如蝗,而色青,即蝗之类,未闻能鸣,今验一种青色善鸣者,登来人谓之聒子,济南人谓之聒聒。……《诗·出车》笺:"草虫鸣,晚秋之时。"及陆玑疏奇音青色,唯此足以当之。《毛传》:"草虫,常羊也",常羊今未闻。①

但常羊为何物,清儒以考证学方法未能找到答案。但我们的疑问在于:本是同一种虫物,《毛传》为何要训释成两种不同的类别?反观《毛诗·草虫序》,似乎能理解一物两训的缘由。《草虫序》记载:"《草虫》,大夫妻能以礼自防也。"②在"喓喓草虫,趯趯阜螽"后,《毛传》为呼应"大夫妻"能以礼自防于"大夫"的《序》义,传曰:"卿大夫之妻,待礼而行,随从君子"③,以"草虫"兴起丈夫,以"阜螽"兴起妻子,表达"大夫妻"与"大夫"的先后依从关系,遂将同一虫类训为一前一后不同的物类。所以,结合《毛序》,才能更好地理解《毛传》某

① (清)郝懿行:《尔雅义疏》,上海:商务印书馆,1933年版,第1138–1139页。

② (清)阮元校刻:《毛诗正义》,第601页。

③ 同上。

些疑难训诂背后的义理构建意图。

《周南·关雎》中"窈窕淑女,君子好逑"句,"窈窕"本是形容女性容貌之美,《楚辞·山鬼》篇有"子慕余兮善窈窕",王逸注曰"窈窕,好貌"①,清儒大多认为王逸注属于"鲁诗"的训诂。《毛传》注"窈窕"为"幽闲",赋美感之词以女德色彩,目的在于配合"《关雎》,后妃之德"的诗旨塑造。《召南·驺虞》中"于嗟乎驺虞"句,韩、鲁诗训"驺虞"为"天子掌鸟兽官"②,而《毛传》曰"驺虞,义兽也"③,《毛》与《韩》释义的差别,正在于《毛传》为呼应《驺虞》的序旨表达,《序》曰:"天下纯被文王之化,则庶类蕃殖,搜田以时,仁如驺虞,则王道成。"④

除了改动通用训诂、增补新义外,《毛传》也常常以比喻、描述物之用途等方式于训诂中表达义理与思想⑤。清儒陈奂大赞《毛传》"于譬喻中见正义,亦于训诂中见大义"。⑥ 总而

---

① (宋)洪兴祖:《楚辞补注》,北京:中华书局,1983年版,第79页。

② (清)阮元校刻:《周礼正义·春官》卷二十四,《十三经注疏》,北京:中华书局,1980年版,第1729页。

③ (清)阮元校刻:《毛诗正义》,第618页。

④ 同上。

⑤ 如《静女》中"俟我于城隅",传曰"城隅,以言高不可逾",《风雨》中"风雨如晦,鸡鸣不已",传曰"风且雨凄凄然,鸡犹守时而鸣喈喈然",都属于以比喻的训释方式来吻合序旨,构建经义。再如《柏舟》中"泛彼柏舟",传曰"柏,木,所以宜为舟也",《竹竿》中"桧楫松舟",传曰"楫,所以棹舟也",以柏木宜为舟、楫用以棹舟的功能式训诂方式,表达男女相交需要礼义的主旨或经义。

⑥ (清)陈奂:《诗毛氏传疏》(下),商务印书馆印万有文库本,第54页。

言之,《毛诗》从序、传到训诂的整个注释系统是相互交融,浑然一体的①。

三、《毛诗》序传、训诂的交融与三家《诗》序传、训诂的分离

黄侃先生在"传于训诂见经义"条,举的第一个例子便是《召南·江有汜》篇的训诂,如:

"江有汜"。(《传》:"决复入为汜。")
"江有渚"。(《传》:"水岐成渚。")
"江有沱"。(《传》:"沱,江之别。")

清儒胡承珙将此例与三家《诗》训诂比较后,竟对《毛传》大为称赏,曰:

① 《毛序》《毛传》之间前人认为也存在个别抵牾矛盾之处,如《郑风·山有扶苏》与《陈风·宛丘》两篇。《山有扶苏序》曰:"刺忽也。所美非美也。"其中"不见子充,乃见狡童"句,"狡童"应是昭公忽所美之人,但《传》曰:"狡童,昭公也。"孔颖达疏弥合序、传分歧,指出狡童之人,实乃昏庸如昭公。(《毛诗正义》,第721-722页)《陈风·宛丘》序曰:"刺幽公也。淫荒昏乱,游荡无度焉。"其中"子之荡兮,宛丘之上兮"句,"子"当为陈幽公,但《传》曰:"子,大夫也。"孔颖达认为传、序实相符,曰:"序所言是幽公之恶,经之所陈是大夫之事,由君身为此恶,化之使然,故举大夫之恶以刺君。"(《毛诗正义》,第800页)此言不虚,国风序以"一国之事系一人之本"为解经方式,很多诗虽写国风民情,但《毛序》都从君主昏庸淫乱、致使风俗恶化的视角进行解说。所以,《序》《传》之间只是看似不合,当了解《毛序》的解说方式,会发现序传、训诂之间实则相互交融、浑然一体。

> 《毛诗》则作汜，以决复入为兴，郑《笺》云："兴者，喻江水大，汜水小，然而并流，似嫡媵宜俱行。"孔《疏》申之而《传》义愈明，此《毛》之所以胜于三家也。次章"江有渚"，《释文》引《韩诗》云："一溢一否曰渚"，谓水溢于此则涸于彼，犹俗所谓东坍西涨者。郑笺谓"江水流而渚留"，亦取此意。然皆不如毛传"水岐成渚"之诂为惬。①

"渚"字，《尔雅·释水》训为"小洲曰渚"②，而《毛传》训曰"小洲曰渚，水歧成渚"③，在《尔雅》基础上引申出"水歧成渚"的新义。而《韩诗》注曰"一溢一否曰渚"④，《薛君韩诗章句》也有"水一溢而为渚"⑤。将《毛诗》与《韩诗》比较后，胡承珙认为《毛诗》训诂优于《韩诗》。但他的优劣评判标准，实则基于《毛传》训诂更贴近《毛序》之经义，《毛诗·江有汜》序言"美媵也。勤而无怨，嫡能悔过也。文王之时，江沱之间，有嫡不以其媵备数，媵遇劳而无怨，嫡亦自悔也。"⑥在"水歧成渚"的训诂中，"江水"暗喻正嫡，"歧渚"暗喻媵妾，江大歧小但它们同流，兴起嫡尊媵卑而应该同行之义。除了"水歧成

① （清）胡承珙：《毛诗后笺》，合肥：黄山书社，1999 年版，第 111－112 页。

② （清）阮元校刻：《尔雅注疏》卷七，第 5698 页。

③ （清）阮元校刻：《毛诗正义》，第 615 页。

④ （唐）陆德明：《经典释文》，北京：中华书局，1983 年版，第 56 页。

⑤ （梁）萧统编，（唐）李善注：《文选·张衡西京赋注》，第 78 页。

⑥ （清）阮元校刻：《毛诗正义》，第 614 页。

渚",其他"决复入为汜""沱,江之别"之训,都表达相同的意义,以大水小水、大江小沱同流,喻"嫡、媵"二人宜同行。《韩诗·江有汜》篇义没有保留,但"一溢一否曰渚"的《韩诗》训诂似乎并无须迎合《毛诗》序旨。

其实,从存留的《韩诗》训诂看,《毛》与《韩》,最大的差异之一,便是《韩》训诂与本事、诗旨多分离,能训释出词之本义或原始义,但《毛诗》训诂与序、传基本融为一体,常于"训诂中见序义"。《诗经·国风》中有大量形貌语词,《韩诗》常以"美貌""好貌"等为训,而《毛传》基本都是依文而训。下面略举数例,以示说明。

(1)《邶风·简兮》篇"硕人俣俣"句(《韩诗》为"硕人扈扈"),《韩诗》曰:扈扈,美貌。(《经典释文》)

《毛传》曰:俣俣,容貌大也。

(2)《邶风·新台》篇"嬿婉之求"句,《韩诗》曰:嬿婉,好貌。(《文选·西京赋注》)

《毛传》曰:燕,安。婉,顺。

(3)《卫风·考槃》篇"硕人之薖"句,《韩诗》曰:薖,美貌。(《经典释文》)

《毛传》曰:薖,宽大貌。

(4)《卫风·淇奥》篇"有匪君子"句(《韩诗》为"有邲君子"),《韩诗》曰:邲,美貌也。(《经典释文》)

《毛传》曰:匪,文章貌。

(5)《卫风·淇奥》篇"瑟兮僩兮"句,《韩诗》曰:僩,美貌。(《经典释文》)

《毛传》曰:僩,宽大貌。

乔枞谨案:韩诗训僩为美,盖以为娴字之假借。

(6)《卫风 · 氓》篇"氓之蚩蚩"句,《韩诗》曰:氓,美貌。(《经典释文》)

《毛传》曰:氓,民。

(7)《郑风 · 羔裘》篇"洵直且侯"句(《韩诗》"恂直且侯"),《韩诗》曰:侯,美也。(《经典释文》)

《毛传》曰:侯,君也。

(8)《齐诗 · 还》篇"子之还兮"句(《韩诗》"子之嫙兮"),《韩诗》曰:嫙,好貌。(《经典释文》)

《毛传》曰:还,便捷之貌。

(9)《齐诗 · 还》篇"揖我谓我儇兮"句(《韩诗》"揖我谓我婘兮"),《韩诗》曰:婘,好貌。(《经典释文》)

《毛传》曰:儇,利也。

(10)《齐风 · 东方之日》篇"彼姝者子,在我室兮"句,《韩诗薛君章句》曰:"诗人言所说者颜色盛美如东方之日。"(《文选 · 秋胡诗》注、又十九《神女赋》注)可见,"姝"为颜色盛美之义。

《毛传》曰:姝,初昏之貌。

(11)《陈风 · 防有鹊巢》篇"谁侜予美"句(《韩诗》"谁侜予娓"),《韩诗》曰:娓,美也。(《经典释文》)

(12)《卫风 · 君子偕老》篇"委委佗佗,如山如河,象服是宜"句,《韩诗》曰:佗佗,德之美貌。(《经典释文》)

《毛传》曰:委委者,行可委曲踪迹也。佗佗者,德平易也。

《毛诗》不同于《韩诗》的释例,源自毛公训解语词时,背后始终受到序义的影响。《东方之日》中"彼姝之子"的"姝"字,《韩诗》保留了审美意涵,《毛传》依"男女淫奔,不能以礼化”的《序》义，将整首诗描绘成婚礼的场景，故训“姝”为“初昏之义”①。“姝”在《毛诗》中出现三次，有三种不同的解释，如：

《邶风·静女》篇有“静女其姝，俟我于城隅”，《毛传》曰：“静，贞静也。姝，美色也。”

《鄘风·干旄》篇有“彼姝者子，何以畀之”，《毛传》曰：“姝，顺貌。”

《齐风·东方之日》篇有“彼姝者子，在我室兮”，《毛传》曰：“姝，初昏之貌。”

其中，既有经学化的女德之义，又有原始之审美义，如《静女传》训“姝”为“美色也”②，《干旄》中训“姝”为“顺貌”③。其实，《毛传》虽然对大量审美词汇进行了经学化、道德化的转变，但仍属于美色与女德并重。“静女其姝”句，因为《毛传》已训“静”为“贞静”之义，即“女德贞静而有法度”④，所以当出现第二个形貌语词时，会还原“姝”美色的审美意义。“静女其娈，贻我彤管”句，《传》曰“既有静德，又有美色，又能遗我以古人之法，可以配人君也”⑤，同样“娈”也被还原出审美内涵。

“婉”字，在儒家文化中，被列入女德范畴，《晏子春秋》记

---

① (清)阮元校刻：《毛诗正义》，第741页。

② (清)阮元校刻：《毛诗正义》，第654页。

③ (清)阮元校刻：《毛诗正义》，第673页。

④ (清)阮元校刻：《毛诗正义》，第654页。

⑤ (清)阮元校刻：《毛诗正义》，第655页。

载"妇听而婉,礼之质也"①,《礼记·内则》篇有"姆教婉娩听从"②,但在诗赋中,"婉"一直保持着独立的审美特征。《邶风·新台》篇"燕婉之求,籧篨不鲜"句中的"燕婉",《韩诗》释为"美貌",训解出"婉"之本义,但《毛传》曰"婉,顺也"③。以经学视野审视,君子追求的一定是有美德的安顺女子,所以《毛传》对"燕婉"的审美义,进行了道德化的改造。但《毛诗》中,也释出"婉"的审美义,如《齐风·猗嗟》篇"猗嗟娈兮,清扬婉兮"句,《毛传》曰:"婉,好眉目也。"④《郑风·野有蔓草》篇"有美一人,清扬婉兮"句,《毛传》曰:"清扬,眉目之间婉然美也。"⑤

《毛传》结合序义对一些富有美感的语词进行了经学转化,使得序传、训诂融为一体。但从保留的零星《韩诗》"训诂"看,其形成之初似乎并未受到《诗》"本事"影响,依旧能阐释出形貌语词的原始义。直到东汉形成的《韩诗薛君章句》,才出现了和本事相关的训诂,如释"窈窕"为"贞专",释"芣苢"为"臭恶之草"。

① 张纯一:《晏子春秋校注》,北京:中华书局,2014年版,第353页。

② (清)阮元校刻:《礼记正义》卷二十八《内则》,第3187页。

③ (清)阮元校刻:《毛诗正义》,第656页。

④ (清)阮元校刻:《毛诗正义》,第752页。

⑤ (清)阮元校刻:《毛诗正义》,第732页。

四、结语

《毛传》或改动常用训诂,或增补新义,或以比喻、描述物之用途等方式于训诂中构建了丰富的义理世界。对于一些难以汇通的训诂,只有结合《毛序》诗旨或礼义背景才能得到解释。《毛诗》"序""传"与"训诂"相互交融,共同完成义理与价值体系的构建,而三家《诗》"本事"与"训诂"之间的关联度更为松散,训诂形成之初,似乎并未受到诗旨的影响。且从三家佚文来看,尤其是《国风》部分,其本事多是一些零散的故事文本,前后之间很少有意义关联,似乎也没有产生如《毛序》般由正到变、由美转刺的诗旨解说谱系①。郑玄早年研习三家,后宗主《毛诗》,易辙的原因很多,一般认为《毛》训诂谨严平实,但也可能源于《毛诗》拥有结构统一、前后关联的"序"文及由"序"与"训诂"互相阐发、高度弥合的价值观念体系。

(成倩,山西师范大学文学院讲师)

① 台湾学者程元敏对"三家诗无序,《毛诗》有序"的论题有详细考析,见《诗序新考》,台北:五南图书出版股份有限公司,2005 年版,第 1 - 50 页。

文化学与文学研究

麦秀、黍离抒情模式的生成及文化学考察

何海燕

自《麦秀》和《诗经·王风·黍离》两诗诞生以来，麦秀、黍离屡屡作为共同体出现在后人的视野中，《诗经》注释者常引《麦秀》诗解《黍离》，史书及文人作品中也常常将之并举，在文学史乃至文化史上产生了深远的影响。本文将二者放置一起考论，试图解密麦秀、黍离这一抒情书写模式生成的文化因子。

学界对《麦秀》抒情模式的生成机制鲜有探讨，对《黍离》抒情模式的文化现象及生成则有所涉及，且已取得了一些成果。但大多是从后世影响的角度入手，如王立先生的《黍离之痛的文化成因及审美意蕴透视》《中国古代黍离文学主题及其惯常意象》等一系列研究成果，皆从黍离主题影响史层面对之进行了考察，对这一抒情模式形成的文化机制的探讨并不多见。仅有黄刚的《黍稷意象考论——〈诗·王风·黍离〉的意象经营艺术研究之一》从七个层面考察了黍稷意象的文化意蕴，并对其象征国兆的原因进行了初步的探讨，为本文提供了一定的研究基础。笔者以为《麦秀》《黍离》均与亡国之痛、故国之思联系起来，不是一种偶然或简单的比附，其中应蕴含并承载了中国自古以来的文化理念。

一、《麦秀》《黍离》悼国抒情主题的确立

《麦秀》一诗,《史记·宋微子世家》载:“箕子朝周,过故殷虚,感宫室毁坏,生禾黍,箕子伤之,欲哭则不可,欲泣为其近妇人,乃作《麦秀》之诗以歌咏之。其诗曰:‘麦秀渐渐兮,禾黍油油。彼狡童兮,不与我好兮!’”①自此主题无异议,皆以此诗为伤纣王失国。后世争论的焦点仅集中于作者究竟是箕子、微子,还是后人托作。《黍离》一诗在《诗经·国风·王风》之中,诗云:“彼黍离离,彼稷之苗。行迈靡靡,中心摇摇。知我者,谓我心忧,不知我者,谓我何求。悠悠苍天!此何人哉?//彼黍离离,彼稷之穗。行迈靡靡,中心如醉。知我者,谓我心忧,不知我者,谓我何求。悠悠苍天!此何人哉?//彼黍离离,彼稷之实。行迈靡靡,中心如噎。知我者,谓我心忧,不知我者,谓我何求。悠悠苍天!此何人哉?”自入选《诗经》以来说解者甚众。

战国楚竹书《孔子诗论》言:“(有)溺志。既曰天也,犹有悁言。”晁福林解为有忧患意识,“有悁言”是有怨君情绪。认为该诗充满了对周王朝变迁的忧虑愁思。②《毛诗序》言:“《黍离》,闵宗周也。周大夫行役至于宗周,过故宗庙宫室,

---

① (汉)司马迁:《史记·第五册·卷三十八》(全十册),北京:中华书局,1959 年版,第 1620 - 1621 页。

② 晁福林:《从上博简〈诗论〉第 19 号简看〈诗·黍离〉的溺志》,《中州学刊》,2005 年第 1 期。

尽为禾黍。闵周室之颠覆,彷徨不忍去,而作是诗也。”①以之为哀悼周王室衰亡之诗。三家《诗》说则不同。《韩诗外传》载,魏文侯大儿子击被安置于中山,而二儿子诉被立为太子。击与父王三年没有往来,击的师傅赵仓唐劝说击派他作为使者前往与文侯沟通,仓唐带了文侯最喜欢的北犬晨雁得于面见文侯。父亲见儿子如此用心,父爱顿涌上心头,关切地问中山君近况如何,喜欢什么。仓唐回答说喜欢读《诗经》中的《黍离》和《晨风》。文侯让仓唐诵读之,读完《黍离》后,文侯问道:“中山君怨恨我吗?”仓唐说:“他不敢对您有怨言,只是思念您啊!”又接着为文侯诵读《晨风》,文侯听到“未见君子,忧心钦钦。如何如何,忘我实多”时,特别高兴。说:“欲知其子,视其母;欲知其君,视其使。中山君不贤,恶能得贤!”②遂废太子诉,改立中山君击为太子。刘向《说苑·奉使》与《韩诗外传》说解颇有相似之处,只是仓唐先读的是《晨风》,文侯以之为“子之君以忘我之乎”,仓唐解为“时思耳”。后读《黍离》,文侯以为击怨恨他,仓唐复解为“时思耳”。于此两书的记载可见对该诗的解读存在因人而异的现象。魏文侯开始从《黍离》读出的是怨恨之情,仓唐则认为表达的是思念之情,是远离父亲不得相见的思念。文侯后来也接受了仓唐的解说。刘向《新序·节士》则言:“(卫宣公子)寿闵其兄伋之且见害,作忧思之诗。《黍离》之诗是也。”③认为该诗记录的是

① (唐)孔颖达:《毛诗正义》,李学勤主编《十三经注疏》本,北京:北京大学出版社,1999年版,第252页。

② 《韩诗外传》卷8,《四部丛刊》景明沈氏野竹斋本,第50页。

③ (汉)刘向编著;石光瑛校释,陈新整理:《新序校释·上册·卷第七·节士·卫宣公之子章》(全二册),北京:中华书局,2001年版,第879页。

一件发生在春秋时期的历史事件。卫宣公因厌恶太子伋,遂派他出使齐国,并趁机借强盗之手杀死了他。卫宣公的另一位儿子寿得知此事后,写了这首诗来表达他的忧伤思念之情。《韩诗》则将这一事件换成了西周时期尹吉甫因相信后妻谗言,杀掉了长子伯奇,伯奇的弟弟伯封找不到哥哥,写下了这首诗。皆以此诗表达的是对兄弟的哀思之情。宋洪迈却以之为齐诗说,他在《容斋随笔》中说:"《黍离》之诗列于王国风之首,周大夫所作也,而《齐诗》以为卫宣公之子寿,闵其兄伋之且见害,作忧思之诗,《黍离》之诗是也。此说尤为可议。"①清马宗琏《春秋左传补注》也持相同观点。不管是齐说还是韩诗,或者两家说同,因历史的久远、书籍的亡佚已不得而知,不过三家《诗》说的大同小异还是显而易见的。

由上述所见,《毛诗》体系以为此诗表达的是悼国的忧思之情,而三家《诗》说则以之为是父子之间的裂隙导致的思亲或伤亲之情。《黍离》主题在汉代还处于不统一状态。甚至在三国时期,也仍然有不同的声音,如曹植《令鸟恶禽论》云:"昔尹吉甫信后妻之谗,而杀孝子伯奇,其弟伯封求兄不得,作《黍离》之诗。"②采用的是《韩诗》说。曹植还另有《情诗》云:"游子叹黍离,处者歌式微。"③《黍离》《式微》皆为《诗经》篇目。《式微》,《毛诗序》云:"黎侯寓于卫,其臣劝以归也。"郑《笺》云:"黎侯为狄人所逐,弃其国而寄于卫。卫处之以二

---

① (宋)洪迈著,穆公校点:《容斋随笔·容斋四笔·卷一》,上海:上海古籍出版社,2014 年版,第 257 页。

② (三国·魏)曹植撰,李幼文校注:《曹植集校注》,北京:中华书局,2016 年版,第 453 页。

③ (梁)萧统编,(唐)李善注:《文选》第三册,上海:上海古籍出版社,1986 年版,第 1366 页。

邑，因安之，可以归而不归，故其臣劝之。"①三家《诗》说与毛说基本相同，如齐说："式微式微，忧祸相绊，隔以岩山，室家分散。"②以此诗为因祸患不得已离开家乡，与家人分离，暗寓思归之去情。《情诗》整首诗抒写的是因徭役在外不得归家的忧伤与思归之情。此处的黍离在曹植眼里是思念的化身，说解与《韩诗》同。但到了晋代则出现了不一样的局面，《黍离》的主题呈现出以《毛诗》的说解为统一标准的态势，并出现了《麦秀》与《黍离》并举的情况，向秀在其《思旧赋》中云："叹《黍离》之愍周兮，悲《麦秀》于殷墟。"③作为二诗连用的第一人，此举获得了当时及后世的广泛认同。如与之同时代的陆机言："夫然，故能保其社稷，而固其土宇，麦秀无悲殷之思，黍离无闵周之感矣。"④左思《三都赋》云："览麦秀与黍离，可作谣于吴会。"⑤稍晚一点的庾信《拟连珠四十四首》曰"盖闻彼黍离离，大夫有丧乱之感；麦秀渐渐，君子有去国之悲。"⑥颜之推《观我生赋》言："慨《黍离》于青庙，怆《麦秀》于空廛。"杨衒之《洛阳伽蓝记·序》："麦秀之感，非独殷墟；

---

① （唐）孔颖达：《毛诗正义》，李学勤主编《十三经注疏》本，第153页。

② （清）王先谦撰，吴格点校：《诗三家义集疏》上，北京：中华书局，1987年版，第180页。

③ （梁）萧统编，（唐）李善注：《文选》第二册，第721页。

④ 《陆机文集陆云文集》，上海：上海社会科学院出版社，2000年版，第95页。

⑤ （梁）萧统编，（唐）李善注：《文选》第一册，第296页。

⑥ （北周）庾信撰，（清）倪璠注，许逸民校点：《庾子山集注》中册，北京：中华书局，1980年版，第599页。

黍离之悲，信哉周室！”①宋代的李曾伯《闻雁赋》：“麦芃芃兮如何？黍离离兮奚似？谅山河之无恙，今风景之不异。”②王安石《金陵怀古》其一：“黍离麦秀从来事，且置兴亡共酒缸。”③如此等等，不胜枚举，在文学史上成为一道引人注目的风景。

这一主题的确立当与三家《诗》的衰亡和《毛诗》的兴盛有着很大的关系。郝桂敏对魏晋时期的《诗经》学有一个描述：“在三国时期，治《毛诗》者最多，三家《诗》在三国时期还存在……晋初今文经学已经衰落。到了晋代，已经见不到引用齐、鲁二家的痕迹。”④据笔者对魏晋时期《诗经》注疏的爬梳和考察，这个论断是切实可靠的。至于韩诗的解说，也只有零星的人采用，所以《隋书·经籍志》说：“齐诗魏代已亡。鲁诗亡于西晋，韩诗虽存，无传之者。”⑤尊《毛诗》的倾向使得《黍离》的主题获得了一致的认同。如潘岳《西征赋》：“何黍苗之离离，而余思之芒芒！洪钟顿于毁庙，乘风废而弗县。禁省鞠为茂草，金狄迁于灞川。”刘琨《答卢谌诗》“彼黍离离，彼稷育育。哀我皇晋，痛心在目。”诚如王立所言：“黍离之痛回

---

① （魏）杨衒之撰，周祖谟校释：《洛阳伽蓝记校释》，北京：中华书局，1963 年版，第 7 页。

② 曾枣庄、吴洪泽主编：《宋代辞赋全编》第五册，成都：四川大学出版社，2008 年版，第 2787 页。

③ （宋）王安石著，秦克、巩军点校：《王安石全集》第 74 卷，上海：上海古籍出版社，1999 年版，第 564 页。

④ 郝桂敏：《魏晋南北朝〈诗经〉学主要发展阶段及其特点》，《辽宁大学学报》，2007 年第 4 期。

⑤ （唐）魏征、令狐德棻撰：《隋书》卷三十二，北京：中华书局，1973 年版，第 918 页。

荡在汉末直至晋初的大多抒情之作中。”①

由于魏晋时期《诗经》注疏本的佚失，已无法窥见《黍离》说解的全貌，但主《毛诗》之说如前所述是大趋势。至唐代，《毛诗正义》解说《黍离》时已引《麦秀》诗证之。《黍离》在《诗经》学层面与文学层面实现了高度的吻合。随后也出现了以《黍离》《麦秀》并举品评文学作品的现象。宋张戒《岁寒堂诗话》评杜甫诗《哀江头》云：“不待云比翼鸟、连理枝，此恨绵绵无尽期，而无穷之恨、黍离麦秀之悲寄于言外。”②清况周颐评刘起潜《菩萨蛮》：“只四十许字，而黍离麦秀之感流溢行间。”③清周济《宋四家词选》评王沂孙：“碧山胸次恬淡，故黍离麦秀之感，只以喟叹出之，无剑拔弩张习气。”④

为何《毛诗》对《黍离》一诗的解说得到后世普遍认同，是误读还是合理解读，值得探究。而《麦秀》与《黍离》因有着共同意象“黍”及其他与“黍”同属农作物类意象，受到后人的关注并视之为同一主题的诗歌。这些意象何以成为亡家之思之痛的象征物被写进文学作品？是尤值得深思和探讨的。要弄明白这一系列问题，需要回到诗歌文本及先秦的文化语境中去找寻。

---

① 王立：《黍离之痛与悲秋：中国文学史上两条美学线索的比较》，《锦州师范学院学报》，1985 年第 3 期。

② （宋）张戒：《岁寒堂诗话·卷上》，北京：中华书局，1985 年版，第 7 页。

③ （清）况周颐撰，屈兴国辑注：《蕙风词话辑注》卷三，南昌：江西人民出版社，2000 年版，第 148 页。

④ （清）周济辑：《宋四家词选》，北京：中华书局，1985 年版，第 4 页。

二、麦、禾、黍、稷国家象征意蕴形成考索

《麦秀》《黍离》两诗分别以“麦、禾、黍”和“黍、稷”起兴,抒发其悼国悲情。《诗经》中出现这些物类的诗有二十多首。黄刚将其中黍、稷的蕴含之意总结为如下七种:物象之美、民食之用、农事之兆、祭祀祁福之用、仪礼习俗之备、念父母之情、财力、政权象征之意。[①] 虽较为细致全面,但仍有遗漏或不够妥帖之处。麦禾黍稷何以与悼国之情关联,黄刚已探讨过黍稷何以能兆国运之势这个问题。他认为:“‘礼乐征伐自诸侯出’之况,已打破‘黍稷’国泰安康及丰谷昌盛之美愿,‘黍稷’原有祭祀和礼俗之用,自然会引起诗人深思,加以其忧怨带恨之心态,亦随平王东迁及其沉痛心绪渐增而加剧,忧已转入忧国。”[②]此说有一定的道理,但仍然没有触及其深层原因。

荣格曾言:“从科学、因果的角度,原始意象(原型)可以被设想为一种记忆蕴藏,一种印痕或者记忆痕迹,它来源于同一种经验的无数过程的凝缩。在这方面它是某些不断发生的心理体验的沉淀,并因而是它们的典型的基本形式。”[③]所以,要想探明这一问题,需要弄清为什么选择这四种物象作为象征,这些物象的内涵从远古到《诗经》时代究竟有什么样的承袭和演变。故而,对这些谷物文化意蕴的考索就显得十分必

---

① 黄刚:《黍稷意象考论——〈诗·王风·黍离〉的意象经营艺术研究之一》,《诗经研究丛刊》,2011 年第 2 期。

② 同上。

③ [瑞士]荣格著:《心理学与文学》,冯川、苏克译,上海:三联书店,1987 年版,第 6 页。

要了。在《诗经》中，已出现了黍象征君王与国家的例证，如《下泉》《黍苗》均出现“芃芃黍苗，阴雨膏之”，后面分别接“四国有王，郇伯劳之”与“悠悠南行，召伯劳之”。将郇伯与召伯为君王奔波操劳比喻成雨水润泽黍苗。黍成为国家与君王的象征。无独有偶，《左传》中也出现了类似的比喻，如《左传·襄公十九年》：“小国之仰大国也，如百谷之仰膏雨也。”①并由黍扩大到了百谷，以黍、稷等为代表的农作物类与君王和国家的关联显而易见。

通过对上古文献的细致爬梳，笔者以为这些谷物与君王和国家的关联应是从以下两个层面展开的：

一是五谷关乎国计民生，与国家命运息息相关。《尚书·周书》及《史记·鲁周公世家》记载，西周初年，成王年少，周公摄政，晋唐叔得到了一株祥瑞征兆的嘉谷，把它进献给成王，成王则转赠给周公。周公受禾这一事件的发生，实则意味着成王把国家的重任托付给了周公。此时的禾与天子、政权、国家命运密切关联。《史记·鲁周公世家》又载，周公死后，还没到收获的季节，暴风雷雨把还没成熟的谷子全部压倒了，大树也被连根拔起了。周王朝举国上下十分恐慌，成王赶紧行郊祭天之礼，方得保住禾稼。谷物遭受自然灾害，国人如此惊恐，足见禾对民生和国家的影响。《左传·成公十八年》载：“周子有兄而无慧，不能辨菽麦，故不可立。”②晋厉公被程滑杀死后，晋人拥立年仅十四岁的周子做了国君，而没让他的哥哥做国君，给出的理由便在于他不能辨别五谷。在先秦人

① 杨伯峻编著：《春秋左传注》第三册，北京：中华书局，1981 年版，第 1047 页。

② 杨伯峻编著：《春秋左传注》第二册，第 907 页。

的眼中,一个连豆子与麦子都无法辨认的人,显然没有治理国家的能力。以能否分辨五谷来评判能否为君王、能否治理好国家,由之可见这些作物的重要性及其与国家的密切关系。另外《左传·闵公二年》载"卫文公大布之衣,大帛之冠,务材训农,通商惠工,敬教劝学,授方任能。"①《史记·宋微子世家》:"岁月日时无异,百谷用成治用明……日月岁时既易,百谷用不成,治用昏不明。"②天子是能否丰收的晴雨表,而庄稼能否丰收则是国家安稳与否的晴雨表,两者互为因果。纵然是在后世,五谷与国家民生的关系仍然紧密相连。范计然《齐民要术杂说》:"五谷者,万民之命,国之重宝。是故无道之君及无道之臣,皆不能积其盛有余之时,以待其衰不足。"③此处君王与五谷并提,有德之君王才能让老百姓有吃之不尽的粮食,国家才能长存。又《贞观政要》中唐太宗对使臣说:"国以民为本,人以食为命,若禾黍不登,则兆庶非国家所有。……今省徭赋,不夺其时,使比屋之人,谘其耕稼,此则富矣。"④老百姓有了赖以生存的食物,国家方能长治久安。在粮食匮乏的古代,五谷被提到了与国家同等重要的地位,故而成为国家的代称也是可以理解的。

二由农神崇拜到先祖崇拜再到国家之象征。从源头上来说,这些谷物最初是作为祭祀之物出现在祭神之地和祖先宗庙里,表达对农神和先祖的尊崇、追思及请求庇护、为后人祈

---

① 杨伯峻编著:《春秋左传注》第一册,第273页。

② (汉)司马迁撰:《史记》第五册,第1618页。

③ (宋)李昉编纂,孙雍长、熊毓兰校点:《太平御览》第七册,石家庄:河北教育出版社,1994年版,第794页。

④ (唐)吴兢编著,王贵标点:《贞观政要》,长沙:岳麓书社,1991年版,第281页。

福等种种愿望，如殷墟甲骨文中常出现登麦、告麦。以稷为例，《左传·昭公二十九年》载："稷，田正也。有烈山氏之子曰柱，为稷，自夏以上祀之。周弃亦为稷，自商以来祀之。"①《国语》也载有此事。不管是作为周人始祖的稷还是夏朝以来的农官，他们都是中国农业发展的重要推动者，是先民心中的神，为先民崇拜祭祀。到了周代社会，作为周王朝始祖神的稷取代农神稷，为周人供奉并祭祀。《大雅·生民》"蓺之荏菽，荏菽旆旆。禾役穟穟，麻麦幪幪，瓜瓞唪唪。"《鲁颂·閟宫》"是生后稷，降之百福。黍稷重穋，稙稚菽麦。奄有下国，俾民稼穑。有稷有黍，有稻有秬。"《山海经·海内经》："西南黑水之间，有都广之野，后稷葬焉。爰有膏菽、膏稻、膏黍、膏稷，百谷自生。"②因禾、麦乃后稷种植之物，黍、稷乃后稷化生之物，后均作为祭祀之物，成为后稷及先祖的象征。后稷是农业种植的发明人，死后又化生为农作物，在先民的观念里后稷与农作物融为了一体。人们见到这些代表性的农作物就犹如见到了后稷，见到了恩赐他们食物的先祖，故而这些农作物顺理成章成为祭祀祖先的物品，同时也成为祖先的化身。"当一定的自然物象作用于初民的感官的同时，长期宗教活动所培植起来的有关的观念意义也就立即直接呈现于人们的想象之中。"③又由于早期的祭祀一般是王者进行，甲骨文中出现的登麦、登稷皆是商王以此为祭品祭祀祖先的行为。《逸周书·

① 杨伯峻编著：《春秋左传注》第四册，第1503－1504页。

② 袁珂：《山海经校注》，上海：上海古籍出版社，1980年版，第445页。

③ 赵沛霖：《兴的源起——历史积淀与诗歌艺术》，北京：中国社会科学出版社，1987年版，第81页。

尝麦》及《礼记·月令》《吕氏春秋》《淮南子》等典籍皆载有孟夏之月天子尝麦、仲夏之月尝黍以祭先祖之礼。《诗经》中出现的一些诗篇也佐证了这一观点,如《小雅·楚茨》:"我黍与与,我稷翼翼。我仓既盈,我庾维亿。以为酒食,以享以祀,以妥以侑,以介景福。"《毛诗正义》以为当是:"民除草以种黍稷,收之而盈仓庾,王者得为酒食,献之宗庙。"方玉润也言:"《楚茨》,王者尝烝以祭宗庙。"[①]《小雅·甫田》及《小雅·大田》两诗,毛诗派均以为此诗乃刺幽王不能如成王般以黍稷祭祀先祖以求福,方玉润以为二诗皆王者祭祀祈年之诗,故这些物类成为王者的象征也是必然的。

据赵沛霖先生研究,社稷中的社树有母亲的象征意味[②],那么按古代阴阳观,与社相组合的稷很可能含有父亲的象征意味。稷,我们前面已考察,它是后稷种植的谷物,也是后稷的化生物,更是祭祀后稷的物品,它一度由此成为先祖神与后稷的象征,而祖先与后稷正是男性。三家《诗》在解《黍离》诗,解以此诗为思念父亲或兄弟,思念的对象亦为男性。故而稷在国家概念形成之前,既是祖先的象征,也是父亲的象征。在进入了西周礼乐社会后,在事君如事父观念的影响下,使得稷经由了从宗教到社会生活到政治的转化,获得了君王乃至国家的象征意味。而国家兴亡的标志便是祭祀是否存在,《左传·昭公二十七年》载吴王被专诸刺杀后,季子尝言:"苟先君无废祀,民人无废主,社稷有奉,国家无倾。"[③]正如曹书杰

① (清)方玉润撰,李先耕点校:《诗经原始》,北京:中华书局,1986年版,第430页。

② 赵沛霖:《兴的源起——历史积淀与诗歌艺术》,第41-42页。

③ 杨伯峻编著:《春秋左传注》第四册,第1484页。

所言："从某一氏族的祖先之神逐渐演变为一封建国家的保护之神。"①又由国家的保护之神成为与国家命运存在的共同体。故而先秦文献在记述国家灭亡时，往往以祭祀的断绝作为标志。绝其祀，意指亡其国，稷因而也由祭祀之物和祭祀对象转为国家的代称。

除此之外，在《诗经》与《左传》等文献中，取禾、取麦、食黍、食麦等均含有辱国欺民之义。如《伐檀》以君子不稼不穑，不辛勤劳作却强取他人之禾的掠夺行为，讽刺在位者不劳而获的丑恶行径。《硕鼠》以大老鼠食黍、食麦、食苗的行为，比喻君王对老百姓的侵夺和压迫，老百姓不堪重负，无奈想逃离故国。《小雅·黄鸟》呼喊黄鸟"无啄我黍"，在不堪生活的重压下生出欲回自己邦国的念头。《左传·隐公三年》载："四月，郑祭足帅师取温之麦。秋，又取成周之禾。周、郑交恶。"②《史记》也记载了这一历史事件，言"郑侵周地取禾"，"桓王怒其取禾"。③《左传·宣公七年》载："赤狄侵晋，取向阴之禾。"④可见，强取他国田地、谷物是一种极其无礼的侵夺行为。《左传·文公十七年》言"齐人将食鲁之麦"⑤，实际上暗含着齐国想要攻打侵占鲁国的含义。由此可见，谷物与国家的关联已经深入人心，成为一种固有的文化表达。

---

① 曹书杰：《后稷传说与稷祀文化研究》，东北师范大学2003年博士论文，第218页。

② 杨伯峻编著：《春秋左传注》第四册，第27页。

③ （汉）司马迁撰：《史记》第五册，第1760页。

④ 杨伯峻编著：《春秋左传注》第四册，第692页。

⑤ 同上书，第627页。

三、睹物思人的文学表达与麦秀黍离悼国寄寓的形成

“麦、禾”和“黍、稷”除了象征国家之外,还与先民的情感表达有着千丝万缕的联系。仅从《诗经》中涉及的篇目来看,这些物类的出现通常与思念之情相关。思念的对象既有心爱的恋人,又有养育自己、血脉相连的父母、兄弟等亲人和宗族宗国。其中,黍、稷表思念父母宗亲,麦、禾则两情兼有。宋蔡卞《毛诗名物解》卷三云:“凡言黍、稷者皆有翼祖、考怀、祭祀、念父母之意。”①以黍、稷有念父母之意,此言不虚。只是在以念父母为主时也会兼及兄弟等其他亲人,如《小雅·黄鸟》,《孔子诗论》第九简云:“《黄鸟》,则困而欲反其故也,多耻者其恜之乎?”姚小鸥解为:“《黄鸟》所言者陷于困顿才想要返回其家族,君子忧虑这种情况。”②周凤五言:“《黄鸟》共三章,反复申言‘此邦之人,不可与处’,而思‘言旋言归,复我邦族’。所谓‘困而欲反其故’是也。”③皆据此简以该诗含有因在外遭受困顿而思家念国之情。这与《齐诗》说颇多相合之处,《齐诗》云:“黄鸟来集,既嫁不答。念我父母,思复邦国。”也以此诗为思念母国,只是思念的主体是出嫁在外的女

---

① (宋)蔡卞:《毛诗名物解》,文渊阁《四库全书》本,经部诗类卷三。

② 姚小鸥:《〈孔子诗论〉第九简黄鸟句的释文与考释》,《北方论丛》,2002 年第 4 期。

③ 周凤五:《〈孔子诗论〉新释文及注解》,见《上博馆藏战国楚竹书研究》,上海:上海书店,2002 年版,第 159 页。

子。朱熹亦云："民适异国，不得其所，故作此诗。"①今人也多以此诗表达思归念邦之情。该诗以制止黄鸟啄食粮食起兴，诉说自己的不幸生活及对邦国家人的思念。粟、黍等物类成为思亲念国的桥梁。《小雅·出车》以"昔我往矣，黍稷方华。今我来思，雨雪载涂"的景象，兴起下文"岂不怀归，畏此简书"，抒发对家乡亲人的思念之情。《鸨羽》则由"王事靡盬，不能艺稷黍"的现实窘迫忧念自己的父母，此外以《桑中》《丘中有麻》为代表的诗篇，也均出现麦，并以此来表达对意中人的思念，而《载驰》当许穆夫人希望回卫国吊唁父兄时，遭到了许国大夫的阻拦，她忧愤至极，当她在卫国的郊外看到"芃芃其麦"时，难以遏制内心的焦急与思念。

除此之外，前面所提到的三家《诗》对《黍离》的解说虽不尽相同，但有一个共同之处在于：以此诗表达的是思亲之情，且均隐含着对父亲的幽怨之情。而《孔子诗论》和《毛诗》则认为思情中更带有忧伤，只是思的对象是国家社稷而非人。为何《诗经》中的这些诗篇及先秦两汉的解《诗》者会不约而同地将这些物类和思念关联起来？也许荣格的这段话能给我们某些启示："每一个意象中都凝聚着一些人类心理和人类命运的因素，渗透着我们祖先历史中大致按照同样的方式无数次重复产生的欢乐与悲伤的残留物。"②这些物类与思念情感的关联应该是群体文化长久沉淀的结果。在原始人观念里，人死亡后会以另外一种方式继续存在，化生之物便成为人们

① （宋）朱熹：《诗集传》，南京：凤凰出版社，2007 年版，第 143 页。

② ［瑞士］荣格：《论分析心理学与诗的关系》，见叶舒宪选编《神话——原型批评》，西安：陕西师范大学出版社，1987 年版，第 100 页。

情感心灵的寄托。作为周人始祖后稷化生之物的“麦、禾”和“黍、稷”理所当然成为了周王朝世代子孙的追思对象。当他们看到这些茁壮成长的物类时,不由自主地想到了他们的祖先,想到了祖先为之打下的江山,只是江山已不在,唯有麦黍依旧笑春风,悲伤之情顿时涌上心头。落下的麦粒、黍粒等皆是不死之物,种在地里来年重新长出新苗,收获后供奉于他人的宗庙,而自己的国家却已灭亡不复存在,祭祀活动也无法进行,这对重视祭祀的周人来说是何等难言的伤痛!

以与思念对象相关的物品来表达对所思之人的情感,是《诗经》常用的表达方式,后人称之为睹物思人,如《甘棠》,《笺》云:“召伯听男女之讼,不重烦劳百姓,止舍小棠之下而听断焉。国人被其德,说其化,思其人,敬其树。”①因召伯曾于棠树下为老百姓主持公道办好事,故纵然召伯离开此地甚至死后,甘棠因着与召伯的缘故长久地留存于人们的记忆中。《诗三家义集疏》载《鲁诗》说:“召公卒,而民思召公之政,怀甘棠不敢伐,歌咏之,作《甘棠》之诗。”②正是道出了该诗睹物思人的表达方式。《绿衣》《葛生》以与死者生前相关的物品“绿衣”“锦衾”,寄托生者对已逝爱人的深切悼念。《子衿》《大车》《出其东门》分别以“青青子衿”“毳衣”“缟衣綦巾”所爱之人的衣饰来表达浓郁的相思之情。

当这种睹物思人的抒情方式根植于人的内心,成为惯常表达后,那些获得了类型化的象征意义的谷物,自然成为诗人追忆国家的抒情媒介。这在《诗经》中除了《黍离》外,还有

① (唐)孔颖达:《毛诗正义》,李学勤主编《十三经注疏》本,第78页。

② (清)王先谦撰,吴格点校:《诗三家义集疏》,第83页。

《载驰》一诗。四家《诗》皆以此诗为许穆夫人吊唁其兄卫侯所作，后世论者不出其右，如杜预《春秋左传注》云："《载驰》诗，卫风也。许穆夫人痛卫之亡，思归唁之不可，故作诗以言志。"①《郑志》（魏侍中郑小同）答赵商云："狄人入卫，其时明然。许夫人伤宗国之灭，又闵其民，欲归行其野，视其麦，是时之忧思乃引日月而不得归，责以冬夏与谁因谁极，未通于许夫人之意。"②已经发现了麦与国家灭亡的忧思之情间的关联。宋代戴溪《续吕氏家塾读诗记》言："《载驰》当是之时，卫国已为丘墟矣。适野而见麦，因思其故国，犹《麦秀》《黍离》之意也。"③敏锐地察觉到了此诗与《麦秀》《黍离》的相通之处，指出许穆夫人乃见麦思故国。细读《载驰》，知戴溪所言甚是。《载驰》首章言许穆夫人伤卫亡国，驰驱而归却遭许国大夫阻拦，无限忧思涌上心头；第二章写许穆夫人对许国大夫之事的评说与愤懑；第三章写登高泻忧抒怀；第四章写归途中见野外之麦，伤已不能救国，诉说欲求大国帮助的心愿。卫地是商朝的旧都殷墟，春秋时期盛产麦，而麦正是祭祀祖先宗庙的物品，如前所言是国家的象征，故许穆夫人在第四章选择以"麦"来寄托对自已母国灭亡的忧思。麦还在且长势喜人，国却易主，祭祀之物眼见已无用途。刹那间，物是国非的感伤不可遏抑地在内心升腾奔涌，诉诸笔端，这与《麦秀》的表达有异曲同工之妙。不管《麦秀》是否为微子或箕子所作，或者说

① （晋）杜预：《春秋左传注疏》，文渊阁《四库全书》本，经部春秋类卷10。

② （唐）孔颖达：《毛诗正义》，李学勤主编《十三经注疏》本，第214页。

③ 吴文治主编：《宋诗话全编》第七册，南京：江苏古籍出版社，1998年版，第6640页。

是不是西周初年的作品,但后人一致将之解为过故殷墟,感宫室毁坏,生禾黍而作之。同为殷墟之地的"麦"均一致性地和亡国之痛联系在一起,并不是一种偶然。正如余宝琳所言:"(对中国读者与作家而言)事物之间的联系往往早已存在,在某个先验的并先于任何个别人共品的类中,这种联系建立在他们共同地对这个类的参与基础之上。"①

睹物思人手法的运用在于或以自然之物或以生活之物表达伤悼或怀念之情,这些物类与所思之人有着十分密切的关系。麦、黍这些物类因与国家命运息息相关,故以之抒发哀思也凝定成一种传统出现在《诗经》里,也出现在后人解读的视野中。物之长存而斯国已逝,麦秀、黍离由此获得了悼国寄寓的象征意味,成为一种范式性的文学表达。

《麦秀》《黍离》两诗抒情模式的形成,既有着早期宗教文化的积淀与渗透,又有着政治礼乐文化的融入,当二者在与先民思念情感惯常表达思维的碰撞中,形成了独特的起兴模式和固定内涵表达,并最终为《毛诗》学派领悟、阐发,在后世的诗歌阐释史和文学创作中产生了深远的影响。

(何海燕,湖北大学文学院教授)

① [美]余宝琳:《中国诗歌传统的意象解读》,转引自[美]苏源熙著:《中国美学问题》,卞东波译,南京:江苏人民出版社,2011 年版,第 36 - 37 页。

《诗经·甘棠》地域考实

邵　杰

《甘棠》一诗,是《诗经·召南》中与召公关系最密切的一篇,也是知名度较高的一篇。诗篇中的“召伯”究竟是周初的召公奭,还是西周中后期的召伯虎,在清代才真正成为问题,此前的学者皆将“召伯”认定为召公奭。笔者认为,“召伯虎说”存在疏失,《甘棠》中的召伯应是召公奭①。以此观照历代关于《甘棠》地域的说法,可得三种意见:

1.南国地区。此说发轫于毛、郑,代表为朱熹《诗集传》:“召伯循行南国,以布文王之政,或舍甘棠之下。其后人思其德,故爱其树而不忍伤也。”②此说是传统时期最为流行的说法。

2.雍州地区。此说来源较早,《说苑·贵德》:“召公述职,当桑蚕之时,不欲变民事,故不入邑中,舍于甘棠之下,而听断焉。陕间之人,皆得其所,是故后世思而歌咏之。”③《说

---

① 本文为国家社科基金青年项目“《诗经》地理文献整理与研究”(16CZW014)的阶段性成果。详参拙文《〈诗经·甘棠〉“召伯虎说”综理》,《天中学刊》2016年第5期。

② (宋)朱熹:《诗集传》,《朱子全书》第1册,上海:上海古籍出版社、合肥:安徽教育出版社,2002年版,第414页。

③ 向宗鲁:《说苑校证》,北京:中华书局,1987年版,第94－95页。此处所引之《传》,当即《公羊传·隐公五年》之语:“天子三公何?天子之相也。天子之相,则何以三?自陕而东者,周公主之;自陕而西者,召公主之;一相处乎内。”

苑》一书,乃刘向汇集春秋至汉代之逸闻轶事编纂而成。可知此处所言之《甘棠》本事,汉代以前早有流传,汉代文献如《史记·燕召公世家》《韩诗外传》等多有相似记载①。后世从此说者不少,虽多数并未显言,但推求之下,意皆在雍州无疑。

3. 燕国地区。此说产生年代较晚,首见于明代丰坊。其论此诗旨意曰:"召康公勤于劳民,燕人怀之赋《甘棠》。"②丰坊诗说之伪,早有定评,但其书在当时颇有流传,多有信从者,作为思想史之印记,亦有价值。此说之伪,明人已有觉察,何楷曰:"燕诗别无入《国风》,不如还诸召南之民之为得也。"③其怀疑有一定的道理,但并未有充分论证。至清初毛奇龄,乃有正式反驳:"召公以子就封,无亲出封燕事。故《左传》晋士鞅曰:'武子之德在民,犹周人之思召公。'其云周人则正以召公不亲至燕故也。若《郑志》答张逸云:《甘棠》称召伯,固知在武王时。夫武王时,则固在封燕后,然至燕则不然耳。"④毛氏结合史事的论证,意思很显然:至燕就封的是召公之子,召公并未到过燕国,燕人怀念召公,乃无稽之谈。

近年来出土文献日益丰富,为该问题的深入研究提供了

① (汉)司马迁:《史记》卷34,北京:中华书局,1959年版,第1550页;许维遹:《韩诗外传集释》,北京:中华书局,1980年版,第30页。

② (明)丰坊:《诗传孔氏传》,影印明刻《百陵学山》本,上海:商务印书馆,1938年版。其《鲁诗世学》曰:"召康公勤于劳民,国人怀之赋《甘棠》。"并加解释道:"召国之人,盖燕民也。"(《四库全书存目丛书》第60册,济南:齐鲁书社,1997年版,第641页)语意近似。同出丰氏之《申培诗说》亦有类似之语:"《甘棠》,燕人追美召公之诗赋也。"(影印明刻《百陵学山》本,上海:商务印书馆,1938年版。)

③ (明)何楷:《诗经世本古义》卷11,《文渊阁四库全书》本。

④ (清)毛奇龄:《诗传诗说驳义》卷1,《文渊阁四库全书》本。

契机。以下将结合出土文献,对相关说法进行梳理和讨论,以期得出最合理的结论。

一

召公奭与南国的联系,以往学者多据郑玄之说加以引申生发,郑玄《毛诗谱·周南召南谱》云:

> 至纣,又命文王典治南国江、汉、汝旁之诸侯。于时三分天下有其二,以服事殷……文王受命……乃分岐邦周、召之地,为周公旦、召公奭之采地,施先公之教于己所职之国。武王伐纣,定天下,巡守述职,陈诵诸国之诗,以观民风俗。六州者得二公之德教尤纯,故独录之,属之大师,分而国之。其得圣人之化者谓之《周南》,得贤人之化者谓之《召南》,言二公之德教自岐而行于南国也。①

此说认为,周、召二公在文王时受封食采于岐周地区,《周南》《召南》作为诗集,出现在武王之时,但诗篇中的事迹,自可溯至文王时。后来的学者,或信或否,都未能有新的进展。究其原因,主要是文献无征,周、召二人与南国地区究竟有无关联,并无直接的材料可资说明,故召公奭在何种意义上与南国发生联系,历来学者多茫然不能知。

《太保玉戈》铭文为问题的进展提供了契机。太保玉戈,

① (汉)毛亨传,郑云笺,(唐)孔颖达疏:《毛诗正义》卷1,影印《十三经注疏》本,北京:中华书局,1980年版,第264页。

光绪二十八年(1902年)出土于陕西,1919年即流传海外,现藏于美国华盛顿的弗利尔美术馆。因为诸多原因,直到20世纪80年代,大陆学界才开始真正研究此器。最全面的当属李学勤先生,他将铭文释读为"六月丙寅,王在丰,令太保省南国,帅汉,遂殷南,令厉侯辟,用鼄走百人",且断此玉戈的年代应在成王前期①。这个结论目前已得到学界的广泛认同。按照李先生的解释,铭文中"殷"字意为殷见,即诸侯会集向王朝见。此铭"殷南"是殷见南国的诸侯。商周金文中,这种典礼都是在王主持下进行的。"殷"的主语是"王",不是太保。举行殷见典礼的地点,估计是在周都,并不在南国。由此可知,成王命召公巡省南国,沿汉而下,是为了召集当地诸侯来朝之事。由当时历史情况来看,这件事可能发生在周公东征平定三监之后,是巩固王朝南方统治的一项措施②。关于具体事件,尚有不同解读,有的学者认为,周公平三监之乱后继而东征时,呈三管齐下之势,一支是东进至鲁,一支是东南伐淮夷、徐戎,"还有一支南下江汉,是由召公率领,使命大概为'外抚诸侯'。……(《太保玉戈》铭)记这一支在太保召公的率领下,由丰京出发,循汉水谷地南巡,招抚南国诸侯入周朝见,又赏给周克商时的盟友濮国之君仆御百人,命之就封。看来此支南下较顺利,未遭遇重大战争,即巩固了周对南土的控制。"③云召公南下是东征部署之一部分,似乎有些言过其实,

① 李学勤:《太保玉戈与江汉的开发》,《走出疑古时代》(修订本),沈阳:辽宁大学出版社,1997年版,第138页。

② 李学勤:《太保玉戈与江汉的开发》,第139页。

③ 王宇信等:《中国古代文明与国家形成研究》,北京:中国社会科学出版社,2007年版,第382页。

周公东征的同时或稍后，召公的行军路线当在北方，这一点有《太保簋》铭文为证：

> 王伐录子圣，𠭯厥反，王降征令于太保。太保克敬亡遣。王永太保，锡休余土，用兹彝对令。(《集成》4140①)

目前关于铭文的释读还有不同的意见，关键在对“录子圣”的解读上。陈梦家先生认为：“此器记录子之反，王降征令于太保……所征之录，疑在南土”。② 郭沫若先生则进一步明确道：“‘录’殆即《春秋》文五年‘楚人灭六’之六，旧称皋陶之后，地在今安徽六安县附近。”③此说得到了王晖先生的支持：“(录)应依郭沫若读为‘六’，其地在今安徽六安县。‘余土’即徐土，说明召公以召陵郾城一带的扩封已达江淮之间的六安县一带。而这一带正是殷末周初的‘召南’之地。”④是皆以“录子圣”为安徽地区之人。与此不同的是，唐兰先生认为录子当与武庚禄父北遁有关，其言：“录与鹿古字常通用，录子之国当在今河北平乡县一带，汉代为巨鹿县……今平乡

① 本文引《集成》文字，皆出自中国社会科学院考古研究所编《殷周金文集成》(修订增补本)，北京：中华书局，2007年版。个别文字根据需要有所改动，标点亦间有改动。为避烦琐，此下不再一一出注。

② 陈梦家：《西周铜器断代》，北京：中华书局，2004年版，第47页。

③ 郭沫若：《两周金文辞大系图录考释》第6册，北京：科学出版社，1957年版，第62页。

④ 王晖：《周文王克商方略考》，《古文字与商周史新证》，北京：中华书局，2003年版，第68页。

在殷墟之北,约一百余公里,王子禄父北奔,当即至此。录子圣应是商王宗族。铜器中有天子圣觚,天子即大子(太子),在商王族中地位极高。此时禄父当已死,祭以庚日,所以称为武庚,成王伐圣,当是巩固其北疆。"①显然,此言"录子圣"为北方之人。任伟、陈致诸先生都同意此说,并分别作了补充,如任先生言:"今由克器可知'䚘'在北土,而'录'地又与'䚘'接近,是可知唐氏独具慧眼,所论甚善。……'余土'的具体地望,限于资料,目前难以落实。"②总体看来,唐兰先生一方的论证更为周详,意见更为合理。召公的北征与武庚出逃殷地有关,而其取得之胜利又与其日后"封燕"之事大有关联。那么,此时的召公,应该是无法分身去南方巡省各诸侯的。

准此可知,《太保玉戈》中召公的南下,当如李先生所言,是成王时期东征胜利之后的政治举措,意为安抚南方诸侯,稳定人心。召公巡省南国,应为成王之命,以周初情势衡之,其作为股肱重臣,不可能长期在外;在巡省过程中,其作为成王之代表,更不可能不接受南国诸侯的礼待而舍于甘棠之下;言南国人"爱树而不忍伤",恐为悬想之辞。成王时期的召公奭,威望隆显,若推及文王、武王时,即便与南国地区发生关联,亦难致其人"爱树而不忍伤"的地步。文王、武王时期,南方诸国与周的关系,应是从对等的政治实体逐渐变为臣属之国。据《逸周书·世俘》篇所载,武王伐纣后追讨殷遗及敌对

① 唐兰:《西周青铜器铭文分代史征》,北京:中华书局,1986年版,第81页。

② 任伟:《西周封国考疑》,北京:社会科学文献出版社,2004年版,第155页。

方国,所伐敌方有越戏方、陈、卫、磨、宣方、蜀(荀)、厉等国,多在南方地区。① 参照《大武》乐章“三成而南,四成而南国是疆”之语,可知伐纣前后南国地区并未悉数臣服于周,南国地区成为周土,经历了一个渐进的过程。召公奭要在此种情势下,令南国人爱敬挂怀,恐不太可能。换言之,成王时,召公奭有为南国人所爱敬的条件,但无舍于甘棠树下的可能;而在文王、武王时,其或有舍于甘棠树下之可能,却没有为南国人爱敬的条件。召公奭与南国的关系,无法将此两个要素合理统一。因此,《甘棠》诗应不太可能产生于南国地区。

二

召公与燕国地区的关系,需要首先梳理“召公封燕”之事。《史记·燕召公世家》载:“周武王之灭纣,封召公于北燕。”②似以为武王封召公于燕。郑玄《毛诗谱·周南召南谱》云:“周公封鲁,死谥曰文公,召公封燕,死谥曰康公,元子世之。其次子亦世守采地,在王官,春秋时周公、召公是也。”③唐司马贞《史记索隐》亦云:“亦以元子就封,而次子留周室代为召公。至宣王时,召穆公虎其后也。”④言明是召公元子代为就封。1986 年北京房山琉璃河西周燕国墓地 1193 号墓出土《克罍》《克盉》,两件青铜器均属西周早期,铭文相同:“王

① 李学勤:《〈世俘〉篇研究》,《史学月刊》,1988 年第 2 期。

② (汉)司马迁:《史记》卷 34,第 1549 页。

③ (汉)毛亨传,郑云笺,(唐)孔颖达疏:《毛诗正义》卷 1,第 265 页。

④ (汉)司马迁:《史记》卷 34,第 1549 页。

曰:'太保,惟乃明乃鬯,享于乃辟,余大对乃享,令克侯于匽。事羌、马、𧫦、雩、驭、微。克寓匽,入土眔(及)厥司。用作宝尊彝。"①根据西周金文的记载,周初任职太保的只有召公奭一人②,而匽,显然即为燕,故此器铭中所述必与封燕之事有关。考古学者们通过器物的纹饰、形制等诸多方面,结合墓葬特点,判断该器年代上限不得早于成王时期③。至于铭文中的"克",一般认为是人名④。以此而论,此铭所记,当是成王册封燕侯的记录。

另,传世的青铜器中有两件西周早期的《匽侯旨鼎》,提到另一位燕侯——旨,两器铭文如下:

《匽侯旨鼎》(一),铭文:"匽侯旨初见事于宗周,王赏旨贝廿朋,用作有姒宝尊彝。"(《集成》2628)

---

① 中国社会科学院考古研究所、北京市文物研究所、琉璃河考古队:《北京琉璃河1193号大墓发掘简报》,《考古》,1990年第1期;殷玮璋、曹淑琴:《周初太保器综合研究》,《考古学报》,1991年第1期;陈平:《克罍、克盉铭文及其相关问题》,《考古》,1991年第9期。此处文字参酌各家,为行文方便,一般写作通行字。

② 张亚初、刘雨:《西周金文官制研究》,北京:中华书局,1986年版,第1页。

③ 中国社会科学院考古研究所、北京市文物研究所、琉璃河考古队:《北京琉璃河1193号大墓发掘简报》,《考古》,1990年第1期。

④ 在器物刚出土时,关于"克"字的考释,曾引起争议。大致可分为两种意见,一种认为"克"是名词,当人名讲。李学勤、陈公柔、刘雨等先生持此观点;一种认为"克"为助动词或副词,当能够讲。张亚初、殷玮璋等先生持此为说。见《北京琉璃河出土西周有铭铜器座谈纪要》,《考古》,1989年第10期。后来经过大部分学者反复研究,基本都同意前一说,认"克"为人名。

《匽侯旨鼎》(二),铭文:"匽侯旨作父辛尊。"(《集成》2269)

燕侯旨与燕侯克,究竟谁先谁后,似乎问题不大。克器中有明确的封侯记载,而《匽侯旨鼎》中则径曰"匽侯",且言"初见事于宗周",说明旨之前并未来过宗周,当是袭位为侯之后初次前来。这与克器中的记载形成明显反差,说明克必定在旨之前为燕侯。不过,两者之间关系如何,曾引起诸多争议。争议的看法大致可分为两种:一种认为两代燕侯为父子关系,旨为克之子,"父辛"即指克;一种认为两代燕侯为兄弟关系,旨为克之弟,"父辛"即召公奭。可以看出,关键是对"父辛"作何理解。而这需要结合其他青铜器通篇考察,最主要的是含有"召伯父辛"的诸器:

《伯宪盉》铭:"伯宪作召伯父辛宝尊彝。"(《集成》9430.1)

《宪鼎》铭:"唯九月既生霸辛酉,在匽,侯赐宪贝金,匽侯休,用作召伯父辛宝尊彝。宪万年子子孙孙宝,光用大保。"(《集成》2749)

《伯和鼎》铭:"伯和作召伯父辛宝尊彝。"(《集成》2407)

《和爵》铭:"和作召伯父辛宝尊彝。"(《集成》9089)

陈梦家先生研究认为:召伯父辛,即《匽侯旨鼎》(二)中的“父辛”,就是召公奭。旨、宪、和三人都是召公奭之子①。唐兰先生则认为旨、宪、和三人都是召伯父辛之子,召伯父辛乃召公奭长子②。由于两家的看法都形成于琉璃河克器出土之前,所以目前来看需要重新审视。克先于旨为燕侯,已为琉璃河出土之克器所证明。而旨乃为“父辛”之子,因此,许多学者据《世本》中燕国君世系为“自宣侯以上皆父子相传,无及”的记载③,断克与旨也是父子相传,克为旨之父,即“父辛”。

持两代燕侯父子说的代表是李学勤先生。他认为,西周铜器铭文中不存在爵称之下加日名的情况,“召伯父辛”应理解为两代,读作“召伯、父辛”。召伯即召公奭,父辛即是克,旨、宪、和三人都是克之子④。这个解释看起来照顾了各方情况,但仔细考察,却未必然。西周铜器铭文中,起码召公家族诸器是有日名的,以上各器已可证明。但是,日名之制似乎在殷商时期较为盛行,西周时期比较少见。张懋镕先生曾细致

① 陈梦家:《西周铜器断代》,第 96 - 97 页。

② 唐兰:《西周铜器铭文分代史征》,第 146 - 148 页。

③ 此条出《史记索隐》引谯周语:“《系本》谓燕自宣侯以上皆父子相传,无及。”“世本”作“系本”,乃避唐太宗之讳。见《史记》卷 34,第 1551 页。

④ 李学勤:《克罍、克盉的几个问题》,《走出疑古时代》,沈阳:辽宁大学出版社,1994 年版,第 161 页。关于宪与和的关系,有人认为是一个人的不同名字,参张亚初《太保罍、盉铭文的再探讨》,《考古》,1993 年第 1 期。后陈平先生详细研究了《伯和鼎》和《和爵》的铭文,认为:“二器铭一自称‘伯和’,一自称‘和’,与《伯宪鼎》《宪鼎》一自称‘伯宪’、一自称‘宪’者情况完全对等并列。”(《燕史纪事编年会按》,北京:北京大学出版社,1995 年版,第 167 页)陈先生所言较为合理,将宪、和作为二人处理,更为稳妥。

考察,提出“周人不用日名说”。[1] 但后来的出土文献,尤其是应公鼎的出土,已经使这种看法得到了改变。应公鼎铭文中显示周武王庙号为日丁,李学勤先生解释说:“周武王有日名丁,这是以往大家不了解的。其实在过去的青铜器研究中,已经认识到周人曾和商人一样有过日名的习俗,比如西周早期燕国铭文有‘召伯、父辛’,吴国铭文有‘虞公、父丁’。这种习俗,随着世代转移,逐渐归于湮灭。应公鼎标出这一点,在西周晚期应该说是‘复古’了。”[2]张懋镕先生亦撰文给予关注,虽仍维护“周人不用日名说”,但也承认有极少数姬周上层贵族偶尔使用日名,主要在成康时期,是西周初期殷周文化交流的反映[3]。实际上是有限度地承认日名之制也为周人所用。那么,李学勤先生将“召伯父辛”断为二人的观点就值得商榷了。而且,将“召伯父辛”断开,不符合文例,理解起来也有困难。近年来的研究者,多倾向于将“召伯父辛”作为一人,但对其身份仍有争论。如任伟先生就提出一种新的解释:召伯父辛应是召公次子,留守宗周王朝继承父职,爵称当是“召伯”。其长子伯宪亦世为王官。留守宗周的可能还有召公另一子,其长子为伯和。伯宪、伯和称“召伯父辛”乃是强调其为召氏。克为召公奭长子,代替召公奭受封为第一代燕侯,后克之子旨成为第二代燕侯。[4] 此种解释,维护了《世本》“父子相传”的说法,也解决了伯宪、伯和的关系问题。但仍有不少

---

① 张懋镕:《周人不用日名说》,《历史研究》,1993 年第 5 期。

② 李学勤:《新出应公鼎释读》,张光裕、黄德宽主编:《古文字学论稿》,合肥:安徽大学出版社,2008 年版,第 3 – 4 页。

③ 张懋镕:《再论“周人不用日名说”》,《文博》,2009 年第 3 期。

④ 任伟:《西周封国考疑》,第 178 页。

漏洞：一、伯宪若果为“召伯父辛”之子，其父去世后，宪即为召伯，按照成例，器铭中当直接称“父辛”，而不是“召伯父辛”。二、若“召伯父辛”为王官，不为燕侯，何以《匽侯旨鼎》(二)的铭文中言燕侯旨为父辛作器？按照任先生的说法，“召伯父辛”显然不是燕侯旨的父亲。三、若伯宪为王官，那么《宪鼎》铭文中所言的“在匽，侯易宪贝金，匽侯休，用作召伯父辛宝彝”之语，恐怕无法着落。若此中燕侯为克，而与其平辈的“召伯父辛”已去世，那么宪已为召伯，其并无理由在燕地，而作为燕侯的克，恐并无资格赏赐给宪贝和金。若铭文中燕侯为旨，更不可能。因此，“召伯父辛”绝非召公奭次子。

持两代燕侯兄弟说的代表是陈平先生和朱凤瀚先生，两家均认为“召伯父辛”即召公奭，克与旨均为召公奭之子。“召伯父辛”既非召公奭次子，是否可能为就封之燕侯呢？陈平先生认为：封燕长子及其继立者，只能称燕侯或燕伯，而不可能承袭召氏爵号称召公或召伯。召公或召伯，除第一代燕侯召公奭之外，只能由留守王官的召氏次子及其继立者荫袭①。任伟先生也有过类似的辨析：燕侯既然是由周天子“胙之土而命之氏”，那么自封燕之日起按理就不能再用父氏“召”来命名了。“召氏”之号只能由继承其父召公封爵、世为王官的其他兄弟荫袭②。朱凤瀚先生则根据《宪鼎》铭文推断，若“召伯父辛”为燕侯，恐怕宪无理由为其作器，将“召伯

① 陈平：《燕史纪事编年会按》，北京：北京大学出版社，1995 年版，第 163 - 164 页。

② 任伟：《西周封国考疑》，第 177 页。

父辛"理解为召公奭,是合宜的①。纵观此种解释,显然颇合理据,可以信从。可以说,"召伯父辛"即召公奭,已是定案。

但陈、朱两家观点亦有差别,主要体现在伯宪和伯和与"召伯父辛"的关系上。陈平先生认为:

> 梁山七器中为"召伯父辛"作器的"伯宪""伯和",都不是"召伯父辛"之亲子,而只是侄儿;他们也不是燕侯旨的亲弟,而只是堂弟;他们都不属召公奭的召氏家族,但却与召氏家族一样同出于姬周王室这一大家族。梁山七器中的太史友,很可能是召公之兄弟或堂兄弟,而伯宪、伯和则有可能是"召伯父辛"即召公的诸侄。②

这样的理解,其实是将"伯父"二字连起来,理解为亲称,故伯宪和伯和乃为侄子辈。而朱凤瀚先生则认为,"召伯父辛"之"伯"是封土内君长与召氏宗族宗子之称。燕侯旨不称"召伯父辛"而只称"父辛",是因为燕侯为召公家族内元子一支,从宗法关系上讲是直接承袭了召公奭的宗法地位,在召公家族内部为大宗,故无须表白其与召公的关系。伯宪称"伯",应是召公奭卒后世袭太保职的召氏一支宗子。伯和则可能是召公诸子中燕侯、召氏以外另一自立分支家族之长。宪与和称"召伯父辛",则是为了强调其分支家族与召公的关

① 朱凤瀚:《房山琉璃河出土之克器与西周早期的召公家族》,《远望集:陕西省考古研究所华诞四十周年纪念文集》,西安:陕西人民出版社,1998年版,第306—307页。

② 陈平:《燕史纪事编年会按》,第148页。

系,意欲表明其为召公之后。① 朱先生的说法,似乎有些颠倒:一、召公族内受封为燕侯一支,是否为大宗,殊可怀疑。既受封为侯,乃为自立门户,若论宗法,当以留守王官之召氏为大宗,燕侯一支当为小宗,若燕侯兼祧大宗,恐不合宗法之义。二、如果宪与和果真为召氏家族内宗子,何以要强调与召公奭的关系呢?岂非多此一举?因此,目前看来,仍当以陈平先生的看法最为合理。陈平先生并结合诸多青铜器,对两代燕侯作了更加深入的研究:

> "初见事于宗周",乃"旨"刚即位为燕侯去宗周面圣朝见天子,其时太保奭仍健在,而"旨"之母"有姒"已故,因而"旨"为其母"有姒"作祭器。作"父辛尊"时,燕侯旨之父"父辛"即召伯父辛,亦即太保召公奭,亦已薨逝,故"旨"方为其父辛作祭器。因而,这个燕侯旨是跨越其父太保召公奭的"生"与"死"两个时代的过渡性人物。他为燕侯,一定在燕侯克之后。②

那么,综合来看,便知克与旨同为召公奭之子,成王时正式封克为燕侯,克在位时间较短,之后其弟旨继为燕侯,旨在位时,其母有姒、其父召公奭先后而卒。辛,为召公奭的日名。故旨作器时称其为"父辛",而嫡亲之诸侄如伯宪和伯和作器时,则称其为"召伯父辛"。

---

① 朱凤瀚:《房山琉璃河出土之克器与西周早期的召公家族》,《远望集:陕西省考古研究所华诞四十周年纪念文集》,第 306 – 307 页。

② 陈平:《燕史纪事编年会按》,第 147 页。

三

结合前引郑玄、司马贞的说法，许多学者认为克当为召公之元子，即第一代燕侯①。如此一来，《史记·燕召公世家》的说法不免有些落空。但根据武王克商后早逝及成王初期东征等种种情势，武王时期封召公于燕的可能性实在极小。其实，《史记》本身的记载也有矛盾之处，如《史记·三代世表》在武王一栏中，只有"周武王代殷。从黄帝至武王十九世"的记载，而在成王一栏中，却记有鲁、齐、晋、秦、楚、宋、卫、陈、蔡、曹、燕11国，除秦国以外，其他诸国都载明为"初封"。② 可见，某种程度上，太史公对齐、鲁、晋、燕等国在周初的分封时间是了然的。此处的记载也更符合周初的政治军事形势。

大约是为了弥缝历史记载的差异，学界先后出现了两种调和意见。一种意见出自傅斯年先生，他在1930年提出鲁、燕、齐等国初封皆在中原地区，后乃东迁。具体到燕国而言，傅先生认为燕初封在河南郾城："燕字，今经典皆作燕翼之燕，而金文则皆作郾。……是知燕之称郾，历春秋战国初无二字，

① 关于克是否为第一代燕侯，学界有所争论。李学勤、王世民等先生主张"克"应为第一代燕侯，且有可能为元子，而刘雨先生维护《史记·燕召公世家》的说法，认为"克"最早为第二代燕侯。参《北京琉璃河出土西周有铭铜器座谈纪要》，《考古》，1989年第10期。目前学界意见，多倾向于第一种，认为克为第一代燕侯。察其关节所在，乃是召公奭是否曾封侯的问题。陈平先生从燕初"兄终弟及"制出发，认为在燕侯克未必为召公奭之下的第一代燕侯，克之前不排除还有其他燕侯的可能。见其《燕国纪事编年会按》，第157－158页。

② （汉）司马迁：《史记》卷13，第500－501页。

经典作燕者,汉人传写之误也。燕既本作郾,则与今河南之郾城,有无关系,此可注意者。……今郾城县实括故郾、召陵二县境……其为召公初封之燕无疑也。”①之后,徐中舒、顾颉刚、齐思和、童书业、陈槃、晁福林、王晖等名家皆随声云从,并分别作了相应的补充②。但随着北京琉璃河西周墓地的发现及众多考古器物的出土,尤其是对于董家林古城遗址的考察逐渐深入,学界已基本认识到:周代之燕国始封于今北京地区③。傅先生的看法,起码在燕国的始封问题上已经站不住脚。

另一种意见认为,武王封召公于燕,是口头封侯,实际就封的是召公之子,时间为成王时。此为目前学界大部分人的

---

① 傅斯年:《大东小东说:兼论鲁燕齐初封在成周东南后乃东迁》,《历史语言研究所集刊》,1930 年第 2 本第 1 分。又见《傅斯年全集》第 3 卷,长沙:湖南教育出版社,2003 年版,第 55 页。

② 徐中舒:《殷周之际史迹之检讨》,《历史语言研究所集刊》,1936 年第 7 本第 2 分;顾颉刚:《燕国曾迁汾水流域考》,《责善》半月刊,1940 年第 1 卷 5 期(值得注意的是,顾颉刚先生的观点在 20 世纪 60 年代似有所改变,认为燕的北境在西周初期已发展到东北。参其《关于古朝鲜研究的一封信》,《东北民族与疆域研究动态》,1999 年第 1 期);齐思和:《燕吴非周封国说》,《燕京学报》,1940 年第 28 期;童书业:《古燕国辩》,《文史杂志》,1943 年 2 卷 9 期;陈槃:《春秋大事表列国爵姓及存灭表撰异》(三订本),上海:上海古籍出版社,2009 年版,第 120 页;晁福林:《夏商西周社会史》(第 2 版),北京:北京师范大学出版社,2010 年版,第 245 页;王晖:《周武王东都选址考辨》,《古文字与商周史新证》,北京:中华书局,2003 年版,第 127 - 129 页。

③ 王灿炽:《北京建都始于公元前 1057 年》,《中国地方志》,1982 年第 6 期;侯仁之:《论北京建城之始》,《北京社会科学》,1990 年第 3 期;北京市文物研究所编:《琉璃河西周燕国墓地》(1973—1977),北京:文物出版社,1995 年版。

看法。陈平先生曾有总结：召公被武王封于北燕即使真有，那也只能是口头上的和名义上的，武王时召公及其元子均不可能去北燕实际就封立国，北燕的实际建国最大可能应是成王平定东夷叛乱和齐、鲁实际建国之后。① 这种意见显然更切合周初的形势。

召公在甲骨文及金文中，有众多的称呼，却从未见称呼召公为"侯"的材料。唯一可能引起异议的，是出土于琉璃河253号墓地的西周早期的《圉方鼎》，其铭文曰："休朕公君，匽侯赐圉贝，用作宝尊彝。"（《集成》2505）唐兰先生曾将铭文中的"公君燕侯"连读，引起了一些误会②。经考察，此四字应断开，"公君"为召公奭，"燕侯"为召公奭之子③。若召公真正就封燕侯，金文中当有相应的痕迹，但显然目前还没有，而且出现的可能也很小。因此，言召公封于燕，并不十分合理，真正封于燕的，是召公之子，目前可知的至少有克与旨两代燕侯。

不过，召公显然是到过燕地的，《小臣摅鼎》铭文曰："召公建匽，休于小臣摅贝五朋，用作宝尊彝。"（《集成》2556）陈梦家、唐兰、马承源、裘锡圭、彭裕商诸家皆定此器年代为成王

---

① 陈平：《克器事燕六族会释考证》，《北京建城3040年暨燕文明国际学术研讨会会议专辑》，北京：北京燕山出版社，1997年版，第712页。

② 唐兰：《西周青铜器铭文分代史征》，第99页。

③ 陈平：《燕史纪事编年会按》，第162－163页。

时期①。铭文中建字,从裘锡圭先生释,裘锡圭先生并解释道:“由此可知,周代初年封北燕时,虽然实际上由召公的元子去当燕侯,但是在初封之际,召公确曾亲自莅燕,安排建国大事。”②曹定云先生则根据琉璃河遗址中的西周甲骨卜辞“成周”,推测其为召公卜成周遗物,并论证召公奭曾到过燕国都城③。以现有材料观之,召公奭在燕地逗留时间当不会太久。召公来燕地,当主要是为即将新立的燕国安排规划,之后,乃返回成王身边协助处理王朝事务。

根据克器铭文的记载,“燕国受封时其授民的成分是较为复杂的,既有北方羌、猃狁等少数民族,也有殷商子姓遗民。”④姬姓贵族在当地只是处于政治上层,还不可能对燕地进行统一的文化建设。当然,必要的礼乐机制还是有的,如北京琉璃河1029号墓地出土有“匽侯舞戈”铭文的铜钩戟(M1029:52)和铜泡(M1029:36),后来1193号大墓又出土有“匽侯舞戈”铭文的铜戟(M1193:32)和数量众多的背面有

① 陈梦家:《西周铜器断代》(二),《考古学报》,1955年第10期,第94页;马承源:《商周青铜器铭文选》三,北京:文物出版社,1988年版,第25页;唐兰:《西周青铜器铭文分代史征》,第96页;裘锡圭:《释建》,《古文字研究》第17辑,北京:中华书局,1989年版;彭裕商:《西周青铜器年代综合研究》,成都:巴蜀书社,2005年版,第235页。

② 裘锡圭:《释建》,《古文字研究》第17辑,北京:中华书局,1989年版,第209页。

③ 曹定云:《北京琉璃河出土的西周卜甲与召公卜“成周”:召公曾来燕都考》,《考古》,2008年第6期。

④ 任伟:《西周封国考疑》,第150页。

"匽侯舞"或"匽侯舞昜"等铭文的铜泡①。经研究,它们就是从事"大武""干舞"等"武舞"兵卒所持的仪仗器械,也就是《周礼·司干》所言的"舞器"。"匽侯舞昜"就是说它是匽侯舞器上的昜(铜泡)。② 这些舞蹈器具说明燕国初期有过相关的乐舞表演和艺术生产,但这些显然是为匽侯等上层贵族服务的。以燕初的情形而论,燕国初期的上层贵族多来自周,此时的艺术表演很可能就渊源于周,而不可能普及燕地民人。根据学者考察,"西周燕文化中商文化因素最重,周文化因素次之,并间或显示出少量的张家园上层文化及北方其他族文化因素的存在。……西周燕国的统治方式,是实行重要城镇和军事要地占领的据点式,其势力还不可能触及占领区的每个村庄。"③这也可以从侧面印证燕国初期周人作为贵族之文化尚未渗透进普通民众的生活。

由此可知,西周燕国初立时,燕国的民人要感受到召公之恩泽,时间、环境等诸多条件恐怕都不允许。既无机会与召公建立起深厚的联系,那么,形诸歌咏以歌颂召公,就必然显得理由不足。而且,从金文中对召公的称呼来看,即便燕民欲颂召公,也不太可能直呼其为"召伯"。要之,《甘棠》一诗并非出自燕人,亦不太可能产生于燕地。

---

① 中国社会科学院考古研究所、北京市文物研究所、琉璃河考古队:《1981—1983 年琉璃河西周燕国墓地发掘简报》,《考古》,1984 年第 5 期;中国社会科学院考古研究所、北京市文物研究所、琉璃河考古队:《北京琉璃河 1193 号大墓发掘简报》,《考古》,1990 年第 1 期。

② 陈平:《克罍、克盉铭文及其相关问题》,《考古》,1991 年第 9 期。

③ 陈光:《西周燕国文化初论》,许倬云、张忠培主编:《中国考古学的跨世纪反思》下册,北京:商务印书馆,1999 年版,第 371 – 374 页。

四

从情理上讲,召公奭在雍州的时间应该更多,其与南国、燕国之关联并不如雍州密切。相较之下,《甘棠》诗更有可能产生于雍州之地。诗中甘棠作为一种植物的属性,值得注意。

诗中“蔽芾甘棠”句下毛《传》曰:“蔽芾,小貌。甘棠,杜也。”①另据《尔雅》,作为一种植物的甘棠,当是杜梨,《尔雅·释木》云:“杜,甘棠。”又曰:“杜,赤棠。白者棠。”郭璞注前曰:“今之杜梨。”郭璞注后曰:“棠色异,异其名。”②从汉代的舍人、樊光等对《尔雅》的注释来看,均持此种意见:即白者称棠;杜为赤色,名赤棠。甘棠即赤色之棠。③ 陆玑的意见稍有不同,其云:“甘棠,今棠藜,一名杜藜、赤棠也。与白棠同耳,但子有赤白美恶。子白色为白棠、甘棠也,少酢滑美。赤棠子涩而酢无味。俗语云‘涩如杜’是也。赤棠木理韧,亦可以作弓干。”④其一方面言甘棠有赤棠之名,但又将甘棠与白棠等同起来,以之为赤棠的对立面,显然是有矛盾的。从其描述来看,可知其认为甘棠之甘乃味道之甘,而郭璞诸人则以甘棠之甘为色甘即色赤。究竟哪一种更合理呢?在此之前,需要先考察“蔽芾”二字的内涵。

---

① (汉)毛亨传,郑云笺,(唐)孔颖达疏:《毛诗正义》卷1,第287页。

② 《尔雅注疏》卷9,影印《十三经注疏》本,北京:中华书局,1980年版,第2636、2637页。

③ 《尔雅注疏》卷9,第2636、2637页。

④ 陆玑:《毛诗草木鸟兽虫鱼疏》,文渊阁《四库全书》本。

对于诗中的“蔽芾”二字,宋代以来颇有异议。首先提出疑问的当属欧阳修,其《诗本义》云:“毛、郑皆谓:蔽芾,小貌。茇,舍也。召伯本以不欲烦劳人,故舍于棠下。棠可容人,舍其下则非小树也。据诗意乃召伯死后,思其人爱其树而不忍伐,则作诗时益非小树矣。毛、郑谓蔽芾为小者,失诗义矣。蔽,能蔽风、日,俾人舍其下也。芾,茂盛貌。蔽芾,乃大树之茂盛者也。”①此一说法完全颠覆了以往关于“蔽芾”的解释,为后来的绝大多数人所信从。但仔细循察,此说根本不能成立。其言诗作于召伯死后,甚无道理。召伯为召族之长,世袭而得称。也就是说,《甘棠》一诗若出现在召公奭死后,召伯已另有其人。凡诸家据诗意推论诗作在召伯死后者,皆以后世怀人之诗推度前人,实不足为凭。

又其言“棠可容人,舍其下则非小树”,乍看起来理由充分,深究之下,乃知其误解了毛《传》、郑《笺》的“舍”。“召伯所说”下毛《传》曰:“说,舍也”,“召伯所茇”下郑《笺》曰:“茇,草舍也。”②此两处之“舍”,皆为止息之意,之所以令人有屋舍之联想,大约受到了《韩诗外传》中“召伯暴处远野,庐于树下”的影响③。《韩诗外传》多存先秦汉初之故事传说,但若以之考校训诂,恐可靠性不高。况且召伯为一族之长,自有城邑可居,筑屋于甘棠树下,实在令人匪夷所思。召伯在此树下休息,未见得此树就必须是大树。《诗经》中另有一处“蔽

① 欧阳修:《诗本义》卷13,文渊阁《四库全书》本。

② (汉)毛亨传,郑云笺,(唐)孔颖达疏:《毛诗正义》卷1,第287页。

③ 此点季旭昇先生已得我先,参其《〈诗经〉研究也应该走出疑古时代:以〈召南·甘棠〉诗的诠释为例》,陈致主编:《跨学科视野下的诗经研究》,上海:上海古籍出版社,2010年版,第194页。

芾”,见《小雅·我行其野》:“我行其野,蔽芾其樗。”毛《传》曰:“樗,恶木也。”郑《笺》曰:“樗之蔽芾始生,谓仲春之时,嫁取之月。”①此处之解释可与《甘棠》一诗互参。宋代以来论者多因《甘棠》之蔽芾,而株连《我行其野》之蔽芾,谓其当为茂盛之意。此论实为无见,樗既为恶木,况其又在于野,以理度之,即知其并不茂盛,不顾语境而轻下识断,恐非学问事应有之态度。“蔽芾”之意,仍当以毛、郑之说为是。《尔雅·释言》亦云:“芾,小也。”②可见蔽芾二字,绝非茂盛之意,其基本的内涵是小。“蔽芾甘棠”,乃是说甘棠树外观较小。结合诗篇中“勿剪勿伐”等语句可知,此树颇受爱护,但犹蔽芾而小,一方面固然说明诗作年代距离召伯憩息此树之时并不太远,但更重要的启示或许是树木的果实味道当属苦涩,而非味道滑美。以此而论,郭璞、舍人、樊光等注家所言更合情理,陆玑所云恐未必然。也就是说,甘棠当为赤色之杜梨。

杜梨在我国分布较广,华北、西北、长江中下游流域及东北南部均有栽培③,但在黄河流域分布最多④。此种树木虽然适应性极强,但在不同的气候条件下,生长状态亦有差异。据研究,在森林植物地带内,杜梨在暖温带半湿润地带的生长要比暖温带半干旱地带好:前者树高、胸径较后者高50%,材积

① (汉)毛亨传,郑云笺,(唐)孔颖达疏:《毛诗正义》卷11,第435页。

② 《尔雅注疏》卷3,第2585页。

③ 《中国植物志》,北京:科学出版社,2004年版,第36卷,第366–367页。

④ 《黄土高原造林》编写《杜梨》,《陕西林业科技》,1978年第2期。

高出2倍。[①] 以南北气候差异来看，甘棠“蔽芾”的可能性，显然是北方为大。况且，西周时候气温普遍比现在要高[②]，若在南国地区，杜梨的生长更有可能是繁盛的，而非如《甘棠》诗中所言是“蔽芾”其貌。这就意味着，衡以甘棠树的生长特性，《甘棠》一诗所写的甘棠，当在北方气候相对干旱的地区而非南国。周初燕国地区既已不可能产出赞颂召公之诗，那么，《甘棠》一诗产生的地点应在雍州之境，即今陕西地区。

五

《甘棠》地域既明，那么诗中“勿翦”“勿伐”“勿败”之语，正说明此树有翦、伐、败的可能。这可以侧面证明，此树应为召公奭偶然憩息之所在，并非是闻一多、晁福林等研究者所认为的社树，亦并未因召公而成为社树[③]；同时也暗示出当时雍州地区土地资源的紧张趋势，所以才有伐树之虞。从目前的金文资料看，自西周中期开始，贵族宗族财产的整体性开始严重破裂，土地买卖或交换较为频繁，而被卖的宗族土地财产却不能转移到另一个新地点，原来可能界划分明的各宗族财产，逐渐变得零散；而且，此时周王赏赐的土地也不再是一大整

---

① 韩恩贤、赵辉、罗伟祥：《黄土高原杜梨生长调查分析》，《陕西林业科技》，2001年第4期。

② 竺可桢：《中国近五千年来气候变迁的初步研究》，《考古学报》，1972年第1期，第15–38页。

③ 详参拙文：《〈诗经·甘棠〉本事考》，《内江师范学院学报》，2016年第5期。

块,而是呈现出破碎、零散的趋势①。西周早期的材料较为缺乏,但以情理言之,土地资源之紧张趋势当已兆显。

西周初期陕西王畿地区土地资源的紧张,其实不难理解。贵族的不断册封及支系扩展,导致贵族阶层人口逐渐增多,而王畿地区的土地资源相对固定而且有限,并未有大规模的垦拓,这样就无形中构成了一对矛盾:日益增多的贵族阶层需求与有限的土地资源之间的矛盾。据金文记载,岐周、丰、镐诸地都有王室活动和当时贵族生活的踪迹,"渭河谷地中散布着多个王室中心,周人的管理正是从这些行政中枢开始,沿着渭河的支流延伸到乡村地区中去。……不过渭河谷地同时也是众多贵族家族的所在地,它们在王室中心拥有居宅,但同时居住在那些遍布于渭河平原上的宗族地产之上。"②随着王室公族的人口渐多以及贵族分支的逐渐增多,原有的王室地产和贵族宗族地产,必然不敷所用,扩大地产面积当为维系贵族生活的重要手段之一。而处于城市的居宅,也必然随着人口的增多而扩大面积,再加上职官的逐渐系统化,办公人员的处所也将有所扩展。这一切必然使得陕西地区的土地资源出现紧张。

同时,周初王畿地区还面临着外来人口的压力。西周《史墙盘》铭文载:"微氏烈祖乃来见武王,武王则命周公舍寓,于

① 李峰:《西周的政体:中国早期的官僚制度和国家》,北京:生活·读书·新知三联书店,2010 年版,第 159 页。

② 李峰:《西周的灭亡:中国早期国家的地理和政治危机》,上海:上海古籍出版社,2007 年版,第 141 - 142 页。

周俾处。”①可知，周武王时期已有外族来岐周居住。微氏家族自烈祖开始迁居周地，其家族铜器窖藏又发现于今陕西扶风的庄白村，可见铭文中所谓周地，当指岐周②。美国学者罗泰认为此支微氏乃“西周中期从微氏大宗分出的庶支”，不能说明微氏大宗原初居地在今日的周原地区，即铭文中的“周”与周原似乎无关③。此说过于激进，西周时期，大宗、小宗之间的居住模式目前还不能清楚知晓，但并不意味着小宗必须到另外的地方生活，王畿地区贵族的大、小宗很可能只是宗法谱系的区分，而不一定分开两地生活。根据琱生三器铭文，作为大宗的召伯虎一族与作为小宗的琱生一族，相隔并不太远，二者应在同一地方④。岐周为周族发祥之地，而且从周原地区考古发掘及铭文记载来看，周先公先王之宗庙多在此地，况文王晚期迁都于丰后，岐周故地当有周、召二公之封地，贵族居于此，实为常理。微氏先祖见武王，被安排至此，显然是周王室的一种策略：在周族经营数代之岐周，与周人杂处，可以更

① 此器铭文颂扬了西周文、武、成、康、昭、穆六位周王后，提到“申宁天子”，可知天子当为共王。经徐中舒、唐兰、李学勤、裘锡圭等先生相继撰文论述，史墙盘作为共王时的标准器，已是定论。参徐中舒：《西周墙盘铭文笺释》，《考古学报》，1978年第2期；李学勤：《论史墙盘及其意义》，《考古学报》，1978年第2期；唐兰：《略论西周微氏家族窖藏铜器群的重要意义》，《文物》，1978年第3期；裘锡圭：《史墙盘铭解释》，《文物》，1978年第3期。本文所引据李学勤先生之释读。

② 宗德生：《试论金文中的“周”》，《南开学报》，1985年第2期。

③ 罗泰（Lothar von Falkenhausen）：《有关西周晚期礼制改革及庄白微氏青铜器的新假设：从世系铭文说起》，《中国考古学与历史学之整合研究》下册，《历史语言研究所会议论文集之四》，1997年版，第671－672页。

④ 王辉：《琱生三器考释》，《考古学报》，2008年第1期。

充分地了解周族之业绩,坚定其信念,遵周之道。铭文中的“周”,仍当属岐周为宜。武王时期既如此,那么成王时期,尤其是东征之后,周人的统治地位已逐渐稳固。陕西地区王畿所在,势必引得天下人瞩目,外族前来居住,实为理所当然。外来人口大量涌入的压力,必然使得原本的空地日渐萎缩乃至强行得到开辟。以此背景来看,《甘棠》中关于伐树的顾虑,应非虚言。

在此基础上,重新观照周初的分封诸侯,尤其是如“召公封燕”“太公封齐”“周公封鲁”等,远离陕西王畿直达陆海之滨的举措,可知其固然包含着王室对于亲族的信任和期以“为周屏藩”的政治军事意图,同时也是基于王畿地区土地资源紧张趋势的一种调和手段。前文已论,除召公奭外,燕侯自封燕之日起应不再袭召氏爵号,留守王官之召氏当为大宗。那么,王畿宗族与外方诸侯并存的政治架构,以宗法血缘关系而言,显然可视为西周上层贵族分宗立祀制度的政治化;而其背后的地理隔绝及土地资源的差异,则为西周王朝内部不同的政治经济体和文化体的区分提供了基础。这种根植于不同地理状况中的实体区分,在长期的封建社会中不断得到积淀与强化,且绵延至今,已成为中华民族丰富多样的风俗文化生态体系的重要基因。

(邵杰,郑州大学文学院副教授)